AMANI PADDA

Und dazwischen [irgendwo] wir

Roman

ARCTIS

Liebe Leser:innen,
dieses Buch enthält Elemente, die potenziell triggern können.
Aus diesem Grund findet ihr am Ende des Buchs eine Inhaltswarnung, die Spoiler für den Roman enthält. Außerdem haben wir eine Liste mit Hilfs- und Beratungsangeboten angefügt.
Wir wünschen euch das bestmögliche Leseerlebnis.

MIX
Papier | Fördert gute Waldnutzung
FSC® C014496
www.fsc.org

Originalausgabe
1. Auflage

Dieses Werk wurde vermittelt durch die Literarische Agentur Thomas Schlück GmbH, 30161 Hannover

Zitat auf S. 48 frei übersetzt von der Autorin

Lektorat: Leonie Teckenburg
Satz: Greiner & Reichel, Köln
Druck und Bindung: GGP Media GmbH, Pößneck
Printed in Germany 2024
ISBN 978-3-03880-094-1

www.arctis-verlag.de

Folgt uns auf Instagram
unter @arctis_verlag

Für meine Familie in Deutschland.
For my family in Scotland.
ਮੇਰੇ ਪਰਿਵਾਰ ਲਈ ਪੰਜਾਬ ਵਿੱਚ

So lass deine Speere fallen, Maki,
und ich breche die Dunkelheit für dich heraus.

Prolog

MACEY

Meine Mutter war aus Worten gemacht.

Andere wissen, wie man sie entwirrt und ineinanderfügt, aber meine Mutter wusste, wie man sie erschuf. Sie wusste einen in Gedichten aufzubauen und Ängste auf ihrer Zungenspitze aufzulösen. Wie man den Atem anhalten musste, um die richtige Stille zu finden, und sich selbst in ihren Worten fand. Meine Mutter war eine stolze Frau, Schwarz und schön und selbstbewusst. Sie wickelte ihre Worte so fest ein wie ihren Afro und für jedes Wort, das unsere Vorfahren nicht lesen konnten, fügte sie ein Buch zu ihrer eigenen Liste hinzu.

Mum lebte zwar in Worten, aber selbst hatte sie nie die Universität besucht. Wie die meisten Mädchen aus Einwandererfamilien hatte sie einfach nie die Chance dazu bekommen. Stattdessen holte sie sich ihr ganzes Wissen aus Büchern und den Geschichten anderer Menschen.

Ich jedoch sollte meine eigene Geschichte schreiben. Das war der unausgesprochene Deal, der zwischen Cambridge-Vorbereitungsaufgaben und durchgemachten Nächten in der Bibliothek hing.

Mum packte mir vor jeder Klassenarbeit zusätzliche Pausenbrote ein, kaufte die teuren Textmarker, für die man nach Glasgow fahren musste, nähte die alten Schuluniformen meiner Cousins um, damit sie mir passten.

Und ich schrieb. Tests, Klausuren, Anmeldungen zu Mathematikwettbewerben, Bewerbungen für Stipendien. Ich drückte so fest auf, dass es das Papier fast zerriss. Ich legte Ordner voller Träume an. Mir würde niemand den Stift entreißen, so wie man es bei meinen Eltern, Großeltern und all ihren Vorfahren getan hat.

Macey Adenuga bestimmt ihre Geschichte selbst.

Wie ironisch also, dass mir andauernd die Worte fehlen.

HERBST

Es war einmal ein Prinz, der an die Küsten unserer Welt verschifft wurde.

VINCE

Ich bin mir ziemlich sicher, dass ich an einer Art Weltherrschaftssyndrom leide.

Schulsprecherreden? Kein Problem.

Chorsolos? Selbstverständlich.

Eine Motivationsansprache für die Fußballmannschaft?

Klar, absolut, immer doch.

Einmal habe ich den Karaoke-Abend der neunten Klassen gerettet, indem ich mir *Wannabe* von den Spice Girls aus der Seele geschrien habe. Textsicher. Mit Choreo.

Es ergibt nicht wirklich Sinn. Ich schaffe es kaum, einer einzelnen Person in die Augen zu sehen. Theoretisch sollte es mir also eine Heidenangst machen, vor vielen Menschen zu sprechen, aber bei einem Publikum kann ich oft genug zwischen den Gesichtern wechseln, bevor ich nervös werde. Podiumsreden sind einfach. Planbar. Man legt sich seine Worte vorher zurecht, griffbereit und vorplatziert auf fein beschrifteten Karteikarten.

»Was auch immer du nach ihm sagst, es kann nicht langweiliger werden als das hier«, seufzt Dani. »Wenn das so weiter geht, schläft noch die halbe Schule ein.«

Sie reckt den Kopf nach hinten und fängt an, nachzuzählen. Wir sitzen in der ersten Reihe der Schulkapelle, während Mr Pennington auf der Bühne an seiner eigenen Rede verzweifelt. Seine Augen haften auf dem Blatt, als würden die Buchstaben zerfließen, wenn er auch nur für eine Sekunde den Blick hebt.

Dani verschränkt die Arme vor der Brust und dreht sich wieder zu mir um.

»Ist das der Zeitpunkt, an dem ich dich ein letztes Mal daran erinnere, dass du das Ganze nicht tun musst?«, fragt sie. »Wirklich, Vince, niemand würde es dir verübeln, wenn du dich die nächsten Tage in den Hintergrund verziehst und zur Abwechslung mal nichts machst.«

»Klingt nicht nach der besten Strategie für eine Wiederwahl«, entgegne ich und blicke auf meine Karteikarten hinab. Meine Rede besteht aus einem Steve-Jobs-Zitat, drei schlechten Wortwitzen und zwei Memes, deren Recherche mehr Zeit beansprucht hat, als ich zugeben will. Aber hey, man muss sich dem Publikum anpassen.

»Außerdem ist es Tradition«, fahre ich fort. »Der erste Schultag beginnt, wir tragen schicke Kilts, Mr Pennington hält seine Rede und der Schulsprecher rüttelt alle wieder wach.«

»Ich meine ja nur. Findest du nicht, dass es ein bisschen zu früh ist?« Sie blickt auf mein linkes Bein hinab, das einfach nicht stillhalten will. Mag sein, dass ich etwas nervös bin, aber das ist normal. Ich bin immer nervös. Irgendwann gewöhnt man sich an den konstanten Energieschub.

»Die Alternative wäre, dass du die Rede hältst«, erwidere ich und Dani schaudert.

»Du meinst, ich soll fünf Minuten lang wütend das Mikrofon anstarren? Nein, danke.«

Seit knapp einem Jahr sind Dani und ich Headgirl und Headboy der Hillburn Secondary, doch unsere Zusammenarbeit geht fast zwei Jahre zurück, als wir uns ins Finanzgremium wählen ließen. Bekannt als »das Gothmädchen und der Schulprinz« stellten wir ziemlich schnell fest, dass sich unsere Arbeitsweisen gut ergänzten. Dani war harsch und stur, wo ich beschwichtigend und zuvorkommend erschien. Ich lockte die Leute mit großen Ideen an und Dani trampelte sie auf den Boden der Tatsachen zurück.

Kaum ein Jahr später wurden wir zu Vertrauensschülern gekürt. Dafür erhielten wir zwar keine Pokale, aber exzellente Referenzen für den Lebenslauf. Insgesamt haben wir fünfzehn Clubs, Komitees und Ratsmitgliedschaften aufgebaut und sieben weitere für das kommende Schuljahr geplant.

Das Weltherrschaftssyndrom ist durchaus ansteckend.

»Das Lehrpersonal und wir als Institution sind hier, um Ansprüche zu heben, nach Erfolgen zu streben und Erwartungen zu übersteigen. Dies ist nur in gemeinsamer Zusammenarbeit möglich«, fährt Mr Pennington fort. »Es ist mir daher eine große Freude, das Wort nun an unsere beiden Schulsprecher, Ms Danielle Mackay und Mr Vincent Summers, übergeben zu dürfen!«

Ein lustloses Klatschen geht durch die alte Schulkapelle.

Dani nickt mir ein letztes Mal zu. »Du brauchst kein Glück, oder?«

»Weißt du, normale Menschen würden es mir jetzt trotzdem wünschen.«

»Das übersteigt leider meine sozialen Fähigkeiten.« Sie lässt sich tiefer in die Bank sinken und zieht die Beine an. »Denk einfach nicht an die Cliffs.«

Das Klatschen verebbt. Ich schreite auf die Bühne und nehme Mr Pennington das Funkmikrofon aus der Hand.

Es gibt diesen kurzen Augenblick vor dem ersten Wort, in dem mein Atem kurz stockt und sich die Krawatte um meinen Hals so eng anfühlt, dass ich mir sicher bin, gleich nichts mehr sagen zu können. Der Trick ist, sich auf die Zwischenräume im Publikum zu fixieren und sich Stück für Stück weiter an einzelne Gesichter heranzutrauen.

Einatmen, Summers. Das ist die Position, auf die du all die Jahre hingearbeitet hast.

»Sehr geehrtes Rektorat, werte Lehrkräfte, liebe Schüler und Schülerinnen, es ist mir eine wahrhaft große Ehre, heute vor Ihnen und euch stehen zu dürfen!«, verkünde ich mit einem Zwinkern. »Ich bin hier, um eine Rede über all die Themen zu halten, die jeder Hollywoodstreifen vor mir bereits besser umgesetzt hat. Aber das schaffen wir schon.«

Erleichtertes Gelächter geht durch die Reihen. Das ist gut. Pause einlegen. Karteikarte wechseln. Weiter.

»Aus meiner Erfahrung als Headboy kann ich euch guten Gewissens versichern, dass die Hillburn Secondary euch mehr bietet als eine gewöhnliche Schule. Ob Internats- oder Tagesschüler, fünfte Klasse oder zwölfte: Die Hillburn ist der erste Baustein für eine sichere Zukunft und es liegt an euch, an diesem System stetig mitzuwirken.«

Ich beginne über die Bühne zu laufen, mich bewusst nicht wie Mr Pennington an das Rednerpult zu klammern, und die Blicke folgen mir mit jedem Schritt. Es ist egal, dass manche von ihnen dabei in ein Augenrollen übergehen. Sie können meinem Lächeln nichts anhaben.

Auf der Bühne gibt es Vincent nur zu 110 Prozent.

»Erfolg basiert auf Ausdauer«, fahre ich fort. »Heute ist der erste von vielen Schultagen, die in diesem Jahr auf euch zukommen. 196 Tage akademischer Disziplin und Zielstrebigkeit warten auf euch, an einer der besten Institutionen Schottlands …«

Noch 196 Tage und mein letztes Schuljahr ist vorbei, aber ich habe keine Angst. Ich werde es schaffen. Ich werde groß rauskommen und jede Menge Geld verdienen, ich werde erfolgreich sein und die Spitze erreichen, weit weg von den Cliffs, weit weg von den Tiefen des Meeres und seinen Wellen …

Doch ich höre ein Rauschen.

Und dann explodiert das Mikrofon.

Der Letzte seiner Art,
ohne eigenes Land oder Krone,
Erinnerungen weggespült von den Wellen.

MACEY

Antimetaboliten, Alkylierende Zytostatika, Topoisomerasen.

Ich ziehe einen großen Strich über meinen Schreibblock und schalte meine Musik lauter. Kalter Nordwind peitscht über den Bahnhof und ich muss das Papier mit einer Hand festhalten, damit es nicht wegweht.

Aus dem Strich wird eine Tabelle mit Wirkstoffen, Einsätzen, Nebenwirkungen und Risikofaktoren. Aus der Tabelle ein Graph, dünne karierte Blätter, beidseitig vollgeschrieben mit blauem Kugelschreiber. Formeln, die sich in ellenlangen chemischen Begriffen verhaken, Zitate aus Aufsätzen und gigantische Fragezeichen, die sich über den ganzen Seitenrand ziehen.

Eine mathematische Zusammenfassung meiner Sorgen.

Ich versuche meinen Block glatt zu streichen, aber das Deckblatt ist bereits zerrissen und in der Spirale zeichnen sich Dellen ab. Die Kassette in meinem alten Walkman wechselt zu *My Iron Lung* von Radiohead, doch noch bevor Thom Yorkes wehklagende Stimme einsetzen kann, wird das Lied von einem Ruf übertönt.

»Macey? Ayo, Macey, hier bin ich!«

Instinktiv beuge ich mich tiefer über meinen Schreibblock. *Runterschauen, einfach weggucken.*

»Mann, es ist sauschwer, dich zu finden! Wo warst du nur den Sommer über?«

Ich presse die Lider fest zusammen, als könnte ich so Zeit gewinnen, aber als ich die Augen öffne, steht Alister vor mir. Irgendwie hat er es geschafft, sich durch die anderen Schüler am Bahnsteig zu quetschen, ohne dabei über einen der Rucksäcke zu stolpern. Alister wedelt einen Flyer vor meinem Gesicht, der fast so zerknittert aussieht wie er selbst.

»Du bist genau die Person, die ich gesucht habe! Alles gut bei dir, Pal, alles bestens? Gespannt auf den ersten Schultag?« Beim Anblick meines Blocks runzelt er die Stirn. »Mathe?«

»Chemie.«

»Genauso schlimm, ey. Gibt die Hillburn euch etwa über die Sommerferien Hausaufgaben auf?«

Er klopft mir gegen die Schulter und sieht auf meine Schuluniform herab. Im Meer an grünen St.-Mary's-Pullovern sticht sie hervor wie ein wunder blauer Fleck. Fast alle Jugendlichen in Glenfield Park nehmen den Zug zur öffentlichen St. Mary's Grammar School, ich bin die Einzige, die auf die Hillburn Secondary geht. Wahrscheinlich ist das der Grund, warum Alister überhaupt mit mir spricht.

Seufzend setze ich meine Kopfhörer ab.

»Vorbereitungsaufgaben für Cambridge«, lüge ich.

»Krass, Mann. Ist das alles, was du die Ferien über gemacht hast? Lernen?« Er lacht. »Und dann noch freiwillig?«

Ich zucke mit den Schultern.

Tatsächlich gibt es eine Menge Dinge, die ich diesen Sommer getan habe. Zum Beispiel im *Figaros* zu arbeiten und mich während meiner Schichten zu fragen, was mich zuerst umbringt: das heiße Frittierfett für die Fish and Chips oder jeden Tag die gleichen drei Radiolieder in Dauerschleife zu hören. Außerdem habe ich mehrere Abende damit verbracht, meine Pastelltextmarker zu sortieren. Ich bin vielleicht ein einsamer, überarbeiteter Nerd, aber immerhin ist meine Federmappe bemerkenswert gut strukturiert.

Nicht dass Alister das interessiert. Er hat einen Stapel Flyer aus seinem Rucksack gezogen und ist nun damit beschäftigt, sie eifrig nachzuzählen.

»Rave im Warehouse, Mate, es wird richtig *A-lit-ster*! Alle werden da sein, die Leute aus Glenfield Park, Helensburgh, Hillburn …«

»Wer spielt?«

Alister grinst und klopft mit dem Daumen gegen seine Brust. »DJ ListR höchstpersönlich!«, verkündet er stolz. »Weltpremiere, live in Hillburn. Bring deine schicken Freunde aus der Privatschule mit, der Eintritt ist geschenkt!«

Er drückt mir gleich den ganzen Stapel in die Hand.

Da ist immer etwas Unbeholfenes an Alister. Er sieht nicht aus wie jemand, der zu einem Rave eingelassen wird – geschweige denn dort auflegt. Alister lebt mit seinem Großvater in einer der Sozialwohnungen am Ende unserer Straße, wo er ständig zwischen alten Containern herumlungert. Seine Brille wird nur noch von Klebeband zusammengehalten, das sich in seinen zotteligen roten Haaren verfängt.

Früher waren wir Freunde.

Ich knülle die Flyer zusammen und stopfe sie in eine Seitentasche.

»Ich bin mir nicht sicher, ob meine Freunde kommen können«, murmle ich. »Das Internat ist ziemlich strikt mit den Ausgangssperren.«

»Ah Mann, auch an Wochenenden?«

»Nur bis zehn Uhr.«

»Dass die da alle nicht durchdrehen!«, stöhnt Alister und wirft theatralisch den Kopf nach hinten. »Ich dachte schon, es wäre wegen der Cliffs.«

Ich runzle die Stirn und verfluche mich im nächsten Moment dafür, denn Alister hebt die Hände in die Höhe, als bereite er sich auf eine lange Geschichte vor.

»Mate, sag mir nicht, ich weiß darüber Bescheid, bevor du es tust! Mein Granda war vor zwei Wochen in Hillburn und auf der Nordseite haben sie alles dichtgemacht. Die Polizei war da und ein Rettungshubschrauber, das ganze Geschoss, es war richtig heftig, Mann. Anscheinend ist mitten in der Nacht eine Frau verschwunden und man hatte sie zuletzt bei den Cliffs gesehen.«

»Klingt nach einem Gerücht«, erwidere ich, aber Alister schüttelt so heftig den Kopf, dass seine Brille fast zerspringt.

»Nah, ich glaub, diesmal ist wirklich was dran! Es hat sich bis ins St. Mary's rüber rumgesprochen, die Leute reden seit Tagen von nichts anderem als dieser Frau.«

Die Klippen am Rande von Hillburn, allseits nur als die *Cliffs* bekannt, sind eine lokale Touristenattraktion, um die sich alle möglichen Gruselgeschichten ranken. Das meiste ist grober Unsinn, den sich Secondary-Schüler untereinander erzählen und den die Einheimischen mit einem Augenrollen abtun.

Aber es ist unschwer zu erkennen, warum die Geschichten existieren. Die Wellen an den Cliffs sind schwarz und ungestüm, peitschen und klatschen gegen den Stein, als würden sie einem vor dem Fall noch applaudieren.

»Ich glaube, sie ist wirklich gesprungen.«

»*RE Richtung Whitecrook, Abfahrt 08:10 Uhr, nähert sich jetzt Gleis Eins. Bitte achten Sie auf die Lücke zwischen Zug und Bahnsteigkante.*«

Die Ansage schrillt über den Bahnhof und die St.-Mary's-Schüler hängen sich ihre Rucksäcke um.

»Wie auch immer.« Alister wirft sich seinen Schulblazer über die Schulter und einer der Ärmel fliegt ihm ins Gesicht. »Brauchst du noch mehr Flyer? Ich kann dir noch mehr besorgen, falls du welche brauchst, das ist kein Problem, Pal, das lässt sich alles klären ...«

»Nein danke, ich glaube, das reicht fürs Erste.« Nie im Leben werde ich mich in den Schulflur der Hillburn stellen und jemandem diese Flyer in die Hand drücken. Ich sehe schon, wie ich nach fünf Minuten im Büro unseres Schuldirektors lande und ihm ausführlich erklären muss, warum ich unkontrollierte Werbung für den Rave eines DJ ListR verteile.

»Okay, aber lass mich wissen, falls du mehr brauchst!« Alister klopft mir gegen die Schulter und imitiert eine Explosion. »Wir sehen uns, aye?«

»Klar!« Das ist schon wieder gelogen.

»Und grüß deine Mum von Granda und mir, okay?«

Er blickt auf meinen Schreibblock herab und etwas daran, wie seine Gesichtszüge weich werden, lässt mich wundern, ob Alister mich nicht doch durchschaut hat. Ob er nicht ganz genau weiß, dass hinter den Begriffen auf dem Papier keine Chemiehausaufgaben, sondern etwas ganz anderes steckt.

Aber dann ist er bereits in der Menge verschwunden.

Der Zug nach Whitecrook kommt quietschend zum Halt. Ein Blick auf die Anzeige am Bahnsteig bestätigt mir, dass ich heute wohl länger warten muss.

Ich laufe auf die Brücke über den Schienen hoch und sehe dabei zu, wie das Meer an grünen Pullovern in den Zugabteilen verschwindet, während meine eigene Hillburn-Uniform am Bahnhof übrigbleibt.

Normalerweise, wenn die Bahnen pünktlich sind, gibt es einen kurzen Moment, in dem sie nebeneinander fahren und der Abstand zwischen ihnen einen Finger breit ist. Als Kind habe ich mir mit den anderen ein Spiel daraus gemacht, die Treppen hoch auf die Brücke zu rennen und den Daumen so auszustrecken, dass er genau zwischen die beiden Züge passte. Damals wusste ich immer, wann ich ansetzen musste. Wann das Zischen an den Gleisen laut genug war, um loszurennen. Wie man nicht zu zeitig auf der Plattform ankam.

Doch als ich meinen Daumen jetzt ausstrecke, stehen die Gleise leer.

***

Die Hillburn Secondary School befindet sich in einem ehrwürdigen viktorianischen Gebäude, versteckt zwischen zurechtgestutzten Hecken und Kiefern. Selbst an grauen Tagen wie heute glänzt die dunkle Steinfassade und in den blankgeputzten Fenstern spiegeln sich die Regenwolken.

In dem Turm direkt über dem Nebeneingang liegt Ms Buchanans Büro. Es ist klein und vollgestopft mit Büchern und knallbunten Sitzsäcken, die sich nicht an das antike Mobiliar im Rest der Schule anpassen wollen. Ms Buchanan ist unsere Schulsozialarbeiterin und Studienberaterin. Ich bin fast jede Woche bei ihr.

»Sieh an, wer gerade die Begrüßungszeremonie schwänzt.« Sie grinst und nimmt ihre Brille ab. Das macht Ms Buchanan immer, wenn jemand ihr Büro betritt. Es soll wohl zum dramatischen Effekt beitragen. Nicht dass es funktioniert.

»Mein Zug hatte knapp eine halbe Stunde Verspätung.«

»Die Ausrede ist fast so gut wie seine.«

Sie zeigt auf einen pinken Sitzsack, in dem mein Mitschüler Charlie fast untergeht, während er an seinem Skizzenbuch arbeitet. Seine müden Augen sind von schwarzen Schatten ummalt und er hat einen Blick aufgesetzt, den ich so sonst nur von grimmigen Senioren kenne.

»Was machst du denn hier?«, entfährt es mir.

»Ich dachte mir, wenn ich schlafen will, kann ich das hier tun und muss mir dafür nicht Penningtons Rede anhören«, erklärt er seelenruhig.

»Und wie du siehst, konnte ich der Zeremonie nicht beiwohnen, da ich den armen Charlie zu seinem akuten Schlafmangelproblem beraten musste.« Ms Buchanan wippt zufrieden in ihrem Stuhl umher. »Tee und Shortbread scheinen die beste Lösung zu sein. Willst du etwas, Macey?«

»Später vielleicht.« Ich setze meinen Rucksack ab und ziehe meine Cambridge-Mappe heraus. Bei ihrem Anblick seufzt Ms Buchanan theatralisch.

»Habe ich dir nicht letztes Jahr schon eine Referenz geschrieben? Ich dachte, wir wären durch fürs Erste.«

»Ich bin erst durch, wenn ich die Immatrikulationsbescheinigung einer Uni in der Hand halte.«

Ich lege ihr meine Unterlagen vor und Ms Buchanan hebt die Augenbrauen. »Nationaler Juniorwettbewerb für Mathematik?«

»Es könnte meinen Lebenslauf aufbessern. Die Anmeldefrist endet bald.«

»Aye, Universitäten lieben solche Wettbewerbe«, brummt sie und nimmt einen Schluck aus ihrer Teetasse.

»Lieben« ist fast schon eine Untertreibung. Den ersten Platz in einem landesweiten Mathematikwettbewerb zu gewinnen, ist wie ein Direktticket nach Cambridge zu erhalten. Ich habe die Statistiken herausgesucht. Teilnahme allein – Verbesserung des Lebenslaufs um etwa acht Prozent, Qualifikation für die nächste Runde um fast zwanzig im Vergleich zu anderen Bewerbungen. Ganz zu schweigen von den Möglichkeiten, die sich durch einen Gewinn eröffnen würden.

Ms Buchanan schiebt die Unterlagen zu mir zurück.

»Ich bewundere deine Zielstrebigkeit, Macey, aber hast du vergessen, dass du dieses Jahr deinen Abschluss machst? Das wird ziemlich aufwendig, neben deiner Cambridge-Vorbereitung und den Klausuren an einem Mathematikwettbewerb teilzunehmen.«

»Die zehn Besten erhalten ein Vollstipendium für ihren gesamten Studienverlauf«, entgegne ich und schiebe die Bewerbungsunterlagen zu ihr zurück. »Ein Umzug nach Cambridge wird teuer genug, das kann ich nicht mit dem Nebenjob im *Figaros* ausgleichen.«

»Ist dies der Moment, in dem ich dich erneut auf all die günstigeren Optionen aufmerksam mache, die dir ein lokales College bieten würde?«

Ich tippe mit der Fußspitze gegen ihren Schreibtisch. Vermutlich verhalte ich mich gerade sehr stur. Gegen ein lokales College ist nichts einzuwenden, aber es ist kein St. Andrews, kein Oxford, kein Cambridge. Letzteres ist nur eine Stunde von London entfernt, wo die nigerianische Community viel größer ist als hier im rauen Norden Schottlands, und wo Mum ursprünglich herkommt.

Cambridge belegt in jedem meiner Rankings den ersten Platz.

Ms Buchanan sucht eine Tasse aus ihrem Regal aus und schenkt mir Tee ein. Minze mit Süßholz. Sie kennt meine Lieblingssorte noch aus dem letzten Schuljahr.

»Nun, wenn es eine Schülerin gibt, der ich diesen Arbeitsaufwand zutraue, dann dir«, sagt sie schließlich. »Und unsere Schule verfügt nicht umsonst über ein gutes Oxbridge-Programm, das dich auf die Bewerbung vorbereitet ... Was meinst du, Charlie?«

»Ist es überhaupt rechtlich erlaubt, dass ich während eines Beratungsgesprächs hier sitze?«

Ms Buchanan rollt mit den Augen und füllt zur Antwort nur seine Tasse mit Tee auf.

Anders als die meisten hier, deren Eltern für die Privatschule zahlen, haben Charlie und ich es über ein Stipendium an die Hillburn geschafft. Schon in der Grundschule hat man Charlies künstlerisches Ausnahmetalent erkannt und seitdem zieht es ihn von einer Auszeichnung zur nächsten.

»Was ich damit sagen möchte«, fährt Ms Buchanan fort, »ist, dass ihr beide unglaublich talentiert seid und euch euren

Platz an der Hillburn mehr verdient habt als so manch andere. Jede Universität würde sich glücklich schätzen, euch aufnehmen zu dürfen. Ich meine, wer verdient einen guten Studienplatz, wenn nicht ihr?«

Sie lächelt und ich versuche mein Bestes, nicht vor lauter Skepsis das Gesicht zu verziehen. Wenn es um Zukunftspläne geht, ist Ms Buchanan eine heillose Optimistin. Immer wenn ich das Gefühl habe, dass mir unsere Schulsozialarbeiterin bereits alle ihrer pseudotiefgründigen Weisheiten vermittelt hat, kommt ein neuer Spruch dazu.

Hör auf deine innere Mitte, das Leben ist ein Kreis, du musst nur ganz fest an dich glauben ...

»Ach kommt schon, nicht mal ein kleines Lächeln?«, scherzt sie. »Ihr müsst zugeben, das war eine tolle kleine Rede.«

»Ich fand es schön, wie klar und deutlich Sie gesprochen und dabei den Blickkontakt gehalten haben«, brummt Charlie und Ms Buchanan lacht.

»Na, wenigstens etwas. Macey, willst du einen Keks?«

Sie wartet nicht einmal meine Antwort ab, sondern hält mir direkt die ganze Dose entgegen.

Die nächste halbe Stunde verbringt Ms Buchanan damit, Charlie zum Hauptwerk seines Portfolios zu durchlöchern. Er hat sich für ein Kunstcollege in London beworben – das vorgegebene Thema lautet »Bruchstücke« und er weigert sich vehement, eine Collage zu basteln.

»Viel zu vorhersehbar«, ruft er aus, woraufhin Ms Buchanan von irgendeinem Künstler erzählt, mit dem sie in den Neunzigern ausgegangen ist und Anti-Regierungs-Graffitis gesprüht hat. Dann ermahnt sie uns, dass wir bitte nicht die Schule schwänzen sollen, aber falls wir es mal tun, sollen wir dabei Politiker mit Eiern bewerfen.

Wenn Ms Buchanan von ihrer Jugend spricht, ist diese immer von Romantik geprägt. Sie klingt fremd, filmartig irgendwie, nicht wie etwas, das Menschen wirklich erleben. Nicht wie etwas, das mir zusteht. Meine Zeit in Hillburn eignet sich höchstens als Vorspann. Klassenarbeiten, Tests und Arbeitsgemeinschaften in Dauerschleife.

Die Schulklingel läutet und Ms Buchanan schwingt sich aus ihrem Sessel.

»Sieht so aus, als hätten wir dein Schlafproblem gelöst, Charlie!«, ruft sie stolz und dreht sich plötzlich zu mir. »Macey, du darfst gerne hierbleiben und deinen Tee austrinken. Wäre ja schade drum.«

Dass ich den letzten Schluck in meiner Tasse mühelos so trinken kann, ist Ms Buchanan wohl nicht aufgefallen. Charlie hebt die Augenbrauen, packt dann jedoch seine Sachen und läuft mit einem Schulterzucken zur Tür hinaus.

Kaum dass er außer Hörweite ist, beugt sich Ms Buchanan zu mir vor.

»Ich werde diesen Wettbewerb vonseiten der Schule genehmigen«, sagt sie. »Aber nur, wenn du ehrlich zu mir und vor allem zu dir selbst bist.«

Sie sieht auf meine Mappe hinab. Zwischen ausgedruckten Formularen und Motivationsschreiben erkenne ich zerknitterte karierte Blätter und meine eigene Handschrift.

Der Schreibblock.

Himmel, wie konnte ich nur vergessen, dass ich ihn so offen mit in die Mappe gelegt habe?

»Wir müssen nicht über deine Mutter reden, das ist absolut nachvollziehbar«, sagt Ms Buchanan, ohne den Blick von meinen Aufzeichnungen zu nehmen. »Ich kann mir nur vorstellen, dass es gerade eine stressige Zeit für dich ist, völlig unabhängig vom Unterricht …«

»Ich habe mich aus freien Stücken entschieden, an diesem Wettbewerb teilzunehmen. Ich weiß, dass ich genügend dafür lernen kann.«

»Daran habe ich keine Zweifel, aber …«

»Und Mum geht's gut. Wirklich«, erwidere ich mit fester Stimme. »Sie geht zu ihren Chemos und einmal pro Woche hat sie diese Selbsthilfegruppe, wo sie nur morbide Witze reißen und schlechten Kaffee trinken.«

»Es freut mich, dass es ihr besser geht, aber ich wollte eigentlich wissen, wie es um deine Gesundheit steht.«

Ich beiße mir auf die Wangen. Ms Buchanan meint es nur gut mit mir. Alle meinen es immer gut mit mir, wenn sie reden wollen, über Mum und die Schule und die Zeit danach. Dabei kann ich kaum beschreiben, wie es mir gerade geht. *Den Umständen entsprechend gut*, was sind überhaupt die Umstände? Welche Richtwerte gibt es zur Orientierung, wenn die eigene Mutter an Krebs erkrankt ist?

Ich blicke auf meine krakelige Schrift auf dem Schreibblock hinab, all die Infos, die ich nach meiner Nachtschicht im Chippy noch zusammengeschrieben habe. Ich habe Stunden damit verbracht, Dr. Singhs lausige Handschrift zu entziffern. Wenn ich von der Schule nach Hause gekommen bin, habe ich die Stadtbibliothek nach Ratgebern durchforstet, die mehr als *Beten und füreinander da sein* vorschlagen, ich habe jede seriöse neue Studie mitverfolgt, die das Internet mir bieten konnte.

Ich kann vielleicht keine Medikamente verschreiben, aber ich kann herausfinden, was für Wirkstoffe sich hinter den ellenlangen Worten verstecken. Ich kann Kalorien nachzählen und bestimmen, wie sehr wir davon abweichen, ich kann nützlich sein, ich *bin* nützlich.

»Bitte unterschreiben Sie mir einfach die Bestätigung für den Mathewettbewerb«, sage ich.

Ms Buchanan nickt nur und nimmt ihre Brille ab.

Diesmal funktioniert es mit dem dramatischen Effekt.

Die Meere hatten ihn ausgelaugt, bis nur die Dunkelheit an seinen Händen blieb.

VINCE

Wenn es eine Sache gibt, die mir alle meine Motivationspodcasts predigen, dann die Kraft des Weitermachens. Wiederaufzustehen und nicht aufzuhören, loszulegen und nicht loszulassen, den Rhythmus zu behalten und den nächsten Schritt zu nehmen, bloß nicht zu stolpern, sprinten, springen ...

Aber das interessiert meine Schnappatmung nicht.

Seit einer Viertelstunde versuche ich bereits die Brandwunden zu kühlen und die Farbe abzubekommen. Die billige Schulseife perlt eher ab, als irgendetwas zu säubern, und das ständige Aufkratzen hinterlässt weiße Spuren auf meiner Haut. Ich versuche meine Atmung zu verlangsamen, damit sich die Luft nicht in meiner Lunge überschlägt und meine Brust durchsticht.

Ein. Aus. Ein. Aus. Ein.

»Vincent? Ist alles gut bei dir?«

Dani steht am Waschbecken. Ich habe nicht ganz mitbekommen, wann sie reingekommen ist. Befinden wir uns nicht auf den Jungstoiletten? Nicht dass Dani so was interessieren würde. In unseren zwei Jahren Zusammenarbeit habe ich noch nie erlebt, dass sie irgendetwas aus dem Konzept gebracht hätte, ob Essensschlachten von siebten Klassen, überzogene Schulkonferenzen oder dreißigseitige Förderanträge. Einmal hat sie eine Fünftklässlerin zum Weinen gebracht, indem sie nichts weiter tat, als die Stirn zu runzeln.

»War das jetzt ein Ja oder ein Nein?«, hakt Dani wieder nach.

»Also mal davon abgesehen, dass ich fast an einem Stromschlag gestorben wäre, ist alles bestens, danke der Nachfrage.«

»Sarkasmus ist schon für mich als Bösen Cop reserviert, überleg dir etwas anderes.« Sie lehnt sich an das Waschbecken und streicht ihren Pony glatt. »Geht es nicht ab?«

Wir sehen auf meine Hände hinab, als könnten sie für mich antworten.

»Soweit ich es beurteilen kann, ist es nur noch hartnäckige schwarze Farbe.« Ich drehe den Wasserhahn weiter auf. Die Schulkrankenschwester hat mir zwar versichert, dass mit meinen Händen alles in Ordnung sei und die kleinen Verbrennungen innerhalb weniger Tage verheilen dürften – mittlerweile frage ich mich jedoch, ob eine Internetdiagnose nicht hilfreicher gewesen wäre. Die Farbe des Mikrofons zieht sich von meinen Handflächen bis zu meinen Fingern hoch. Je länger ich diese ansehe, umso mehr fangen sie an zu zittern.

Ein. Aus. Ein. Aus.

»Das ... das war komisch, oder?« Die Worte kleben. Ich fühle mich wie ausgespuckt. »Als wollte mich das Universum von meiner Rede abhalten.«

»Ich bezweifle, dass du dem Universum dafür wichtig genug bist. Es war ein technischer Defekt, Mr Pennington kümmert sich darum.« Dani legt eine Hand auf meine Schulter. »Komm schon. Das war eine schlechte Rede und es war nicht einmal deine Schuld. Die Leute werden es wieder vergessen.«

Ich nicke nur.

Dani hat recht. Natürlich hat sie das, sie hätte ja auch wie jede normale Person das Mikrofon losgelassen, sobald sich die erste Störung auftat. Nur nahm ich weder die Schreie meiner Mitschüler noch die Funken wahr. Selbst als das Mikrofon unter meinen Händen rauschte und warm wurde – meine Hände klammerten sich daran, als wäre es ein Rettungsanker, und ich blieb komplett dem Panikmodus verfallen.

Einfach nur lächerlich.

»Wenigstens werden die Leute nicht mehr über die Cliffs reden«, sage ich und wische mir mit dem nassen Ärmel über das Gesicht. Dani hält mir ein Papiertuch entgegen. »Ich kann's nicht fassen, wie viel Arbeit ich in diese Rede gesteckt habe, nur damit sie wortwörtlich in die Luft geht.«

»Es hätte schlimmer sein können.«

»Ich habe fünf Minuten lang schlechte Wortwitze darüber gerissen, wie ›elektrisierend‹ und ›bombastisch‹ meine Worte doch sind.« Ich seufze. »Die Fingerguns am Ende haben bestimmt auch geholfen.«

Dani versucht ein Schmunzeln zu unterdrücken. »Das war äußerst peinlich, das stimmt.«

Ich wische meine Hände mit dem Papiertuch ab und versuche nicht in den Spiegel zu sehen. Es gelingt mir nicht. Zu Hause habe ich das halbe Ding mit Motivationszitaten auf Klebezetteln gefüllt, hier blicken mir nur weiße Kacheln und leere Augen entgegen. Dabei sind die Bäder der Hillburn Secondary genauso protzig wie der Rest der Schule. Vermutlich haben wir die einzige Jungstoilette Schottlands, die Handcremespender bietet.

»Bist du wirklich nur hier, um dich nach meinem Wohlbefinden zu erkundigen?«, frage ich und Dani schnaubt.

»Natürlich nicht.«

»Hätte mich auch gewundert.«

»Mr Pennington möchte dich sprechen«, sagt sie. »Wir suchen einen Redner für die Alumnifeier. Jemand, der die Werte der Hillburn auch in der heutigen Zeit verkörpert.«

»Und ausgerechnet mein Nahtod-Erlebnis hat ihn überzeugt, dass ich die richtige Wahl bin?«

Dani verdreht die Augen. In meiner Anwesenheit scheint sie dafür recht häufig einen Anlass zu finden.

»Natürlich sollst du es tun, wer sonst?« Sie zeigt auf das Headboy-Abzeichen an meinem Blazer. »Du bist so was wie das Aushängeschild dieser Schule, Vince. Mr Pennington liebt dich.«

Mr Pennington ist auch einfach zu überzeugen, wenn man ihn die ganze Zeit mit »Sir« anspricht und seine Meinung nachkaut. Die Alumnifeier der Hillburn Secondary ist mehr als nur ein normales Klassentreffen. Alle fünf Jahre kommen Politiker, Unternehmerinnen, Investoren und Professorinnen, die früher mal auf unsere Schule gegangen sind, zusammen und trinken dabei literweise Champagner. Es handelt sich um Absolventen, die es wirklich zu etwas gebracht haben. Leute, wie ich und Dani es eines Tages werden sollen.

Ich werfe mein Papiertuch weg und beobachte, wie sich die weißen Spuren auf meiner Haut abzeichnen.

»Falls es hilft, werde ich auch dabei sein. Meine Mutter sitzt im Ausschuss«, fährt Dani fort. »Und vielleicht motiviert dich der Anblick der ganzen Alumni, dich endlich mal für ein Studium zu entscheiden.«

»Schon klar.« Dani kann das ja so einfach behaupten. Ihre Familie geht schon seit mehreren Generationen auf die Hillburn und sie sind allesamt problemlos zu Akademikern aufgestiegen. Währenddessen bin ich mir nicht einmal sicher, ob meine Eltern jemals eine Schule besucht haben. Ein Studium ist eine ziemlich große Sache für mich und ich habe keine Ahnung, wo ich mit meiner Entscheidung anfangen soll. Es muss schon irgendetwas Wichtiges sein, wenn man als vielversprechendster Schüler seines Jahrgangs bekannt ist.

»So eine Alumnirede macht sich bestimmt gut im Lebenslauf«, murmle ich und Dani klopft mir auf die Schulter.

»Eine andere Antwort habe ich nicht erwartet«, erwidert sie. »Aber mach bitte nicht dieses Ding, wo du stundenlang redest, weil du keine unangenehme Stille aushältst.«

»Ich verspreche, dass meine Kommentare einschlagen werden wie der Blitz.«

»*Uuuund* die schlechten Wortwitze sind wieder da. Sehr schön.« Sie lässt meine Schulter los und zur Antwort schnippe ich mit den Fingern. Dani und ich sind vielleicht keine besten Freunde, dafür beschränken sich unsere Gespräche zu sehr auf unsere Schulsprechertätigkeit, aber wenigstens toleriert sie meinen Sinn für Humor.

»Wir sehen uns, Summers.«

»Bring keine kleinen Mädchen zum Weinen, während ich hier bin, Mackay!«

Sie hält mir den Mittelfinger entgegen.

Kaum dass die Tür hinter ihr zufällt, rauscht das Adrenalin wieder durch meine Ohren – es ist lauter als der Wasserhahn. Mir fällt kaum mehr auf, wie die schwarze Farbe von meinen Händen abperlt.

Zum Vorschein kommt nur enttäuschend braune Haut.

* * *

Ich habe viele Dinge von meinem Vater geerbt, obwohl ich ihn nie richtig kennengelernt habe. Die dunkleren Schatten meiner Haut, die sich auf meinen Fingerknöcheln abwechseln, als hätte sich Gott nicht entscheiden können, mit welcher Farbe er mich bemalen sollte. Eine schiefe Nase mit einer spitzen Kuppe, dichtes schwarzes Haar, das in Wellen umschlägt, wenn ich mir nicht die Mühe mache, es zu schneiden. Ich sehe meinen Vater im Spiegel, obwohl ich mich nicht mehr an sein Gesicht erinnern kann.

Aber es gibt eine Sache, die ich von meiner Mutter habe, und das ist ihr Herz. Und wie ihres hat meines die Tendenz, sich bei jeglicher Kleinigkeit in alle Richtungen zu verschütten.

Ich war sieben Jahre alt, als Ma und ich Indien verließen, und manchmal sehe ich noch Bruchstücke aus der Zeit. Die Lautsprecher, aus denen die entfernten Priestergesänge durch das

Dorf hallten, Zuckerrohr, das an den Zähnen hing, und Nächte, deren Dunkelheit mich fast verschluckte. Abends strahlten die Felder fast so golden wie der Himmel und ich verbrachte jede freie Sekunde damit, der Sonne hinterherzurennen.

In Schottland gibt es diese Dinge nicht. Schottische Nächte bringen mehr Straßenlaternen als Sterne und Regen in Dauerschleife. Die wenigen Verwandten, die wir in England haben, hat meine Mutter abgeblockt. Ich erinnere mich an die Gesichter von Erwachsenen, aber niemand hatte das Lachen meines Tayaji oder die Stimme meiner Bibi aus Indien. Irgendwann verschwammen sie und es gab nur noch Ma.

Als ich realisierte, dass wir nicht mehr nach Indien zurückkehren würden, hatte meine Ma uns bereits in einer schimmligen Einzimmerwohnung in Glenfield Park einquartiert.

Als ich feststellte, dass ich meinen Dad nicht mehr zurückbekommen würde, hieß ich plötzlich Vincent Summers.

Und als ich mir endlich mein eigenes Leben in Hillburn aufgebaut hatte, als ich es endlich geschafft hatte, meinen beschissenen Akzent loszuwerden und nicht mehr der Quotenausländer zu sein, verschwand Ma an den Cliffs.

Dreizehn Tage ist es mittlerweile her. In der Zwischenzeit habe ich mich mit der Polizei, meinem Stiefvater, der noch auf Geschäftsreise in China ist, und einer penetranten Lokalzeitung auseinandersetzen müssen. Niemand weiß, wo sie sich befindet – ich habe schon am ersten Tag aufgegeben, nach ihr zu suchen.

Meine Mutter ist einzig in ihrem Verschwinden konstant.

Maki wusste schon immer um ihre Bestimmung.
Sie war eine Kriegerin. Eine Kämpferin.
Und ihre Speerspitze reichte bis hinter den Mond.

MACEY

»Gott, die Gestaltung ist hässlich«, murmelt Mum. »DJ ListR?« Sie grinst und hält mir den Flyer entgegen.

»DJ ListR ist nur Alister.« Ich schaue von meinen Englischhausaufgaben hoch. »Er veranstaltet eine Warehouse-Party.«

»Und gehst du hin?«

»Natürlich nicht.«

»Aber es sieht nach Spaß aus.«

»Er hat die Überschrift in Comic Sans geschrieben.«

Mum lacht. Wir sitzen in ihrem Krankenhauszimmer, während Dad und mein kleiner Bruder Lucas Kuchen in der Cafeteria essen. Normalerweise versuche ich, meine Hausaufgaben nicht zu unseren Besuchen mitzubringen, aber Englisch ist eine Ausnahme. Mum liebt diese alten Schmöker aus mir unerfindlichem Grund.

»Jane Austen ist eine der ersten Autorinnen, die ich mir selbst gekauft habe«, sagt sie. »Und deine Großmutter hat es nicht nachvollziehen können, warum ich lieber alte britische Bücher gelesen habe, statt die Arbeiten zu verrichten, die sie mir aufgetragen hat. Für Angela Davis und Chimamanda Ngozi Adichie hatte sie berechtigterweise mehr Verständnis.«

»Es geht um reiche Leute, deren Leben sich um ihre Anwesen und Ehen drehen«, murre ich. »Und am Ende verliebt sich die Protagonistin. Wie absolut schockierend und überhaupt nicht vorhersehbar.«

»Eine Geschichte ist mehr als ihr Ende, weißt du? Sonst könntest du ja gleich zur letzten Seite springen.«

»Oder ich könnte mir die Wikipedia-Zusammenfassung durchlesen und die restliche Zeit für meinen Mathewettbewerb lernen.« Ich klappe das Buch zu und Mum hebt vorwurfsvoll die Augenbrauen.

Manchmal wünsche ich mir, dass ich mehr wie meine Mutter aussähe, mit ihren symmetrischen Zügen und mandelförmigen Augen. Es ist ziemlich ungerecht, dass sie alle in unserer Familie überragt, während ich selbst kaum das zweite Küchenregal erreiche. Einzig meinen Afro habe ich von ihr geerbt, aber seit den Chemos hat man mir auch diese Gemeinsamkeit genommen.

»Im Dezember ist die Frist für den Mathewettbewerb schon längst durch«, fährt sie fort. »Wenn du zu Alisters Feier willst, könnte dich Femi mit dem Auto abholen. Er ist sowieso zu den unmöglichsten Zeiten wach.«

»Weißt du, normale Eltern würden jetzt etwas sagen wie ›Sei vor acht zu Hause, geh nicht in Clubs und trink erst recht keinen Alkohol.‹«

»Ich habe immer gehofft, dein Vater könnte diesen Part übernehmen, aber er ist leider ein absoluter Softie.« Mum seufzt, aber dann tut sich ein Funkeln in ihren dunklen Augen auf. »Deine Auntie Grace ist weitaus strenger, was das Ausgehen betrifft. Du solltest meine Entscheidungsberechtigung also ausnutzen, solange du kannst.«

Sie grinst, bis sie meinen entsetzten Gesichtsausdruck bemerkt.

»Zu früh?«

»Diese Selbsthilfegruppe ist ein schlechter Einfluss.«

»Je schlechter der Kaffee, umso hirnloser werden die Witze«, entgegnet sie und fügt kleinlaut hinzu: »Es ist lustiger, wenn der Typ mit dem Hirntumor es sagt.«

Ich presse die Lippen zusammen, weil mir keine gute Antwort mehr einfällt. Schweigen ist mittlerweile mein Normalzustand. So, wie es normal ist, dass wir hier sitzen und nicht an unserem Küchentisch zu Hause, wo Auntie Grace kocht und Femis Sitcoms durch das ganze Treppenhaus zu hören sind. Wie es normal ist, dass Mum nicht mehr Bananenbrot backt und dabei ihre Lieblingsmusik hört. Morgens nehme ich immer eine ihrer Kassetten mit und spiele sie auf meinem Walkman. Joseph hat mich mehrfach darauf hingewiesen, dass es einfacher wäre, eine Playlist ihrer Lieder auf meinem Handy zu erstellen, aber es wäre nicht dasselbe. Ich mag das Gefühl der Kassetten unter meiner Hand und das Wissen, dass ich Mums Sammlung genauso höre, wie sie es in meinem Alter getan hat.

»Hat Dr. Singh irgendetwas Neues zu berichten?«, frage ich.

»Selbst wenn ich es dir nicht sage, wirst du es später selbst in seinen Mitschriften nachlesen, oder?«

»Es hat eine ganze Nacht gebraucht, aber ich habe endlich verstanden, für welche Buchstaben seine unterschiedlichen Kringelgrößen stehen.«

Mum schnaubt. Sie zieht das Jane-Austen-Buch zu sich heran und blättert durch die ersten Seiten. »Aber nein, da ist nichts, was du nicht schon weißt.«

Wir schweigen. Es ist schrecklich warm im Krankenhauszimmer. Jalousien blockieren halbherzig das Sonnenlicht, die blaugestrichenen Wände sind rau und uneben und wachsen schräg zur Decke hoch. Ich kann mir nicht vorstellen, wie jemand in diesem Umfeld wieder gesund werden soll.

»Es gibt eine neue Studie in den USA«, sage ich in die Stille hinein. »Zu alternativen Behandlungsmöglichkeiten. Letzte Woche ist dazu ein Artikel auf der MacMillan-Website erschienen, vielleicht könnte Dr. Singh dich anmelden und sie …«

»Macey, nein.« Mum blickt nicht einmal hoch.

»Aber du bist noch jung. Es könnte klappen.«

»Ich werde hierbleiben«, unterbricht sie mich. »Dr. Singh hat eine schmerzlindernde Therapie für mich angesetzt und das wird helfen. Können wir jetzt bitte wieder über etwas anderes reden?«

»Es gibt nichts anderes.«

»Es gibt immer etwas anderes. Da draußen ist eine ganze Welt voller Andersartigkeit«, erwidert Mum. »Vielleicht solltest du dir die mal anschauen.«

»Und wo soll ich dann als Erstes hin?«

Sie hält mir mein Buch entgegen. »Gen Austen.«

»Mum, was zum …«

Sie lacht. Es tut ein wenig weh, ihr dabei zuzuschauen.

Glenfield Park ist kein Drecksloch, aber nah dran.

Der Sommer neigt sich kaum dem Ende zu, aber der Himmel hat bereits seine Farbe verloren, geht irgendwo hinter den alten Steinfassaden unter, blau und grau und schmutzig.

Als ich noch klein war, wohnten in unserer Gegend viele Familien – Schotten, deren Vorfahren schon seit Jahrhunderten hier lebten, und Immigranten, die es als Gastarbeiter in den Norden zog. Auf dem Spielplatz machte es keinen Unterschied, woher deine Eltern kamen, solange du genügend Kaugummi für alle dabeihattest.

Aber die Schaukeln sind mittlerweile abmontiert und das verrostete Klettergerüst wird nur noch durch eine Ansammlung von Stickern und schlechtem Graffiti zusammengehalten.

Dad parkt vor unserer Einfahrt und zieht den schlafenden Lucas aus seinem Autositz. Weil Lucas und ich uns ein Zimmer teilen, muss ich meine Englischhausaufgaben am Küchentisch beenden.

»Ihr seid schon wieder zu spät fürs Abendessen«, brummt Auntie Grace und schiebt mir einen Teller entgegen. »Welche Abkürzung hat dein Vater diesmal versucht zu nehmen?«

»Er hat aus Versehen die Ausfahrt Richtung Dumbarton verpasst, weil er die ganze Zeit zur Radiomusik mitgesungen hat.«

»Du sagst das so, als hättest du nicht selbst dabei mitgewippt«, ruft Dad aus, als er zurück nach unten kommt. »Sie haben fünf 90s-Hits hintereinander gespielt, sollte ich das etwa nicht ausnutzen?«

Er schaufelt einen Berg an Jollof-Reis auf seinen Teller und ein verträumtes Lächeln schleicht sich auf seine Lippen. »Außerdem lief das Oasis-Cover von *You've Got To Hide Your Love Away*. Das war der erste britische Song, den mir deine Mutter vorgespielt hat, als ich nach London kam.«

Ich schnaube. »Wie romantisch.«

»An den Titel hat sich aber keiner von euch beiden gehalten. Ihr habt nie ein Geheimnis aus eurer Beziehung gemacht und die Gerüchte zogen sich bis nach Lagos«, spottet Auntie Grace, worauf Dad ihr ein paar bissige Kommentare auf Yoruba hinterherwirft. Zugegeben, ich mag es, wenn Dad und seine ältere Schwester gegeneinander wettern. Es ist harmlos und witzig und ihr nigerianischer Akzent tritt stärker hervor als sonst. Ich habe diesen Akzent nicht. Die wenigen Worte Yoruba, die ich beherrsche, sind verwaschen und ausgelaugt von den Mundbewegungen, die ich aus der englischen Sprache kenne; der Versuch, ein Land über die Stimme meines Vaters zu imitieren.

Auntie Graces Haus ist ein grauer zweistöckiger Klotz mit vier Schlafzimmern, der genauso aussieht wie alle anderen Häuser in der Straße. Wir wohnen hier zu siebt: meine Tante, meine älteren Cousins Joseph und Femi, Mum und Dad, Lucas und ich. Eigentlich wollten wir schon vor einer Weile hier ausziehen, aber dann kam Mums Krebsdiagnose. Seitdem übernimmt Auntie Grace einen großen Teil ihrer Pflege, während Dad versucht, uns mit mehreren Jobs über Wasser zu halten. Sich um eine Krebspatientin zu kümmern ist ein Vollzeitjob und obwohl meine Tante sehr streng sein kann, weiß ich nicht, wo wir ohne sie wären.

»Und wo hast du dich heute den ganzen Tag herumgetrieben?«, ruft Auntie Grace, als mein Cousin Femi die Küche betritt. Seit drei Tagen trägt er schon dasselbe alte Prince-T-Shirt und fluffige rosa Hausschuhe, nur seine Locs sehen heute merkwürdig nass und verklebt aus.

»Ich hab …«, beginnt Femi und sein Blick wandert plötzlich zu meinen Schulunterlagen. »Eigentlich hab ich gar nichts gemacht.«

Auntie Grace schnalzt mit der Zunge. Vor meinem inneren Auge sehe ich, wie sie in den nächsten Stunden passiv-aggressive Gebete gegen unsere Küchendecke rufen wird. »Du solltest dringend damit aufhören, deine ganze Zeit mit diesen Videospielen zu verbringen«, murrt sie. »Du bist achtzehn Jahre alt, Femi. Ein Studium kommt nicht von selbst.«

»Ich weiß.«

»Du kannst nicht dein Leben lang die Regale im Supermarkt einräumen.«

»Ich weiß.«

»Was ist denn gegen Supermärkte einzuwenden?«, wirft Dad ein. »Soll ich dich daran erinnern, dass das mein erster Job war, als wir nach Großbritannien gekommen sind?«

»Und ich habe hart gearbeitet, damit meine Söhne eines Tages Berufe angehen können, in denen einem mehr als ein paar Pfund gezahlt werden.« Auntie Grace wedelt mit ihrem Kochlöffel durch die Luft, bis der Jollof-Reis auf der vergilbten Tapete landet. »Dem Jungen fehlt die Perspektive. Es gibt so viele Menschen da draußen, die sich keine Bildung leisten können. Ist ihm das überhaupt bewusst?«

Ich beiße mir auf die Unterlippe. Weit muss Femi nicht gehen, um ein Beispiel zu finden. Niemand in unserem Haus hat einen Hochschulabschluss, weder Dad oder Auntie Grace, die als junge Erwachsene nach Großbritannien kamen, noch Mum, die in London aufgewachsen ist.

Ich packe meine Hefter weg und sehe zu Femi hinüber. *Eltern, nicht wahr?*, fragt sein Blick, doch ich schaffe es nicht, seine Belustigung zu erwidern. Vor einem halben Jahr ging Femi noch auf die Uni. Früher waren wir zwei Seiten derselben Medaille. Ich hatte eine Vorliebe für Mathe und Physik, wo Femi Englisch und Gesellschaftskunde lernte. Ich bekam ein Stipendium für die Hillburn Secondary und er war der Erste aus unserer Familie, der studieren würde. Er ist anderthalb Jahre älter als ich, aber unsere Leben liefen auf parallelen Bahnen.

Nur hat Femi sein Informatikstudium geschmissen und alles, was damit in Verbindung steht. Seinen Abschluss, die WG in Edinburgh, das Studiendarlehen, alles.

Dabei sollte Femi doch ein Wunderkind sein. Er wurde früher eingeschult, er hat eine Klasse übersprungen, alle seine Lehrer waren so fest davon überzeugt, dass er eines Tages etwas Großes aus seinem Leben machen würde. Stattdessen lungert Femi jetzt auf dem Dachboden unseres Hauses herum, arbeitet die Nachtschichten im Supermarkt und scheint keinerlei Anstalten zu machen, zurück an die Uni zu gehen.

Der Druck liegt jetzt auf mir.

Er wusste nicht mehr, wo diese Geschichte begann. Am Anfang? Ganz am Anfang, als das Wort für ihn noch anders hieß?

VINCE

Drei Tage nach dem Mikrofon-Vorfall beschließt Mr Pennington einen Verantwortlichen für das Debakel zu finden, der definitiv nicht er sein darf, nur weil die Schulleitung das Budget für die Schultechnik seit Jahren nicht erhöht.

Als ich beim Büro unseres Schuldirektors ankomme, nickt mir die alte Sekretärin freundlich zu. Wir kennen uns, denn man findet mich ständig hier, in den Aushängen der Schulpreisträger, Fotos der Fußballmannschaft oder Zeitungsartikeln über Chorkonzerte. Das Einzige, was noch fehlt, ist eine goldene Plakette bei den Sportrekorden. Aber das wird dieses Jahr nachgeholt.

»Haben Sie etwas an Ihren Haaren verändert?«, frage ich und die Augen der Sekretärin weiten sich überrascht.

»Letzte Woche nachgefärbt. Mit dem Alter wird das bei den grauen Haaren notwendig.«

»Ach, das sieht man Ihnen doch gar nicht an.«

»Alter Schmeichler.« Sie schnaubt, aber ich erkenne den Ansatz eines Lächelns. »Mr Pennington ist noch nicht in seinem Büro. Du kannst im Wartebereich Platz nehmen, er ruft euch dann auf.«

Euch? Ich drehe mich zu den Stühlen um, nur um festzustellen, dass der Platz neben Penningtons Bürotür bereits von einem Mädchen besetzt ist.

Rin Nakamura blickt aus dem Fenster auf den Schulhof hinaus, ihre Finger pfriemeln an den zahlreichen bunten Ansteckern herum, die sie an ihrem Schulblazer hängen hat. Neben der immer vorhandenen Trans-Pride-Flagge erkenne ich heute einen Baby Yoda, einen »Love is Love«-Button und einen Brokkoli mit Sonnenbrille.

»Sieh an, wenn das nicht Vince the Prince höchstpersönlich ist«, begrüßt sie mich. »Wie läuft die Wiederwahl zum Schuloberhaupt?«

»Bist du wieder durch die Schulflure gerannt oder warum bist du ausnahmsweise pünktlich zu einem Termin?«

»Wie wäre es mit Vinny? Das klingt doch auch nach einem guten Spitznamen …«

»Die Buttons auf deiner Schuluniform verstoßen definitiv gegen die Hausordnung.«

»Oder warte mal … Vin! Dann wären wir Vin und Rin. Du musst zugeben, das klingt nach einem tollen Titel für eine Sitcom, besser noch als *Tom und Jerry*.«

Seufzend lasse ich mich auf den Platz neben ihr fallen. *Tom und Jerry* ist ein recht guter Vergleich für unser Verhältnis. In meiner Zeit als Pausenaufsicht hat es keine andere Person an der Hillburn Secondary gegeben, der ich so viele Verweise erteilt habe wie Rin Nakamura. Ständig rennt sie durch die Schulflure, verlässt unentschuldigt das Gelände oder schwänzt den Unterricht. In der Woche vor den Sommerferien trug sie jeden Tag ein Bananenkostüm zur Schule und als die Schuldirektion sie auf die Kleiderordnung hinwies, zog sie die Uniform einfach obendrüber.

»Es heißt Vincent«, korrigiere ich schließlich. »Nur meine Freunde dürfen mich Vince nennen, für alle anderen ist es Vincent.«

Rin grinst mich an, als plane sie bereits den nächsten Schritt in ihrem persönlichen Rachefeldzug gegen mich.

»Schon verstanden, Vince.«

»Du hältst dich wohl für unglaublich lustig, mit all deiner Widerrede. Fühlst du dich dadurch besser als der Rest?«

»Witzig, dass ausgerechnet du das sagst.«

»Summers! Nakamura!«, ertönt plötzlich die bellende Stimme Penningtons durch den Warteraum. »Wie schön, dass Sie mittlerweile eingetroffen sind.«

Wir waren schon vor ihm da, aber was soll's. Pennington ist jahrelang Offizier beim Militär gewesen, ich kann sehr gut darauf verzichten, ihn ungefragt zu korrigieren.

»Ich nehme an, Sie wissen beide, warum wir hier sind«, brummt unser Schuldirektor, kaum dass Rin und ich uns auf das Chesterfield-Sofa in seinem Büro gequetscht haben. »Vor ein paar Tagen gab es einen Vorfall während der Begrüßungszeremonie, der zu einer Störung des Mikrofons geführt hat ...«

»Und ich verspreche, dass ich es nicht gewesen bin!«, ruft Rin aus. »Der Hausmeister hat selbst gesagt, dass es sich nur um einen technischen Defekt gehandelt hat. Ich habe keine Ahnung, wie man ein Mikrofon explodieren lässt!«

»Du musst zugeben, dass du so was wie die Kandidatin Nummer Eins bist, wenn es um Chaos geht«, werfe ich ein.

»Ich würde aber nie jemanden verletzen. Nur mich selbst. Versehentlich.«

Mr Pennington massiert sich die Schläfe. »Das haben Sie schon mehrfach bewiesen«, seufzt er und Rin nickt hastig.

Obwohl wir sitzen, schafft Rin es, mich um ein ganzes Stück zu überragen. Ihre Finger klopfen unruhig gegen die Sofalehne und bei jeder Kopfbewegung wippen ihre Kirschohrringe mit – die übrigens einen weiteren Verstoß gegen die Kleidervorschriften darstellen.

»Explosionen sind nicht mein Stil. Ich hätte Frösche mitgebracht und sie hätten Kostüme getragen, mit kleinen Hütchen, die aufleuchten, wenn man auf sie drückt. Und im Hintergrund würde ein Prince-Song laufen, *1999* oder so.«

»Du solltest die Frösche beschriften«, schlage ich leise vor. »Aber nur mit Eins, Drei und Vier.«

Rins Augen weiten sich. »Wir nennen es *Who let the Frogs Out*!«

»Und dann spielst du *The Winner takes it all* von Queen, aber lässt deinen Namen einschneiden.«

»*The Rin-ner takes it all*? Oh, wie wäre es mit *All I do is Rin*?«

»Könnten wir bitte wieder zum Wesentlichen zurückkehren?«, unterbricht uns Pennington. »Mr Summers, Sie waren direkt von der Tat betroffen. Sicherlich sind Sie auch der Auffassung, dass unsere Mikrofone an keinerlei technischen Mängeln leiden.«

Unser Schuldirektor wirft mir einen eisernen Blick zu, der meine Antwort ankündigt, bevor ich sie überhaupt ausgesprochen habe.

»Selbstverständlich nicht, Sir«, sage ich also. Zugegeben, die größte Überraschung liegt darin, dass die technische Ausrüstung nicht schon früher einen Defekt erlitten hat. Im alten Schulgebäude der Hillburn sind die Spinnweben stabiler als die Internetverbindung und es grenzt an ein Wunder, dass es hier überhaupt Funkmikros gibt. »Zumal Miss Nakamura schon in der Vergangenheit durch Missachtung der Regeln dieser Institution auffällig geworden ist.«

Mr Pennington nickt zufrieden. Es ist ein Kinderspiel, die richtigen Worte für unseren Schuldirektor zu finden, und diese Abzeichen kommen nicht von selbst.

»Nun, dann ist es beschlossen.« Mr Pennington klatscht zufrieden in die Hände. »Ms Nakamura, das ist Ihr letzter Verweis. Noch ein Vorfall und ich werde Sie von der Schule suspendieren. Haben wir uns verstanden?«

Rin beißt sich auf die Unterlippe, bis sie weiß wird. Das sonst ausgelassene Funkeln in ihren Augen ist verblasst.

Er hat ihr mit einem Schulverweis gedroht.

Mein Magen dreht sich. Es ist eine Verbeugung für meine Glanzleistung vor Pennington, dabei ist das doch alles nicht meine Schuld. Selbst wenn ich etwas sage, wird das nichts an Mr Penningtons Auffassung ändern, und ihren schlechten Ruf bei der Schulleitung hat sich Rin selbst zuzuschreiben. Wie schwer kann es schon sein, sich an ein paar Regeln zu halten, die seit Jahrzehnten am Haupteingang prangen?

»Mr Summers?« Etwas an seinem Tonfall lässt darauf schließen, dass er mich gerade nicht zum ersten Mal anspricht. »Liegt diese Lösung in Ihrem Interesse?«

Rin dreht nervös ihre Anstecker.

»Ich halte eine Verwarnung für angemessen, Sir«, höre ich mich sagen, kann aber Rin dabei nicht in die Augen sehen.

Für Mr Pennington ist die Sache damit erledigt. Er fängt an, über die kommende Alumnifeier zu schwärmen, von einem Geschichtsprojekt der sechsten Klassen zu berichten und drückt mir anschließend irgendwelche Anträge in die Hand, um die Dani gebeten hat.

Rin sitzt die ganze Zeit daneben und schaut aus dem Fenster. Erst, als Mr Pennington uns aus seinem Büro entlässt, regt sie sich wieder, ihre Hände fest in den Jacketttaschen vergraben, den Rucksack nur über eine Schulter gezogen.

»Ich muss jetzt in die Richtung.« Ich zeige zur rechten Wendeltreppe am Ende des Gangs. »Dir … viel Erfolg dir noch.«

Rin runzelt die Stirn. Ihre Kirschohrringe wippen weiter umher. »Da muss ich auch lang. Hab jetzt Mathe in der Einundvierzig.«

»Der Grundkurs bei Mrs McCallion?«

»Ja.«

»Ich … auch.«

»Oh …«, macht Rin. »Okay, cool.«

Es ist offensichtlich alles andere als cool.

Und dann schweigen wir wieder. Ich ziehe mein Handy aus der Jacketttasche und scrolle durch mein E-Mail-Postfach, um nicht mehr auf Rin achten zu müssen, aber es funktioniert nicht. Selbst beim Gehen ist sie viel zu laut. Ihre Kirschohrringe klackern bei jedem Schritt und ihre Buttons scheppern in einem anderen Rhythmus mit.

»Ich wusste gar nicht, dass Handys auf dem Schulgelände erlaubt sind«, sagt sie und blickt auf mein Display herunter.

»Seit wann interessierst du dich für die Schulvorschriften?«, entgegne ich.

»Seit wann brichst du sie?«

Punkt für sie. Das stetige Brummen der Faxgeräte im Sekretariat nimmt ab und plötzlich hört man nur noch unsere Schritte durch die Flure hallen. In Rins Augen liegt eine Mischung aus Skepsis und Belustigung, die ich nicht einordnen kann.

»Das ist das offizielle E-Mail-Postfach des Headboys«, erkläre ich. »Manchmal schaue ich nach, ob ich Einladungen bekommen habe, zu landesweiten Schulkonferenzen oder Veranstaltungen des Schulausschusses.«

»Klingt alles sehr wichtig«, meint Rin.

»Durchaus, aber ich arbeite bereits seit über zwei Jahren für die Schülervertretung. Mit der Zeit gewöhnt man sich an die damit einhergehende Verantwortu– *RIN!*«

Fast hätte ich mein Handy fallengelassen.

Rin hat ihren Rucksack abgenommen und rennt auf das Tor am Ende des Gangs zu. Mit einem großen Sprung nach vorne streckt sie die Hand aus und schafft es, den obersten Punkt des Türrahmens zu berühren. Nur knallt ihr Kopf dabei gegen eine Lampe.

»Mir geht es gut!«, versichert sie und hält schnaufend einen Daumen hoch. »Willst du auch?«

Man darf nicht durch die Gänge rennen, ruft der vernünftige Teil meines Gehirns. *Bestimmt schaffst du es mit weniger Anlauf*, ruft der andere lauter.

Ich schüttle den Kopf, um mich von dem Gedanken zu befreien. »Du solltest dich unauffälliger verhalten, Rin.«

»Warum? Hier ist doch niemand, der sich daran stört, wenn wir springen.«

»Nein, ich meine, so allgemein …« Ich gestikuliere zu ihren Buttons. Mir fallen die japanische Flagge und ein *sie/ihr*-Anstecker auf, die direkt an der Stelle hängen, wo sich bei mir der Headboy-Pin befindet. Zu Rin muss man sich nichts zusammenreimen. Es hängt alles an ihr dran, eine ganze Palette an Identitäten und Labels, die sie einem mit einem Blick unter die Nase reibt. Keinerlei Geheimnisse, aber trotzdem hundert Fragezeichen. Ich verstehe nicht, was sie damit bewirken will.

»Wozu brauchst du die überhaupt?«

Rin legt den Kopf schief, ihr Zeigefinger kreist über meine Abzeichen. »Aus dem gleichen Grund wie du, oder?«

Sie grinst breit, als amüsiere sie meine gesamte Erscheinung, von dem kurzen Haarschnitt bis zu der gebügelten Krawatte. Noch frustrierender ist nur mein steigender Puls. Sollte Rin nicht diejenige sein, die wütend auf *mich* ist, weil ich Penningtons Verwarnung zugestimmt habe?

»Deine selbstgemachten Buttons sind nicht vergleichbar«, zische ich.

»Warum nicht?«

»Weil man sich diese Abzeichen verdienen muss! Da steckt ein Verfahren hinter jedem einzelnen! Man muss gewählt werden und sich in den Ausschüssen engagieren und Mr Pennington händigt dir am Anfang des Jahres dafür …«

»Das klingt schrecklich anstrengend nur für ein Stück Metall, das ein, zwei Schuljahre an deinem Blazer hängt, findest du nicht?« Rin gähnt theatralisch und streicht dann ihre Krawatte glatt. »Willst du jetzt eigentlich noch springen oder nicht?«

Ich schaue zum Tor hoch. Selbst wenn man nicht fast zwei Meter groß ist wie Rin, sollte es nicht zu schwer sein, die obere Leiste zu erreichen.

Ich nehme meinen Rucksack ab.

Als ich mein Handy weglegen will, sehe ich jedoch eine Nachricht, die es zum Blinken bringt.

Eine E-Mail.

Und ein Absender, den ich nicht kenne.

»Alles gut bei dir?«, fragt Rin und blickt auf mein Handy herunter. »Was ist das?«

»Geht dich nichts an«, murre ich, aber Rin beugt sich bereits über mein Display.

An: Vincent Summers (Hillburn Secondary Headboy)
Von: messageofthesun
Betreff: Bist du das?
Anlage: WS_Kapitel_1–10.docx

Es war einmal ein Prinz, der an die Küsten unserer Welt verschifft wurde. Der Letzte seiner Art, ohne eigenes Land oder Krone, Erinnerungen weggespült von den Wellen. Die Meere hatten ihn ausgelaugt, bis nur die Dunkelheit an seinen Händen blieb. Kierat, das war der Name, an den er sich noch erinnern konnte, den die Klippen nach ihm riefen.

»Du hältst dich für wichtiger als du bist«, murrte die Kriegerin und auf ihrer Haut leuchtete der Glanz der Palastkuppeln. »Ich muss dich nicht einmal suchen, um dich zu finden.«

MACEY

»Schon in der ersten Schulwoche hier?«, sagt Patrycja, unsere Bibliothekarin, und pfeift anerkennend. »Krass, das muss ein neuer Rekord sein.«

Ich nicke hastig. Mein Lieblingsort an der Hillburn ist der Lesesaal der Schulbibliothek. Er ist noch im viktorianischen Originalzustand erhalten, mit dunklen Eichenholztafeln und Buntglasfenstern. In den Büchern zeichnen sich die Spuren der Schüler vorheriger Jahrhunderte ab und auf den Regalen liegt eine schwere Staubschicht, dick und grau, aber irgendwie vertraut. Von meinem Stammplatz am Fenster kann man das gesamte Gelände überblicken, das große Fußballfeld und das Internatsgebäude, die Cliffs hinter den Dächern des Stadtkerns und den schmalen Pfad, der hoch in die schottischen Berge führt. Ich kann es kaum abwarten, hier wieder meine Bücher ausbreiten zu können.

Die Abgabe für den Mathewettbewerb steht in nur zwei Wochen an. In den Sommerferien habe ich mich mit der Stadtbibliothek in Glenfield Park zufriedengegeben, aber die bietet nichts im Vergleich zur Fachliteratur in der Schule.

»Neue Kopfhörer?«, frage ich.

»Aye, irgendwie muss man die Stille auf Arbeit mit Rockmusik füllen.« Patrycja grinst und fährt sich über den kahl geschorenen Kopf. »Da sitzt übrigens jemand an deinem Lieblingstisch.«

Ich drehe mich zu den Arbeitsplätzen um.

Vincent Summers kippelt auf meinem Stuhl, die Sporttasche auf dem Fensterbrett abgelegt, die Hände in den Hosentaschen vergraben. Auf dem Tisch vor ihm liegt nur ein Schreibblock, nicht einmal einen Stift hat er ausgepackt.

»Macey, wie absolut unerwartet, dich hier anzutreffen!«, ruft er stolz. Er hat dieses typische *Schulsprecher-deines-Vertrauens*-Lächeln aufgesetzt, bei dem ich mir nie ganz sicher bin, ob er es ernst meint. Ich setze mich auf den Platz gegenüber und lasse meinen Rucksack absichtlich laut auf den Boden knallen. Er hebt nur unbeeindruckt die Augenbrauen.

»Was machst du hier?«, zische ich.

»Lernen … wie man das in einer Bibliothek so tut.«

»Und das kannst du nicht an einem der siebzehn anderen freien Tische tun?«

Vincent dreht sich zum Rest der Bibliothek um, als fiele ihm jetzt erst auf, dass außer uns niemand hier ist. »Ich wusste nicht, dass die Plätze namentlich reserviert sind«, sagt er. »Und davon abgesehen mag ich es, einen Study Buddy zu haben. Das hält mein Zen in Frieden.«

Ich rolle mit den Augen. [Zwischenergebnis: Vincent Summers hört sich gerne reden. Man würde meinen, er könnte wenigstens in einer Bibliothek den Mund halten, aber sein Wortschwall wird nur schlimmer.]

»Weißt du, unser Schulsystem unterschätzt, wie viel man von seinen Mitschülern außerhalb des Unterrichtsstoffs lernen kann«, fährt er fort. »Wenn ich den Neuen in der ersten Woche eine Tour durch das Gebäude gebe, erkläre ich ihnen immer wieder, dass es einer Anpassung des Curriculums bedarf. Oder wie Jane Austen in *Stolz und Vorurteil* sagte: ›Meine Vorstellung von guter Gesellschaft sind gebildete Menschen, die viel zu sagen haben.‹«

»Das Zitat ist aus *Anne Elliot*.«

»Sag ich doch. Gebildete Menschen!« Er streckt sich und knallt dabei fast mit dem Kopf gegen das Bücherregal.

Bei seinen vielen Abzeichen lässt sich schnell vergessen, dass Vincent nur ein stinknormaler Siebzehnjähriger ist. Er ist viel zu drahtig für jemanden, der täglich Sport treibt, geschweige denn als Mannschaftskapitän spielt. Seine Haare sind präzise zurechtgeschnitten, es hat etwas von einem abgebrochenen Bleistift. Einem sehr gesprächigen Bleistift.

»Machst du etwa in der ersten Schulwoche schon Mathehausaufgaben?«, fragt er angewidert, während ich einen Stapel aus zerfledderten Heftern aus meinem Rucksack ziehe. »Warte, da steht ›Landesweiter Juniorwettbewerb‹. Für was, Mathematik? Klingt anstrengend. Und wozu das Ganze? Ich dachte, du hättest Cambridge schon längst in der Tasche …«

»Können wir bitte gleich zu dem Teil springen, in dem du mir erklärst, warum du hier bist?«, unterbreche ich ihn. »Anders als du, will ich heute noch meine Aufgaben schaffen.«

Vincent legt den Kopf schief. Ich tue es ihm nach, so lange bis er schließlich aufgibt und sich schnaubend wegdreht. Geschieht ihm recht. Wenn Vincent schon in die Schulbibliothek kommt und meinen Platz besetzt, muss er wenigstens mit Widerstand rechnen.

»Ich bin auf der Suche nach einem Autor«, gesteht er.

»Und ich bin mir sicher, dass dir unsere Bibliothekarin gerne behilflich ist.«

»Tatsächlich habe ich gehofft, dass du mir helfen kannst.« Vincent zieht sein Handy aus der Hosentasche und legt es auf dem Tisch ab. »Ich meine … diese E-Mail … ist das ein schlechter Scherz? Der Prinz, die Cliffs, die Dunkelheit an seinen Fingern, findest du das irgendwie witzig?«

»Die was?«

Er seufzt genervt. »Die E-Mail. Die Kapitel, ich habe sie alle gelesen.«

»Welche Kapitel?«

»Welche Kapitel?«, äfft Vincent nach und verschränkt die Arme auf der Tischplatte. »Dein Ernst, Mace?«

»Nenn mich nicht Mace.« Meine Hand umschließt den Walkman in meiner Blazertasche fester. Sobald Vincent weg ist, werde ich Mums Britrock-Kassette raussuchen und auf die höchste Lautstärke stellen. Etwas mit einem energischen Gitarrenriff, damit ich schneller schreibe und die verlorene Zeit aufarbeite. Etwas, das »Mace« aus meinen Gedanken drückt. Etwas, das weniger wehtut.

Mir fallen die Wunden auf, die sich über Vincents Handgelenk bahnen. Weiße Hautrisse ziehen über die Stellen, die er offensichtlich länger aufgekratzt hat.

Er folgt meinem Blick und schiebt sofort seine Ärmel runter.

»Die Brandwunden sind noch von Montag«, beteuert er. »Es ist nicht so schlimm wie es aussieht, die Schulkrankenschwester meint, es verheilt die Tage noch.«

»Wann ist das passiert?«

»Während der Begrüßungsrede natürlich.« Seine Augenbrauen verziehen sich mit Sorge, aber ich gebe nur ein dürftiges Schulterzucken zur Antwort. »Du hast das nicht mitbekommen?«

»Ich war bei Ms Buchanan.«

»Das heißt, das Kapitel mit den schwarzen Händen bezieht sich nicht auf das Mikrofon?« Vincent tippt hastig auf sein Display. »Aber … in der Geschichte steht ausdrücklich …«

Er hält mir eine Nachricht aus seinem Postfach entgegen. Das Dokument in der Anlage ist fast fünfzig Seiten lang. Vincent scrollt durch die Markierungen, während mein Blick zur Zeitanzeige seines Handys wandert. Kurz nach halb. Fast zehn Minuten Lernzeit habe ich bereits an dieses Gespräch verloren und Vincent macht keinen Anschein, bald aufzuhören.

»Es ist eine Geschichte über einen Prinzen«, erklärt er. »Er landet *Titanic*-mäßig mit den Überbleibseln seines Schiffs am Strand eines fremden Landes und wird dort von einer Soldatin aufgefunden, die ihn ständig mit einem Speer von sich abstößt.«

»Klingt sehr sympathisch.«

»Jedenfalls habe ich allen Grund zur Annahme, dass es sich bei dem Prinzen um mich handelt.«

»Und das zeugt überhaupt nicht von einem Überheblichkeitskomplex.«

Er schmunzelt und es fühlt sich an wie ein Schlag gegen meine Brust. Vielleicht braucht es etwas Lauteres als Britrock. Grunge. Oder Hardrock? Ein Pearl-Jam-Album auf Loop. Ich werde es auf meine To-Do-Liste schreiben.

»Du bist auch drin. Die Kriegerin mit dem Speer? Sie heißt Maki. Sie wohnt in den Kasernen am Rand der Berge, findet ihn am Strand und bringt ihn in Sicherheit. Wobei sie vermutlich nicht so winzig ist wie du, nichts für ungut«, erklärt Vince. »Komm schon, Mace, ich verspreche, dass ich dich in Ruhe lernen lasse, wenn du dir einfach mal den ersten Absatz durchliest.«

Er sieht mich wartend an. Welpenblick inklusive.

Ich verdrehe die Augen und nehme ihm das Handy ab. »In Ordnung. Aber nur den ersten Abschnitt.«

Er nickt dankbar.

WS_Kapitel_1–10.docx

Es war einmal ein Prinz, der an die Küsten unserer Welt verschifft wurde. Der Letzte seiner Art, ohne eigenes Land oder Krone, Erinnerungen weggespült von den Wellen. Die Meere hatten ihn ausgelaugt, bis nur die Dunkelheit an seinen Händen blieb …

Die Sprache des ersten Kapitels ist hochgestochen und schwülstig und die zahlreichen gelben Markierungen machen das Entziffern des Textes nicht einfacher.

»Und?«, fragt Vincent. »Was meinst du?«

»Im vierten Satz fehlt ein Oxfordkomma«, entgegne ich trocken.

»Sehr witzig. Aber könntest du dich bitte auf den Inhalt konzentrieren?« Er zoomt auf das Display ein. Ich versuche nicht auf die Narben an seinen Händen zu achten.

»Siehst du den letzten Satz im ersten Abschnitt?«

Und dann fällt es mir auf.

Kierat, das war der Name, an den er sich noch erinnern konnte, den die Klippen nach ihm riefen.

Der Prinz trägt Vincents alten Namen.

Ich lehne mich in meinen Stuhl zurück und verschränke die Arme. Vincent tut es mir nach. Die Luft zwischen uns ist mit Staubflocken gespickt. Für eine Weile hört man nur die dumpfe Musik aus Patrycjas Kopfhörern.

»Ich bin nicht die einzige Person, die von diesem Namen weiß«, versuche ich mich zu verteidigen. »Fast alle in Glenfield Park haben dich früher so genannt.«

»Aber du bist die einzige Person an der Hillburn, die mich als Kierat kennt«, entgegnet er. »Du hast länger an dem Namen festgehalten, als es … als es Ma jemals getan hat.«

Bei den letzten Worten wendet er wieder den Blick ab, sieht stattdessen aus dem Fenster hinaus, dorthin wo der Himmel in das Meer übergeht.

Wir schweigen.

Ich versuche den alten Vincent in seinem Gesicht auszumachen, den Ansatz einer Locke oder ein bekanntes Wort, das nicht von seiner mittlerweile tieferen Stimme verschluckt wird.

Doch selbst wenn ich etwas finden würde, wüsste ich nicht, was ich damit anfangen soll. Wir reden nicht mehr miteinander, zumindest nicht in Worten. Ich kenne ihn nicht, aber immer noch zu gut. Ich mag ihn nicht, aber vermisse, was wir mal waren. Im Durchschnitt haben Jugendliche im Vereinigten Königreich eine Quote von 2,6 besten Freunden. Mit Vincent liegt meine bei –1.

Vincent dreht sich wieder vom Fenster weg und seine Augen weiten sich, fast schon überrascht darüber, dass ich ihn noch ansehe.

»Ich bin es nicht gewesen«, wiederhole ich. »Wirklich nicht. Es tut mir leid, aber ich habe keine Ahnung, wer diese Geschichte geschrieben hat.«

»Wer soll es sonst gewesen sein, wenn nicht du?«

»Keine Ahnung, aber ich muss jetzt lernen.« *Und mich nicht länger von dir ablenken lassen.* »Vielleicht kannst du deine Ma fragen, wem sie sonst noch von Kierat erzählt hat?«

Für einen kurzen Augenblick bleibt es still. Dann lacht Vincent auf, ein ehrliches, lautes Lachen diesmal, als hätte ich gerade den besten Witz aller Zeiten gemacht, und es schallt durch die ganze Bibliothek.

»Aye, natürlich«, ruft er. »Daran hätte ich auch selbst denken können.«

»Oh, aber Maki«, sagte der Prinz lächelnd,
»Fliegen ist nur Fallen rückwärts.«

MACEY

Als Vincent noch Kierat hieß, wohnte er in einer Einzimmerwohnung in Glenfield Park, direkt neben unserem Haus. Er war damals noch kleiner als ich, schmaler, mit wilden schwarzen Locken, die weicher fielen als meine eigenen. Wenn man nicht richtig aufpasste, ging er fast im Schatten seiner Mutter unter.

Aber ich passte auf.

Ich passte immer auf ihn auf. Selbst als der unscheinbare Junge anfing auf Bäume zu klettern, obwohl es draußen blitzte, stand ich unten und hielt den Regenschirm. Wenn er aus der Grundschule rannte, weil ihm das richtige englische Wort fehlte, war ich die erste Person, die ihm folgte.

Wir schauten Kinderfilme und schliefen nach der Hälfte auf dem Sofa ein. Wir zeichneten mit Kugelschreiber Hennamuster auf unsere Haut, Worte aus Mums Büchern, die wir nicht verstanden. Wir schrieben alles auf, füllten Notizbücher mit Geschichten über Monster im Bach hinter dem Spielplatz oder Plänen für die Weltherrschaft. Sein Englisch war brüchig und akzentbeladen, aber er sprach seine Worte mit einer Sorgfalt aus, die unsere Lehrerinnen und Lehrer nie verstanden.

Mit neun sammelten wir zusammen Pokémonkarten und zogen die anderen Kinder im Viertel ab. Mit zwölf hatten wir bereits ein Imperium aufgebaut, das sich durch ganz Glenfield Park erstreckte. Kaugummis, halbwegs funktionstüchtige Radios, Lösungen aus den Tests der Vorjahre. Kierat konnte alles verticken, wenn man ihn nur lang genug lächeln ließ, und ich konnte alles besorgen. Auntie Grace nannte uns damals Sturköpfe ohne Moral und ganz abwegig war die Bezeichnung nicht. Träume hießen bei uns Ziele und statt Wünschen gab es Motivation.

Kierat verschwand zweimal. Das erste Mal war die Schuld seiner Mutter. Sie meinte, es wäre einfacher für den Neuanfang in Schottland, wenn er einen Namen trug, den die Lehrer auch aussprechen konnten. Also benannte sie ihn in Vincent um, nach dem Mann, der später sein Stiefvater wurde.

Das zweite Mal war es meine Schuld.

Als Kierat Glenfield Park verließ, nahm er ein paar Bruchstücke von mir mit, in Liedern, Socken und schlechten Insiderwitzen. Manchmal sah ich ihn noch, ganz flüchtig auf den Fluren.

Aber meist war nur noch Vincent da.

»Ich weiß, wer ich bin«, meinte die Kriegerin. »Ich weiß, wer ich bin und was ich sein werde. Und ich weiß, dass es mehr ist als die Baracken dieser Stadt.«

MACEY

»Macey? Mate, du verpasst die Femiladas.«

Femi steht an der Tür meines Zimmers und sieht missmutig das Chaos auf meinem Bett an. Ein endloses Netz an Karteikarten liegt auf meiner Decke ausgebreitet und zieht sich bis zu den Bettkanten.

»Geografie?«

»Geschichte. Gib mir noch fünfzehn Minuten und ich bin mit dem linken Stapel durch.«

Er rümpft die Nase. »Dann lass ich deinen Teller in der Mikrowelle stehen und du kannst nach dem Lernen noch essen«, schlägt er vor. »Wenn Joseph deine Portion nicht vorher findet.«

»Ist er immer noch in der Aufbauphase?« Joseph ist mein ältester Cousin und schwört seit Neuestem, dass er beim Essen nur Nachschlag braucht, weil das wichtig für sein Training wäre.

»Keine Ahnung, Mann, frag das sein Bauchfett.« Femi lässt sich auf mein Bett fallen und sein Gewicht führt dazu, dass einer der Karteikartenstapel in sich zusammenfällt. Er hebt nur die Augenbrauen und sieht sich die ungeordneten Kleidungsstücke und Berge von zusammengeknülltem Papier auf meinem Fußboden an.

»Ich dachte, du hättest gestern hier aufgeräumt?«

»Und ich dachte, du willst zurück zu deinen Femiladas.«

Femi stöhnt. »Weißt du, was ich am meisten an dir schätze, ist *de-femi-tiv* deine offene Art gegenüber deinen Mitmenschen.« Er wirft mein Kopfkissen weg und es landet mit einem dumpfen Knall zwischen Lucas' Legosteinen und ein paar leeren Irn-Bru-Flaschen.

»Hey, was soll das?«

»Deine Aufmerksamkeit von deinen Karteikarten weglenken«, entgegnet er und streicht dabei seine Schürze glatt, auf der in geschwungener Schrift *Küss den Koch!* steht. Mittlerweile hinterfrage ich Femis Kleidungswahl nicht mehr.

»Joseph und ich wollen übernächsten Samstag mit Lucas ins Kino«, erklärt er. »Vielleicht danach noch Fish and Chips und Eiscreme bei *Figaros.*«

»Da kann ich nicht«, entgegne ich, ohne von meinen Notizen hochzuschauen. »Das ist das Wochenende vor meinem Abgabetermin für den Mathewettbewerb.«

»Na und?«

»Ich will an dem Samstag noch dran arbeiten.«

»Und das kannst du an keinem anderen Tag?« Femi zieht an meinem Hillburn-Pulli. »Mathe bleibt für immer. Rabatte bei *Figaros* nicht.«

Ich seufze. Egal wie oft ich es erkläre, Femi kann einfach nicht nachvollziehen, dass ich meine Wochentage rigoros im Voraus plane. Es geht nicht nur um Mathe. Wenn ich einen ganzen Nachmittag im Kino und danach im *Figaros* verbringe, muss ich später mindestens zwei Stunden länger wach bleiben, damit ich alle Wettbewerbsaufgaben noch mal durchgehen kann. Aber so wie ich mich kenne, werde ich sowieso nach der Hälfte einschlafen, was heißt, dass ich erst am Sonntag zum Lernen komme. Doch am Montag ist auch der Abgabetermin für den Französischaufsatz, den ich noch nicht fertig geschrieben habe, ganz zu schweigen von dem Englischtest am Donnerstag und …

»Deine Mum darf an dem Samstag auch das Krankenhaus verlassen«, fügt Femi hinzu.

»Und sie will nicht nach Hause kommen?«

»Sie hat bestimmt nichts dagegen, mal was anderes zu machen als immer in diesem überfüllten Haus zu hocken.«

Ich presse die Lippen zusammen. Mum kommt immer nach Hause. Sie setzt sich in unseren Garten aus Unkraut und Asphalt und tut so, als wärme sie sich in der schottischen Sonne. Es ist ein Stück Normalität, aus meinem Fenster zu blicken und sie als Erstes zu sehen.

»Aber wo wir schon dabei sind, hast du etwas Geld über?«, fragt Femi. »Fürs Tanken und für unsere Tickets, meine ich.«

»Wo soll ich jetzt Geld herbekommen?« Niemand von uns bekommt Taschengeld, und Geldgeschenke von Verwandten finden früher oder später ihren Weg zu Auntie Grace.

»Du hast doch den ganzen Sommer über gearbeitet.«

»Das Geld ist für Cambridge.«

»Ach komm schon. Nicht mal für ein Wochenende?«

»Wieso hast du es nicht besser geplant, wenn dein Geld nicht reicht?«

»Ich habe es geplant. Der Plan hat dich halt auch vorgesehen!« Femi schiebt seine Brille hoch. »Ist es wirklich so schlimm, wenn du etwas von deinen Ersparnissen ausgibst? Ich meine, wie viele Möglichkeiten werden wir noch haben, um mit deiner Mum zusammen ...«

»Du hast kein Recht darauf, jetzt die Krebs-Karte zu spielen, das ist unfair«, unterbreche ich ihn und lege meine Karteikarten weg.

»Ich spiele nichts und das ist nicht unfair. Es ist ein Fakt, den du dir nicht eingestehen willst.«

»Fakt ist auch, dass du so oft ins Kino gehen könntest, wie du willst, wenn du dein Studium und dein Studiendarlehen behalten hättest.«

Femi springt von meinem Bett auf, knallt dabei fast gegen die Dachschräge und zieht die Lichterkette mit. »Mann, reicht es nicht aus, dass Ìyá mich damit nervt, musst du es wirklich auch tun?«, beschwert er sich. »Tut mir leid, dass ich nicht fürs Studium gemacht bin, nicht jeder ist ein Genie wie du.«

»Ich bin kein Genie. Ich arbeite einfach für meine Ziele«, erwidere ich. »Du hast es nicht mal versucht, Femi. Dabei bist du eine der schlausten Personen, die ich kenne.«

»Das bringt mir aber nichts, okay?« Er breitet die Arme aus, sein Blick hängt an meinen mit Schulbüchern überfüllten Regalen fest. »Alle an der Uni sind irgendwie schlau.«

»Dann musst du dich einfach an deinen Schreibtisch setzen und dich konzentrieren. Nur weil du es in der Schule nicht tun musstest, heißt es nicht, dass du es jetzt nicht …«

Femi rollt mit den Augen. Vermutlich wiederhole ich nur, was ihm alle erzählen, aber es ist mir egal. Der Femi, den ich kenne, hätte nicht einfach so das College geschmissen. Der Femi, den ich kenne, ist intelligent und weiß immer was zu tun ist und verbringt nicht den ganzen Morgen damit, *Just Dance* zu spielen oder Sitcoms zu bingen.

»Weißt du was?«, sagt mein Cousin schließlich und zieht seine Schürze aus. »Nein. Einfach nur nein. Ich geh nicht wieder an die Uni zurück.« Er zerknüllt den Stoff. »Lieber verbringe ich die Zeit mit meiner Tante, statt mir das Wochenende von irgendwelchen Formeln ruinieren zu lassen.«

»Und du bettelst deine kleine Cousine an, weil du es dir selbst nicht leisten kannst.«

»Wenigstens kenne ich meine Prioritäten«, entgegnet er, bevor er die Zimmertür hinter sich zuknallt. Ein paar Notizzettel fallen von der Wand auf meinen Schreibtisch herunter, aber ich hebe sie nicht mehr auf.

***

Ich mag die Idee vom Lernen.

Als Kind sah ich Auntie Grace beim Kochen zu, bevor ich selbst einen Löffel halten konnte. Dads Sprichwörter in Yoruba gehörten genauso dazu wie Mums englische Kinderreime, und für jeden Käfer im Garten drehten wir eine eigene Naturdoku.

Es ist schwer zu sagen, wann Lernen für mich mehr Mittel zum Zweck wurde. Wann es nicht mehr ausreichte, die beste Schülerin meiner Klasse zu sein, sondern es der gesamte Jahrgang sein musste. Wann ich mir das Ziel setzte, unbedingt an einer Oxbridge-Universität zu studieren.

Ich weiß nur, dass es sich mittlerweile falsch anfühlt, nicht zu lernen.

Kurz nachdem Femi den Raum verlassen hat, schiebe ich mich von meinem Bett hinunter und setze mich vor Mums alte Boombox, die im untersten Fach meines Nachttischs steht. Mum hat in ihrer Jugend alle möglichen Kassetten gesammelt, darunter alle Prince-Alben, *The Best of 2Pac*, nigerianische Legenden wie Fela Kuti und Tony Allen und die erste Auflage von Oasis' *Champagne Supernova*. Vielleicht kann ich nächstes Mal meinen Walkman ins Krankenhaus mitnehmen. Mum ist ein riesiger Musikfan, bis heute. Sie verfolgt Neuerscheinungen und aufstrebende Bands, liest Musikrezensionen und interpretiert Songtexte mit der gleichen Begeisterung wie ihre Lieblingsbücher.

Manchmal wünsche ich mir, ich hätte das auch.

Irgendein Hobby, irgendetwas, was ich liebe, nur der Sache wegen. Aber wenn ich mir selbst Playlists erstelle, beschränken sich diese nur auf Lofi-Beats. Die wenige Freizeit, die ich neben dem Lernen habe, verbringe ich mit gedankenlosem Scrollen auf meinem Handy, oder ich sehe mir Ted-Talks und Rätselvideos an. Das Einzige, was mich auszeichnet, sind meine Noten und die vage Vorstellung, dass ich auch außerhalb meines Kopfes existiere.

Aber irgendwann wird es das wert sein. Wenn ich es nach Cambridge schaffe. Dann wird alles gut.

Mein Handy vibriert.

Seufzend klopfe ich mein Bett ab, bis ich es unter einer Karteikarte finde. Der Startbildschirm zeigt eine Nachricht von einer unbekannten Nummer.

Ich muss nicht einmal das Profilbild vergrößern, um zu wissen, dass es sich um Vincent Summers handelt. Es zeigt ihn breit grinsend auf dem Fußballfeld, das Trikot mit Gras und Regen verdreckt, einzelne Haarsträhnen an seiner Stirn klebend. Er hält einen großen goldenen Pokal in die Höhe und hat zwei Medaillen um den Hals hängen.

Angeber.

Das letzte Mal, dass Vincent und ich in Kontakt zueinander standen, hatten wir noch keine Handys. Er muss wohl den ganzen Jahrgangs-Chat nach meiner Nummer durchforstet haben.

(19:03) **Vincent Summers**
Hi,
Ich will dich nicht auffordern, die Geschichte zu lesen oder irgendetwas zu unternehmen. Aber da du genauso erwähnt wurdest wie ich, will ich dir keine Informationen vorenthalten. Entschuldige, dass ich dich falsch verdächtigt habe.
Vincent

Darunter die weitergeleiteten Kapitel.

Er riss so viel aus sich selbst heraus,
in der Hoffnung, jemand Besseren zu finden.

VINCE

Freitags nach dem Fußballtraining werden die wichtigsten Pläne für das Wochenende geschmiedet. Diesmal geht es um eine Feier in Tommy Gordons Haus und das ganze Team ist eingeladen.

»Also, bist du dabei?« Callum zieht sich seinen Hillburn-Pullover über und sein Haar schießt in alle Richtungen hoch. »Wir können schlecht ohne unseren Kapitän kommen.«

Ich schließe die Tür meines Kleiderspinds ab. »Muss ich euch daran erinnern, dass wir am Sonntag noch ein Spiel gegen St. Mary's haben?«

»Ah, komm schon, Mate. Das ist doch nur das Team aus Clydebank.«

»Vince geht nicht auf Feiern. Generell nicht«, kommt es von unserem Torwart Ollie. »Du fragst hier den Falschen.«

»Du verarschst mich.«

»Stimmt schon so«, brumme ich, ohne von meinen Schnürsenkeln hochzublicken. Ich bin immer als Erstes fertig, weil ich anders als Callum meine Zeit nicht mit sinnlosem Gerede verschwende.

»Keine Feiern, kein Alkohol, keine Zigaretten, kein Kaffee …«, beginnt Ollie aufzuzählen. »Und anscheinend auch keine Freundin. Dabei verbringst du so viel Zeit mit dieser Goth-Dani.«

»Du hast dir echt vorgenommen, die menschliche Version eines Neujahrsvorsatzes zu sein, oder?« Callum klopft mir auf die Schulter. Mich überkommt das dringende Bedürfnis, seine Hand wegzuschlagen. »Chillst du auch mal?«

Archie lacht. »Ich wette, Vince wäre ein richtiges Partytier, wenn man ihn abfüllt.«

»Nee, ich will Vincent high sehen. Dann wäre er endlich diese Steifheit los.«

»Hat das was mit Religion zu tun?«, fragt Clyde. »Kommst du nicht aus Indien?«

Ich beiße mir auf die Wange und ziehe den Riemen meiner Sporttasche enger an.

Es hat keinen Sinn, es zu erklären. Niemanden interessiert, dass ich in letzter Zeit keinen Schluck Kaffee runterkriege, weil schon die kleinste, unkontrollierbare Veränderung meines Herzschlags mich in Panik versetzt. Warum ich um fünf Uhr morgens nicht von einer Party zurückkomme, sondern zum Joggen aufstehe. Ich kenne diese Jungs vom Fußballfeld – sie sind in Ordnung, aber mehr als drei Worte werden nur an ihnen vorbeifliegen.

»Wir sehen uns beim Spiel«, brumme ich. »Und wehe, ihr seid alle noch verkatert.«

***

Das letzte Mal, dass ich eine Party besucht habe, ist über ein Jahr her. Dani und ich waren gerade zu den neuen Schulsprechern gewählt worden und ließen uns zu einer Feier überreden, die der Headboy einer anderen Schule veranstaltete.

Es lief Grime-Musik und schneller Drum and Bass, den ich normalerweise nur vor Fußballspielen höre. Dani war in ein Gespräch mit einer Schulsprecherin aus Clydebank vertieft, während ich meine Zeit damit verbrachte, abwechselnd meinen Herzschlag und meine zittrigen Finger zu überprüfen. Irgendwann fand ich mich auf dem Sofa im Wintergarten wieder, schnappte nach Luft und starrte eine riesige Monstera an.

Für Partys gibt es keine Karteikarten. In einer Hillburn-Uniform war ich vielleicht selbstbewusst, aber sobald ich meine eigene Kleidung trug, bekam ich kein Wort mehr heraus.

»Vincent, nicht wahr?« Ein Mädchen mit langen erdbeerblonden Haaren quetschte sich auf die Armlehne neben mich. Ich nickte.

Sie war mir schon den ganzen Abend über aufgefallen, aber ich hatte keine Meinung zu ihr. Sie war einfach nur da. Jedes Mal, wenn ich Dani suchte, fand ich nur sie.

»Du bist süß.« Sie griff nach meiner Schulter, ich starrte nur zurück. Die Musik war so laut, dass sie sich die ganze Zeit zu mir herunterbücken musste, damit ich sie verstand. Ihre Beine schoben sich auf meine Knie, ihre Haare fielen vor mein Gesicht. »Auf eine spießige, verklemmte Weise.«

»Ich bin nicht verklemmt«, erwiderte ich und sie lachte. Sie lachte ziemlich viel, den ganzen Abend schon, und ich schob es auf die Drinks. Ihre Finger fuhren durch meine Haare und ich ließ es einfach zu, obwohl sie dabei fast gegen meine Ohren fasste.

»Dann nehme ich dich beim Wort, okay?«

Ich habe nicht nein gesagt.

Ich habe gar nichts gesagt.

Das Erste, woran ich mich erinnere, ist der üble Alkoholgeruch. Dann ihre Lippen, das unangenehme Stechen, als ich sie auf meinen spürte, fremd und feucht und viel zu warm, als drücke man mir die Luft weg, bevor ich überhaupt zum Atmen ansetzen konnte.

Vielleicht sollte es sich so anfühlen und ich war nur nervös. Die meisten waren doch in dieser Situation nervös. Vielleicht musste ich mich nur zusammenreißen. Vielleicht konnte ich mir die Zaghaftigkeit abtrainieren.

Wer bist du, warum machen wir das, ich weiß doch nicht mal deinen Namen.

Aber es half nicht, dass ich mir die Situation kleinredete. Ich zuckte zusammen. So stark, dass sie davon fast vom Sofa fiel.

»Was ... was war das denn?« Sie versuchte sich an der Lehne festzuhalten und meine Haut brannte noch an all den Stellen, an denen sie mich angefasst hatte. Ich bekam kein Wort mehr von den Lippen. »Sorry, ich wollte dich nicht verletzen, ich ...«

Und sie lachte mich aus.

Der erste Kuss in meinem Leben endete damit, dass mich ein Mädchen auslachte.

Es brauchte nur zwei Minuten, bis ich meine Sachen zusammengepackt hatte und die Feier verließ. Dani stand im Nebenraum, hob bei meinem Anblick die Augenbrauen und leerte ihr Bier in einem Zug, um mitzukommen. Keine Ahnung, wie viel sie vom Kuss mitbekommen hatte. Wir gingen einfach und sprachen es nie wieder an, so wie wir alles nicht ansprachen, was außerhalb unserer Schultätigkeit lag.

Ich beschloss, ab jetzt jeglichen Feiern fernzubleiben.

Ich brauche keinen Alkohol und Bässe, die meinen Herzschlag durcheinanderbringen. Ich mag keine Mädchen, die mir die Luft aus den Lungen ziehen. Auch keine Typen. Das ist die erste Frage gewesen, die ich mir nach jener Feier gestellt habe, und ich habe sie im gleichen Zug verneint.

Ich brauche diese Dinge nicht.

Was ich brauche, ist Leistungssteigerung und Kontrolle.

»Mein Schatten muss etwas falsch verstanden haben«, sagte der Prinz. »Er sollte mir doch folgen und nicht mich leiten.«

VINCE

Ich bin bereits zur Hälfte mit meinem Podcast durch, als mir einfällt, dass der Kühlschrank zu Hause leer steht und ich den Umweg durch den Stadtkern nehmen muss. Der Corner Shop an der Hauptstraße hat noch geöffnet. Es ist einer dieser modernen kleinen Läden, die es schaffen, einen ganzen Supermarkt auf zwanzig Regale zu quetschen.

Direkt im Eingangsbereich steht der Ladenbesitzer und wischt die Fliesen ab.

»Tut mir leid, die Slushie-Maschine hat gerade den Geist aufgegeben«, erklärt er. »Ist ein bisschen rutschig hier vorne, aber das wird.«

Mit einer kurzen Hüftbewegung schiebt er den Reinigungswagen weg und grinst breit. »Kann man dir irgendwie helfen?«

Ich schüttle den Kopf und der Verkäufer nickt zufrieden. Er sieht fast aus wie eine erwachsene Version von mir. Sein Bart macht es schwer ihm ein konkretes Alter zuzuordnen, aber älter als Ende zwanzig dürfte er nicht sein. Mein Blick weicht von dem *kara* an seinem rechten Arm zu seinem Turban hoch. In der Sikh-Community gilt Haar, *kesh*, als ein Zeichen von Stolz und Zugehörigkeit. Es bleibt ungeschnitten unter dem Turban zusammengebunden. Der des Verkäufers ist anders, als ich es von meinem Vater in Erinnerung habe, schmaler und runder.

Das Telefon klingelt und der Verkäufer springt zurück zur Theke. »Sag Bescheid, falls du was brauchst!«, ruft er.

»Aye«, brumme ich zurück. Im Corner Shop riecht es nach Zitronenreiniger und Räucherstäbchen und das unregelmäßige Klopfen des Regens vermischt sich mit dem Brummen der Gefriertruhen. Ich streife durch die Gänge und ziehe wahllos Pasta und Gemüse aus den Regalen heraus.

»*Tik hai, Babaji, tusin kidda?*« Der Verkäufer lacht am Telefon. »*Tusin kadhon auna shop nu? Bas ghar vich rahna?*«

Ich drehe meinen Podcast leiser.

Die Worte des Verkäufers klingen vertraut, wie etwas, was ich eigentlich verstehen müsste. Ein bisschen so, als säße ich vor einem Test und könnte mich ganz genau daran erinnern, wo in meinem Hefter die Lösung steht, auch wenn ich die Antwort selbst nicht mehr weiß.

»*Hanji, mere kol hai.*«

»*Bas, karunga, hanji …*«

Das schallende Gelächter des Verkäufers ist so laut, dass ich mich nicht mehr denken hören kann. Tut er das absichtlich? Nur, weil ihn niemand versteht, muss er noch lange nicht so laut sein. Wie viel Kundschaft hat er auf diese Weise schon verschreckt? Oder geht er davon aus, dass es mir nichts ausmacht, nur weil ich aussehe wie er?

Will er, dass ich ihn verstehe?

Als ich zur Kasse gehe, grinst mich der Verkäufer wieder freudig an. »*Leh*, ist das alles? Willst du nicht noch …«

»Schon etwas unhöflich, die ganze Zeit in einer Sprache zu sprechen, die niemand anderes versteht, oder?« Mein Blick wandert ständig zu seinem Turban hoch, dann auf sein Namensschild. Jaggi Singh. Daneben ein Smiley.

»Das war mein Großvater am Telefon, mein Babaji«, klärt er mich auf. »Er hat gefragt, ob ich heute Abend mit seinem Hund Gassi gehe, interessiert dich das so brennend?«

Er sieht nicht wütend aus, im Gegenteil. Da ist ein wissendes Leuchten in seinen Augen, als hätte er mitbekommen, dass ich schon die ganze Zeit versuche seine Worte mit meinem Gedächtnis abzugleichen.

Aber ich bekomme es einfach nicht hin.

»Du gehst auf die Privatschule, oder?«, fragt er, während er meinen Einkauf scannt.

»Nur als Tagesschüler. Nicht im Internat.«

»Deswegen kommst du mir so bekannt vor!« Er wedelt mit dem Zeigefinger vor meinem Gesicht herum. »Deine Mutter hat hier ab und zu eingekauft. Jetzt nicht regelmäßig, aber oft genug, dass ich mich an sie erinnern kann. Gibt ja nicht so viele von uns hier in Hillburn. Sie kam auch aus Indien, nicht wahr? Ich habe sie manchmal Punjabi reden hö…«

»Meine Mutter spricht kein Punjabi«, unterbreche ich ihn.

Zumindest nicht seit meinem elften Lebensjahr.

Als wir nach Hillburn zu meinem Stiefvater gezogen sind, stieg Ma endgültig auf Englisch um, schaute keine indischen Dramen mehr und brachte »Live, Laugh, Love«-Plaketten im ganzen Haus an. Ma hat wesentlich hellere Haut als ich und ihr Haar ist stets zu einem kurzen Bob frisiert. Die wenigsten Leute gehen davon aus, dass sie indischer Herkunft ist, bis sie mich sehen. Dann fügt sich ein neues Bild in ihren Köpfen zusammen, das selbst Mas helle Haut nicht mehr retten kann.

Jaggi nickt langsam und packt meinen Einkauf in eine Papiertüte.

»Es tut mir leid, was mit ihr passiert ist«, murmelt er. »Sag Bescheid, wenn du etwas brauchst, *yaar*. Ich bin mir sicher, wir können es dir nächstes Mal auch direkt vor die Haustür liefern.«

Er sieht meinen Schulrucksack und die Sporttasche an. Ich starre auf seinen Turban und unterdrücke den Gedanken, alle meine Haare ausreißen zu wollen.

»Geht schon so«, murre ich und nehme ihm die Papiertüte ab.

***

Zu Hause greife ich als Erstes nach dem Rasierer.

Knapp über meinem Ohr fange ich an, bis zu der Stelle, an der die Kopfwölbung beginnt, einhändig, undurchdacht und definitiv ungerade.

Es ist schon eine Weile her, dass ich diese Haarlänge das letzte Mal an mir gesehen habe. Trotzdem hat das Abrasieren etwas Routiniertes an sich und bringt nicht das befreiende Gefühl, das man sonst von einem Radikalschnitt erwarten würde.

Es dauert nicht einmal eine Viertelstunde, bis mir im Spiegel ein brauner Skinhead entgegenblickt, der mit dem Handy in der Hand auf der Badewannenkante hockt und Zähne putzt.

Er scrollt durch ein langes Worddokument, stolpert über jede Erwähnung von Kierat, als sei er ein Fremder. In allen Kapiteln finden sich Randbemerkungen – es gibt gelbe Markierungen an den Stellen, die Gemeinsamkeiten zwischen mir und dem Fantasyprinzen darstellen, und ein paar Fragezeichen, die ich nicht zuordnen kann. Das Ende des letzten Kapitels hat der Autor nur mit »Lieblingsabsatz« kommentiert.

Keine Ahnung, was das zu bedeuten hat.

»Vincent? Bist du hier?«

Mein Stiefvater Ian schaut ins Badezimmer und runzelt bei meinem Anblick die Stirn. Es wird nicht besser, als er das Waschbecken mit den verstreuten Haaren sieht.

»Machst du hier noch sauber?«, brummt er und ich nicke nur. Keine weiteren Fragen. Keine weitere Diskussion. Ian hat bereits seinen Rollkoffer für die nächste Dienstreise gepackt. In letzter Zeit scheint er nur noch aus diesen Koffern zu leben und kommt ausschließlich nach Hause, um sie auszutauschen.

»Keine Feiern, während ich weg bin«, ermahnt er mich. »Ich will keine deiner Kumpels in diesem Haus.«

»Aye.« Ian weiß echt nicht, mit wem er sich ein Haus teilt.

»Und vergiss nicht den Rasen zu mähen, ich will nicht zurückkommen und das Ganze sieht aus wie ein Dschungel.«

»Natürlich.«

»Und du meldest dich, falls die Polizei was findet?«

»Klar.« Dabei wissen wir beide, dass das nicht mehr passiert. Es ist nur eine leere Worthülse, ein letzter Versuch, die einzige Gemeinsamkeit zwischen uns festzuhalten.

So in Ordnung Ian vielleicht auch sein mag, am Ende des Tages bin ich nur das Anhängsel zu seiner Frau, das seinen Zweitnamen trägt. Er bezahlt meine Schulgebühren ihretwegen und nicht, weil er sich sonderlich um mich schert. Die beiden lernten sich kennen, als wir noch in Glenfield Park lebten und meine Mutter im *KeyStore* arbeitete. Ian war frisch geschieden, Ma und ich seit ein paar Monaten in Schottland. Er nahm immer den Umweg über die Lusset Road und sie sorgte dafür, dass seine Lieblingszigaretten aufgestockt waren. Ich habe keine Ahnung, was folgt, wenn Ma nicht bald zurückkommt.

»Nun denn.« Ian starrt seinen Koffer und dann wieder das Waschbecken an. Vielleicht fragt er sich gerade dasselbe wie ich. »Viel Erfolg in der Schule.«

»Viel Glück in Shanghai.«

»Das nächste Meeting ist in Beijing«, korrigiert er mich. Er überprüft seine Smartwatch und verlässt ohne ein weiteres Wort das Haus.

Ich höre noch zu, wie sein Auto aus der Garage fährt, und widme mich dann wieder meinem Handy. Statt der E-Mail öffne ich die Nachricht, die ich Macey geschrieben habe. Sie hat noch nicht geantwortet. Natürlich nicht, ich klinge in meiner Nachricht ja auch wie ein verdammter Vierzigjähriger, der zum ersten Mal in seinem Leben einen Messenger benutzt. Fehlt eigentlich nur, dass ich mit Vor- und Nachnamen unterschreibe.

Meine Finger scrollen automatisch weiter. Macey hat kein Instagram-Profil (oder irgendwelche sozialen Medien, soweit ich das beurteilen kann), aber ihre älteren Cousins schon. Nachdem ich mich durch etliche von Josephs Gymselfies geklickt habe, finde ich endlich ein Foto, das seine Familie zeigt. Es ist ein wenig verwackelt, Femi und Joseph grinsen in die Kamera, während Macey in der Mitte von ihnen fast erdrückt wird. Ihre großen Locken sind unter ein strenges Haarband gezwungen, die Ärmel ihres Pullovers mehrfach umgekrempelt und trotzdem viel zu lang.

Kleiner Bruder geht jetzt auf die Uni, wtf #EdinburghUniversity #proudaf #Wunderkind, steht als Bildunterschrift darunter.

Die nächsten Fotos zeigen Femi, wie er hinter seiner neongrünen Sonnenbrille hochlugt, mit einem *Figaros*-Milchshake in der Hand. Joseph, der vor seinem Auto posiert. Macey und ihr kleiner Bruder Lucas auf dem alten Trampolin, wo wir früher als Kinder gespielt haben.

Mein Kopf pocht auf eine Weise, die sich nicht auf den Druck des Rasierers zurückführen lässt.

Wie es sich anfühlt, wenn man seine beste Freundin verliert:

Du siehst sie in Bruchstücken, in anderen Menschen. In den zwei Löffeln braunem Zucker und gestreiften Bettlaken. In Lockencreme und Sheabutter.

Du siehst sie in den Dingen, die du nicht von ihr weißt. Wie sie ihren Tee am liebsten trinkt. Ob sie Arthouse-Filme guckt oder Superheldenblockbuster. Du siehst sie in der Leere. Zwischen Worten, die du ihr sagen wolltest, aber nur auf deiner Zunge zerbrichst.

Als Kind verbrachte ich jede freie Sekunde bei den Adenugas und aß am Frühstückstisch die Froot Loops weg, die sonst niemand wollte. In der Küche lief ständig das Radio, während wir unsere Hausaufgaben machten. Meine ersten vollständigen Sätze auf Englisch stammten aus schlechten Popsongs und RnB-Balladen und Mrs Adenuga hat jedes Mal darüber gelacht.

Jetzt habe ich verpasst, wie Femi es auf die Uni geschafft hat. Lucas ist mittlerweile fast so alt wie wir es waren, als ich nach Glenfield Park kam.

Nervös blicke ich meinem Spiegelbild entgegen.

Keine Ahnung, wie ich es geschafft habe, etwas so Einfaches wie Haare abrasieren zu versauen, aber das Endergebnis ist pures Chaos.

Seine Tage verbrachte der Prinz allein hinter den Gittern seines Palasts. Und die Nächte in denen seines Kopfs.

VINCE

Hohe Zäune machen unsichtbar.

Niemand schert sich darum, was hinter den Wänden der Häuser von Hillburn passiert. Reiche Menschen, das ist das goldene Gesetz unserer Gesellschaft, können sich selbst regeln. Ihre Steuern. Ihre Zeit. Ihre Kinder.

Als ich jünger war, streiften die Sozialdienste ständig durch Glenfield Park und pickten sich die Häuser danach aus, wie brüchig die Zäune ihrer Vorgärten aussahen, oder wie alt die Klingelanlage war, oder wie dunkel die Hautfarbe der Eltern im Haus.

Die kaputten Familien mussten die sein, die es nicht verbergen konnten, oder?

Ich sah, wie die Beamten durch die Straßen zogen, kannte das Wimmern von alleinerziehenden Müttern, die bis in die Nacht hinein arbeiteten, um über die Runden zu kommen. Wusste, wie still die Stunden danach sein würden.

Die Auflagen vermehrten sich wie die engstirnigen Sozialdienste, die Essensmarken, die Schlangen im Supermarkt, wenn es montags neue Angebote gab.

»Willst du, dass sie dich mir wegnehmen?«, fragte Ma mich immer. »Willst du, dass man uns wieder zurück nach Indien schickt?«

Ich schüttelte den Kopf. Sie öffnete den Badezimmerschrank. »Dann müssen wir dich anpassen.«

Und wie wir das taten.

»Mein Haar ist eine Krone. Schneidet es ab und ihr nehmt mir mein Königreich.«

MACEY

Vincent Summers hat seine Haare abrasiert.

Sie waren schon vorher kurz, aber jetzt gleichen sie einem richtigen Buzz Cut. Übrig geblieben sind nur unregelmäßige Rasierspuren, unter denen seine Kopfhaut hervorlugt.

Er sieht ein bisschen verloren aus, so wie er auf dem hintersten Platz in der Cafeteria sitzt und alle zwei Sekunden nach seinen Ohren greift. Normalerweise sitzt Vincent nie allein. Es gibt immer eine Schar an Vertrauensschülern, Chormitgliedern oder Fußballern, in deren Mitte er sich findet. Vincent ist laut und passt in jeden Freundeskreis, hat ein schiefes Lächeln und grauenhafte Noten in Mathe – und Leute mögen ihn einfach. So aufgesetzt und fremd mir diese Headboy-Fassade vorkommt, für alle anderen scheint sie zu funktionieren. Aber sie kannten Kierat auch nicht.

Mein Tablett scheppert auf dem Tisch und Vincent sieht zu mir hoch.

»Mace?«

Ich nicke ihm zu und starre unsere Nudelteller an. Anders als Vincent, der sich nicht einmal eine Soße zu seinen Nudeln ausgesucht hat, habe ich einen ganzen Berg an Käse auf meine geschüttet. Es ist schwer zu sagen, wer von uns beiden gerade mehr angewidert ist.

»Ist alles in Ordnung?«

»Was ist mit deinen Haaren passiert?« Die Frage springt einfach aus mir heraus, schafft es nicht einmal in meinem Hals stecken zu bleiben, wie es meine Worte sonst tun. Vincent schiebt seine kalten Nudeln umher, der Blick völlig ausdruckslos.

»Sie waren zu lang.«

»War das deine …«

»Ich war das.« Er lässt sich tiefer in seinen Sitz fallen und fängt an zu lachen. »Sie müssen ja richtig scheiße aussehen, wenn du sogar nachfragst. Ma hätte sie weitaus gleichmäßiger geschnitten.«

Sie hätte nichts übrig gelassen.

Er räuspert sich. »Aber bevor du fragst – mir geht es bestens, wirklich. Ich war heute Morgen joggen, gestern haben wir das Spiel gegen Clydebank drei zu eins gewonnen und meine Spanischklassenarbeit habe ich wie durch ein Wunder auch bestanden.« Er nimmt einen Schluck von dem Smoothie, den er sich selbst mitgebracht hat. »Es ist wirklich gütig von dir, dass du hier bist, aber ich brauche niemanden, der sich aus Mitleid zu mir setzt. Du kannst also ruhig zurück zu deinen Freunden …«

Vincent sieht sich in der Kantine um und realisiert plötzlich, dass die meisten anderen Tische leer stehen. Seine Mundwinkel sinken.

»Das hätte ich wohl nicht sagen sollen«, murmelt er. »Sitzt du oft allein?«

»Ich will dein Mitleid übrigens auch nicht.«

»War ja nur eine Frage.«

»Das ist mein letztes Schuljahr an der Hillburn. In zehn Jahren ist es auch egal, ob ich in der Schulkantine allein saß oder nicht.«

»Nur weil es in zehn Jahren egal sein wird, heißt es nicht, dass es jetzt nichts bedeutet.« Er stochert weiter auf seinem Nudelteller herum. Dagegen schaffe ich es nicht einmal, meine Gabel zu heben. Meine Hände kleben an meinen Oberschenkeln fest und erreichen nicht die Tischplatte. Jeglicher Mut, den ich mir auf dem Weg zu diesem Platz eingeredet habe, ist bei Vincents Anblick entwichen, und ich weiß nicht wieso. Mit diesem neuen Haarschnitt sieht er genauso eingeschüchtert aus wie ich mich fühle, wenn nicht sogar mehr.

Wäre es einfacher, wenn er es nicht wäre?

»Ich habe die E-Mails gelesen«, gestehe ich schließlich. »Ich wollte eigentlich nur das erste Kapitel lesen, aber dann habe ich einmal angefangen und …«

Konnte nicht mehr aufhören. Ich habe die Geschichte des Prinzen in einem Zug vor dem Einschlafen verschlungen und das Handy erst weggelegt, als ich den letzten Satz um kurz nach halb zwei gelesen hatte. Irgendwann habe ich sogar die Anmerkungen des Autors nachverfolgt. Himmel, das alles ist nicht gut für meinen Zeitplan.

Vincent hat die Lippen noch immer fest zusammengepresst, aber dann leuchten seine Augen auf.

»Ging mir genauso!«, ruft er aus. »Am Anfang fand ich es verwirrend, aber je länger ich lese, umso besser wird die Geschichte. Hast du die Kommentare verstanden?«

Ich schüttle den Kopf. »Nicht wirklich, es sieht nur so aus, als hätte der Autor seine Lieblingsstellen markiert.«

»Ah, verdammt, das habe ich befürchtet.« Vincent nimmt einen Bissen von seinen kalten Nudeln und verzieht angeekelt das Gesicht. »Ich wollte dem Autor auf seine E-Mail antworten, aber ich war mir nicht sicher, ob er dann aufhört, mehr Kapitel zu schicken.«

»Und es wäre schlecht, wenn er nichts mehr schickt?«

»Zumindest würde es die Suche nach ihm um einiges schwieriger gestalten. Oder ihr. Oder wem auch immer … warte mal, glaubst du, es sind mehrere?«

Ich runzle die Stirn. Es ist eine Sache, die Kapitel mitzulesen, aber Vincent scheint ein komplettes Ermittlungsverfahren einzuleiten. »Du willst diese Person finden?«

»Na klar.«

»Aber warum?«

»Vielleicht, weil es verdammt schräg ist? In ein paar Wochen ist die Wiederwahl für die Headboy-Position, stell dir vor, wie sehr es meinen Ruf schädigen könnte, wenn jemand in der Zwischenzeit diese Geschichte findet.«

»Das ist eine Schulsprecherwahl, nicht die schottische Ministerkandidatur, Vincent. Du hast das Ding längst in der Tasche«, erinnere ich ihn. »Und ist es nicht egal, was andere von dir denken?«

»Für dich vielleicht. Aber du lebst ja auch schon zehn Jahre über den Rest von uns hinaus.« Er grinst stolz über seinen Witz und der Griff um den Walkman in meinem Blazer wird fester. Für Außenstehende müssen wir uns ziemlich ähneln, akademisch ambitioniert und leistungsorientiert, der Überflieger mit den Rekordabzeichen und die Lernmaschine mit den höchsten Punktzahlen der Schule. Headboy Vincent und Cambridge-Macey. Aber wir sind nicht dasselbe. Nicht mehr.

Vincent setzt sich wieder auf. Die Unterhaltung über die E-Mails scheint ihn wach gerüttelt zu haben. Sein Bein wippt unruhig auf und ab, während er den Blick über die halbleere Kantine schweifen lässt. Ich sehe dabei zu, wie er die Nudeln auf seinem Teller zusammenkehrt, obwohl er gar nicht so viele gegessen hat. Er baut zwei kleine Nudelberge auf, nimmt einen Bissen, streicht alles wieder glatt und stapelt sie erneut, immer im gleichen Takt, hin und her. Wenn jemand an unserem Tisch vorbeiläuft, nickt er der Person freudig zu und fängt noch mal von vorn an.

Er räuspert sich kurz. »Ich glaube, wenn ich dir die Wahrheit sage, würdest du mich nur auslachen.«

»Wenn ich dich auslachen wollte, hätte ich schon längst damit angefangen.«

»Harsch«, brummt er, doch fügt nach einer kurzen Pause

hinzu: »Ich dachte, wenn du sie nicht geschrieben hast ... dann ist es vielleicht eine geheime Nachricht, die man entschlüsseln muss. Ich dachte, es führt mich vielleicht zu Ma.«

Er beugt sich vor und verschränkt die Arme. »Hast du von den Gerüchten über die Cliffs gehört? Die Frau, die verschwunden ist?«

»Das war deine ...« Er nickt, bevor ich das letzte Wort überhaupt aussprechen kann.

»Sie ist vor zwei Wochen verschwunden, die Polizei hat die Suche so gut wie aufgegeben«, fährt er fort. »Aber ich weiß, dass sie noch irgendwo da draußen sein muss. Ich weiß es einfach. Diese E-Mails sind der Weg, sie zu finden.«

»Du meinst, deine Mutter schickt dir verschlüsselte Nachrichten per E-Mail, statt dich einfach mal anzurufen?«

»Ich glaube nicht, dass sie die Kapitel selbst geschrieben hat. Der Autor hat bestimmt gesehen, wohin sie gegangen ist, und das ist sein Weg, mir das zu sagen.« Er streckt die Hand aus und fängt an aufzuzählen. »Als die erste E-Mail kam, war es genau dreizehn Tage her, dass Ma verschwunden war. Dazu noch an den Cliffs, einem Ort, der für seine Mythen berüchtigt ist. Dreizehn ist eine Glückszahl in Indien und eine Pechzahl in Großbritannien. Das Mikrofon ist explodiert ...«

»War das nicht ein technischer Defekt?«

»Kein Mikrofon fliegt einfach so in die Luft«, beharrt er, doch sein Blick weicht mir aus. »Und dann tauchen in derselben Woche diese E-Mails auf? Das kann kein Zufall mehr sein.«

Es klingt aber sehr danach.

»Tut mir leid mit deiner Ma«, murmle ich und Vincent versucht es mit einem Schulterzucken abzutun. Ich will mehr sagen und ich habe das Gefühl er auch, aber mein Mund steht nur offen und ich bekomme nichts mehr heraus. Wir schweigen und essen unsere kalten Nudeln.

Nach einer Weile räuspert sich Vince. »Du findest es bescheuert, oder?«

»Was? Nein …«

»Doch, tust du.« Er lacht über meine schlechte Lüge und schaufelt sich einen Berg Nudeln in den Mund. »Aber ist schon in Ordnung. Aberglaube bringt keine Endergebnisse. Du bist einfach zu lösungsorientiert für diesen Kram.«

»Du könntest dem Autor auf seine E-Mail antworten. Das bringt dir bestimmt ein Endergebnis.«

»Hm.«

»Oder eine Liste aller potenziellen Leute, die Zugang zu deiner E-Mail-Adresse haben. Das müsste die Suche eingrenzen«, fahre ich fort. »Vermutlich wirst du keinen Weg finden, den Server nachzuverfolgen, weil die Daten verschlüsselt sind, aber wenn du eine Liste anfertigst, könntest du diese abgleichen mit …« Ich ziehe einen Stift aus meinem Rucksack und beginne auf meiner Serviette ein paar Kriterien zu notieren. Als ich hochblicke, hat Vincent sein Kinn auf seiner Handfläche abgelegt und lächelt mich wissend an.

»Was?«

»Nichts, nichts. Ich höre dir nur gerne zu, das ist alles.« Er grinst wie ein Honigkuchenpferd. »Eine Kontaktliste wird uns aber nicht viel bringen. Die Kapitel wurden an die Headboy-E-Mail-Adresse gesendet. Die steht auf jedem Flyer, den Dani und ich für die Wiederwahl gedruckt haben.«

»Das heißt, es kommen so gut wie alle an dieser Schule in Betracht?«, murmle ich. »Meine Güte, Vincent, du machst es nicht gerade einfach.«

Ich streiche meine bisherigen Punkte durch und versuche mir neue Kriterien zu überlegen, als ich realisiere, was Vincents Lächeln ausgelöst hat. Ich habe angefangen, ihm zu helfen, bin wie selbstverständlich in das alte Muster gefallen, wie wir früher als Kinder unsere Pläne in Notizbüchern verfasst haben.

Meine Wangen glühen und ich lasse meinen Stift fallen. »Du bist manipulativer, als deine Abzeichen annehmen lassen!«, zische ich und Vince lacht. Seine freie Hand fährt über seinen kahl geschorenen Kopf.

»Wieso? Ich hab dich doch nur reden lassen.«

»Du kannst mich nicht vergessen, Kierat.
Wir teilen die gleichen Narben.«

MACEY

Vincent leitet mir in der Nacht noch eine E-Mail weiter, die er zugeschickt bekommen hat.

Ich sitze an unserem Küchentisch und verzweifele an meinem Französischaufsatz. Zwei Tassen Kaffee, drei panische Ausraster und tausende »Nur noch dieses eine Youtube-Video«-Momente später habe ich noch keine einzige sinnvolle Seite zustande gebracht und mein Kopf wiegt zu schwer, um zusammenhängende Sätze zu formulieren. Wozu Grammatik, wenn jeder zweite Satz eine Ausnahme ist?

Und dann sehe ich die Nachricht, die nach der E-Mail kommt.

(22:21) **Vincent Summers**
Hast du am Freitag Zeit?

Unschlüssig starre ich mein Display an und weiß nicht, wie ich auf seine Frage reagieren soll. Vincent tippt weiter, ziemlich lange, und hört dann plötzlich wieder auf. Ich frage mich, ob er gerade auf meine Antwort wartet, aber dann:

(22:25) **Vincent Summers**
Wir könnten einen Plan aufstellen, wie man den Autor finden kann. Ich nenne es »Operation: Findet Ne-Mum«.
Ich hab bis sechzehn Uhr Chorprobe. Danach vielleicht?
Wir können uns im Gemeinschaftsraum treffen.

Ich lege mein Kinn auf der Tischplatte ab und lese seine Nachrichten doppelt und dreifach durch. Vincent will, dass wir uns treffen. Geplant, nicht nur zufällig in der Cafeteria oder Schulbibliothek. Er tut so, als wäre es ganz normal nach über vier Jahren, in denen wir uns absichtlich aus dem Weg gegangen sind, mit einem Wortwitz einzusteigen. Bestimmt ist das Teil seiner Headboy-Strategie, sich so lange bei Menschen einzuschmeicheln, bis sie ihm ihr Geld oder ihre Zeit geben. Mein Magen verzieht sich so stark, dass ich fast wieder nach dem Französischbuch greife.

(22:30) **Macey Adenuga**
Okay.

(22:30) **Vincent Summers**
Das wird richtig nice, ich verspreche es dir!
Ich bin Pinky und du das Brain
aMACEYng Spiderman und der inVINCEable Hulk

(22:30) **Macey Adenuga**
Werden alle deine Vergleiche jetzt auf alten Cartoonserien basieren?

(22:31) **Vincent Summers**
Es ist alles, was ich Cartoon kann.
Ich muss schließlich diesen Autor finden, um meine Ehre zurückzuerlangen!

(22:31) **Macey Adenuga**
Schon klar, Prince Vince.

»Macey? Bist du noch hier unten?«

Ich schaue von meinem Handy hoch.

Dad ist gerade von seiner Nachtschicht zurück und steht an der Küchentür. Sein Rücken ächzt von den vielen Stunden des Tages, schwer und ausgelaugt, nur noch zusammengehalten von seiner steifen Arbeitsuniform. Ich weiß es, egal wie gerade er steht und sein Kinn dabei anhebt.

»Bist du immer noch am Lernen?«

»Konnte nicht schlafen.« Ich lege mein Handy aus der Hand. Vincent ist noch am Tippen und ich versuche dem Drang zu widerstehen, sofort wieder auf das Display zu schauen.

»In deinem Alter sollte man auch nicht so viel Kaffee trinken«, sagt Dad. Nach einem Blick auf meine leeren Arbeitsblätter fügt er hinzu: »Wirklich geholfen hat das Koffein nicht, oder?«

»Es geht um tote französische Philosophen und die Suche nach dem Sinn des Lebens«, seufze ich. »Ich bin mir ziemlich sicher, wir hätten diese Frage schon längst gelöst, wenn wir sie Auntie Grace gegeben hätten.«

»Vermutlich würde sie die Antwort in einer Stunde finden und den Rest der Zeit dafür nutzen, einen Topf Jollof-Reis zu kochen.« Er lacht. Sein nigerianischer Akzent springt bei den letzten Silben und klingt nach Zuhause. »Mit wem schreibst du eigentlich um die Zeit noch?«

Mein Handydisplay blinkt vor lauter Nachrichten und ich blicke es an, als fiele es mir jetzt zum ersten Mal auf.

Wie es sich anfühlt, wenn man seinen besten Freund verliert:

Es ist wie ein X in einer Gleichung, die man nicht lösen kann.

Dabei weißt du die Antwort, du hast sie nur nicht mehr bei dir.

Du versuchst die Gleichung umzustellen, um auf ein anderes Ergebnis zu kommen, aber die Mathematik ist sehr eindeutig. Sie ist die Sprache, die unsere Welt spricht. Deshalb ist es seltsam, dass das Leben nicht eindeutig ist.

Du bleibst ungelöst und aufgelöst.

»Nur Vince. Unser Schulsprecher.«

Dads Augenbrauen ziehen sich zusammen. »Kierat, der nebenan gewohnt hat?«

»Es ist nur für ein Geschichtsprojekt«, füge ich hastig hinzu. »Er hat mir ein paar Dokumente weitergeleitet.«

Nicht die Wahrheit, aber auch keine Lüge.

Ich weiß nicht, wie ich Dad die E-Mails erklären soll, oder warum Vincent darauf besteht, mit ihnen sein letztes Stück Familie zu finden, oder warum ausgerechnet ich eingewilligt habe, ihm bei dieser Idee zu helfen, wenn ich eigentlich mehr als genug mit der Schule zu tun habe.

Zumal Vincent nicht mehr der süße kleine Lockenkopf ist, den mein Vater noch in Erinnerung hat. Er ist jetzt ... älter. Fußballkapitän. Bariton im Chor. Vorsitzender in etlichen Schulclubs. Nicht mehr mein bester Freund.

Dad fährt sich über den Bart und ich kann die Skepsis in seinem Blick erkennen. »Hast du vor, mit ihm zu reden?«

»Über was?«

»Nun, du könntest damit anfangen, wie es nicht deine Schuld war, dass er Glenfield Park verlassen musste ...«

»Können wir jetzt bitte nicht damit anfangen?«

»Du kannst dir das nicht für immer vorwerfen, Macey. Es ist fast fünf Jahre her«, fährt er fort. »Irgendwann müsst ihr euch zusammensetzen und diese Dinge besprechen.«

Ich unterdrücke ein gehässiges Lachen. Als würde es Vincent noch interessieren, was damals passiert ist. Heutzutage trägt er überteuerte Nikes und wird auf Partys eingeladen. Er hat neue Freundschaften und Interessen gefunden, während ich ständig stecken bleibe. Sein Leben verläuft ohne mich besser, als es in Glenfield Park je hätte sein können.

Dad greift nach meiner Schulter. »Du solltest ihm wenigstens vom Mums Krebs erzählen, meinst du nicht?«

»Er war schon weg, als sie krank geworden ist. Das hat nichts mehr mit ihm zu tun.«

»Wir wissen beide, dass es so nicht funktioniert«, entgegnet Dad. »Er hat fast jede freie Sekunde bei uns verbracht. Deine Mutter hat ihm damals viel bedeutet.«

»Warum ist er dann in den letzten fünf Jahren kein einziges Mal hier gewesen, um sie zu sehen?« Warum kann er einfach weitermachen und so tun, als wäre nichts gewesen? Warum bin ich die Einzige, die von Erinnerungen geplagt wird? Warum hat er jetzt beschlossen, wieder mit mir zu reden – weil es jetzt zu seinem Nutzen ist?

Dad seufzt und hilft mir schweigend meine Lernübersichten zusammenzupacken. In seinem Blick liegt etwas Unbiegsames, tiefer als das Meer vor den schottischen Küsten, mehr als bloße Müdigkeit. Dad spricht nicht oft über sein Leben, bevor er nach Großbritannien auswanderte, aber seine Augen verraten ihn. Hinter den Falten findet sich noch der junge Mann, der seine ganzen Hoffnungen auf ein Flugticket setzte und sich ohne Schulabschluss durch ein fremdes Land kämpfte. Mum sagt immer, diese ruhige Zielstrebigkeit habe ich von ihm geerbt. Ich hoffe, es stimmt.

Dad reibt mir über die Schulter und ich hebe den Kopf von der Tischplatte. »Es ist schon gut, Macey. Du darfst wütend auf ihn sein, das kann ich verstehen«, flüstert er. »Aber ich finde auch, dass deine Mum und Kierat ein Recht darauf haben, sich ein letztes Mal voneinander zu verabschieden.«

(22:40) **Vincent Summers**

Übrigens habe ich zwei weitere Leute gefunden, die mithelfen wollen.

Mir fällt kein guter Cartoonvergleich mehr ein.

Scooby Doo Gang? Aber ohne Hund?

Ohne Hund ist das irgendwie lahm.

Hillburn Gang?
Jedenfalls danke.
Mace und Vince sind BACK IN TOWN

»Du kannst nicht einfach deinen Kopf in die weite Welt hinausstrecken, Kierat«, ermahnte sie ihn. »Du bist ein Prinz. Und der momentan meistgesuchte Mensch dieser Stadt.«

MACEY

Als Kierat und ich klein waren, haben wir selbst nachts noch miteinander geredet.

Mein Zimmer lag gegenüber vom Fenster seiner Ein-Raum-Wohnung. Ich weiß nicht, ob Mum und Dad jemals aufgefallen ist, wie lange wir wach blieben. Vermutlich schon.

»Du solltest nicht so laut sein«, flüsterte ich ihm von meinem Fenster aus zu. Er hatte sein eigenes Fenster auch geöffnet und lehnte sich so weit mit seinen beiden Armen heraus, dass mich die Angst umtrieb, er könne stürzen. Er trug seinen Schlafanzug, ein riesiges schlabbriges T-Shirt mit Monster-AG-Muster.

»Warum?«, fragte er und fuhr sich über den kahl rasierten Kopf.

»Weil man dich hören wird«, zischte ich zurück. »Und das ist schlecht.«

»Warum?«

»Weil wir schlafen sollen.«

»Ich kann nicht schlafen.«

»Hast du versucht Schafe zu zählen?«

Er legte den Kopf schief und zog die Nase zusammen. Den Blick setzte er nur auf, wenn ich Worte verwendete, die er noch nicht auf Englisch kannte. »Welche Schafe?«

»Ist auch egal.«

Kierat stieg mit beiden Beinen auf die Heizung und kroch

aus dem Fenster hinaus. Er hangelte sich zum nächsten Baum hoch und schlitterte dann auf das Dach unserer Garage hinunter.

»Was machst du da?«

»Ich komm rüber«, verkündete er stolz und hievte sich an meinem Fensterbrett hoch.

»Warum?«

»Weil ich dich nicht verstehen konnte.«

Er setzte sich auf mein Fensterbrett und schnaufte kurz. Im Nachhinein wundert es mich nicht mehr, dass sich später jede Sportgruppe der Hillburn um ihn stritt. Kierat verbrachte zwar seine Schulpausen lieber damit, im Schatten zu sitzen, aber wenn er rannte, war es, als trete er gegen die Sonne selbst an.

»Kann ich hierbleiben?«, fragte er schließlich, als wäre ihm erst jetzt aufgefallen, dass er nicht einfach so in die Häuser anderer Menschen einsteigen sollte. Ich nickte. Er ließ sich auf meinen Teppichboden fallen und streckte die Arme und Beine aus wie ein Seestern.

»Wo ist deine Mutter?«

»Keine Ahnung. Zumindest nicht zu Hause.«

»Aber es ist fast dreiundzwanzig Uhr.«

Er zuckte mit den Schultern.

Es war nicht ungewöhnlich, dass Kierat tagsüber allein zu Hause war. Seine Ma hatte die Mittagsschicht im *KeyStore* an der Lusset Road, kam aber oft erst spätabends zurück. Dafür, dass ich so viel Zeit mit Kierat verbrachte, konnte ich meine Unterhaltungen mit seiner Mutter an einer Hand abzählen.

»Sollten wir uns Sorgen machen?«, hakte ich nach. »Ich kann Dad rufen, bestimmt lässt er dich auf der Couch schlafen.«

»Nein. Das bringt nur Ärger.«

»Sicher? Es sind nur Mum und Dad. Meine Eltern werden dich nicht verpetzen, Kierat.«

Er schüttelte vehement den Kopf. Etwas an der Art, wie

seine Schultern dabei zitterten, brachte mich zum Stocken. Er sah nicht aus wie ein normaler Junge. Der graue Unterton seiner braunen Haut ließ ihn aussehen, als hätte man ihn vom Mond gepflückt.

»Du wirst es niemandem sagen, oder? Dass ich hier bin.«

»Wenn du das willst.«

»Nein, du musst es versprechen«, beharrte er. »Ma hat es mir erklärt, sonst nehmen sie mich ihr weg.«

Er sah so ernst und verängstigt dabei aus, dass ich ihm jedes seiner Worte glaubte. Und es war nicht so, als könnte man die Sozialkräfte in Glenfield Park leugnen. Sie waren der Grund, warum Alister bei seinem Großvater lebte.

»Ich verspreche, dass ich es niemandem sage«, verkündete ich also und Kierat nickte zufrieden. Er verzog das Gesicht zu einer Grimasse und ich spiegelte sie nach, wie ich es immer tat.

Ich zog meine Bettdecke weiter an. »Wir sollten trotzdem schlafen. Morgen ist Schule.«

»Du denkst immer an die Schule«, brummte er und lehnte sich an die Bettkante.

»Nein, tue ich nicht!« Das war schon damals gelogen. »Aber Mum meinte, wenn ich mich anstrenge, schaffe ich es auf die Hillburn.«

»Die Privatschule?«

Ich nickte stolz und Vincent grinste breit.

»Das ist *sooo* cool!«, rief er aus. »Ich wette, du wirst eines Tages eine richtig schlaue Professorin.«

»Psst, nicht so laut.« Ich hielt den Finger vor seine Lippen, um ihn zum Schweigen zu bringen, aber er hatte sich bereits in seinen unsinnigen Vorstellungen verloren.

»Und dann erfindest du eine wichtige wissenschaftliche Formel und wirst richtig berühmt damit«, fuhr er fort. »Und die armen Kinder in der Zukunft müssen das Ganze dann lernen.«

»Eine Formel?« Ich prustete. »Für was?«

»Für immer halt.« Er streckte die Arme zur Decke aus, wo Mum mir meine Plastiksterne aufgeklebt hatte. »Du wirst sie irgendwann finden und ich werde allen davon erzählen.«

»Musst du sie dafür nicht erst mal verstehen?«

»Ich schaffe das auch ohne«, erklärte er stolz. »Das mach ich auch in der Schule.«

»Das kann ich nicht.«

»Weil du nie was sagst. Selbst wenn du es verstehst.«

Ich weiß nicht mehr, wie lange Kierat in der Nacht noch blieb. Ich rückte zur Seite und wir teilten uns die Bettdecke. Kierat zählte die Plastiksterne nach, einmal auf Englisch, einmal auf Punjabi, und ich war so müde, dass ich beim Zuhören einschlief.

Am nächsten Morgen stand lediglich das Fenster offen.

»Bist du von Sinnen?« Maki legte ihr Buch weg. »Die Sonnenkönigin ist bereits vor Jahrhunderten verschwunden. Sie ist unauffindbar.«

VINCE

Ich hätte eine Mütze mitnehmen sollen.

Der Herbst ist endgültig in Hillburn angekommen, kalter Meereswind weht erbarmungslos Richtung Berge und sticht gegen meine Haut. Ich ziehe an meinen Ohren, um sie irgendwie wieder aufzuwärmen, und versuche nicht die alten Narben auf der Hinterseite zu berühren. Mein neuer Haarschnitt hat sie wieder freigelegt; wenn man sich richtig Mühe gibt, kann man noch feine Krater erkennen, die sich durch meine Ohrmuscheln ziehen.

Aus der Ferne erkenne ich bereits das alte Schulgebäude und seufze erleichtert auf. Ich bin zu spät, wie immer eigentlich. Während der Chorprobe wurden neue Soli vergeben, die Sopranistinnen haben ständig ihren Einsatz verpasst, Coach wollte unbedingt noch den Trainingsplan für die nächsten Wochen besprechen … und ich habe den Überblick verloren. Was soll's. Ich öffne die Tür und lasse mich von der warmen Luft auftauen. Die paar Sekunden, die ich jetzt im Eingang stehe, machen auch keinen Unterschied mehr und meine Ohren pochen.

Ich finde Macey allein im Raum. Obwohl es sich um einen Viererplatz handelt, stapeln sich ihre Hefter und Papiere über die gesamte Tischplatte bis zum Fensterbrett hoch.

»Du bist zu spät«, murmelt sie, ohne von ihren Büchern hochzuschauen.

»Dir auch einen wunderschönen Freitagnachmittag, Mace.« Ich ziehe einen Stuhl zu ihr heran. »Wie ich sehe, reicht eine Wartezeit von knapp fünf Minuten, damit du an deinen Hausaufgaben sitzt?«

»Genau genommen waren es zwölf.«

»Weißt du, wenn ich schon zu spät komme, dann zieh ich das auch durch und nehme mir die Zeit. Das nennt man Durchhaltevermögen.«

Jetzt hebt sie endlich den Kopf, nur um die Stirn zu runzeln. Jemand sollte ein Bingo für passiv-aggressive Macey-Momente erfinden. Innerhalb von einer Minute habe ich bereits zwei Punkte erreicht.

Mein Blick schwankt über das Meer an Papieren, das sich über den Tisch ausbreitet. »Hast du vor, das MI6 zu hacken, oder warum sieht es hier so aus?«

»Das sind meine Übersichten für den Biologietest nächste Woche. Daneben liegen die Konjugationstabellen für Französisch und meine Mathehausaufgaben. Der Rest sind Lernübersichten aus den Vorjahren, die ich für den Geschichtsessay brauche.«

»Du bewahrst das ganze Zeug noch auf?«

»Ich habe schon überlegt, ob ich noch mal neue Lernkarten erstelle, da der Prozess des Schreibens das Merkpotenzial um fünfzehn Prozent steigert«, entgegnet sie trocken. »Andererseits ist es zeiteffizienter, meine bisherigen Aufzeichnungen zu nutzen und ich bezweifle, dass sich in der Zwischenzeit an der Geschichte des Zweiten Weltkriegs viel verändert hat.«

»Und du denkst nicht, es reicht aus, dir nur die Aufzeichnungen aus diesem Schuljahr anzusehen?«

Macey verzieht das Gesicht, als hätte ich gerade gefragt, was 1+1 ergibt. »Seit wann stellst du so überflüssige Fragen?«

»Fragen sind nie überflüssig.«

»Ach, wirklich?«

»Mehr als wirklich«, erwidere ich, mache mir jedoch die mentale Notiz, dieses Thema nie wieder anzusprechen. *Hier eine weniger überflüssige Frage, Mace – warum hilfst du mir?*

»VINCE THE PRINCE!« Rin springt in den Gemeinschaftsraum und kracht dabei fast gegen den Tisch. Sie legt ihr Kinn auf Maceys Bücherstapel ab und grinst breit. »Oh Cambridge-Macey, bist du etwa auch bei der Suche dabei? Schickes Haarband, steht dir voll!«

Macey fährt sich durch ihre Locken, als wäre ihr ihre Frisur erst jetzt richtig bewusst geworden. »Danke, ich mag deine ... Buttons.«

»Danke, danke, immer schön zu hören, wenn meine Mitmenschen sie zu schätzen wissen.« Rin zwinkert mir zu und ich verziehe das Gesicht. Überlasst es mir und meinem Timing, die E-Mail mit den Kapiteln ausgerechnet dann zu öffnen, wenn die größte Chaotin der Schule anwesend ist.

Wenige Meter hinter Rin schlurft ein Typ mit Topfhaarschnitt und Thermoskanne herein. An seiner ganzen Schuluniform kleben Acrylkleckse, sein Gesicht ist von seinem schwarzen Kohlestift verschmiert. Er erinnert an einen zerstreuten Wissenschaftler mit dem abstehenden braunen Haar und den großen grauen Augen, und ich brauche eine Sekunde, bis sich in meinem Kopf der richtige Schalter umlegt. Rin hat McLaren mitgebracht, diesen Kunststipendiaten, dessen Gemälde in der halben Stadt aushängen. Pennington besteht darauf, dass ich sie immer wieder in meine Reden einbaue, obwohl Charlie nie zu den Veranstaltungen aufkreuzt oder die Auszeichnungen abholt, die er für seine Kunst abstaubt. Als wäre ihm vollkommen egal, wie renommiert seine Arbeit ist.

»Künstlerjunge und Bananenkostümmädchen?«, flüstert Macey überrascht.

»Rin war zufällig da, als ich die ersten Kapitel geöffnet habe, und konnte es nicht für sich behalten«, erkläre ich und mein

Fuß tippt unruhig gegen das Tischbein. Die E-Mails fühlen sich zehnmal realer an, wenn auf einmal vier statt nur zwei Leute von ihnen wissen.

»Entschuldige, dass ich es weitererzählt habe, aber es ist nur Charlie! Alles, was mir passiert, findet irgendwann seinen Weg zu ihm. Er hat genügend Erinnerungsvermögen für uns beide.« Rin setzt sich kichernd neben mich und schiebt, sehr zu Maceys Ungunst, ihre Karteikarten zusammen. »Also, welche wichtigen Tagesthemen habe ich verpasst? War einer von euch auf Tommy Gordons Feier?«

»Sehe ich so aus, als würde ich da freiwillig auftauchen?«, brummt Charlie.

»Hey, manche von diesen Fußballern sind eigentlich ganz süß.« Sie stößt Charlie mit dem Ellbogen an und er rollt mit den Augen. »Aber ja, die Musik hätte besser sein können. Es lief kein einziges Lied von By The Moon.«

»Du hörst By The Moon?«, rufe ich aus. Ausgerechnet Rin mag die Musik meiner Lieblingsband? »Ich dachte, bis auf unsere Bibliothekarin hört die hier niemand.«

»Als ob, ich liebe sie!« Rins Augen weiten sich überrascht. »Unser Headboy mag also Rockmusik? Hast du die neue Single gehört? Mate, ich bin fast gestorben, als das Basssolo kam!«

»Das Intro ist wirklich gut produziert«, stimmt Charlie zu. »Die Leadgitarre erinnert an Pop-Punk, aber dann brechen die Lyrics mit all dieser Kritik an der heutigen Konsumgesellschaft.«

»Ha, ich liebe Songs, die einen zum Tanzen und Heulen gleichzeitig bringen!«

Sie verlieren sich in einer Debatte über Gitarrensolos, als Macey von ihren Büchern hochsieht. Anscheinend ist das Alleinsitzen in der Cafeteria keine Lüge gewesen. Ihre Augen werden glasig, als wäre sie nicht ganz anwesend, während sie den beiden zuhört. Da liegt eine Leichtigkeit in der Art, wie Charlie und Rin miteinander sprechen, als setzten sie ihr Gespräch einfach dort fort, wo sie das letzte Mal aufgehört haben.

Ich klatsche in die Hände. »So, genug Smalltalk!«, rufe ich, während Macey den Blick zurück auf ihre Karteikarten senkt. »Der Autor hat sich heute Morgen wieder gemeldet. Gleiches Format. Zehn Kapitel mit Anmerkungen. Vielleicht können wir mit einer Liste anfangen, einer Mindmap, einer Art Protokoll für das Treffen ...«

Rin lacht. »Das ist keine Schülerratssitzung, Vincelot.«

»Also kein Flipchart?«

»Ich muss zugeben, dass ich eigentlich nur hier bin, um mich von der Geschichte inspirieren zu lassen«, murmelt Charlie und klopft gegen seinen Zeichenblock. »Ich suche nach Ideen für mein Kunstportfolio und diese Fantasywelt klingt interessant. Lasst euch nicht von mir stören.«

»Mir ist nur wichtig, dass wir uns beeilen«, murmelt Macey. »In einer Stunde kommt mein nächster Zug, ich muss noch meine letzten Dokumente für den Mathewettbewerb abschicken und wir haben bereits siebzehn Minuten Unterhaltung ohne inhaltlich wertvolle Resultate geführt.«

»Du solltest echt aufhören, die Minuten so nachzuzählen«, seufze ich. Meine Hände fahren gedankenverloren über meine Stirn und ich stocke, als ich den Ansatz meiner kurz geschorenen Haare spüre.

Ich suche ein zusammengefaltetes Papier aus meiner Jackentasche heraus und schiebe es Macey hinüber.

»Das ist deine Liste vom letzten Mal, ich habe sie weitergeführt. Alle Markierungen, die der Autor vorgenommen hat, und Vergleiche mit realen Ereignissen, die ich daraus ziehen konnte. Füg mehr ein, falls ich etwas vergessen habe.«

Maceys Augen weiten sich vor Überraschung. Ja, manchmal schaffe ich es auch, mich länger als zehn Minuten auf eine Aufgabe zu konzentrieren. Ich habe die ganze Chemiestunde an dieser Liste gesessen, während Mr Fraser an der Tafel Alkalien erklärt hat. Nun weiß ich zwar nicht, was im Test nächste Woche drankommt, aber bis dahin werde ich schon jemanden überreden, mir das Wichtigste zusammenzufassen.

»Was bedeutet ›Ellbogen‹?«, fragt Rin. Sie tippt auf den vorletzten Punkt meiner Liste und ein Lächeln schleicht sich auf meine Lippen. Seite dreiundvierzig. Das ist eine meiner Lieblingsstellen.

»Der Prinz und Maki haben seit der Kampfszene in Kapitel vier die gleiche Narbe am Unterarm.« Ich ziehe meinen Hemdärmel hoch. »Direkt hier, beim Ellbogen.«

»Und du hast sie auch?«

»Wir haben sie beide«, murmelt Macey, während ich Charlie und Rin meinen Arm entgegenhalte. Die helle Einkerbung ist kaum zu erkennen, aber Rin pfeift trotzdem beeindruckt.

»Macey hat gefragt, ob Alleskleber auch wirklich alles klebt«, erkläre ich. »Zugegeben, es hätte uns einiges an blauen Flecken erspart, wenn Macey nicht alles laut ausgesprochen hätte, was ihr in den Sinn kam, aber was sind schon überflüssige Fragen?«

Macey wirft mir einen Blick zu, der einem Blitz ähnelt. Noch ein Bingopunkt.

Charlie, der bis dahin nur desinteressiert seine Farbkleckse inspiziert hat, verzieht nun das Gesicht. »Das klingt schmerzhaft.«

»Also, wenn ich das richtig verstanden habe, bist du der Prinz und Macey ist Maki?« Rins Blick wandert zwischen uns hin und her. »Und ihr wart mal befreundet?«

»Nachbarn«, brummt Macey.

»Lieblingsnachbarn«, korrigiere ich. Die Art, die auch ohne Alleskleber aneinanderhingen.

»Also sind die E-Mails eine Fanfiction!«, ruft Rin freudig aus und Charlie verschluckt sich fast an seinem Tee.

»Was? Nein!«, erwidere ich. »Das ist keine Fanfiction, sondern eine ernstzunehmende Suche nach einem Autor.«

»Dessen Geschlecht wir nicht kennen«, fügt Macey hinzu.

»Sind dir Fanfictions nicht ernst genug?« Rin verzieht die Lippen zu einer Schnute und schlägt ihre langen Beine übereinander. Sie trägt zwei unterschiedliche Socken über ihrer Strumpfhose – eine blaue mit Spiegeleiern und eine pinke mit den Worten *On Wednesdays We Smash The Patriarchy*. Dagegen wäre nichts einzuwenden, wenn man davon absieht, dass heute Freitag ist.

»So langsam begreife ich, warum man dich zu einem Prinzen gemacht hat«, sagt Macey. »Besser kann man deinen Überheblichkeitskomplex nicht darstellen.«

»Wenigstens bin ich keine engstirnige Kriegerin, die andauernd Leute mit ihrem Speer von sich wegstößt.«

»*Der Prinz gab es ungern zu, doch manchmal fühlte sich seine dunkle Magie an wie eine alte Bekannte.*« Charlies leise Stimme unterbricht unsere Diskussion. Er hat die neuen Kapitel auf seinem Handy geöffnet und liest einen der Abschnitte vor, die der Autor gelb markiert hat. »*Er musste sich vor ihr nicht verstellen oder vorgeben, sein Leben im Griff zu haben. Er musste sich nicht zum Weiterkämpfen zwingen. Sie fing ihn auf und es fühlte sich ehrlich an. Sie sagte ihm nicht, dass alles gut werden würde, wagte es nicht einmal zu erwähnen, wie seine Zukunft aussah. Manchmal, und das machte die Sache so schwierig zu begreifen, spendete ihm all seine Trauer einen letzten Funken Trost.*«

Charlie sieht von seinem Display hoch und hebt die Augenbrauen. Unser Tisch ist in Schweigen verfallen, bis Charlie seufzend sein Handy wegsteckt. »Was auch immer diese Geschichte darstellt, dieser Abschnitt klingt ernst.«

»Warum hat er das markiert?«, fragt Rin. »Sag mir nicht, das basiert auch auf deinem Leben, Vince.«

»Definitiv nicht«, entgegne ich, doch mein Lachen stockt, als ich Maceys Blick treffe.

***

Die nächste halbe Stunde verbringen wir damit, die neuen Kapitel durchzulesen. Dabei lerne ich, dass Rin in der fünften Klasse die Tür der Turnhalle aufgebrochen hat, um aus dem Sportunterricht zu fliehen, und eines Tages ein eigenes Café eröffnen will.

Ich bemerke, dass Charlie seinen Tee ausschließlich schwarz trinkt, ohne Zucker, aber dafür mit mehreren Teebeuteln gleichzeitig. Zudem kommen ständig Mädchen auf unseren Tisch zu, die ihn kichernd fragen, was er zeichnet. Er antwortet höflich, aber sobald sie weg sind, verdreht er die Augen.

Unsere Aufzeichnungen stellen sich bald als nutzlos heraus:

PROTOKOLL DER ERSTEN OFFIZIELLEN HILLBURN-GANG-SITZUNG
(Name unter Vorbehalt)
Protokollant und Moderator: Vincent (weiß als Einziger, wie Protokolle funktionieren)
1. Tagesordnungspunkt: Abstimmung über die Bezeichnung Hillburn-Gang
Pro-Stimmen: Vince + Rin
Con: Mace
Enthaltung: Charlie (grundsätzlich der Auffassung, dass er sich überall enthalten darf, was nicht der Sinn einer Abstimmung ist, aber was soll's)
2. Tagesordnungspunkt: Einführung eines Gruppenchats
Einschicken von Memes und Gifs wurde auf Antrag von Rin genehmigt
Maceys Einwand einer Begrenzung schlechter Wortwitze wurde 2 zu 1 verworfen

By-The-Moon-Lieder sind erlaubt.
3. Tagesordnungspunkt: Hinweise auf den Autor (Geschlecht unbekannt, »Autor« wird neutral verwendet)
War der Autor für die Mikrofonanlage zuständig???
Alle Internetsuchen zur Geschichte waren bisher erfolglos.
Seite 21: Ditzinus, der Löwe, vor dem Maki und Kierat wegrennen – eine Anspielung auf Ditzy, die Streunerkatze vom Spielplatz? (Hinweis: Macey meint, der Kater sei vor anderthalb Jahren ~~verstorben~~ verschwunden)
Seite 34: Der Prinz begibt sich auf die Suche nach der Sonnenkönigin, um sich von seiner schwarzen Magie zu befreien
Kapitel 4 bis 6: Jede dritte Seite erwähnt die Cliffs.

Die Worte liegen auf meiner Zunge, aber ich traue mich nicht, sie laut auszusprechen. Wer sollte mit der Sonnenkönigin gemeint sein, wenn nicht Ma? Und wer, wenn nicht Macey oder sie, könnte sich hinter dieser Geschichte verbergen?

Mit jedem Punkt, den wir notieren, wird meine Angst größer, dass diese Mission absolut hoffnungslos ist.

»Wir brauchen etwas Handfestes«, seufze ich und klopfe mit meinem Kugelschreiber gegen den Tisch. »Es kann nicht sein, dass wir unsere gesamte Suche auf einer alten Katze aufbauen.«

»Wart ihr schon auf Seite 26, als Maki den Prinzen in ihrer Kaserne versteckt?«, fragt Macey. Sie hat es auf magische Weise geschafft, ihre gesamte Ladung an Heftern zurück in ihren Rucksack zu quetschen, und sieht unruhig zu der Uhr im Raum hoch. »Maki liest ein Buch. *Die Monotonie des Glücks* von Octavian Dupont. Ich bin mir sicher, dass ich es mal in der Bibliothek gesehen habe.«

»Das Buch existiert wirklich?«, ruft Rin aus. »Meinst du, darin steht etwas, was uns weiterbringt?«

Macey zuckt mit den Schultern. »Ich habe es nie gelesen. Bestimmt können wir die Bibliothekarin fragen.«

Charlie schaut von seinem Zeichenblock hoch. Schwer einzuschätzen, ob er gelangweilt ist oder seine tiefen Augenringe ihn immer so aussehen lassen. »Wer erwähnt ein reales Buch in einer Fantasygeschichte?«

»Jemand, der uns einen Hinweis schicken will«, entgegne ich und scrolle die Kapitel durch. Tatsächlich, *Die Monotonie des Glücks* ist gelb markiert. Aber statt eines Kommentars stehen am Rand nur drei Fragezeichen.

»Habe ich das richtig verstanden – du kennst jeden an dieser Schule und dennoch sind wir vier die Einzigen, die wissen, dass du früher nicht Vincent hießt?«, fragt Charlie. »Du hast es einfach nie erwähnt? Nicht einmal, dass du früher in Glenfield Park gelebt hast?«

»Weil es niemanden etwas angeht.« Die meisten hier nehmen an, dass ich mein gesamtes Leben in Hillburn verbracht habe, und ich korrigiere sie nicht. Von Glenfield Park oder gar von Indien brauchen sie nicht zu wissen. An dieser Schule habe ich mir einen Namen gemacht. Ich bin Vincent, der Schulsprecher. Vincent, der immer überall gleichzeitig ist. Vincent, der eines Tages ein gerissener Staranwalt wird. Oder Entrepreneur. Oder was auch immer sonst viel Geld einbringt. An der Hillburn Secondary bin ich jemand.

Charlie und Rin wissen nicht, was damals in Glenfield Park geschehen ist, wie Ma andauernd verschwand und Mrs Adenuga die Überbleibsel unserer Gegend zusammenhielt. Ihnen fällt auch nicht auf, wie Maceys Finger über ihren Pullover kreisen, an der Stelle, wo sich ihre Alleskleber-Narbe befindet.

Mir jedoch schon.

Vielleicht war die Sonnenkönigin mehr Mythos als Realität,
dennoch hielt sie diese Welt zusammen.
Sie war der Grund, warum sie weitermachten.

VINCE

»Gibt es noch irgendwelche weiteren Fragen?«, ruft Mr Pennington in die Runde.

»Ich hätte noch eine«, flüstere ich Dani zu. »Warum sind wir noch mal hier?«

Es ist das erste Organisationstreffen für die Alumnigala, Dani und ich sitzen auf Chesterfield-Sofas am Ende des Konferenzsaals und warten auf unseren Einsatz. Schon seit Stunden debattieren die Mitglieder des Alumnirates darüber, welche Minister eingeladen werden müssen und welche Farbgebung die Tischdeko für den Ball haben soll.

Es gleicht einem Wunder, dass ich noch nicht eingeschlafen bin.

Dani schmunzelt. »Interessierst du dich etwa nicht brennend dafür, ob die Servietten smaragdgrün oder karminrot sein sollen?«

»Nicht wirklich. Ich kann sie nicht mal unterscheiden.«

»Du bist farbenblind?«

»Rot-Grün-Schwäche«, korrigiere ich. »Und wie ist dir das jetzt erst aufgefallen?«

Sie runzelt die Stirn. Natürlich kann Dani es nicht wissen. Meine Rot-Grün-Schwäche ist nie wichtig für unsere Schulsprecherverpflichtungen gewesen, also haben wir nie darüber gesprochen. Dani streicht ihre Uniform glatt. »Weißt du, welche Farbe Mr Penningtons Krawatte hat?«

»Dein Ernst?«

»Es ist nicht so, als würde gerade etwas Spannenderes passieren.«

Ich seufze und verenge die Augen. Meist lassen sich Farben nach ihrer unterschiedlichen Helligkeit bestimmen, aber die Lichtverhältnisse im überfüllten Konferenzsaal mit seiner dunklen Holzverkleidung machen dies zu keiner leichten Aufgabe.

»Okay, grün.«

»Falsch, rot.«

»Was?«

Dani grinst hämisch. »Nein, du hast recht, sie ist grün.«

»Wieso weiß ich nie, ob ich dir glaube– «

»Summers! Mackay! Wollen Sie Ihre Gedanken mit dem Rest der Anwesenden teilen?« Mr Pennington räuspert sich so laut, dass wir beide auf Anhieb verstummen.

Wir gehen die üblichen Gesprächsthemen durch. Ja, das Wetter ist grässlich heute, viel zu windig und nass. Ja, meine Noten sind durchschnittlich. Ja, die Politiker haben keine Ahnung, was sie tun, und ruinieren die Wirtschaft. Ich ziehe meine Krawatte zurecht und lächle freundlich. Ein gut gespieltes Lächeln und hochtrabende Worte sind meist die halbe Miete. Die Leute empfinden einen als selbstbewusster, als man eigentlich ist, was dann tatsächlich dazu führt, dass man selbstbewusst wird.

»Mr Summers wird die Begrüßungsrede vonseiten der Schule halten«, erklärt Mr Pennington und die Alumnivertreter beugen sich interessiert vor. Sie sehen sich alle schrecklich ähnlich mit ihren weißen Hemden und faltigen Gesichtern. Als hätten sie mit der Zeit den Ausdruck der Papiere angenommen, vor denen sie tagtäglich sitzen.

»Das klingt nach einer guten Idee«, sagt Faltgesicht Nummer Eins und dreht sich zu den anderen Ausschussmitgliedern. »Es ist mal etwas anderes.«

»Mein Motto ist es, immer mehr zu bieten als erwartet wird«, beginne ich stolz. »Ich kann gerne mehr über meine Arbeit im Schülerrat erzählen oder die Projekte, die wir für unser letztes Schuljahr aufstellen wo–«

»Du bist unser erster Headboy mit Migrationshintergrund, nicht wahr?«, unterbricht mich eine zweite Stimme. Es ist Mrs Mackay, Danis Mutter und, wie ich jetzt erst realisiere, die einzige Frau am Tisch. Ihr Gesicht ähnelt dem von Dani, doch ihre schmalen Lippen sind zusammengepresst und angehoben. Es ist komisch, dieses gekünstelte Lächeln zu sehen, wo ich mich so sehr an Danis unbeeindruckte Miene gewöhnt habe.

»Diese Rede könnte eine interessante Perspektive auf den gesellschaftlichen Wandel einbringen«, stimmt Faltgesicht mit der Brille zu. »Es war abzusehen, dass die Hillburn nicht davon verschont bleiben würde.«

»Also soll ich nicht von meinen Schulrekorden erzählen?« Die Frage geht zwischen Kugelschreiberklackern und zustimmendem Gemurmel unter. Neben mir ist Dani zu sehr damit beschäftigt, ihre Handflächen zu inspizieren, um auf das Gespräch zu achten.

»Es tut mir schrecklich leid, was mit deiner Mutter passiert ist. Das muss sicher eine schwierige Situation für dich sein.« Mrs Mackay zieht einen Schmollmund. Ich kann ihr Mitleid nur nicht ernst nehmen, wenn sie sich dabei die ganze Zeit Notizen macht. »Ich kannte deine Mutter nicht persönlich, so selten wie man sie auf Schulveranstaltungen antraf. Aber du darfst auch gerne mehr von ihr erzählen. Wo kommt ihr eigentlich ursprünglich her?«

»… Indien«, presse ich hervor.

»Wie wunderbar.« Mrs Mackay schreibt weiter. »Es ist so inspirierend, einen jungen Menschen deiner Herkunft zu sehen, der wirklich eine Bereicherung für dieses Land sein will. Das ist noch lange keine Selbstverständlichkeit.«

»Nun, ich …«

»Genug Fragen, wir müssen noch die restlichen Sitzungsthemen besprechen«, unterbricht Pennington die Runde. »Vincent, bist du dir sicher, dass du diese Punkte in deiner Rede einbauen willst?«

Mein Kiefer ist komplett angespannt. Vor der Sitzung habe ich eine ganze Liste an Vorschlägen erstellt, worüber ich auf der Feier reden könnte. Schulrekorde, Sportwettkämpfe, Spendenaktionen, Plaketten, Pokale, Preise. Dinge, auf die ich stolz bin. Aber das sage ich den Faltgesichtern nicht.

Stattdessen räuspere ich mich nur. »Aye, das ist kein Problem.«

Es wird eine kleine Randnotiz angefertigt und damit ist die Sache auch schon erledigt.

Mr Pennington fährt sich nachdenklich über seine Krawatte. Keine Ahnung, ob sie jetzt grün oder rot ist. Ich sehe nur braun.

***

Punjabi ist nicht weich.

Es hat raue Stellen, »Rs«, die sich tiefer rollen, als es mein Akzent erlaubt, Vokale, die meinen Mund verkleben. Ich beherrsche meine Muttersprache nicht, aber ich wünschte, sie könnte mich wenigstens leiten.

Neben einem Stapel Wiederholungsaufgaben für die Schule muss ich an Wochenenden nun all die Dinge tun, um die sich sonst Ma kümmert. Die Wäsche ist nicht das Problem. Ich weiß, wie ich meine Schuluniform zu bügeln habe, angefangen mit dem Hemdkragen und den Armaufschlägen, von außen nach innen. Anstrengender ist die Sache mit dem Kochen. Die Küche war schon immer Mas Reich und meist kam ich nur hinein, um etwas von ihren wilden Kreationen zu probieren. Ian verträgt keine scharfen Gerichte und ist Diabetiker, aber sobald er auf Geschäftsreise war, zog Ma ihre alten Rezepte heraus – Jalebi, Ladoos, Gulab Jamun … Mann, vor allem die Gulab Jamun hatten es mir angetan.

Ma formte den Teig immer zu gleichmäßigen kleinen Kugeln und legte sie nach dem Frittieren in Sirup ein, eine nach der anderen, bis die Bällchen sich vollständig mit Zucker aufgesogen hatten. Wir schwiegen beim Essen, ließen nur diese kleine Erinnerung zwischen uns auffunken, während der Teig auf unseren Zungen klebte. Es war unser Geheimnis, ein kleines Stück Außenwelt in dieser öden Kleinstadt im Norden.

Aber mit der Zeit wurde es weniger.

Das letzte halbe Jahr vor ihrem Verschwinden kochte Ma keine indischen Gerichte mehr. Vielleicht hätte es mir eher auffallen sollen.

Vielleicht war ich auch schon zu angepasst.

Jetzt stehe ich allein vor einem Topf voll ungekochtem Reis und frage mich, wie viel Wasser ich noch hineinschütten muss. Die indische Lady aus dem Youtube-Video meint, es muss bis zum zweiten Knöchel meines Mittelfingers reichen, aber ihre Hände sind so viel kleiner als meine und ihr Topf sieht auch anders aus. Wie soll das also funktionieren? Ist mein Reis überhaupt genug gewaschen, ist das Wasser klar? Werden die Portionen reichen oder mache ich gerade genug für eine Armee?

Etwas in mir sträubt sich dagegen, einfach einen Messbecher zu nehmen. Ich will es wie die Inderin aus dem Tutorial machen. Ich will diesen vererbten Instinkt meiner Vorfahren spüren, der mir aus dem Bauch heraus angibt, wo das richtige Verhältnis liegt.

Aber das passiert nicht, verdammt.

Frustriert lehne ich mich an die Küchenzeile und pausiere das Video. Ich sollte mich nicht so sehr darüber aufregen, aber anscheinend schafft Vincent Summers, Headboy und Rekordhalter einer der besten Schulen dieses Landes, es nicht einmal einen Topf mit Reis zu kochen, ohne dabei eine Krise zu durchlaufen.

Ich fange an eine Nachricht zu tippen. Ohne große Vorrede, so wie der Autor darauf verzichtet hat, aber dafür mit einer Frage:

An: messageofthesun
Von: Vincent Summers (Hillburn Secondary Headboy)
Betreff: RE: Bist du das?

Wer bist du?

Und dann suche ich den Messbecher heraus.

Maki erinnerte sich daran, wie der junge Prinz angekommen war, durchnässt und verbittert, über einem Holzbrett hängend – das Einzige, was von seinem Schiff erhalten geblieben war. Der Rest seiner Adelsfamilie hatte den Seesturm nicht überlebt, nur er war geblieben, allein und zitternd.

VINCE

»Was meinst du, ist das zu viel?«

»Ich werde dir definitiv nicht dabei helfen, das Schulgelände mit deinem Gesicht zu tapezieren.«

»Kommst du überhaupt an die Plakate ran?«

Macey rollt mit den Augen und zieht an einer Locke, bis sie aufspringt. Wir sind die Letzten im Hauptgebäude. Macey, weil sie den ganzen Nachmittag in der Bibliothek gelernt hat, und ich, weil ich nach dem Fußballtraining noch die Plakate für die Schulsprecherwahl aufhängen muss. Dani hat zu viele gedruckt und jetzt blicken mir an jedem Aushang mindestens drei grinsende Vincent Summers entgegen.

Je mehr Zeit ich mit ihr verbringe, desto mehr komme ich zu dem Entschluss, dass Macey ein Ausrufezeichen ist. Dabei ist ihre Stimme im Unterricht so leise, dass man sie kaum hört.

Aber trotzdem sehe ich sie. Wenn Macey durch die Schulflure marschiert, die Arme voller Hefter und Bücher, ohne sich darum zu scheren, wen sie dabei überrumpelt – Ausrufezeichen.

Wenn sie ihr Haarband festzieht, mit der Zunge schnalzt und ungefragt all die Fehler in deinen Hausaufgaben aufzählt – Ausrufezeichen.

Wenn sie direkt vor dir steht, den Blick so stark auf dich fixiert, dass du am liebsten wegschauen willst, aber es trotzdem nicht schaffst – Ausrufezeichen. So viele verdammte Ausrufezeichen überall.

»Es ist nicht da.« Macey lehnt sich an den Aushang und verschränkt die Hände hinter dem Rücken. »Ich habe jedes Regal abgesucht, aber jemand hat *Die Monotonie des Glücks* ausgeliehen. Dann habe ich Octavian Dupont im Internet gesucht, doch sein Wikipedia-Eintrag hat einen ausführlicheren Absatz zu seinem Tod als zu seinen Werken.«

»Also hat der Autor es ausgeliehen.«

»Ich wüsste nicht, wer sonst in dieser Schule dieses uralte Philosophiebuch braucht«, erwidert Macey. »Aber Patrycja will mir nicht sagen, wer es gerade hat. Anscheinend darf sie es aus datenschutzrechtlichen Gründen nicht verraten.«

»Scheint sich wohl doch nicht auszuzahlen, die aktivste Nutzerin der Bibliothek zu sein«, sage ich lachend und tippe auf mein Headboy-Abzeichen. »Vielleicht kann ich sie noch mal ansprechen.«

»Was? Nur weil du der Schulsprecher bist?«

»Hey, du unterschätzt meine Kunst des Bullshittens. Dank mir glaubt Clyde jetzt, dass es illegal ist, im britischen Parlament zu sterben. Dafür braucht es keine Abzeichen.«

Sie presst die Lippen zusammen und ich weiß, dass sie das nur tut, um sich ein Lachen zu verkneifen. Es ist dunkel auf den Schulfluren, nur das Klappern der alten Fenster hallt durch die Mauern. Draußen wechseln sich Regen und Nebel ab und der Himmel ist so grau, dass kaum zu erkennen ist, wo das Schulgebäude aufhört und die Berge anfangen.

Macey geht einen Schritt vor und starrt die Plakate an. Sie sehen aus wie letztes Jahr. Die offiziellen Schulfotos von Dani und mir, darunter die ellenlange Auflistung all unserer Projekte und der vielsagende Spruch *Eure Schülervertretung des Ver-*

trauens. Das Ganze lädt nur dazu ein, uns zwei Schnauzbärte aufzuzeichnen. Da kann ich Rin den Edding auch selbst in die Hand drücken.

»Wenn es nach mir ginge, stünde da übrigens ›Wir sind Dani erste Wahl‹«, erkläre ich. »Aber mir wurde gesagt, das wäre unprofessio– «

»Warum tust du das alles?«, unterbricht mich Macey.

»Was?«

»Das ist gefühlt die Hälfte aller Arbeitsgemeinschaften, die unsere Schule anbietet. Himmel, du kannst doch nicht ernsthaft behaupten, dass du an all diesen Gruppen interessiert bist.« Sie dreht sich von den Plakaten weg. »*Dart Vaders*? Kannst du überhaupt Darts spielen?«

»Ich habe auch keinen einzigen *Star-Wars*-Film gesehen, aber bisher ist das noch niemandem aufgefallen«, entgegne ich stolz. »Und was ist so schlimm daran? Nicht jeder hat schon mit zehn Jahren festgestellt, dass er oder sie unbedingt Mathematik studieren will.«

Wobei es bestimmt sehr angenehm ist, so früh zu wissen, was man später mit seinem Leben anfangen will. Macey ist so konzentriert, als halte sie den Schlüssel bereits in der Hand und warte nur darauf, die Tür zur realen Welt zu öffnen. Dagegen bin ich mir nicht einmal sicher, ob ich vor der richtigen Tür stehe.

»Ist es so verwerflich, dass ich damit meinen Lebenslauf ausbessere? Meine Noten sind nicht wie deine, ich muss es irgendwie ausgleichen.« Ich rolle die überschüssigen Plakate zusammen und stopfe sie zurück in das Seitenfach meiner Sporttasche. »Und würde deine Cambridge-Bewerbung nicht auch von einer AG profitieren? Ich kann dich mit ein paar Leuten bekannt machen.«

Macey hebt die Augenbraue und ich kann nicht ausmachen, ob der Grund dafür Vorfreude oder Skepsis ist. »Leute wie deine Fußballkumpels?«

»Wenn du dir unbedingt Callums ununterbrochenes Geschwafel anhören willst«, erwidere ich mit einem Schulterzucken. »Aber ich dachte eher an die Mitglieder des Schulchors oder der Fremdsprachenkurse. Ich bin mir sicher, du würdest da gut reinpassen. Außer du willst unbedingt alle deine Freunde *Pals* und *Lads* nennen.«

»Um Gottes Willen.«

»Ich seh's schon, Mace. Ich geb dir drei Tage, bis du den Handschlag draufhast.«

»Ihr habt euren eigenen Handschlag?«, ruft sie erschrocken aus.

»Also … es ist mehr ein Faustst0ß.« Ich halte ihr meine Hand entgegen. Macey starrt sie nur an. Sie zieht die Riemen ihres Rucksacks an und fällt durch das Gewicht fast nach hinten.

»Du musst schon dasselbe machen, weißt du?«

»Ich weiß, wie ein Handschlag funktioniert, *Pal*«, entgegnet sie, was eigentlich kein schlechter Konter gewesen wäre, wenn sie nicht beim letzten Wort so konzentriert ausgesehen hätte. Selbst Maceys Fragezeichen sehen wie Ausrufezeichen aus.

»Das üben wir noch. Dein Gesichtsausdruck ist ein wenig … dramatisch.«

»Dramatisch? Muss ich dich daran erinnern, dass hier gerade vierzig Plakate mit deinem Gesicht hängen?« Sie zieht die Nase hoch. »*Oh, seht mich an, ich bin Vincent Summers der Zweite, der selbsternannte Prinz von Hillburn …*«

»So schief klinge ich nicht.«

»*… und ich gehe um sechs Uhr morgens joggen und trinke dabei Detox-Smoothies und sehe aus wie ein vierzigjähriger Versicherungsbeamter in der Midlife-Crisis.*«

»Tatsächlich esse ich morgens nur Froot Loops.«

»Froot Loops?« Sie blinzelt. Ihre Arme sind in Abwehrhaltung vor ihrer Brust verschränkt, aber ihre Gesichtszüge werden weicher. »Du … immer noch?«

Maceys Stimme zittert kaum merklich. Ein Kloß bildet sich in meinem Hals. Bis hierhin war es einfach zu witzeln, so zu tun, als wären wir nur Mitschüler und nicht ... eine offene Wunde. Ein Versprechen, das ich nicht einhalten konnte. Nicht Fremde, aber von Fremdheit geprägt.

Ich nicke langsam. »Das Einzige, was mich morgens früh davon abhält, in einem Berg existenzieller Angst zu versinken, ist diese Schüssel Froot Loops. Natürlich esse ich sie immer noch.« Sie starrt mich nur mit ihren großen runden Augen an. Ich will wegschauen, aber schaffe es nicht. »Ist das komisch?«

Sie schüttelt den Kopf. »Nur ein wenig unerwartet.«

Wir laufen schweigend die Treppe zum Haupteingang hinunter und Macey zieht ihren Regenschirm heraus. Wie sie damit gegen den heulenden Wind ankommen möchte, ist mir ein Rätsel, andererseits bin ich mit meiner dünnen Regenjacke auch nicht besser ausgestattet. Hinter den Rundbogenfenstern spielt sich das Gewitterspektakel des Jahrhunderts ab.

Macey scheint es nicht zu kümmern. Ihre Aufmerksamkeit ist dem riesigen Gemälde gegenüber der Haupttür gewidmet. Es handelt sich um eine abstrakte Schwarz-Weiß-Zeichnung aus wirren Linien, an der die meisten Leute auf der Hillburn vorbeilaufen, ohne sich große Gedanken zu machen. Maceys Augen leuchten jedoch auf.

»Hat der Autor dir wieder Kapitel geschickt?«, fragt sie. Keine Ahnung, wie sie plötzlich auf den Themenwechsel kommt.

Ich schüttle den Kopf. Es ist wie befürchtet – seit ich dem Autor die Frage geschickt habe, hat er sich nicht mehr bei mir gemeldet. Keine Antwort, keine neuen Kapitel und damit keine neuen Hinweise.

Es donnert laut. Die Lichter des Eingangsbereichs fangen an zu flackern und erlöschen. Ich zucke zusammen, während Macey wütend die Neonröhren anfunkelt, als könnte sie das wieder zum Leuchten bringen.

»Na toll, ich wette, mein Zug hat wegen dem Wetter wieder Verspätung!«

Sie stampft zur Tür und ich eile ihr hinterher.

»Mann, Mace, warte doch mal.« Ich stelle mich vor die Tür und halte meine Sporttasche fest, damit die Plakate nicht herausfallen. »Denkst du wirklich, du schaffst es jetzt zum Bahnhof? Da draußen findet gerade die Sintflut des Jahrhunderts statt.«

»Aber meine Essays für Französisch liegen noch zu Hause!«

»Und ich bin mir sicher, dass sie dort eine gute Zeit haben«, erwidere ich und der Donner grummelt zustimmend. »Meinst du, Charlie und Rin sind gerade im Internatsgebäude?«

»Wieso hast du mich gerettet?«
»Du machst dir zu viele Gedanken«, antwortete Maki.
»Weil es sonst niemand getan hätte«, hörte er.

MACEY

»Also, hier ist der Plan«, verkündet Rin und wirft sich einen Maltesers in den Mund. »Wir brechen in die Bib ein.«

»Warte, was?«, ruft Vince aus. Er steht ans Fensterbrett gelehnt und hat die Hände krampfhaft in den Hosentaschen vergraben, wohl bewusst, dass er sich gerade entgegen der Hausordnung im Mädchenflügel aufhält. Dabei war es seine Idee, auf dem Schulgelände zu bleiben. Rin hat uns daraufhin in ihr Einzelzimmer geschmuggelt, ein kleiner Raum, der sich direkt in der Dachkuppel des Internats befindet und einen Ausblick auf die schottischen Berge bietet. Als wir ankamen, saß Charlie bereits auf ihrem Schreibtischstuhl und zeichnete in sein Skizzenbuch.

»Hast du einen besseren Anknüpfungspunkt als dieses Buch, von dem der Autor schwärmt?«, fragt Rin. »Du hast selbst gesagt, dass er dir seit einer Woche keine neue E-Mail mehr geschickt hat. Es stürmt draußen und der Hauswächter wird zu sehr damit beschäftigt sein, die Bäume vor dem Umfallen zu bewahren, als durch das Schulgebäude zu ziehen. Niemand wird uns hören!«

Vincent schüttelt vehement den Kopf. »Wir haben gerade erst angefangen nach diesem Autor zu suchen und eure erste Lösung ist ein Hausfriedensbruch?«

»Zählt es überhaupt, wenn wir die Tür dabei nicht aufknacken?« Rin lässt sich tiefer in ihr Bett fallen.

Rins Zimmer ist ein heilloses Chaos, aber inmitten ungefalteter Kleidung und Energydrinks habe ich einen leeren Platz auf dem Teppichboden gefunden. Neben mir türmen sich Schulbücher bis zur Bettkante und auf ihnen steht ein Laptop, der *Derry Girls* in Dauerschleife abspielt.

Die Dachkuppel ist gemütlich, aber mir fällt auf, dass Rin jeden einzelnen Spiegel mit einem Laken abgedeckt hat.

»Die Bibliothek hat schon seit achtzehn Uhr geschlossen, nicht wahr?« Sie zeigt aus dem kleinen Turmfenster hinaus, wo mitten im Regen noch der alte rote Golf unserer Bibliothekarin steht. »Aber Patrycja verlässt das Gelände erst später.«

»Normalerweise nach einer Stunde«, erkläre ich. Manchmal lässt mich Patrycja länger bleiben, wenn ich meinen Zug verpasse. »Vielleicht wartet sie heute, bis das Gewitter aufhört.«

»Da kann sie lange warten«, erwidert Charlie und wischt sich eine braune Haarsträhne von der Stirn. Sein Gesicht ist von schwarzer Kohle verschmiert, die zwischen seinen Sommersprossen klebt. »Macey war schon in der Bibliothek und hat das Buch nicht gefunden. Warum glaubst du, dass sich das jetzt ändert?«

Rin hält ihm eine Fingerpistole hin und grinst. »Einen Ort hat sie nicht abgesucht – die Datenbank der Bibliothekarin.«

»Weil sich ihr Computer auch so einfach hacken lässt«, brummt Charlie.

»Aber im System steht bestimmt, wer das Buch als Letztes ausgeliehen hat«, füge ich leise hinzu. In meinem Kopf tun sich die ersten Pläne auf. Vincent ist der schnellste Läufer und wirkt vertrauenerweckend genug, dass ihm Patrycja jedes Ablenkungsmanöver abkaufen würde, das er sich ausdenkt. Außerdem könnte er nach dem Nachtwächter Ausschau halten – im besten Fall verwickelt er ihn in ein Gespräch, im schlimmsten rennt er schnell genug zur Bibliothek, um uns vorzuwarnen. Charlie kann vor der Tür Wache stehen, er verhält sich ohnehin wie eine streunende Katze, sodass er kein Misstrauen erweckt, wenn er im Schulflur herumlungert. Das bedeutet, Rin und ich …

»Leute, euer Ernst? Habt ihr überhaupt eine Ahnung, gegen wie viele Regeln wir damit verstoßen würden?« Vincent läuft unruhig im Kreis und stürzt dabei fast über einen Stapel Klamotten. »Allein die Tatsache, dass wir uns zu viert nach achtzehn Uhr in Rins Zimmer befinden, ist genug für mindestens vier Regelbrüche!«

»Mal davon abgesehen, dass wir noch immer kein Passwort haben«, murmelt Charlie, ohne von seiner Zeichnung hochzusehen.

»So schwer kann das nicht sein! Ihr Passwort ist bestimmt eine dieser Rockbands, die sie so gerne hört«, erwidert Rin.

»Und du willst sie alle einzeln durchgehen?«

»Macey weiß doch bestimmt, was ihre Lieblingsband ist, oder?«

Ich schüttle den Kopf. »Vielleicht hat sie es erwähnt, aber ich kenn mich nicht so gut aus. Ich höre eher ältere Musik, so Neunziger …« Meine Stimme wird mit jedem Wort leiser, als Vincent plötzlich stehen bleibt. Sein Blick hängt an der Buttonmaschine, die auf Rins Kommode steht.

»Pegasus32«, flüstert er.

»Was?«, stößt Rin aus.

»Die Passwörter für die alten Rechner werden jedes Jahr während der Schulkonferenz festgelegt.« Vincent dreht sich zu uns um. »Entweder ist es das oder eines der anderen drei Passwörter, die es für die Schulaccounts gibt. Kommt auf das Programm und das Alter des Computers an. Pennington erneuert so gut wie nichts an Technik.«

»Diese Schule steckt wirklich noch im 19. Jahrhundert fest«, brummt Charlie, während Rin von ihrer Bettdecke hochschaut und über das ganze Gesicht grinst.

»Ich fasse es nicht, dass du so viele Dinge über die Hillburn weißt, sie aber einfach nicht ausnutzt.«

»Deswegen bin ich auch der Schulsprecher und du bist fast suspendiert worden.«

Rin schnippt mit den Fingern, als habe Vincent sie gerade an einen Insiderwitz erinnert, was er nur mit einem Schnauben abtut. Aber es sieht tatsächlich aus, als ob er über ihren Vorschlag nachdenkt. »Das geht nicht. Es kann doch nicht so einfach sein.«

»Natürlich ist es so einfach. Macey und du, ihr seid langweilige Musterschüler, wie sie das Lehrpersonal liebt und schätzt. Gibt es einen besseren Beweis für ihr Vertrauen, als dass Pennington dir die Computerpasswörter verraten hat?« Sie grinst. »Niemand käme jemals auf die Idee, Vincent Summers eines Einbruchs zu verdächtigen.«

Sie nimmt zwei Maltesers auf einmal in den Mund, um ihre Rede zu unterstreichen. Auf einmal muss ich an Glenfield Park denken – und daran, wie ich und Kierat damals unbekümmert durch die Straßen gezogen sind, immer mit einer halsbrecherischen Frage im Hinterkopf. Ich fahre mit dem Daumen über die kleine Narbe an meinem Ellbogen. All die Neugier von damals ist in einem Berg an Schulaufgaben untergegangen.

»Nun«, seufzt Vincent geschlagen. »Hat jemand eine Idee, wie wir das angehen?«

Die Blicke fallen sofort auf mich.

Ich ziehe mein Haarband fester.

»Ich dachte schon, du fragst nie.«

***

Der Wind fegt über das leere Schulgelände und zieht an unseren Uniformen. Mein Herzschlag rast, als hätte ich zehn Kaffeetassen auf einmal getrunken. Ich halte meine Kapuze fest, aber der peitschende Regen bahnt sich trotzdem seinen Weg zu meinen Haaren. Ich sollte nicht hier sein. Zu Hause wartet ein Berg an Hausaufgaben auf mich und Auntie Grace wundert sich bestimmt auch, wo ich bleibe.

Aber das Letzte, was ich jetzt tun will, ist einen Rückzieher zu machen. Ich muss einfach zielstrebig und ruhig bleiben, so wie Dad. Wenn wir den Namen der Person finden, die das Buch ausgeliehen hat, wenn wir den Autor finden – dann wäre alles vorbei. Vincent und ich könnten getrennte Wege gehen und Charlie und Rin müssten nie wieder ein Wort mit mir wechseln. Ich hätte wieder Zeit für die wichtigen Dinge – Cambridge-Bewerbungen, Mathewettbewerbe und Mum. Es wäre alles zurück beim Nullpunkt.

Wir erreichen das Geschoss, in dem die Schulbibliothek liegt.

Rin packt Vincent bei den Schultern. »Okay Vince-ty Cent, bist du bereit für die Rolle deines Lebens?«

»Ich spiele doch nur mich selbst.«

»Tun wir das nicht alle?«, seufzt Charlie und nimmt einen Schluck aus seiner Thermoskanne. »Wenn ich gewusst hätte, dass wir jetzt rausgehen, hätte ich vorhin noch eine Runde geschlafen.«

»Wieso hast du überhaupt deinen Tee zu einer Einbruchsmission mitgebracht?«, zischt Vincent, aber Rin zieht sein Gesicht zurück zu sich und kneift ihm leicht in die Wangen.

»Konzentrier dich auf das Wesentliche, Vin! Die ganze Mission hängt von dir ab.«

»Ich war ein halbes Jahr in der Theater-AG, hab ein bisschen mehr Vertrauen in mich.« Vincent lockert seine Krawatte und fährt sich über den Kopf, als könnte er seine kurzen Haare so zerzauster aussehen lassen.

Ich muss mich zwingen nicht mit den Augen zu rollen.

Wir bleiben am Ende des Gangs stehen und beobachten die angelehnte Tür der Schulbücherei. Das Licht brennt noch und Patrycja summt leise ihre Rockmusik mit.

Vincent springt nervös auf und ab, als stände er kurz vor einem Elfmeterschuss. Er zieht an seinem Ohrläppchen.

Und rennt los.

»Patrycja? Patry– *verdammt*, ich …« Er torkelt zur Bibliothek und stützt sich an der offenen Tür ab. »Mir ist so schwindlig. Ich glaube, ich muss mich übergeben.«

»Vincent? Was machst du um die Zeit noch im Schulgebäude?«

»Ich hab Plakate aufgehängt und dann … ach du …« Seine Worte gehen in einem schweren Hustenanfall unter und er krallt sich gegen den Bauch. »Bitte … das Jungsklo … es ist eine Etage höher … kannst du mir hochhelfen?«

Rin pfeift anerkennend. »Nicht schlecht für einen gesetzestreuen Schulsprecher«, flüstert sie. »Könnt ihr euch vorstellen, wie viel Potenzial für Chaos bei ihm flöten geht?«

Ich muss es mir nicht vorstellen. Ich weiß es bereits.

Patrycja greift ihm unter die Arme und die beiden humpeln in Richtung Treppenhaus, während Vincents schmerzerfülltes Stöhnen durch den Flur hallt.

»Was meint ihr, wie lange er diese Masche durchziehen kann?«, fragt Charlie.

»Nicht sehr lange. Spätestens wenn Patrycja ihn zur Schulkrankenschwester bringt, fliegt das Ganze auf«, rate ich.

»Dann nichts wie los!« Rin schleicht als Erste zur offenen Tür, dicht gefolgt von Charlie, der einen letzten Schluck aus seiner Thermoskanne nimmt.

In meinem Hals bildet sich ein Kloß. Ich führe Rin zum Servicetisch der Bibliothek, während Charlie die Tür hinter uns schließt und Wache hält, und versuche Ruhe zu bewahren.

Es ist still in der Bibliothek. Einzig die Holzdielen quietschen unter unseren Füßen und an den Fensterscheiben kratzen Baumzweige.

»Falls Vincents Passwörter nicht funktionieren, kann ich bestimmt die Kommoden aufknacken«, sagt Rin.

»Und warum sollten wir das tun?«

»Keine Ahnung, vielleicht findet sich irgendetwas, womit man die Bibliothekarin erpressen kann?« Sie grinst und schaltet den Rechner an.

Der Bildschirm blinkt blau auf und ich beuge mich mit zitternden Fingern über die Tastatur, während ich das Passwort eintippe. *Pegasus32 …*

[Fehlermeldung: Passwort inkorrekt]

Rin beißt sich auf die Unterlippe. »Was ist mit dem Passwort, das Vince für die älteren Rechner vorgeschlagen hat? Der hier ist mindestens zehn Jahre alt.«

»Auch nicht«, flüstere ich, als die Fehlermeldung erneut aufleuchtet. »Vermutlich läuft der Bibliotheksrechner über ein anderes System als die normalen Accounts. Wir brauchen Patrycjas privates Passwort.«

Rin kratzt sich am Kopf. »Mist, was sagt die Passworthilfe?«

»Nur irgendetwas Unverständliches, *btm_1_3*. Ich weiß nicht, wofür das stehen soll.«

»Versuch mal *igsyysltts*. Alles kleingeschrieben.«

»Ich soll was?«

Rin zieht mir die Tastatur weg und gibt die Buchstabenfolge ein. Sie erinnert eher an einen Keyboardsmash als an ein Passwort.

»Der dritte Song auf dem ersten Album von By the Moon heißt so«, erklärt Rin hastig. »Steht für ›*If Graffiti Scares You, You Shouldn't Listen to this Song*‹. Vince meinte doch, dass Patrycja ihre Musik hört.«

Auf ihre Lippen schleicht sich ein Lächeln. »Du scheinst lieber diese alten Kassetten mit dir rumzutragen.«

Sie drückt auf die Entertaste, während ich darüber nachdenke, wann ihr das aufgefallen ist.

Und …

… es funktioniert.

Es funktioniert tatsächlich.

Der Computer braucht Ewigkeiten, um zu laden, aber meine Anspannung fällt ab, sobald sich das Programm öffnet. Das alte Bibliothekssystem ist nichts weiter als eine ausführliche Exceltabelle mit einer einfach nachvollziehbaren Grundstruktur.

Rin beobachtet, wie ich mich durch die Ausleihkategorien klicke und pfeift anerkennend. »Sieht so aus, als hätte ich nicht nur Vince unterschätzt.«

»Es ist verschollen«, lese ich vor. »Jemand hat das Buch einfach nicht zurückgegeben.«

»Und es steht nicht da, wer es zuletzt hatte?«

Ich schüttle den Kopf. »Vielleicht kann ich eine Bibliotheksnummer finden …«

Und dann geht die Tür auf.

»Dies ist das Viertel der Krieger, am Rande der Stadt«, erklärte Maki ihm die Karte. »Du erkennst es an den Gebäuden, die sich lose aneinanderketten wie Käfer. In der Mitte liegen der Palast und die Arena. Gen Norden finden sich die Anwesen des Adels, umschlossen von Wäldern. Die Straßen dort sind gerader und breiter als die Wege bei uns.«

MACEY

»Der Nachtwächter ist auf dem Weg«, flüstert Charlie, das Gesicht rot angelaufen vor Panik. »Wir müssen sofort raus.«

Rin greift nach meiner Hand, bevor ich es überhaupt schaffe, die Maus loszulassen. Kaum, dass wir die Tür erreichen, sehe ich Vincent, der mit Rekordgeschwindigkeit über den Gang sprintet.

»ER KOMMT, ER KOMMT, VERDAMMT, WIR SIND SO WAS VON TOT!«

»Ha, es geht endlich los!«

»Falsche Reaktion, Rin«, zischt Charlie. Er schaltet die Lichter im Flur aus. Nur der schwache Schein des gegenüberliegenden Internatsgebäudes erhellt jetzt den Weg. Rin rennt los und zieht mich mit, doch für jeden ihrer Schritte muss ich zwei nehmen. Ich stolpere ihr hinterher, bis ich kaum mehr das Parkett unter meinen Füßen spüre.

»Komm schon, Mace, beeil dich!« Vincent hat uns eingeholt und steuert auf den Notausgang zu. Die Rufe des Nachtwächters hallen durch den Flur.

Ich traue mich nicht, mich zu ihm umzudrehen. Rins Fingernägel bohren sich tiefer in meine Haut, aber meine Hände sind so verschwitzt, dass ich den Halt verliere.

Vincent hält uns die Tür zu den Nottreppen auf, doch es ist so dunkel, dass ich kaum die Stufen erkenne. Die Schuluniformen der anderen verschwimmen, blau und schwarz, mehr Schatten als Personen.

»*HEY, IHR DA UNTEN!*« Die Taschenlampe des Nachtwächters streift das Treppengeländer und landet fast auf meiner Hand. Ich beiße mir auf die Unterlippe, um nicht laut aufzuschreien.

»*Psssst*, hierher, Macey!« Jemand packt mich am Arm und ich werde in einen Seitenflur gezogen. Es ist Charlie. Seine grauen Augen sind geweitet und in der Dunkelheit sieht seine helle Haut fast durchsichtig aus.

Der Schein der Taschenlampe vergrößert sich auf dem Boden. Ich presse meinen Rücken enger gegen die Wand, während Charlie sich auf die Unterlippe beißt. Mein Herz pocht so laut, dass es alle anderen Geräusche übertönt.

Dann, plötzlich, zieht der Lichtstrahl fort, als hätte sich der Nachtwächter in letzter Sekunde entschieden, die Richtung zu wechseln. Charlie runzelt die Stirn. Er blickt kurz zurück ins Treppenhaus und schnappt nach Luft.

»Rin.« Seine Stimme ist nicht mehr als ein Hauchen. Ich ziehe ihn zurück, damit ich in den Flur sehen kann. Rin eilt die Treppe herunter, die Buttons an ihrer Uniform klirren gegeneinander. Einen Schritt weiter und sie wird dem Nachtwächter in die Arme laufen.

»Wir müssen sie warnen«, drängt Charlie. Er versucht in das Treppenhaus zu laufen, doch ich halte ihn fest.

»Du wirst nur euch beide aufdecken!«

»Du verstehst das nicht, Rin wird von der Schule fliegen, wenn er sie …«

Ein lauter Knall hallt durch den Flur und unterbricht Charlies Satz. Das Licht auf der anderen Seite des Flurs geht an und ich muss blinzeln.

Der Nachtwächter dreht sich um, weg von Rin, die wieder zurück nach oben sprintet, und weg von Charlie und mir.

»Haben Sie das gesehen?«, keucht Vincent auf der anderen Seite des Flurs und hält sich krampfhaft am Lichtschalter fest. »Ich habe beim Springen den Türrahmen erreicht!«

Die Stadtwache umzingelte den Prinzen mit ihren Schwertern. Er wusste keinen Ausweg, die schwarze Magie bahnte sich zu seinem Kopf herauf und machte seine Gedanken schwummrig.

VINCE

Als Mr Pennington in sein Büro eintritt, hat er bereits einen Schlafmantel an. Die wenigen grauen Haare auf seiner Halbglatze stehen in alle Richtungen ab, aber wenigstens eine Krawatte hat er sich noch halbherzig um den Hals gebunden. Scheint, als hätte ich ihn aus dem Bett gezerrt. Tolle Einstiegsbedingungen für das Gespräch.

»Summers! Was zum Teufel haben Sie zu dieser Uhrzeit auf den Schulfluren zu suchen?«, ruft Mr Pennington und knallt die Tür so laut zu, dass ich zusammenzucke. Mein Brustkorb zieht sich zusammen. Es gibt keine Karteikarten mehr, die mir sagen können, was ich zu tun habe. Ich muss improvisieren.

»Entschuldigen Sie die Unannehmlichkeiten, Sir, ich habe heute Nachmittag angefangen, die Plakate für die kommende Schulsprecherwahl aufzuhängen und ...«

»Der Nachtwächter hat mich darüber informiert, dass die Tür zur Bibliothek offen stand und der Computer an war«, unterbricht mich mein Schuldirektor. Er beugt sich über seinen Schreibtisch und stützt sich mit den Händen ab. Trotz flauschigem Schlafmantel strahlt er genug Autorität aus, dass meine Schultern sich verkrampfen.

»Hören Sie zu, ich weiß, dass Ihre aktuelle Familienlage eher ... prekär ist.« Er seufzt. »Mich interessiert nicht, warum Sie es getan haben, Summers, aber ich will wissen, wem damit geholfen wurde.«

Stille.

Mr Pennington presst die Lippen zusammen und läuft zum Fenster. Es ist so dunkel draußen, dass ich nur die Spiegelung seines Büros sehe. Der Vincent im Fenster sieht von Mr Penningtons Worten ziemlich unbeeindruckt aus, das Lächeln auf seinem Gesicht ist festgefroren.

»Niemandem? Also ist es nur Ihre Idee gewesen, die Bibliothek nach der Schließungszeit aufzusuchen und den Computer von Ms Suchodolska zu knacken? Sie haben das alles alleine geschafft? Sind Sie an zwei Orten gleichzeitig gewesen?«

Ich zucke mit den Schultern. Mr Pennington massiert sich die Schläfe. »Was zum Teufel, Summers, ein Hausfriedensbruch?«

»Es tut mir leid, Sir. Es war eine einmalige Sache. Ich hab nicht nachgedacht.«

»Ja, das haben Sie offensichtlich nicht.« Mr Pennington lässt sich in seinen Schreibtischsessel fallen. Ich habe unseren stoischen Schulleiter noch nie so enttäuscht erlebt, zumindest nicht von mir. Es fühlt sich an, als wäre ich für eine Nacht in einem Paralleluniversum gelandet. Morgen wird Mr Pennington mir das Protokoll der letzten Schulkonferenz in die Hand drücken und alles wird so sein wie immer.

»Die Möglichkeit besteht, dass Sie Ihre Strafe auf weiteren Schultern aufteilen«, murmelt er. »Denn das Ganze wird Konsequenzen mit sich ziehen.«

Mein Herz applaudiert und applaudiert für diese Meisterleistung vor Pennington, ich kann es nicht beruhigen. Meine Kehle brennt, als ich mich endlich aufraffe, etwas zu sagen. »Darf ich nicht mehr die Alumnirede halten?«

»Das bestimme nicht ich, sondern das Organisationskomitee.« Mr Pennington fährt sich übers Kinn. »Wobei Ihnen bewusst sein müsste, dass solch inadäquates Verhalten an dieser Schule weder toleriert wird noch den Standards eines Schülers entspricht, der die Werte der Hillburn nach außen repräsentiert.«

»Ich weiß, Sir, und es tut mir wirklich aufrichtig leid. Sie wissen, wie viel Arbeit ich in diese Schule stecke, Sie kennen alle meine Projekte …«

»Die Hillburn Secondary erwartet einen Headboy, der aufrichtig und gewissenhaft für seine Arbeit steht und dabei die Räumlichkeiten der Schule respektiert.«

Die Schulkrawatte schnürt mir die Kehle zu. Ich schaffe es nicht mehr, Mr Pennington in die Augen zu sehen, als er seine Hand ausstreckt.

»Ich befürchte, dass ich deine Abzeichen zurückfordern muss, Vincent.«

Nein.

Nein.

Nein.

»Mr Pennington, bitte, das war nur ein Versehen. Ich mache das wieder gut, ich kann extra Programme für die Schulbibliothek organisieren, einen Fundraiser für neue Bücher, ich …«

Meine Augen brennen und ich muss die Zähne zusammenbeißen, damit ich nicht ernsthaft vor unserem Schuldirektor die Fassung verliere.

»Bitte, in ein paar Wochen ist die Schulsprecherwahl, ich habe schon alles vorbereitet. Sie wissen, dass ich sonst auch immer alles richtig mache. Jahrelang schon.«

»Dann mach jetzt das Richtige und steh für dein Verhalten ein«, erwidert Mr Pennington. »Oder sag mir, wer wirklich dahintersteckt.«

Ich sage nichts. Meine Finger zittern, während ich die Headboy-Plakette von meinem Blazer entferne, aber ich schweige.

An manchen Tagen wünsche ich mir, ich könnte mich einfach zerteilen und alles Schlimme aus mir ausschütten. *Hier ist meine ganze Trauer*, würde ich sagen. *Hier ist alles, was mit mir falsch ist. Faszinierend, nicht wahr, dieses Chaos, das sich als Junge ausgibt?*

Es ist erbärmlich. Ich bin erbärmlich. Einfach nur absolut erbärmlich.

»Alle Abzeichen, Summers«, erinnert mich Mr Pennington und ich zerre sie alle ab, Fußballkapitän, stellvertretender Chorleiter, Vizepräsident für den Schulball, Schülerpatenschaft, Vertrauensschüler, Cafeteria-Aufsicht, …

Übrig bleiben nur mein löchriger Blazer und die Einzelstücke meiner Identität, herausgerissen und lose auf dem Tisch verteilt.

Wie viel Wert hat ein Prinz ohne sein Königreich?

MACEY

Wir finden Rin am Haupteingang, wenige Minuten, nachdem der Nachtwächter Vincent in Mr Penningtons Büro gebracht hat.

»Hier seid ihr!«, ruft sie und zieht uns in eine Umarmung, bevor Charlie und ich die Zeit haben, etwas zu erwidern. »Habt ihr gesehen, wie er hochgesprungen ist?« Rins Stimme kann sich nicht entscheiden, ob sie den Satz auf einem hohen oder tiefen Ton enden lassen soll. Ihre Lippen zittern und meine Hand greift instinktiv nach ihrer.

Charlie nickt. »Es wird schon alles gut. Er ist Schulsprecher und Mr Pennington mag ihn. Wenn irgendjemand einen Weg findet, sich aus der Situation herauszureden, dann Vince.« Er zieht den Kragen seines Rollkragenpullovers hoch und räuspert sich. »Wir sollten los, bevor wir nicht mehr ins Internatsgebäude reinkommen und Macey ihren Zug verpasst.«

»Wie wäre es, wenn wir die Nacht durchmachen?«, schlägt Rin vor. »Genug Energydrinks hätte ich!«

»Die müssen noch für die Klausurenphase reichen, sonst überlebst du uns nicht«, erwidert Charlie und Rin stöhnt. Sie öffnen die Tür und schleichen hinaus, während ich wie angewurzelt im Eingangsbereich stehenbleibe.

Ich blicke zu dem Schwarz-Weiß-Gemälde hoch, das mir bereits heute Nachmittag aufgefallen ist. Ich laufe jeden Tag an der Zeichnung vorbei. Es ist ein wirres Gefüge aus Linien und abstrakten Mustern, denen ich im Schulalltag sonst keine Beachtung schenke.

Aber es sieht anders aus nachts. Eindringlicher. Die Grundform erinnert an einen Kreis, in dem sich kleine Netze bilden. In ihnen liegen alle möglichen Muster, Kästen, geschwungene und gerade Linien, dicht aneinandergedrängt und zusammengewoben, wie bei Zellen oder einer … einer …

»Macey, warum starrst du mein Gemälde an?«, fragt Charlie, dem wohl aufgefallen ist, dass ich ihm und Rin nicht nach draußen gefolgt bin, obwohl sie noch die Tür aufgehalten haben.

»Das ist von dir?«

»Die meisten Bilder, die im Schulgebäude aufgehängt sind, stammen von Charleonardo hier«, erklärt Rin stolz und lehnt ihren Kopf gegen die schwere Holztür. »Aber wir sollten jetzt wirklich los, bevor uns jemand findet.«

Der kalte Wind der Herbstnacht strömt zu mir hoch, in meinem Kopf verknüpfen sich die Linien und Muster. Ich schieße ein Foto vom Gemälde und renne zu Charlie und Rin hinaus.

»Es ist die Karte!«

»Was?«

»Dein Gemälde, Charlie«, erwidere ich außer Atem. »Es ist die Karte der Stadt, die Maki im vorletzten Kapitel beschrieben hat.«

Charlie legt den Kopf schief. Wir laufen hinter die nächste Gebäudeecke und ich halte ihm mein Handy entgegen. Er sieht sein Bild an, als hätte es ein Fremder gezeichnet.

»Die Kreisform ist die Stadtmauer«, erkläre ich. »Die tiefschwarzen Linien sind die Straßen, die breiteren Muster oben gehören zu den Adelshäusern, die gewellten Linien im Westen zu den Bergen und den Kasernen von Makis Kriegern.«

»Du hast Recht«, brummt Charlie, aber er wirkt nicht gerade beeindruckt, sondern müde.

Rin beugt sich über das Handy und lacht. »Wie hast du das nur herausgefunden?«

Ich zucke unbeholfen mit den Schultern. »Das Bild ist mir beim Plakateaufhängen aufgefallen, aber so richtig realisiert habe ich den Zusammenhang erst jetzt.« In der Dunkelheit.

Charlie schüttelt den Kopf. Seine Hände zittern leicht, er streicht sich über die Hose, damit sie sich entspannen.

»Nicht einmal ich habe es bemerkt, dabei habe ich es gezeichnet«, murmelt er. »Wieso hat der Autor das gemacht? Hat er einfach dieses Bild gesehen und beschlossen, dass es eine Karte ist?«

Rin zuckt mit den Schultern. »Ist es nicht das, was gute Kunst ausmacht? Dass man sich darin verlieren will?«

»Es ist nicht einmal gut. Ich habe es nur gezeichnet, um einen Wettbewerb zu gewinnen.« In seinen Augen stürmt es fast so stark wie draußen. »Aber jemand hat sich die Mühe gemacht, in diesem Bild eine ganze Welt zu sehen.«

***

Rin beteuert ungefähr zweiundzwanzig Mal, dass wir alle in ihrem Bett schlafen könnten, bis Charlie sie auf dem Weg zum Internatsgebäude mit sich zwingt.

»Ich mein ja nur, ich wollte schon immer eine Pyjamaparty in meinem Turm schmeißen!«, ruft sie. »Vielleicht passen wir zu dritt, wenn wir den Tisch und das Bett zusammenschieben und uns längs hinlegen?«

»Du passt doch selbst kaum in dein Bett«, erwidert Charlie. Er hat die Hände auf Rins Rücken abgelegt und versucht sie in Richtung Internatsgebäude zu schieben. Vermutlich hätte er mehr Erfolg dabei, eine Straßenlaterne wegzutragen. »Geh schon los, Macey, bevor du deinen Zug verpasst. Ich schreib dir eine Nachricht, falls ich etwas von Vincent mitbekomme.«

Er blickt zum Hauptgebäude, wo nur noch das Licht in Mr Penningtons Büro leuchtet.

»Und schreib uns, wenn du sicher zu Hause angekommen bist!«, ergänzt Rin. Ich nicke vorsichtig, doch Rin hat mich bereits in eine Umarmung gezogen. Wir sind beide klatschnass vom Regen und ihre Uniform streift meine Wange. »Gute Nacht, Macey!«

Sie lächelt mich so strahlend an, dass ich nicht anders kann, als die Mundwinkel zu heben. »Schlaft gut, ihr beiden.«

Charlie zwinkert. »Mal sehen. Festgelegte Schlafenszeiten sind auch nur eine Erfindung des Kapitalismus.«

Er schafft es endlich, Rin zum Internatsgebäude zu schieben, und ich sehe ihnen hinterher, bis ihre Schatten in der Tür verschwinden. Die Luft ist so eisig kalt, dass mir der Atem in der Kehle stecken bleibt.

Charlie und Rin.

Wie lange besuchen wir schon die gleiche Klassenstufe, sitzen in den gleichen Kursen, gehen die gleichen Wege, ohne dass ich sie jemals richtig wahrgenommen habe?

Zumindest werden meine Lernübersichten die Nacht bei Rin verbringen. Mein Rucksack liegt noch bei ihr im Turm, aber meinen Walkman und mein Zugticket habe ich Gott sei Dank immer in der Jackentasche dabei.

Erst als ich das Schulgelände verlassen habe, traue ich mich, meine Kopfhörer herauszunehmen und zu entwirren.

Dann sehe ich die Gestalt unter den Straßenlaternen an der Bushaltestelle.

»Vincent? Vince!«

Trotz des Windes steht er ohne Jacke da und zieht seine Airpods heraus. »Oh … hey«, murmelt er. »Sind Charlie und Rin gut weggekommen?«

Ich nicke hastig. Am liebsten will ich ihm erzählen, dass wir seinen Sprung gesehen haben, dass das Buch aus der Bibliothek verschollen ist und dass wir in Charlies Gemälde eine Landkarte gefunden haben. Aber der Regen prasselt so laut, dass ich kaum meine eigenen Gedanken verstehe. Vince sieht aus, als würde er sich gleich auflösen.

»Ist alles in Ordnung bei dir?«

»Ja, klar, alles bestens, ich …« Seine Ohren sind vor Kälte rot angelaufen. Vince zieht seine Krawatte zurecht und stellt sich gerader hin. Im matten Licht der Straßenlaternen erkenne ich, was ihm schon die ganze Zeit fehlt.

»Deine Abzeichen.« Sie sind alle weg.

Vince braucht nichts zu sagen. Die Antwort steht ihm ins Gesicht geschrieben.

»Vince, es tut mir wirklich …«

»Passt schon. Diese ganze Suche nach dem Autor war meine Idee«, murmelt er. »Ich habe nur meine Abzeichen verloren. Es ist nicht so, als hätten sie irgendwas bedeutet.«

»Sie haben dir etwas bedeutet.«

»Jetzt ist es sowieso egal.«

Er spielt mit seinen Airpods herum, starrt sie so lange an, bis er sie in seiner geballten Faust verstecken muss, damit sie vom Regen nicht nass werden.

»Verdammt, das ist so unnötig. Es waren nur Abzeichen. Darüber sollte man sich nicht so aufregen«, fährt er fort. »Ich meine, was wäre die Alternative gewesen? Rin fliegt von der Schule? Charlie und du verliert euer Stipendium?«

Mir war nicht bewusst, dass er so weit mitgedacht hat. Vince nickt und steckt sich einen seiner Airpods ein. »Siehst du? Ich bin reine Schadensbegrenzung. Die Dart Vaders kommen sicherlich auch ohne mein weitreichendes *Star-Wars*-Wissen aus.«

Am Ende der Straße leuchten die Scheinwerfer des alten Busses auf. Ich packe meinen Walkman zurück in die Jackentasche und Vince versucht, nicht auf meine Kapuze zu starren, die für meine Haare ein wenig zu klein ist. Er tut es trotzdem. Ich weiß es, ohne hinsehen zu müssen. So wie ich weiß, dass er gerade den Bus mit dem Umweg nach Hause nimmt, obwohl ich noch nie Ians Villa besucht habe.

»Weißt du noch, als ihr damals diesen richtig alten Fernseher im Wohnzimmer stehen hattet«, fragt er plötzlich, »und Auntie Grace jedes Wochenende irgendwelche Videokassetten mit Hochzeitsvideos abgespielt hat?«

Es klingt so fremd, den Namen meiner Tante und diese Erinnerungen in Vinces Stimme zu hören, aber ich nicke nur.

»Und wie sie die Namen der ganzen Leute kannte und Joseph meinte, dass er sie sich niemals merken könnte?«

Vince fasst sich hinters Ohr.

»Ich habe nur Ma. Ma ist für mich diese ganzen Leute.«

Manchmal, wenn der Prinz nicht aufpasste,
konnte er das Wimmern seiner Mutter hören.
Ganz leise und ganz plötzlich war es da, zwischen dem Lärm
der Händler und dem Geschrei der spielenden Kinder,
in den versteckten Gassen dieser Stadt.

VINCE

Früher, an guten Tagen, nannte Ma mich *mera chand put.*

Mein Mondkind.

Wenn wir genug Geld zusammengekratzt hatten, fuhren wir zusammen nach Glasgow und kauften uns Samosa Salads und Barfi als Dessert. Ein weißes für mich und ein braunes (angeblich grün) für Ma. Immer im selben Laden, außerhalb der Innenstadt, in Pollokshields.

Ma sprach von der Welt, als wären wir endlich in ihr angekommen. Alle Möglichkeiten lagen über uns gewölbt und wir mussten nur nach ihnen greifen. Und der Mond war da, mit all seinen Kratern, grau und so vertraut wie in Indien.

Es war so einfach, ihr zu glauben.

An schlechten Tagen beschimpfte Ma mich als meinen Vater.

Ich sah aus wie er.

Ich stahl ihr Licht.

Sie hätte mich in Indien zurücklassen sollen.

Es wäre alles so viel leichter ohne mich.

Aber jetzt lag sie hier, in einem fremden Land mit diesem Kind, das nicht einmal seinen Namen ausfüllen konnte, schaffte es kaum aus dem Bett, weil alles wehtat, weil sie am liebsten den Himmel auseinanderreißen wollte.

Es war so einfach, ihr zu glauben.

Also ließ ich zu, dass die Sonne mich auffing und ausbrannte.

Ließ mich nur blicken, wenn man mich erblicken wollte,

teilte mich auf und nahm die alten Stücke von mir ab,

füllte sie mit Dunkelheit auf und grub mich in sie hinein, bis ich jeden Gedanken an die Ma von früher ausgelöscht hatte.

Ich war ihr Mondkind.
Stetig unvollkommen.

WINTER

»Sie können versuchen, mir alles zu nehmen. Meinen Thron, meine Ehre und meinen Namen. Doch ich bin ein Mosaik aus allem, was ich war und was ich sein werde. Ich bin mehr als die Bürden, die mein Adelstitel mit sich bringt, und die Zeit fließt durch meine Adern, stärker als es die Dunkelheit jemals tun wird.«

VINCE

Sportschuhe zu. Podcast an. Raus.

Die Straßen von Hillburn sind leer, aber das wären sie auch gewesen, wenn ich nicht um fünf Uhr morgens aufgestanden wäre. Ich renne dem Mond entgegen, aber durch den Nebel sieht er aus wie hinter Milchglas gesteckt.

»Dein Weg ist schwieriger, weil deine Bestimmung höher ist«, schreit der Motivationscoach und ich glaube ihm jedes Wort. Ich drehe meinen Podcast lauter, bis ich den heulenden Wind nicht mehr höre.

Ich werde es ihnen zeigen.

Ich werde den nächsten Rekord im Sprinten aufstellen und Weitsprung noch dazu, ich werde mich einfach für jede Disziplin anmelden, die diese Schule zu bieten hat. Mr Pennington wird seine Entscheidung schon bereuen, wenn er jahrelang an einer Rekordtafel vorbeilaufen muss, auf der zehnmal *Vincent Summers* steht.

»Fehlende Unterstützung war die einzige Art von Motivation, die du brauchtest, um an den Punkt zu gelangen, an dem du heute bist.«

Letzte Woche hat mir eine Polizistin erklärt, dass sie bei den Cliffs nichts gefunden haben. Es hat fast fünfzehn Minuten gedauert, bis ich verstand, dass sie eine Leiche meint. Eine Leiche. Meiner Mutter. Die Worte passen nicht zusammen.

Ich drehe den Podcast lauter.

»Nimm keine Befehle an. Nimm nicht einmal Vorschläge an. Die einzige Person, die du brauchst, bist du selbst. Nicht die anderen. Du brauchst dich selbst mehr als die anderen.«

Ich muss einfach mehr leisten.

Vincent Summers ist überflogene Produktivitätsratgeber und schreiende Motivationscoaches, Aufstehen vor Sonnenaufgang und durchgeplante Wochenenden. Dreißig Tage, in denen ich nur von Energydrinks lebe, dreißig Tage Koffeindetox, um mein Herzrasen wieder auszugleichen. Minimalismus, der aufgegeben wird, sobald der erste Stift kaputt geht, weil immer irgendetwas kaputt gehen muss …

Ich bleibe stehen.

Ich weiß nicht, wann ich von meiner Joggingstrecke abgekommen bin, aber der Asphalt unter meinen Schuhen ist rutschigem Kopfsteinpflaster gewichen. Ich stehe im Stadtkern, vor einer geschlossenen Ladentür. Meine Beine haben mich zu Jaggis Corner Shop getragen.

»Gib immer 110 Prozent, sei die Veränderung in deinem Leben, von der andere nur …«

Ich ziehe meine Aipods aus den Ohren und schalte den Podcast aus. Das Geschrei macht mich müde. Der Himmel ist wolkenbedeckt und ich lasse mich auf die Bordsteinkante fallen, statt weiterzulaufen. Ich wische den Podcast weg und öffne mein E-Mail-Postfach. Die Geschichte des Prinzen ist bereits an meiner Lieblingsstelle geöffnet.

Nein, denkt der Prinz, meine Einsamkeit ist kein stilles Wasser. Sie ist ein Fluss, der mich durch die Stunden trägt, durch Massen an Menschen und ihre hallenden Schritte, durch Regen und Straßen und fremde Kissen. Ich kapsle mich ab, klappe

mich zu, klopfe mich weg, knote mich an, krache dagegen,
gegen meinen Kopf und seine Ideen. Gegen den Strom
und sein Rauschen, denn meine Einsamkeit ist laut, wie das
Zerreißen von Papier.
Manchmal knülle ich sie zusammen und krieche in ihre Kanten,
kurze, knappe Falten, dünn genug für mich und die leere Hülle
meines Namens. Und dort bleibe ich, für Tage, auf der Suche,
ungefunden.
Meine Einsamkeit macht mir nichts aus.
Ich bin sie. Ich sauge sie auf. Sie ist leicht. Verständlich.
Und zieht die Klippen aus mir heraus.

***

»Du hast CEO als deinen Berufswunsch angegeben.«

»Äh … aye.«

»Das ist aber nicht wirklich ein Job, oder?« Ms Buchanan reicht mir eine Tasse Minztee mit Süßholz (wer trinkt bitte so was?) und lehnt sich in ihren Schreibtischsessel zurück. Ihre Federohrringe schwingen umher, während sie sich wieder über meine Akte beugt. »Gibt es denn ein bestimmtes Studienfeld, das dich interessiert?«

»Ich habe über Jura nachgedacht.«

»Wirklich?«

»Ja … Ich bin ziemlich gut im Debattieren. Reden. Solche Sachen.« Ich ziehe an meinem Ohr. Jura. Eine gewagte These von jemandem, der sich nicht einmal an die Schulregeln halten kann oder etwas von Recht versteht. Eigentlich will ich nur nie wieder in meinem Leben Mathe machen müssen, aber das klingt nicht nach dem besten Geständnis für dieses Studienberatungsgespräch.

Ms Buchanan legt den Kopf schief und sieht mich mit einem wohlwollenden Blick an.

»Ein Jurastudium verlangt aber viel theoretische Arbeit von dir, Vincent. Sehr viel Lesen von Rechtsprechung und Analyse von Gesetzestexten.« Sie starrt auf meine Englischnoten in meiner Beratungsmappe herab. Sie sind nicht schlecht für jemanden, der sich mit Aufsätzen zu Büchern durchgemogelt hat, die er selbst nicht gelesen hat. »Ich weiß, du hast eine ziemlich klare Vorstellung davon, wie dein Leben aussehen soll. Aber vielleicht solltest du dich fragen, ob das wirklich der Weg ist, den du anstreben willst.«

»Sie denken, ich schaffe es nicht, oder? Sie denken, ich packe ein schweres Studium nicht.«

»Das habe ich nie gesagt. Du arbeitest hart für deine Ziele, ich weiß, dass du es schaffen würdest.«

»Wozu dann das Ganze hier?«

Ms Buchanan nimmt ihre Brille ab und ich stelle fest, dass ihre Augen immer noch riesig sind. Macht sie das eigentlich für den dramatischen Effekt? »Ich frage mich nur, ob das Studium dich auch glücklich machen würde. Du hast doch bestimmt auch einen Traum.«

»Einen was?«

»Einen Traum«, wiederholt Ms Buchanan. »Dein innerer Antrieb, irgendetwas, wofür du das alles machst. Warum du jeden Morgen aus dem Bett aufstehst und in den Tag startest.«

»Wegen der Schulpflicht?«

Sie schüttelt den Kopf. »Mensch Vince, du kannst mir nicht erzählen, dass du diese ganzen Projekte angehst … angingst, nur weil du die Schule besuchen musst.«

Eins zu null für sie. Ich nehme einen Schluck aus meiner Teetasse und das Süßholz schmeckt besser, als ich zugeben will.

Ich denke kurz darüber nach, ob ich einen Traum habe, und dann ein wenig länger darüber, ob es nicht traurig ist, dass ich keinen habe. Cambridge-Maceys Traum ist so groß, dass er mittlerweile Teil ihres Namens ist. Ich habe das nicht. Nichts, wofür ich brenne, wie Macey für ihre Zahlen und Charlie für seine Kunst, oder worüber ich stundenlang reden kann wie Rin über ihren Wunsch, eines Tages ein Café zu eröffnen. Ich weiß höchstens, wie man schlau genug klingt, um Abzeichen zu gewinnen.

»Ich habe deine Fragebögen analysiert und wollte dir diese Broschüre zeigen«, zieht mich Ms Buchanans Stimme wieder in das Gespräch zurück. »Vielleicht möchtest du darüber nachdenken.«

Sie holt einen Flyer aus meiner Beratungsmappe heraus und hält ihn mir vors Gesicht. Meine Verwirrung nimmt mit jeder Zeile zu. »Soziale Arbeit?«

Ms Buchanan nickt hastig. »Deine Ergebnisse zeigen hohe Level an Empathie, Geduld und Flexibilität! Und deine zahlreichen AG-Projekte deuten auf einen strebsamen Visionär mit einer ausgeprägten sozialen Ader hin«, verkündet sie, als müsste ich stolz darauf sein, wie wenig Fokus ich für meine hundert Interessen habe. Sie reicht mir ein weiteres Blatt Papier aus der Mappe und zeigt auf ein Balkendiagramm, das meine Ergebnisse aus den Fragebögen widerspiegelt. Mein Blick fällt sofort auf den niedrigsten Balken – *Analytische und mathematische Denkfähigkeit*. Autsch.

»Die Broschüre ist übrigens von meiner alten Hochschule, also sieh es als ein Kompliment, dass ich dich dort hinschicken würde.« Sie lächelt. »Das Beste an dem Studiengang ist, dass dir neben deinen Noten auch jegliche außerschulischen Aktivitäten und deine Tätigkeit als Schulsprecher angerechnet werden können. Deine Noten sind nicht schlecht, aber …«

»Sie sind nicht gut genug, um Jura oder Wirtschaft zu studieren. Sie wollen, dass ich aufgebe und irgendetwas anderes mache.«

»Du sollst nicht aufgeben, wenn es dir wirklich am Herzen liegt. Ich dachte nur, du wärst noch unentschlossen.«

»Ich werde definitiv kein Sozialarbeiter.«

»Weißt du überhaupt, was ein Sozialarbeiter macht?«

»Abgesehen davon, Jugendlichen zu erklären, wie sie ihre Zukunft gestalten sollen?«

Sie lacht und es macht mich wütend. Ms Buchanan hat keine Ahnung. Ich werde keine dieser Sozialkräfte, die früher durch die Straßen von Glenfield Park gestreift sind und dabei den Leuten erklärt haben, ob sie ihre Kinder behalten dürfen oder nicht. Die uns abgeschoben hätten, wenn wir nicht in der Nacht aus Glenfield Park geflohen wären, und die seit Mas Verschwinden zehnmal nachgehakt und nach meinem Zustand gefragt haben, egal wie oft ich ihnen sage, dass es mir nicht besser gehen könnte, verdammt. Es ist, als fände ich alte Kerben wieder.

Ich trinke meinen Tee in einem Zug aus und verbrenne mir dabei fast die Zunge. »Vielen Dank für das Gespräch, Ms Buchanan. Ich hinterlasse eine Fünf-Sterne-Rezension und erwähne, wie effizient Ihre Beratung war.«

»Wir haben doch noch zehn Minuten, willst du etwa schon gehen?«

»Nun, hätten Sie denn einen Punkt, bei dem ich Ihnen mit meiner sozialen Ader weiterhelfen soll?«

Ms Buchanan lacht erneut und stellt meine leere Tasse beiseite. »Weißt du Vince, es ist keine Schwäche, sich um andere zu sorgen und dies auch mit Herzblut zu tun. Nicht jeder kann das. Wenn überhaupt zeugt es von Charakterstärke.«

Ich runzle die Stirn. Irgendwo habe ich den Anschluss verloren. Mein großer Lebenstraum soll also sein, sich um andere Leute zu kümmern. Das klingt nicht gerade ruhmreich. Jeder Produktivitätscoach dieser Welt erklärt mir, dass ich mich auf mich selbst fokussieren und nicht um andere Leute scheren soll, doch diese Hippiedame mit weißen Haaren verlangt plötzlich das komplette Gegenteil.

Ms Buchanan öffnet mir die Tür. »Denk einfach darüber nach, okay?«

»Wir haben gerade eine Viertelstunde lang evaluiert, dass Denken nicht zu meinen Stärken gehört, aber danke, dass Sie die Hoffnung nicht aufgeben«, brumme ich. Unsere Schulsozialarbeiterin sieht auf die Stelle hinab, wo vor ein paar Wochen noch meine Abzeichen hingen. Die meisten Lehrer würden jetzt die Nase rümpfen, aber nicht Ms Buchanan. Sie klopft mir auf die Schulter.

»Mehr als Hoffnung, Vince. Für dich habe ich Vertrauen.«

Dunkelheit war ansteckend, sie nährte sich an schlechten Gedanken. Und von denen hatte der Prinz viele.

VINCE

Ich hasse Mathe. Es ist das einzige Fach, in dem man sich nicht durch Reden retten kann. Egal, wie oft ich mir die Aufgaben durchlese, die Zahlen fühlen sich wie Fremdkörper an. Selbst in Physik gibt es noch Aufgaben, für die es nur halbwegs auswendig gelernte Erklärungen braucht, aber Mathe hat nichts davon. Meine persönliche Hölle muss aus ellenlangen Formeln und griechischen Buchstaben geschmiedet worden sein.

Seit der ersten Schulwoche und dem unangenehmen Gespräch in Mr Penningtons Büro sitzt Rin im Matheunterricht neben mir. Als wir zu spät kamen, waren nur noch die beiden Plätze in der ersten Reihe frei, weswegen wir unfreiwillig zu Banknachbarn wurden. Mit der Zeit habe ich jedoch festgestellt, dass Rin eine gute Ablenkung von den ganzen Zahlen ist. Sie interessiert sich für den langweiligen Unterricht genauso wenig wie ich.

Als ich in das Klassenzimmer eile, sitzt Rin auf unserem Tisch. »Du bist spät dran heute, Vincelot. Wo warst du denn?«

Seufzend lasse ich meinen Rucksack neben den Tisch fallen. »Die Studienberatung hat mich in der Pause aufgerufen und ich wurde gefragt, ob ich mich schon um meine Wunschuniversitäten gekümmert habe …« Ich halte meine Jacke vor mein Gesicht und stoße einen dumpfen Schrei aus. »Wissen diese Leute nicht, dass ich gerade nach einem Autor suche?«

Rin schnalzt mit der Zunge. »Du hättest Ms Buchanan einfach sagen müssen, dass du dich selbst kümmerst«, sagt sie.

»Hat zumindest bei mir geklappt. Ich sehe nicht ein, warum ich mir ein Studium aufzwingen lassen sollte, das ich nicht will.«

»Du willst nicht studieren?«

»Wozu, wenn es andere Berufe gibt, die ich lieber machen möchte?« Sie reicht mir einen Maltesers aus ihrer Packung. Rin trägt ständig diese Schokokugeln mit sich und wie immer frage ich mich, wo sie die überhaupt alle herbekommt. Steht in ihrem Zimmerschrank ein riesiger Karton Maltesers oder kauft sie jede Woche Jaggis Corner Shop leer?

Ihr Blick fällt auf die Löcher in meiner Uniform. Rin trägt heute einen Button von Marsha P. Johnson, zwei sich umarmende Otter und den Spruch *Zerstört das Patriarchat, nicht den Planeten*. Letzteren finde ich … gar nicht mal so schlecht.

»Jemand muss dir dringend helfen, deine neue innere Leere zu füllen«, sagt sie und zeigt mit beiden Daumen auf sich. »Und dieser jemand wählt gerade Chaos.«

»Chaos ist der Grund, warum ich meine Titel überhaupt verloren habe.«

»Du verwechselst da gerade etwas mit einem schlecht durchdachten Plan.« Rin wirft eine ihrer Schokokugeln in die Luft und fängt sie mit dem Mund auf. Es unterstreicht ihre Aussage besser, als es sollte.

»Das kann ich dir übrigens auch beibringen«, sagt sie schmatzend. »Wetten, ich kann die Schokokugel auch auffangen, wenn du sie wirfst?«

»Selbst wenn wir dabei an unterschiedlichen Enden des Klassenzimmers stehen?«, frage ich auffordernd, und Rins Augen leuchten auf.

»Ich mag, wie du denkst. Der Verlierer muss mein Bananenkostüm tragen.«

»Deal.«

Wir klatschen ein. Rin springt über die Schulbank in Richtung Tür, während ich mich zwischen Tischen und Menschen hindurch zur Tafel quetsche. Dass Rin die anderen um einen Kopf überragt, stellt sich bei dem großen Abstand gerade als extremer Vorteil heraus. Wir haben diese Wette definitiv nicht zu Ende gedacht … oder überhaupt mit dem Denken angefangen.

»Komm schon, Vinny!«, ruft sie. »Die Pause geht nur noch fünf Minuten!«

»Wie viel schlimmer werden deine Spitznamen?«

»Ich könnte dich auch als die schlimmste Jahreszeit bezeichnen, Summers.«

Ich werfe den Maltesers über die Köpfe der anderen in der Klasse. Jemand schreit auf, aber die Schokokugel schafft es tatsächlich auf die gegenüberliegende Seite des Raums. Nur nicht zu Rin, sondern in den Kaffee unserer Mathelehrerin Mrs McCallion, die gerade hinter ihr an der Tür auftaucht.

***

»Warum trägst du ein Bananenkostüm?«

Ich stehe vor Jaggis Kasse, während er sich vor Lachen nicht mehr einbekommt. Er hält sich den Bauch und jedes Mal, wenn er wieder zu mir hochsieht, fängt er mit dem Lachen von vorne an.

Zugegeben, ich weiß selbst nicht so genau, was mich zurück in den Corner Shop geführt hat. Die einfachste Antwort ist, dass mir zu Hause das Spülmittel ausgegangen ist. Aber in Wahrheit kann ich einfach nicht mehr joggen gehen, ohne irgendwann vor seinem Laden stehen zu bleiben.

»Ich habe eine Wette verloren«, gestehe ich.

»Das ist unglaublich. Ich will am liebsten ein Foto machen«, japst er.

»Nur zu, gelb steht mir.«

Jaggi wischt sich die Lachtränen aus den Augen. Ich bin zwar weiterhin der Ansicht, dass Rin die Wette verloren hat, schließlich hat sie den Maltesers nicht aufgefangen. Jedoch ergab eine tiefergehende Beurteilung von Charlie, dass diese tragische Verschwendung eines guten Kaffees allein auf meinen schlechten Wurf zurückzuführen sei und das Bananenkostüm deswegen mir gehört.

Seufzend lege ich eine Packung Maltesers auf den Tresen. Fürs nächste Mal.

Jaggi hat sich von seinem Lachanfall wieder erholt und gibt meinen Einkauf in die Kasse ein. Mein Blick fällt auf das Telefon und ich muss schlucken.

»Gehst du … immer noch mit dem Hund Gassi?«, frage ich und Jaggi runzelt die Stirn.

»Aye, ich bin aber gerade auf der Suche nach einem Hundesitter. Das wird einfach zu viel, neben der Arbeit hier im Laden ständig zu meinem Babaji zu laufen.« Er hebt den Kopf. »Kennst du dich mit Hunden aus?«

»Ich kenne mich mit Laufen aus«, entgegne ich und klopfe gegen meine Sporttasche. Wir sind wie letztes Mal allein im Laden. Die weißen Neonröhren und der gekachelte Boden wirken merkwürdig steril im Vergleich zur Popmusik und den knalligen Farben der Plastikverpackungen. Jaggi ist so kundenfreundlich wie immer, aber meine Schuldgefühle wegen unserer letzten Begegnung machen sich trotzdem bemerkbar.

»Wie heißt du eigentlich?«, fragt er.

»Vincent. Vincent Summers.«

Jaggi schüttelt den Kopf. »Das wird der dir nicht glauben.«

»Der Hund?«

»Nein *yaar*, mein Babaji. Mein Großvater, dem der Hund gehört.« Er lacht und ich würde mir am liebsten gegen die Stirn schlagen, wenn das Bananenkostüm nicht so umständlich wäre. »Er wird dich vermutlich erstmal auf Punjabi ansprechen, nur zur Vorwarnung.«

Ich nicke, obwohl ich definitiv nicht darauf vorbereitet bin. Wie Mas indisches Essen ist mir Punjabi über die Jahre verloren gegangen.

»Ich werde bei eurem ersten Treffen dabei sein, damit ihr einen Dolmetscher habt«, ergänzt Jaggi, als könnte er den Gedanken von meinem Blick ablesen. »Mein Großvater ist sowieso kein großer Redner, sobald die Route einmal geklärt ist, wird er dir wohl nur dein Geld in die Hand drücken und dich nicht weiter ausfragen.«

Er legt mir einen Zettel mit einer Adresse auf den Tisch, die Uhrzeit kritzelt er mit einem schwarzen Filzstift dazu. Jaggi hat eine große Schrift. Breite Buchstaben und geschwungene Linien, viel Ausdruck für die Kürze ihres Inhalts. »Du kannst jederzeit anfangen, wenn es dir passt.«

»Eine Sache noch.« Ich räuspere mich und Jaggi sieht von seinem Notizblock hoch. Sein Turban ist heute grell blau und runder als beim letzten Mal. Die Worte bleiben fast in meinem Hals stecken. »Du kannst ihm sagen, dass ich Kierat heiße.«

Maki war der festen Überzeugung, dass die halbe Lösung bereits darin lag, das Problem richtig zu definieren.

MACEY

Meine Mutter ist der festen Überzeugung, dass sich für alles auf der Welt eine Definition finden lässt. Und wenn sie kein geeignetes Wort finden kann, denkt sie sich ein eigenes aus.

Anfangslosigkeit. Oder Käsekuchenwetter.

Für meinen Vater hat sie sogar mehrere, einen ganzen Katalog an Worten und Definitionen, manche, die ich selbst nicht verstehe, aber Dad zum Lachen bringen. Nur mir hat sie keine gegeben. Mum sagt immer, ich soll meine Definition selbst finden.

Als ich am Freitagnachmittag an unserem Küchentisch sitze, den Briefumschlag des Mathewettbewerbs ungeöffnet vor mir, habe ich sie immer noch nicht gefunden. Mum ist noch nicht vom Krankenhaus zurück, obwohl sie normalerweise schon da ist, wenn ich aus der Schule komme.

»Du solltest es echt hinter dich bringen«, sagt Femi und schiebt seine Brille zurecht. »Augen zu und durch. Mit Glück hat das nichts zu tun.«

»Es geht ums Prinzip. Als ich die Zusage für die Hillburn bekommen habe, hat Mum den Umschlag geöffnet. Als ich meine Cambridge-Unterlagen abgeschickt habe, hat sie die Briefmarke aufgeklebt. Sie muss dabei sein. Ich kann warten.«

»Das sagst du schon seit zwei Stunden.«

Meine Finger tippen unsicher auf die Tischplatte. Die Küche ist der beste Ort, um sich von unangenehmen Briefen abzulenken. Entweder ich verwende übertrieben viel Zeit darauf, mir etwas zum Essen zu machen, oder räume sehr langsam das durchs Kochen verursachte Chaos auf. In unserer Küche gibt es eigentlich immer Geschirr zu waschen, aber mittlerweile sind mir die Prokrastinationsmittel ausgegangen. Zurück bleiben nur der ominöse Briefumschlag und mein hibbeliges Herzklopfen.

Femi sieht kurz von seinem Handydisplay hoch. »Mach dich nicht verrückt, Macey.«

»Die Tatsache, dass du mir das sagen musst, suggeriert, dass ich schon längst ein beunruhigendes Stadium an Verrücktheit erreicht habe.«

»Deine Worte, nicht meine.« Er widmet sich wieder seinem Handy. Seit heute Morgen tippt er ständig darauf herum und grinst sein Display an. »Hör auf dir so viele Gedanken zu machen. Ich bin mir sicher, dass sie sich gemeldet hätten, wenn etwas Wichtiges dazwischengekommen wäre.«

»Hm.« Ich beiße mir auf die Unterlippe. Dad ist vielleicht nicht der pünktlichste Mensch der Welt, aber es bräuchte mehr als eine verpasste Ausfahrt und 90s-Hits, um zwei Stunden Verspätung zu erklären.

Femi verlässt die Küche. Es dauert noch eine halbe Stunde, bis plötzlich die Hintertür aufgeht und mein Vater hereineilt. Ich kann an den Falten unter seinen Augen erkennen, dass etwas nicht stimmt. Er stellt einen großen Koffer neben der Waschmaschine ab und hilft anschließend Mum die Stufe hoch in unser Haus zu kommen. Sie lächelt mich warm an und es irritiert mich mehr als alles andere.

»Warum seid ihr so spät dran?«, entfährt es mir, bevor Dad die Tür schließen kann.

»Entschuldigung, es gab noch ein paar Dinge, die wir mit Dr. Singh besprechen mussten.«

»Und ihr hättet euch nicht melden können?«

Dad sieht zu Boden. »Es tut mir leid, Macey. Wir wollten es dir persönlich erklären, sobald wir wieder zu Hause sind, aber es hat sich alles ein wenig verschoben …«

»Sind das die Testergebnisse deines Mathewettbewerbs?«, ruft Mum währenddessen aus und setzt sich an den Küchentisch. »Wollen wir den gemeinsam öffnen?«

»Was hat Dr. Singh gesagt?«, unterbreche ich sie.

Dad wirft einen unsicheren Blick zu Mum, die wiederum mit dem Kopf schüttelt. Er hebt eines von Lucas' Spielzeugen auf, das auf der Theke liegt, und schließt die Küchentür hinter sich.

Mum atmet tief ein. Der Brief liegt noch ungeöffnet zwischen uns, ein strahlend weißer Umschlag zwischen den schiefen Schränken und zersprungenen Kacheln unserer Küche. »Wir haben über meinen Behandlungszeitraum gesprochen.«

»Drei Monate, zwei Jahre oder zehn«, ergänze ich automatisch. Eine unheilbare Krankheit bedeutet ein Ende, aber sie spezifiziert keinen Zeitrahmen. Mit Mums Diagnose ist ihr Tod unmittelbarer geworden, aber genauso vage geblieben. Planbar und unplanbar zugleich. Wie ein Notizzettel, der immer an vorderster Front hängt, aber sich nirgends abheften lässt.

Mum faltet ihre Hände. »Dr. Singhs empfohlene Medikamente schlagen nicht an«, erklärt sie. »Und ich … ich habe einen Punkt erreicht, an dem ich einfach nur müde bin.«

»Aber das heißt nicht, dass du aufgeben sollst.« Meine Stimme überschlägt sich. Mum schüttelt nur den Kopf. Ich weiß, was jetzt kommt. Ich will es nicht hören. Ich weiß, es ist kindisch und selbstsüchtig und unlogisch und die Wahrheit wird mir dennoch ins Gesicht schlagen, egal, ob Mum sie ausspricht oder nicht.

»Macey«, beginnt sie. »Ich glaube, es ist an der Zeit, dass wir uns mit dem Gedanken abfinden müssen, dass ich nicht mehr gesund werde. Es nennt sich Palliativmedizin. Es wird mir mit den Schmerzen helfen.«

Mum wartet auf eine Reaktion, die nicht kommt. Stattdessen ist da nur ein leeres Gefühl, als würde man mir den Abspann eines Films liefern, den ich nie gesehen habe. Mum greift nach meinem Arm und ich beiße die Zähne zusammen.

»Also war's das?«, frage ich. »Du hörst einfach auf?«

»Du lässt es klingen, als ob es so einfach wäre.«

»*Du* lässt es klingen, als ob es keine Alternativen gäbe!«

Ich greife nach meinem Rucksack und ziehe meinen Schreibblock heraus. Seitenweise Notizen, Formeln und Lösungsansätze – ich kann sie nicht umsonst zusammengetragen haben. Hastig kämpfe ich mich durch meine Aufzeichnungen, doch das Papier rutscht unter meinen verschwitzten Händen weg. Ich bin mir sicher, dass es noch eine andere Lösung gibt. Geben muss. Ich bin mir sicher, ich habe irgendwo noch irgendwas gelesen …

Mums Fingerspitzen bohren sich mittlerweile so tief in meine Haut, dass es wehtut, aber es ist mir egal. Ich brauche dieses Zeichen, dass sie hier ist. Sie muss doch sehen, wie viel Arbeit ich in meine Recherche gesteckt habe, ich brauche sie hier, ich brauche meine Mum hier, ich brauche meine Mum.

»Hey Liebling, es ist schon okay«, flüstert sie und streicht mir über den Oberarm. »Willst du jetzt darüber reden oder wollen wir vorher deinen Brief öffnen?«

»Was für einen Unterschied macht es schon?« Es dauert nicht mehr lange bis zu den Abschlussprüfungen. Im Dezember fangen die Cambridge-Interviews an und falls ich es in die nächste Runde geschafft habe, findet im Februar das Finale des Mathewettbewerbs statt. Meine eigene Motivation wurzelt in Dads Träumen vom besseren Leben in Europa, in Mums eigenem Wunsch, eine Universität zu besuchen.

Wie viel davon wird sie noch miterleben?

Wie viel von Mum werde ich noch miterleben?

Und wo war eigentlich die richtige Seite in diesem ellenlangen Notizbuch?

»Du darfst dich einfach nicht überarbeiten, okay?«, fährt Mum fort. »Weißt du, als ich dir gesagt habe, dass du dich auf die Schule fokussieren und deine eigene Geschichte schreiben sollst, habe ich damit nicht gemeint, dass du aufhörst, dein Leben zu leben.«

»Was willst du denn, was ich stattdessen mache? Auch aufgeben?«

»Mir würde es reichen, wenn du durchatmest.«

»Das würde ich mir auch von dir wünschen, ich will am liebsten, dass du es für immer tust, aber deine verdammte Lunge lässt es einfach nicht zu!« Meine Stimme bricht ab.

Durchatmen, also. Das sind aufmunternde Worte von einer Frau mit Lungenkrebs.

Wieso sprechen wir über meinen gesundheitlichen Zustand, wenn mir Mum gerade verkündet, dass sie sich mit ihrem Tod abgefunden hat? Warum soll das okay sein? Wie soll irgendetwas je wieder okay werden, wenn es ohne Mum ist?

Die Aufzeichnungen in meinem Notizbuch sind mittlerweile kaum nachvollziehbar. Sie verschwimmen vor meinen Augen und ich kann mich nicht mehr daran erinnern, wo die richtige Antwort steht.

Mum tut nichts. Sie weist mich nicht zurück, ihre Augen werden nicht einmal glasig, sondern bleiben so ruhig wie immer. Ein Teil von mir wünscht sich fast, sie würde mich anschreien, mir erklären, wie schlecht es wirklich steht, dass es sich einfach nicht mehr bessern lässt und ich mich zusammenreißen soll. Aber es passiert nicht.

Wir lassen die Stille zwischen uns stehen.

Mum hält mir einen Flyer des Krebsinformationsdienstes hin. Ich sehe in die lächelnden, glücklichen Gesichter, ihren

Slogan *Gemeinsam besiegen wir den Krebs*, und ich möchte sie anschreien. Ich möchte sie anschreien, weil sie so glücklich sind und weil es ihren Familien gelungen ist, etwas zu tun, woran wir gescheitert sind. Ich fühle mich wie eine Versagerin. Schlimmer als eine Sechs. Wie ein $-\infty$.

»Du bist zu klug, als dass ich dich anlügen könnte, Macey.«

»Ich weiß, ich bin so verdammt schlau, nicht wahr?« Ich fange an zu lachen. Mein Brustkorb schmerzt. Mum sucht nach meiner Hand, aber ich greife vorher nach meinem Rucksack. »Das ist im Grunde alles, was ich bin. Fast schon peinlich, wie irrational ich mich im Moment verhalte, oder?«

»Macey, bitte sag so etwas nicht.«

Und ich weiß, dass es egoistisch ist, jetzt zu verschwinden, aber meine Hände sind verschwitzt und klebrig und der Kloß in meinem Hals lässt sich nicht einmal mit Tränen auflösen.

Mum wird sterben.

Und es liegt komplett außerhalb meiner Kontrolle.

»Ich gehe in die Bibliothek.«

Maki stand hinter ihnen, den Speer kampfbereit an ihrer Seite gepackt, die Augen weit aufgerissen, die Haltung streng und bestimmt. Immer, allseits bestimmt.

MACEY

Bevor es anfing, die Arztbesuche, Chemos und die Müdigkeit, sagte mir Dad immer, dass ich Mums Symptome nicht im Internet nachrecherchieren sollte.

»Wir warten, was der Arzt zu sagen hat, und daran halten wir uns. Kein Überanalysieren.«

Mittlerweile bin ich eine Recherche-Expertin. Ich habe Lesezeichen für die Stiftung der Lungenkrebsforschung, NHS, MacMillan und die Britische Krebsforschung auf meinem Webbrowser. In den ersten Wochen schaute ich jeden Abend Vlogs und Erfahrungsberichte von Menschen, die ihre Krebsbehandlung schon hinter sich gebracht hatten oder noch mittendrin steckten. Dr. Singh erklärte uns potenzielle Tabletten und Chemos, unterschiedlich in Toxizität und Endergebnissen, zeigte Vergleichsdaten, immer mit Betonung auf ihren Grenzen für Mums Prognose.

Ich erinnere mich an alle Tests, Scans, Proben und Bronchoskopien, Zweitmeinungen und schlaflose Nächte aus Statistiken und Zahlen. Erwachsene zwischen fünfundzwanzig und neunundvierzig Jahren machen nur neun Prozent neuer Krebsfälle aus, neun Prozent aller Todesfälle dieser Altersgruppe lassen sich auf Lungenkrebs zurückführen, sieben Prozent aller Frauen im Vereinigten Königreich erhalten eines Tages eine Lungenkrebsdiagnose.

Statistisch gesehen ergab es keinen Sinn. Mum war jung. Sie rauchte nicht. Vor ihrer rapiden Gewichtsabnahme aufgrund der Krankheit war sie gesund gewesen. Aber das änderte nichts daran, dass sich der Lungenkrebs auf ihre Leber und Knochen ausbreitete, mit drei Herden an Wirbelsäule, Brustkorb und Becken.

Ich erinnere mich an Tee und Mitternachtssnacks, die ich mir mit Dad teilte, weil wir beide nicht schlafen konnten. Auntie Graces exzessive Kirchgänge. Josephs übermotivierte Ausrufe, dass wir Adenugas stärker als dieser beschissene Krebs sind.

Aber am meisten erinnere ich mich an die hundert Fragezeichen.

Recherche und Planung sind mein Rettungsanker. Es ist das Einzige, was ich gut kann, das Einzige, was sich durch mich kontrollieren lässt. Mum lässt sich nicht kontrollieren. Manchmal ist sie sogar schrecklich irrational. Ihre Witze sind nur dazu da, sich selbst zum Lachen zu bringen. Sie kann ewig über ihre Lieblingsbücher schwärmen, unabhängig davon, ob ich sie überhaupt kenne. Manchmal beschwert sie sich stundenlang über Dinge und wird dann wütend, wenn ich nach einem Lösungsansatz suche. Sie lässt immer alle Türen im Haus offen. Femi ist ihr Liebling. Sie versucht jedes Jahr aufs Neue ein Sonnenblumenbeet anzulegen, obwohl sie das Gegenteil eines grünen Daumens hat.

Aber sie ist meine Mum.

Mehr als mein erster Notfallkontakt, mein erstes Wort, mein erstes Vorbild, das Standbein für alle meine Anfänge. Ich bin nicht bereit für Anfangslosigkeit. Für die Stille nach ihren Worten.

Wie viel Wert hat schon eine Geschichte ohne sie?

Der Prinz fühlte sich wie ein schwarzes Loch,
das alles Gute in seiner Welt aufsaugte.
Wer verbrachte schon freiwillig Zeit mit ihm?

VINCE

Die alten Bäume auf dem Schulgelände haben bereits alle ihre Blätter verloren, die kahlen Äste sehen aus wie Knochen. Die Hillburn Secondary ist von grauem Nebel umhüllt, wie der Schauplatz eines Sherlock-Holmes-Romans. Direkt am Haupteingang steht Macey Adenuga und drückt gegen eine Tür, die man eigentlich ziehen muss.

Es ist schwierig, nicht hinzustarren. Alles an Macey ist irgendwie klein, klobig und schwer, von dem überdimensionalen Rucksack bis zu der Art, wie sie in ihrem Schulpullover untergeht. Manchmal frage ich mich, ob sie das absichtlich macht. Ob ihre nachlässige Erscheinung nur ein weiterer Weg ist zu zeigen, dass ihr alles, was sich nicht in Zahlen ausdrücken lässt, absolut gleichgültig ist.

Ich forme einen Trichter mit meinen Händen und halte ihn vor den Mund. »Macey? *HEY MACE, HIER BIN ICH!*«

Sie sieht von der Klinke hoch und flucht. Wenn mich nicht alles täuscht, sind ihre Augen rot. Das ist ungewohnt. Jegliche Art von Gefühlsausbruch ist an Macey ungewohnt, aber Tränen sind vergleichbar mit einem Weltuntergang.

Ich nehme zwei Treppenstufen gleichzeitig zu ihr hoch. »Alles gut bei dir, Mace?«

»Ja, klar«, entgegnet sie schnippisch, aber verliert sich beim letzten Wort. »Warum bist du zu dieser Uhrzeit noch auf dem Schulgelände?«

Ich zeige auf meine Sporttasche. »Nächste Woche finden die Sportwettbewerbe statt. Ich dachte, ich renne die Runde zur Probe.« Mein trotziges Ziel, alle Rekorde aufzustellen, lasse ich unerwähnt. »Sicher, dass es dir gut geht?«

»Ich geh in die Bibliothek«, murmelt sie.

»Macht die nicht in zwei Minuten zu?«

»Deswegen muss ich mich auch beeilen.« Maceys Hände drücken so fest gegen das Innere ihrer Jackentaschen, dass sie diese fast abzureißen scheint. Nach einer Weile zieht sie einen Umschlag heraus und reicht ihn mir. Er ist so sehr zusammengeknüllt, dass er einem Ball gleicht. Zögernd nehme ich ihn in die Hand und streiche das Papier glatt.

»Nationaler Juniorwettbewerb für Mathematik«, lese ich vor und meine Stimme hebt sich vor Aufregung. »Sind das deine Testergebnisse?«

Sie nickt nur.

»Und du willst sie nicht öffnen?«

Keine Antwort. Macey presst die Lippen zusammen und starrt weiter wortlos die Tür an.

Wenn man viel vor und mit Menschen spricht, muss man das Schweigen lernen. Es ist der Schlüssel jeder guten Rede, auch die Momente zwischen den Worten auszukosten oder zu wissen, wann sie nicht ausreichen. Aber Macey schweigt nicht, weil ihr die Worte fehlen – sie hat nicht einmal mit der Suche nach ihnen angefangen. Irgendetwas hat ihnen jegliche Bedeutungskraft genommen.

Macey lehnt ihre Stirn gegen das Glas, komplett in sich zusammengefallen.

»Du solltest nach Hause gehen, Summers«, murmelt sie. »Es ist schon in Ordnung.«

»Nicht so, als würde dort irgendjemand auf mich warten«, entgegne ich. »Was machst du, jetzt wo die Bibliothek geschlossen ist?«

Sie zuckt mit den Schultern und ich traue mich kaum, sie anzusehen. Dabei habe ich mehrere Jahre so verbracht: Kopf einziehen und wegschauen, ihre Schritte auf dem Gang nachzählen, statt ihr nachzulaufen, meine Airpods aufsetzen, sobald ich ihre Stimme außerhalb des Schulhofs vernehme – meine Wut ist angestaut in ungesagten Worten, die ich nicht mehr zurückbekomme.

Maceys Brief liegt noch in meinen Händen und egal wie oft ich über das Papier streiche, die Risse und geknickten Seiten wollen nicht verschwinden. Es fühlt sich falsch an. Das ist Maceys stundenlange Arbeit, nicht meine, sie sollte sie auch halten dürfen.

»Willst du, dass ich den Brief vorlese?«, frage ich und Macey hebt langsam den Kopf.

»Wenn es dir nichts ausmacht.«

Ich lehne mich an den Türrahmen neben sie. Meine Hände zittern, während ich den Brief aus seinem Umschlag ziehe.

»*Sehr geehrte Ms Adenuga.*« Ich imitiere einen hochtrabenden Oxford-Akzent, der Macey sogar den Ansatz eines Lächelns entlockt. »*Wir dürfen Ihnen mit großer Freude verkünden, dass Sie es von den über 15 700 Teilnehmenden unseres Wettbewerbs unter die zwanzig besten Absolvierenden des Landes geschafft haben. Wir laden Sie daher recht herzlich zu der Finalrunde am 4. Februar nach Glasgow ein. Mit freundlichen Grüßen, Alan Parker, Sprecher der Jury des Nationalen Juniorwettbewerbs für Mathema–* Mace, du hast es wirklich geschafft, du bist unter den besten Zwanzig!«

Sie lächelt vorsichtig, während ich mein Grinsen kaum verbergen kann.

»Heftig Mann, das hast du dir doch immer gewünscht!«

»Sieht so aus, als müsste ich mir bald Zugtickets nach Glasgow kaufen.«

»Sieht so aus, als würdest du bald Zugtickets für Cambridge brauchen!«, rufe ich. Ich klopfe ihr auf die Schulter und sie bricht fast unter dem Gewicht ihres Rucksacks zusammen. Macey zupft ihren Pullover zurecht und setzt sich auf die Treppenstufe. In ihrer gigantischen Jacke sieht sie aus wie ein kleines Michelin-Männchen mit Ringen unter den Augen.

Mein Blick fällt auf den kleinen Turm über dem Nebeneingang, wo sich Ms Buchanans Büro befindet.

Es ist keine Schwäche, sich um andere zu sorgen.

»Hey, Mace.« Ich räuspere mich und ziehe die Lasche meiner Tasche an. »Du hast nicht zufällig Hunger, oder?«

***

Bis auf Jaggis Corner Shop hat zu dieser Uhrzeit im verschlafenen Hillburn nur noch das *Figaros* offen. Das Licht im Chippy ist grell und weiß, die Tischdecken aus Plastik und mit klebrigen Flecken übersät. Es riecht nach Desinfektionsmittel, Frittierfett und etwas, was sich nur als Seniorenheim beschreiben lässt. Kurz gesagt: Das Chippy ist ein muffiges Drecksloch, aber Macey scheint es nichts auszumachen.

»Willst du Extrachips?«

»Ich wollte eigentlich gar keine.«

»Vince, du kaufst dir gerade einen fetttriefenden Fisch im ungesündesten Backteig, den man sich vorstellen kann. Gönn dir die Chips heute. Du kannst morgen wieder auf deine Smoothies mit den rohen Eiern umsteigen.«

»Hey, ich tue keine rohen Eier in meine Smoothies. Nur sehr viel Spinat«, verteidige ich mich.

»Igitt.«

»Du hast den Geschmackssinn eines Kindes.«

»Sagt ausgerechnet der Typ, der seit zehn Jahren nur Froot Loops isst.« Sie bestellt mir die Extraportion Chips, aber nicht ohne vorher die Augen zu verdrehen.

»Zurück zu deinen Hausaufgaben«, sagt Macey, während unser Fisch in der Fritteuse brutzelt. »Wenn du eine Integralrechnung hast, musst du die Stammfunktion bei einem bestimmten Integral in den Grenzen bilden und den oberen Wert von dem unteren subtrahieren. Und du hast ... durch Null dividiert?«

»Rein theoretisch habe ich durch einen Smiley dividiert«, erwidere ich stolz und zeige auf das kleine Gesicht, das ich in die Null gekritzelt habe. Eine gute Zusammenfassung meiner Mathematikkenntnisse eigentlich.

»Ich verspreche, es ergibt Sinn, sobald du die Struktur verstanden hast.« Macey nimmt eine Serviette von der Theke und zieht einen Stift aus ihrer Jacke. »Du bist gut in Fremdsprachen, nicht wahr? Mathe ist wie eine Sprache, du musst nur die ganzen Füllwörter streichen und von Null anfangen ...«

»Ist das ein Wortwitz?«

Sie schnaubt, zeichnet die Gleichung von vorhin auf der Serviette nach. »Und dann merkst du, wie endlos dieses Fachgebiet ist, obwohl die Antworten immer klar bleiben. Es gibt keine Grauzonen, Definitionen sagen alles aus, was sie zu sagen haben.«

Sie beginnt meine Aufgabe für mich zu lösen, obwohl ich nicht danach gefragt habe und sie sicherlich auch weiß, dass wir im Grundkurs gerade keine Integralrechnungen behandeln. Ich habe mein Mathebuch nur wahllos aufgeschlagen, weil mir keine bessere Ablenkung eingefallen ist und Macey die seltene Fähigkeit besitzt, durch Zahlen glücklicher zu werden.

»Weißt du, wie Maki in dem letzten Kapitel stundenlang über die Wirkung von Kierats Magie rätselt?«, frage ich. »Es klang so sehr wie du früher.«

»Maki ist total unrealistisch«, brummt Macey und reicht mir die Serviette zurück.

»Aber so warst du. Du sprühtest nur vor wirren Fakten, du

hast unsere ganzen Notizbücher mit deinen Beobachtungen gefüllt. Natürlich für die Wissenschaft.« Die Erinnerung bringt mich zum Lachen. »Einmal hast du mich stundenlang vor eine Tür gestellt, bis du das Monty-Hall-Problem verstanden hast. Wir haben uns drei Tage lang ausschließlich von Karotten ernährt, weil du mal in einem Buch gelesen hast, dass man davon orange wird.«

»Ich dachte, wir bekämen dieselbe Hautfarbe!«, versucht sie sich zu verteidigen. »Mein neunjähriges Ich war sich nicht der weitreichenden Wirkung unseres Melaninanteils bewusst …«

Kommentarlos reiche ich Macey mein Mathebuch, bevor sie sich die nächste halbe Stunde in einer gedanklichen Debatte über die Wirkung von Karotin verliert, und sehe ihr dabei zu, wie sie weiter die Serviette füllt. Macey ist eine alte Seele. Es liegt eine Ruhe in ihr, die sich zwischen den Seiten ihrer Bücher auffaltet. Ihre Lippen formen die Worte der Aufgabenstellung langsam mit und ihre dunklen Augen sind fest auf das Buch fixiert.

Ich weiß nicht, wie sie das schafft. Stille macht mich nervös. Wenn ich das Klassenzimmer verlasse, suche ich als Erstes die lauten Schulflure auf oder stecke meine Airpods ein. Ich frage mich, ob Macey schon immer so gut mit Schweigen umgehen konnte oder ob sie es lernen musste – nachdem alles zwischen uns zerbrach.

Wie kann man jemanden vermissen, der direkt neben einem steht?

Es gab Menschen, für die der Prinz die Welt retten würde, und Menschen, für die er sie zerlegte. Aber Maki war anders. Für Maki wollte er die Welt verstehen.

VINCE

»Du hast es ihnen gesagt! Du hast versprochen, dass du nichts sagst, und du hast es trotzdem gemacht!« In meiner Kehle machte sich ein saures Gefühl breit. Ich rieb mir über den kahl geschorenen Kopf, vermied die Haut hinter meinen Ohren wie ein Minenfeld. Wir waren zwölf Jahre alt. Macey wimmerte, ich wollte sie schütteln, sie anschreien, dass sie aufhören sollte, aber die angestaute Verzweiflung in meiner Magengrube schwenkte nur in Wut um.

Was sollte ich jetzt machen? Wo ging es jetzt mit mir hin?

»Bitte geh nicht, ich will nicht, dass dir etwas passiert«, stieß Macey hervor. »Es tut mir leid, Kierat.«

»Ich heiße Vincent.«

»Ich habe es niemandem erzählt, es waren nur Mum und Da–«

»Wieso sollte ich dir das glauben?« Ihre Augen waren bereits gerötet, aber das war mir gleichgültig. Sie konnte das nicht wieder gutmachen. Sie hatte mir alles genommen und jetzt würde sie dafür so sehr leiden müssen, wie ich es tat. Tränen verschmierten ihr Gesicht, ihre Nase lief und ihre Lippen zitterten, obwohl es Hochsommer war. Irgendwann hörte ich nur noch ihr Wimmern.

»Halt den Mund, Macey. Das wäre alles nicht passiert, wenn du nichts gesagt hättest.«

***

»Das hier«, sage ich schmatzend und zeige auf meinen Fisch, »ist mit Abstand das Widerlichste, was ich je in meinem Leben gegessen habe, und ich liebe es.«

Ich nehme noch einen Bissen. Das Fett trieft durch die Zeitung und das Salz bleibt an meinen Fingern kleben. »Bei schicken Restaurants spielen sie dir wenigstens noch vor, dass es irgendwelche Standards gibt, aber dieser Fisch … dieser Fisch ist ehrlich. Ich bin müde, die Fish and Chips sind scheiße und keiner von uns beiden verurteilt den anderen dafür.«

»Du bist so ein Snob.«

»Die Chips schmecken nach Pappe.«

»Vielleicht schmecken sie nach Pappe, weil du gerade die Serviette mitgegessen hast«, erwidert Macey. Ich runzle die Stirn und wische mir den Mund ab, als könnte ich so den Papiergeschmack loswerden.

Es ist dunkel in Hillburn. Die Straßen sind so still, dass das Meeresrauschen über das Kopfsteinpflaster hallt, kleine Lichterketten hängen an den Straßenlaternen. Auf dem vereisten Asphalt spiegelt sich das Flackern der Fernseher aus den umliegenden Häusern.

Ich fische das letzte Stück Fisch aus meiner Packung heraus und wedele es durch die Luft. »Was würdest du tun, wenn du wüsstest, dass du dabei nicht scheitern kannst? Keine Noten, keine Angst, es falsch zu machen oder abgewiesen zu werden, absolut gar nichts?«

Sie zuckt mit den Schultern.

»Ach komm schon, Mace. Du könntest alles tun.«

»Alles?«

»Selbstverständlich alles. Also, was ist deine Antwort?«

Macey starrt stur auf ihre Schuhe hinab. Sie balanciert auf den Pflastersteinen entlang und versucht, nicht auf die Kerben zu treten. Vor jeder Pfütze bleiben wir stehen, bis sie einen Weg findet, diese ohne Umwege zu überspringen. Ich kann mir das Lächeln nicht verkneifen. Macey Adenuga, die schlauste Person, die ich kenne, verbringt fünf Minuten vor einer großen Pfütze, statt einfach drumherum zu laufen.

Fast nehme ich an, dass sie mir nicht mehr antworten wird, doch dann hebt sie ruckartig den Kopf und sieht mich stolz an.

»Meinen Abschluss schaffen und in Cambridge studieren!«

»Ist das nicht genau das, was du eh schon tust?«

»Sollte es irgendetwas anderes sein?«

So viel zu den überflüssigen Fragen. Wir bleiben vor einer alten Villa stehen. Sie ist dicht umzäunt von spitzen weißen Gittern und schick zurechtgeschnittenen Hecken, die mit Lichterketten ausgestattet sind. Das Gebäude ist nicht besonders groß, aber imposant in seiner Historik. Statt einer einfachen Hausnummer trägt es sogar einen Namen: *Beardsley House.*

Macey sieht mit ihren kugelrunden Augen aus, als hätte sie gerade das Tor zum Himmel gefunden.

»Schick«, murmle ich. »Da stecken bestimmt zwei Wintergärten, ein ausgebauter Dachboden und ein gut bezahlter Gärtner hinter diesem Grundstück.«

Ich greife nach ein paar Chips und drehe mich wieder zur Straße, während Macey empört die Hände in die Hüfte stemmt. »Ich nehme an, schöne Villen sind nicht so spannend, wenn man selbst in einer wohnt?«

»Ich bin nicht so der Fan von großen, weißen Zäunen.« Vor allem nicht von denen an Ians spießigem Haus. »Oder ist das etwa dein Ziel? Zwanzig Jahre Schule und Studium, um eines Tages ein Haus mit einem Namen statt einer Nummer zu besitzen?«

»Das ist ein äußerst gesellschaftskritischer Beitrag für einen Typen, der dreihundert Pfund teure Nikes trägt.«

Ich schnaube, aber Macey reagiert nicht wütend darauf. Sie

bleibt einfach ruhig, so vollkommen bestimmt. Ich verstehe, warum der Autor aus ihr eine tapfere Kriegerin gesponnen hat.

»Siehst du das?«, fragt Macey und zeigt auf ihren Blazer. »Diese Schuluniform ist eines der teuersten Dinge, die ich besitze. Dad hat sie zwei Nummern größer gekauft, damit ich hoffentlich eines Tages hineinwachse, aber es ist nicht passiert. Und trotzdem trage ich sie jeden Tag. Weißt du, wieso?«

»Wegen der Schuluniformpflicht?«

Macey rollt mit den Augen. Der Wind hält sich an ihren Locken fest.

»Es ist der Schlüssel zu einer Welt, die meine Mutter nie erreicht hat«, erklärt sie. »Ich schulde ihr das. Ich schulde ihr, dass ich es richtig mache.«

»Und richtig heißt Cambridge, Geld und schicke Häuser?«, hake ich nach. »Mace, falls du es vergessen hast, war ich das arme Nachbarskind, das sich durch eure Cornflakes-Vorräte durchgefuttert hat. Ich weiß genau, warum du das alles machst, aber ...«

»Wehe, du sagst jetzt so was wie ›Schule ist nicht wichtig und Noten sagen nichts aus‹, denn das stimmt nicht. Zumindest nicht für Leute wie uns.«

»Leute wie uns?«

Macey legt den Kopf schief und verengt die Augen, fast schon belustigt. »Himmel, du kannst manchmal so farbenblind sein. Und damit meine ich nicht deine Rot-Grün-Schwäche.«

Ich runzle die Stirn. Zugegeben, ab und an denke ich darüber nach, ob mein Leben besser verlaufen wäre, wenn ich Kierat hieße. Es hätte mir so einige verwirrte Blicke während meiner Reden erspart. *Das ist Vincent Summers? Er sieht nicht so aus, wie ich ihn mir vorgestellt habe.*

Andererseits gibt es auch genügend Fälle, in denen ich erleichtert darüber bin, dass man aus meinem Namen nicht auf meine Hautfarbe zurückschließen kann. Aber das sind Kleinigkeiten, die nichts mit dem zu tun haben, was Macey meint. Sie macht sich zu viel Stress.

»Gut, es war härter für unsere Eltern in diesem Land Fuß zu fassen«, gebe ich zu. »Aber wir sind jetzt in Hillburn. Man kennt uns hier. Die Zeiten haben sich geändert.«

»Weißt du, wie sich die Blicke ändern, wenn ich die Uniform einer Privatschule trage und von meinen Cambridge-Plänen erzähle? Es fängt als Verwunderung an und schlägt plötzlich in Akzeptanz um. So reden sie nicht mit dir, wenn du hinter dem Tresen im *Figaros* stehst oder Regale im Tesco einräumst, obwohl diese Arbeit genauso wichtig ist.« Macey hält ihr Kartoffelstück vor mein Gesicht, als bestätige das ihren Punkt. »Es war definitiv schwerer für unsere Eltern, aber du kannst nicht behaupten, dass der Leistungsdruck für uns nicht mehr existiert, Vince. Du kannst mir nicht sagen, dass du nicht alle diese Abzeichen gesammelt hast, weil du das Gefühl hattest, dich beweisen zu müssen. Wir müssen immer einen Schritt voraus sein und wir müssen immer mehr liefern.«

Ich verziehe das Gesicht. Wem muss ich mich beweisen? Mr Pennington? Meiner Mutter? Recruitern, die meinen Lebenslauf lesen? Und tun das nicht alle?

Mrs Mackay sah es nicht als selbstverständlich an, dass jemand wie ich zum Headboy gewählt wurde. So wie sie über mich sprach, war ich die Ausnahme. Einer von den Guten, der es sich mühsam verdient hat, neben den »normalen« weißen Schülern und Schülerinnen zu stehen, und dafür Lob einkassiert.

Laut Macey werden wir zu diesen Ausnahmen gemacht.

Sie balanciert weiter auf der Bordsteinkante entlang. »Also ja, vielleicht liegt mir die Schule zu sehr am Herzen und ich weine, wenn ich eine schlechte Note bekomme, als hätte ich nichts Besseres zu tun«, gesteht sie. »Aber mein Vater kam mit nichts in dieses Land. Und das hier«, sie zeigt auf ihr Schulwappen, »das ist etwas. Ich will jemand sein, Vince. Egal, wie oft man mir sagt, ich soll mich entspannen und Schule ist nicht alles im Leben.«

»Und was bedeutet das für Leute, die nicht so gut sind in der Schule?«, widerspreche ich. »Für Leute, die nicht länger als eine halbe Stunde still vor ihrem Schreibtisch sitzen können? Die nicht wissen, was sie studieren wollen? Wie sieht ein besseres Leben für Leute wie mich aus?«

Macey schweigt. Die nächste Pfütze überspringt sie nicht mehr, was sich beschissener anfühlt, als ich zugeben will.

Sie schluckt. »Es tut mir leid, so sollte das nicht rüberkommen. Ich bin mir sicher, dass du es auch schaffen kannst, wenn du dich wirklich anstrengst und hart arbeitest, ich kann dir auch weiter mit Mathehausaufgaben helfen, wenn du willst …«

»Schon in Ordnung. Es ist nur … ach, keine Ahnung.« Ich beiße mir auf die Wange. »Ich nehme an, es ist anders, wenn man eine Familie hat, der man dieses bessere Leben ermöglichen will.«

Macey starrt mich an und ich starre zurück. Ich schaffe es immer zu ihr zurückzuschauen, irgendwie. Ihr rundes Gesicht ist das Gegenteil von einschüchternd.

»Dein Haar ist gewachsen«, sagt sie schließlich.

»Wirklich?« Ich fasse es an, als wäre es mir selbst noch gar nicht aufgefallen. »Aye, es wächst ziemlich schnell. Die Gene meines Vaters, nehme ich an. Er hatte diesen richtig dicken Bart, als ich klein war.«

»Es steht dir. Es lässt dich mehr wie … du aussehen.«

Und für einen Moment frage ich mich, wen sie damit meint, doch ich ertappe mich dabei, wie ich lachen muss.

»Wie geht das?«, fragte der Prinz. »Ich trage doch keine Handschuhe?« Er sah auf seine schwarzen Hände herab. Die Kriegerin hielt sie fest, ohne dass seine Magie sie angriff.

MACEY

»Ich verstehe ja, dass es schwer ist, eine alleinerziehende Mutter zu sein, aber hast du den Jungen gesehen? Seine Haut ist ganz grau, ein Kind sollte nicht so aussehen, das ist nicht normal.«

»Sie scheinen noch keine Aufenthaltsgenehmigung zu besitzen, Ayo, willst du sie wirklich so aussetzen?«

»Ich bin mir nicht einmal sicher, ob er morgens Frühstück bekäme, wenn unsere Tochter nicht damit angefangen hätte, ihre Froot Loops mit ihm zu teilen. Es kann doch nicht sein, dass seine Mutter tagelang verschwindet. Jemand muss die örtlichen Behörden informieren.«

»Und was denkst du, passiert dann? Auf diese Weise können wir wenigstens dafür sorgen, dass er in Sicherheit ist.«

»Macey, warum bist du noch wach? Hast du uns gehört, gibt es etwas, was du sagen willst?«

***

»Du bist dran«, sage ich und nehme einen Bissen von meinen Chips. »Wenn du alles tun könntest, ohne Konsequenzen, was würdest du machen?«

»Einen Hund stehlen.«

»Was?«

Vince prustet lauthals los. Es ist ansteckend. Seine Stimme geht so hoch, dass sie fast einem Schluckauf ähnelt. Ich lache mit, weil sein Lachen lustiger ist als der Witz selbst. Und weil es einfacher ist zu lachen, als an Mum zu denken.

»Hey, wenn ich wüsste, dass ich dabei nicht versagen kann, würde ich es auf jeden Fall versuchen. Ich wollte schon immer einen Hund haben«, erklärt er.

»Du kannst wirklich nichts ernst nehmen, oder?«

»Du hast schon den größten Teil unserer kollektiven Ernsthaftigkeit übernommen, ich gleiche das nur aus.« Sein Lächeln bleibt, auch wenn der Blick in seinen Augen ernster wird. »Aber wird es dir nicht manchmal zu viel? Mit der Schule, immer gute Noten schreiben zu müssen?«

»Die ganze Zeit.«

»Und du machst einfach so weiter?«

»Was soll ich sonst tun?«

Er zuckt mit den Schultern, zerknüllt seine Papierverpackung und balanciert sie auf seinen Händen. Er kann einfach nicht still bleiben. Seine Arme und Beine sind viel zu lang für den Rest seines Körpers und sein Kopf schwankt zu einem Rhythmus, den sonst niemand hören kann.

»Keine Ahnung, Yoga?«, schlägt er vor. »By The Moon in Dauerschleife spielen? Aufhören?«

»Seit wann hört Vincent Summers eigentlich Rockmusik?«

»Was denkst du denn, was ich höre? Beethoven?« Er wirft die Papierkugel hoch. »Ich verfüge über einen vielfältigen Musikgeschmack, weißt du.«

»Lass mich raten, du hörst immer noch die Spice Girls?«

Seine Augen weiten sich. »Hey, sag mir nicht, du wirst nicht nostalgisch, wenn *Wannabe* läuft. Das ist so was wie die Nationalhymne.«

»*Mr. Brightside* ist schon die Nationalhymne.«

»Hast du das auch auf Kassette?«

Ich schüttele den Kopf. »Die Sammlung meiner Mutter umfasst hauptsächlich die 90er.«

»Und du hast nie daran gedacht, deine eigene Musik aufzunehmen?« Er lacht. »Ein Macey-Mixtape?«

Ich zucke mit den Schultern. »Ich wüsste nicht, was man dafür aufnehmen würde.«

»Die alten Wizkid-Songs, wahrscheinlich etwas Frank Ocean und diesen einen Coldplay-Song, den du so geliebt hast … oh.«

Er grinst und ich ziehe eine Augenbraue hoch.

»Was?«

»*Pure Shores.*«

Meine Augen weiten sich. Vince lacht sich kaputt und sieht ziemlich stolz dabei aus. »Ich wusste es, ich wusste es! Auntie Grace hat dich immer ermahnt, nicht so laut mitzusingen, damit Femi lernen kann.«

»Ich habe versucht, diese Erinnerung zu verdrängen.«

»*I've crossed the deserts for miles, Swam water for time …*«, singt Vince plötzlich. Er hält ein improvisiertes Mikrofon mit der einen Hand, die andere nutzt er, um sich in eine dramatische Pose zu werfen.

Ich verziehe leidend das Gesicht. »Womit habe ich das verdient?«

Vince hält mir das unsichtbare Mikrofon entgegen.

»Auf keinen Fall.«

»Dein Pech.« Er zuckt mit den Schultern und geht mit der freien Hand unsichtbare Stufen ab, als wäre er auf der Suche nach den richtigen Tönen. »*Searching places to find, A piece of something to call mineeeee.*«

»Okay, okay, der Punkt geht an dich, würdest du jetzt endlich …«

»*I'M COMING NOT DROWNING, SWIMMING CLOSER TO YOU!*« Seine Stimme kratzt ab und er fängt an zu husten. »Warte, der letzte Ton war zu schief, das kann ich besser.«

Vince beginnt von vorne und es ist schwer, ihm dabei zuzuschauen, weil mir sein erwartungsvoller Blick plötzlich so vertraut vorkommt. Er schaukelt gegen meine Schulter, um mich auch zum Singen zu animieren, aber ich halte nur den Atem an, als könnte ich so meine Stimme verschlucken.

Wie lange wird Vince brauchen, bis er realisiert, wie langweilig ich geworden bin? Vince, der sorglos 2000er-Pop mitsingt, einfach weil er ihn mag. Wieso kann ich meinen Kopf nicht so ausschalten? Dinge mögen, ohne dabei eine gedankliche Liste mit Vor- und Nachteilen zu erstellen? Mir etwas zuschreiben, ohne dass es an eine Leistung geknüpft ist?

»Hey, erinnerst du dich daran, wie wir Femi mit den Wasserbomben beworfen haben? Das ist nicht mal Absicht gewesen, eigentlich wollte ich Alister treffen. Mann, dein Vater war so wütend. Dabei war es nur ein bisschen Wasser, ich weiß gar nicht, was Femi hatte …«

Es macht mich nervös. Ich sehe noch Bruchstücke von Kierat, aber das ist nicht mehr mein alter Freund, der vor mir steht. Ich habe so lange an seiner alten Version festgehalten und gehofft, dass sie sich noch hinter seiner Schulsprecherfassade verbirgt – dabei lassen sie sich gar nicht voneinander trennen. Vince hat sich weiterentwickelt, wo ich noch festhänge.

»Mace?«

»Hm?«

»Du solltest vielleicht aufhören zu laufen, wir sind bereits an deinem Gleis.«

»Oh.«

Er zieht an der Schlaufe meines Rucksacks, damit ich nicht zu nah am Gleisbett stehe, und reibt sich dann unsicher über die Unterlippe. Macht er das schon immer so? Ich kann mich nicht mehr erinnern, es verschwimmt. Ich wünschte, mein Zug wäre schon da, damit ich einfach nach Hause fahren könnte, zurück nach Glenfield Park, wo alles so ist, wie ich es kenne.

Vince vergräbt die Hände in seinen Jackentaschen und zieht scharf Luft ein.

»Hör zu, du musst mir nicht sagen, was heute los gewesen ist. Das kann ich nachvollziehen«, beginnt er. »Ich weiß, dass wir nicht mehr so befreundet sind wie früher und alles miteinander teilen müssen, aber … ich … ich bin immer noch für dich da, okay? Ich kann so viele ölige Fish and Chips essen, wie du brauchst, wenn das irgendwie hilft.«

Seine hellbraunen Augen leuchten ehrlich. [Zwischenergebnis: Vince ist ein mathematisches Problem. Nicht so eins wie die, die man in der Schule lernt, die sauberen, ausgefeilten Modelle, die über Jahrhunderte verfeinert wurden. Vince ist ein modernes Matheproblem. Die Art, für die Forschungsteams seitenweise Gleichungen aufstellen, um einen Weg zu finden, den Zahlen Sinn zu verleihen. Chaotisch, aber tröstlich, wie ein unaufgeräumtes Zimmer, in dem man dennoch alles genau dort findet, wo man es zuletzt hingelegt hat.]

»Du sagst das so, als hättest du nicht deine ganze Portion gegessen und nebenbei von meinen Extrachips gestohlen«, kontere ich.

Er lacht. »Schon gut. Sie waren nicht schlecht.«

»Bekomme ich das noch mal schriftlich?«

»Ich geb' dir höchstens einen Handschlag.« Vince hält mir seine Faust hin, wie beim letzten Mal. Es fühlt sich an wie ein Versprechen, dass die nächsten fünf Jahre nicht in Schweigen ausarten. Dass wir wieder Freunde werden. Ich strecke meinen Arm aus, doch der Handschlag wird warten müssen.

»RE Richtung Glasgow Charing Cross, Abfahrt 20:34 Uhr, nähert sich jetzt Gleis Zwei«, verkündet die Bahnansage. *»Bitte achten Sie auf die Lücke zwischen Zug und Bahnsteigkante.«*

»Wer als Erstes den Zug erwischt!«, ruft Vince und läuft drei Treppenstufen auf einmal hoch. Ich eile hinterher, schaffe es nicht einmal zu hinterfragen, wie er sich an dieses alte Spiel erinnert hat. Vince verlangsamt sich, als er merkt, dass er sonst zu zeitig auf der Brücke ankommt, und ich nutze die Gelegenheit, um mich an ihm vorbeizuquetschen.

»Hey, was soll das?«

»Du verschätzt dich!«

»WAS ZUM …«

Er legt einen Zahn zu, doch ich blocke ihn auf der Brücke ab. Aus den Augenwinkeln erkenne ich, wie die Lichter des Zuges sich dem Bahnsteig nähern. Es gibt keine Lücke zwischen zwei Zügen, aber das macht nichts, die Suche nach dem richtigen Zeitpunkt bleibt gleich. Ich renne zur Mitte der Bahnhofsbrücke, strecke den Arm aus und halte meinen Daumen hoch.

Der Zug passt genau dahinter.

Und für einen kurzen Augenblick gibt es nichts anderes mehr, keine Arzttermine, keine Klausuren, Wettbewerbe oder E-Mails, nur die kleine Welt hinter meinem Daumen. Ich schaue so lange hin, dass ich kaum mitbekomme, wie Vince neben mir sich schnaufend an das Geländer klammert.

»Verdammt, wieso kannst du das nach all den Jahren noch so gut?«

Die Lichter der Abteile erhellen Vinces Gesicht, der Luftzug der fahrenden Bahn zieht an seinen Haarsträhnen. Vor meinem inneren Auge sehe ich, wie Vince seine Krawatte zurechtrückt, sobald er den Bahnhof verlässt. Dann wird er sich eine neue Definition für die nächste Person zurechtlegen, je nachdem, was sie von ihm braucht.

Ich drehe meinen Arm, bis mein Daumen die Hälfte seines Gesichts verdeckt.

»Ich habe nie damit aufgehört.«

»Und ich renne die ganze Zeit vorwärts und weiter und einfach geradeaus, weil mir alle immer sagen, dass man irgendwann irgendwo ankommt, aber ehrlich gesagt will ich nur wieder zurück.«

MACEY

Alte Privatschulen haben alles Mögliche an unverständlichen Traditionen. So müssen die Jungen an Festtagen Kilts tragen und freitags gibt es Custard in der Cafeteria.

Die Sportwettbewerbe der Schule finden jeweils einmal im Winter- und Sommerhalbjahr statt. Charlie und Rin sitzen bereits auf der Tribüne und winken mir zu. Rin hat ein Plakat neben sich liegen, auf das sie »Vince the Prince« geschrieben hat. Jedoch hat sie sich bei der Größe der Buchstaben verschätzt, sodass die letzten Buchstaben um einiges zerquetschter sind als der Rest.

»Ist das nicht ein bisschen übertrieben?«, frage ich.

»Übertrieben ist, dass sich Vince für fast jede Sportdisziplin angemeldet hat, die heute geboten wird«, brummt Charlie. Selbst hier draußen hat er seinen Zeichenblock dabei, der mit allen möglichen Klebezetteln am Rand bestückt ist. Viele Stichpunkte für sein Kunstportfolio hat er schon abgehakt, doch eine große klaffende Lücke steht neben »HAUPTWERK???«.

»Wie war dein Tag, Macey? Hast du schon mitbekommen, dass morgen die Stunde Physik ausfällt?«, fragt Rin und rückt auf der Bank weiter, damit ich mich zu ihnen setzen kann. »Ich liebe deine Ohrstecker übrigens, die sind richtig cool.«

Ich lächle und Rin grinst zurück. Rin fragt mich nie nach Cambridge. Üblicherweise bildet es den Anfang jeglicher meiner Gespräche, dicht gefolgt von »Wie war die Schule?« und »Kannst du mir die Lösungen zu deinen Hausaufgaben schicken?«. Dagegen findet Rin immer eine Kleinigkeit, auf die ich nicht vorbereitet bin, wie meine Haarbänder oder eine Textmarkerfarbe, die sie besonders mag.

»Alles in Ordnung bei dir, Charlie?«, frage ich, erhalte jedoch nur ein Schulterzucken.

»Seine Eltern«, erklärt Rin. »Sie haben ihn beide über die Weihnachtsferien zu sich eingeladen.«

Schon seit dem Grundschulalter lebt Charlie in Internaten und ich frage mich, wie viel davon ein Fluch und wie viel ein Segen ist. Charlie erfuhr über das Telefon, dass sich seine Eltern scheiden ließen, und war während der ganzen Phase kaum ansprechbar. Er bekommt jedes Jahr zum Geburtstag den gleichen Schokoladenkuchen in der Cafeteria ausgehändigt und verlässt Hillburn nur selten. Sein Zuhause ist schon lange nicht mehr dort, wo seine Eltern sind.

»Könntest du nicht deinen Vater zu Weihnachten und deine Mutter über Neujahr besuchen?«

»Klar, wenn man ignoriert, dass der neue Freund meiner Mutter homophob ist und sie ihm nicht einmal gestanden hat, dass ihr Sohn bi ist«, murrt Charlie und drückt fester mit dem Kohlestift auf. »Ist auch egal. Lasst uns lieber über den Wettkampf sprechen.«

Rin wirft mir einen besorgten Blick zu, bevor sie die Knie anzieht und sich wieder auf die Laufstrecke vor uns fokussiert. »Vince hat echt hart für diese Wettbewerbe trainiert«, murmelt sie. »Meint ihr, er will sich bei Mr Pennington rächen?«

Charlie sieht fragend von seiner Zeichnung hoch und Rin verzieht das Gesicht. »Ist euch das wirklich nicht aufgefallen? Wenn er heute einen Rekord aufstellt, dann wird das auf der Tafel vor dem Schulleitungsbüro landen. Pennington müsste jeden Tag an seinem Namen vorbeilaufen.«

»Das klingt viel zu nachtragend für Vince, meinst du nicht?«, frage ich, doch meine Unsicherheit klingt nach. Die Ränge sind gut gefüllt, einige Eltern winken ihren Kindern zu. Vince sieht nicht einmal zur Tribüne hoch, sondern steht startbereit an der Linie. Seine Augen fixieren die vor ihm liegende Strecke und seine Airpods stecken in seinen Ohren, als wären es seine Batterien.

Ich möchte winken und ihn wissen lassen, dass wir hier sind, doch meine Hände kleben an meinen Oberschenkeln fest. Sie bleiben einfach liegen und wollen sich nicht regen. Die Aufregung des Rennens schnürt mir die Kehle zu, als stünde ich selbst unten an der Startlinie.

Die Teilnehmer finden sich in einer Reihe ein und das unruhige Gemurmel auf der Tribüne verstummt. Die Luft knistert von angehaltenem Atem und klopfenden Herzen. Alle warten auf den Knall.

»AUF DIE PLÄTZE«, schreit unser Sportlehrer. Vince sieht so flüchtig zu uns hoch, dass ich es fast verpasst hätte. Neben mir klemmt sich Charlie eine Wasserflasche unter den Arm. Rin hält ihr Plakat hoch.

»FERTIG.«

Ich schaffe es nicht, die Hand zu heben.

»LOS!«

Vince fliegt über die Strecke. Die Neonhemden der Läufer verschwimmen ineinander, aber ich kann ihn trotzdem ausmachen. Seine Füße berühren kaum den Boden. Alle zwei Sekunden überkommt mich die Angst, dass er gleich stolpert und fällt, aber das tut er nie. Er ist nur knapp davor. Immer nur ganz knapp davor.

»Er führt! Er führt! Er ist ganz vorne!«, ruft Rin und selbst Charlie hebt interessiert die Augenbrauen. Vince führt, um einen riesigen Vorsprung sogar. Seine Kumpels vom Fußball johlen, selbst die unteren Klassenstufen jubeln vor Begeisterung. Mein Herz pocht in meinem Hals. Wie schafft man es bei dieser Aufregung überhaupt den Mund zu öffnen? Wie viele Runden wie diese müssen sie noch laufen? Überschätzt er sich gerade nicht?

Aber Vince wird nur schneller und schneller und der Abstand zu den anderen Läufern immer größer. Rin schreit weiter vor Freude, während Charlies nachdenklicher Gesichtsausdruck bleibt.

»Ich werde mal nach unten gehen«, sagt er und lässt sein Skizzenbuch offen zwischen mir und einer tanzenden Rin liegen. Die letzte Runde bricht an und es gibt kein Anzeichen, dass Vince sein Tempo drosseln wird. Mittlerweile ist sein Gesicht knallrot angelaufen.

»Seht euch das an, der fliegt über die Strecke!«, schreit einer der Fußballer.

»Weiter, Mann, weiter!«

Mein Bauch füllt sich zu gleichen Maßen mit Glücksgefühlen und Angst.

Vince überquert die Ziellinie und gewinnt den ersten Platz mit meilenweitem Abstand – aber er hört nicht mit dem Rennen auf. Selbst als das Publikum über seinen Sieg klatscht, rennt Vince weiter, immer weiter weg von der Strecke zu den nächstgelegenen Bäumen, wo er auf die Knie fällt und sich lauthals übergibt.

***

Charlie ist der Erste, der Vince erreicht. Er klopft ihm auf den Rücken und hält die Wasserflasche bereit, bevor unser Sportlehrer überhaupt mitbekommen hat, wohin Vince geflüchtet ist. Ich schaffe es, Charlies Skizzenbuch aufzusammeln, bevor Rin mich an der Hand packt und wir den Jungs folgen.

»Hier, nimm«, murmelt Charlie und reicht Vince ein Handtuch, das wohl ursprünglich dazu dienen sollte, sich Schweiß und nicht Erbrochenes aus dem Gesicht zu wischen.

Vince stützt sich mit einem Arm an den Baum, der andere hält sein Knie. »Ich habe gewonnen, oder?«, keucht er, doch nicht einmal Rin kann sich zu einem Lächeln durchringen.

»Dein Ernst, Vince, wozu war das denn?« Sie klopft ihm auf den Rücken und er ruft scherzhaft »Aua« aus, ohne sich umzudrehen. »Hast du vor, ohnmächtig zu werden?«

»Ich hätte auch noch fünf Runden weiter rennen können.« Vince fängt an zu lachen, aber in seinen Augen schimmern Tränen. »Mann, das war krass. Absolut krass.«

»Bist du noch wackelig auf den Beinen?«, frage ich, weil es nach der einzigen praktischen Erwägung klingt. Zur Antwort steht er auf, nur um sich in der letzten Sekunde umzudrehen und wieder zu übergeben. Anders als Rin bin ich Übelkeit von Mum gewöhnt, sodass ich nicht zusammenzucke. Ich drücke ihre Hand fester, während Charlie seufzend Vince den Rücken tätschelt.

»Rin, kannst du bitte eine Lehrkraft holen?« Durch seine grauen Augen kreist Sorge. »Es gibt niemanden, der ihn abholen kann, oder?«

Ich schüttle den Kopf.

»So nah bin ich der Sonne noch nie gekommen«, sagt Vince, dabei hängen die Wolken so schwer wie immer. Wir schweigen, bis ein Lehrer kommt und Vince zur Schulkrankenschwester mitnimmt.

Charlie klopft seine Hose ab und läuft zum Sportgelände zurück. Ich folge ihm, sein dickes Skizzenbuch unter meinen Arm geklemmt.

»Wie hast du das erahnen können?«, frage ich.

Charlie sieht zum Sportfest, wo trotz der kurzen Unterbrechung gerade die nächste Disziplin angekündigt wird. Auf seinen Lippen liegt ein sanftes Lächeln.

»Mein Vater«, erklärt er. »Er hat immer eine Wasserflasche mit sich getragen, wenn er mich zu Kunstausstellungen gefahren hat. Ich musste daran denken, als ich Vinces angespannten Gesichtsausdruck gesehen habe. Früher habe ich mich auch immer überschätzt. Meist habe ich einfach nicht genug geschlafen und bin entweder in Ohnmacht gefallen oder war dauer-unterzuckert. Es war nicht die beste Zeit.«

Wir laufen schweigend zur Tribüne zurück. Manchmal reißen unsere Mitschüler Witze, dass Charlie eines Tages einfach den Mauern dieser Schule entsprungen ist und dabei bereits Rollkragenpulli trug und fließend Sarkasmus beherrschte. Ich blicke auf sein Skizzenbuch hinab, die stundenlange Arbeit, die in meinen Händen liegt, und strecke es ihm vorsichtig entgegen.

Charlie hält es gegen seine Brust und atmet erleichtert aus. »Danke, ich wäre echt aufgeschmissen ohne meine Zeichnungen.«

Sein müdes Gesicht erinnert mich an den Ausdruck, den ich jeden Morgen im Spiegel sehe, und überrascht gehe ich einen Schritt zurück. Ich habe nie den Sinn hinter Kunst verstanden. Sie ist zu willkürlich, zu subjektiv, als dass ich mir eine Systematik erschließen könnte. Im Kunstunterricht komme ich gut genug zurecht, solange ich mich an die Vorgaben unseres Lehrers halte. Sportwettbewerbe sind genauso – objektiv interessant, doch nicht gewinnbringend für die Zukunft, nichts, das mir in einer Cambridge-Bewerbung hilft.

Aber Vince bedeutet dieser Sieg etwas. Charlie, so wenig mir seine Zeichnungen sagen, steht unter genauso viel Druck, wie ich es tue.

Und zum ersten Mal frage ich mich, ob es das alles wirklich wert ist.

»Prinz Kierat, ich bitte dich auf die freundlichste Art und Weise, die mir möglich ist: Kannst du bitte anfangen, dein Gehirn zu nutzen?«
»Der Tag, an dem ich anfange, mein Gehirn zu benutzen, ist der Tag, an dem du anfangen wirst, auf dein Herz zu hören.«
»Das klang besser in deinem Kopf, nicht wahr?«

VINCE

VINCENT SUMMERS – SCHNELLSTER LÄUFER, 1500 METER

Als ich am Montag vor der Tafel vor Mr Penningtons Büro stehe, fühlt es sich nicht an, als würde ich meinen eigenen Namen lesen. Aber das ist er. Eingraviert in einer schicken Goldplakette, mein Name, irgendwie.

Ich knete meine Hände, weil sie nicht still bleiben. Es ist wie nach dem Mikrofonvorfall, meine Angst schnürt meine Kehle zu, während Dani neben mir die Ruhe selbst ist.

»Und?«, fragt sie. »Wie fühlt es sich an, der Rekordhalter der Hillburn Secondary zu sein?«

»Überraschenderweise nicht so gut, wie ich es erwartet habe«, gestehe ich.

»Es ist trotzdem eine großartige Leistung, nicht wahr? Zukünftige Schüler und Schülerinnen werden jetzt immer an dieser Tafel vorbeilaufen und sich an dich als den schnellsten Läufer der Hillburn erinnern.«

»Jetzt, wo ich es mir ansehe, kommt es mir fast schon sinnlos vor.«

Es ist nur eine Goldplakette mit meinem Namen. Eine Goldplakette, für die ich jeden Tag meine Freizeit aufgegeben habe – und was habe ich jetzt davon? Dass Mr Pennington an ihr vorbeiläuft, bringt mir keine Erfüllung. Selbst die Tatsache, dass ich einen Rekord aufgestellt habe, ist von dem Wissen getrübt, dass ich mich danach vor der gesamten Schule übergeben habe.

»Warum ist das so schwer?«, höre ich mich fragen. »Wenn ich nicht einmal einen Wettbewerb gewinnen kann, ohne mich zwei Tage später gleichgültig über meinen Sieg zu fühlen – wie soll ich bitte herausfinden, was ich mit meinem Leben anfangen will?«

»Du hast gerade einen Rekord aufgestellt, wieso solltest du das bereuen?«

»Was, wenn ich zehn Jahre lang an etwas arbeite und dann im Nachhinein feststelle, dass es mir eigentlich nichts gebracht hat? Werde ich einfach alles bereuen, was ich mache? Ist es mir einfach immer egal?« Meine Gedanken überschlagen sich. Ich kann sie nicht mehr aufhalten. In letzter Zeit komme ich mir vor, als hätte ich die letzte Stufe einer Treppe übersehen. Ich stolpere voran und hänge in dieser Millisekunde des Falls fest. »Wie soll ich wissen, was ich studieren und wo ich später einmal hinziehen will, während ich hier festsitze und nicht einmal mein Handy benutzen darf, ohne, dass es mir vielleicht von der Pausenaufsicht abgenommen wird?«

Ich habe keine Formel für »Für immer«. Ich habe nicht einmal einen Plan für Jetzt. Meine Gedanken kreisen zurück zu Macey, die mir erklärt, was für ein Privileg Schule für sie ist, und es macht mich noch wütender, dass ich es einfach nicht schaffe, das Beste daraus zu ziehen.

Dani verschränkt die Arme vor der Brust, der Blick in ihren blauen Augen noch kälter als sonst. »Vince, warum erzählst du mir das alles?«

»Keine Ahnung, ich habe einfach laut gedacht …«

»In ein paar Wochen ist die Alumnirede, hast du überhaupt angefangen daran zu schreiben?«, fährt sie fort. »Heute Abend ist das zweite Alumnitreffen und ich muss ihnen Ergebnisse liefern.«

Unsere Gesichter spiegeln sich in den Goldplaketten und sehen verzerrt aus. »Ich wusste nicht, dass ich die Rede noch halten darf, wenn ich nicht mehr Schulsprecher bin.«

»Dir hat doch niemand abgesagt«, entgegnet Dani kühl. »Auf die Schnelle wird sich niemand anderes mehr finden und die Alumni sind immer noch von deiner Geschichte überzeugt.«

Meine Geschichte. Klar, wie konnte ich das nur vergessen. Vielleicht ist es egal, wie viele Abzeichen ich bekomme oder verliere. Ich bleibe immer noch ein illegales Fragezeichen und das ist spannend genug für die Papiergesichter.

»Ich arbeite daran, okay?«, verspreche ich. »Es wird eine tolle Rede, ich werde die besten Zitate einbauen, die ich finden kann, und keine schlechten Memes. Ich schwöre, dass ich es noch draufhabe.«

Ich strahle sie an, was anscheinend ausreicht, damit Dani ihre Bedenken neu bewertet. »Gut, aber es ist besser, wenn du nichts von den Sachen erwähnst, die du gerade gesagt hast. Ich bin mir nicht sicher, ob die Alumni es wertschätzen würden, von dieser persönlichen Krise zu hören, die du gerade durchläufst.«

»Ich habe keine Krise, ich will nur … warum ist es so falsch, über diese Dinge zu reden?«

»Ich verstehe nur nicht, warum du es jetzt auf einmal machen willst.« Dani pustet sich eine dunkle Haarsträhne aus dem Gesicht. Sie fällt sofort auf ihren richtigen Platz, so wie alles bei Dani seinen Platz hat. »Manchmal denke ich, du verheimlichst Leuten etwas.«

Ich muss lachen. Was zählt eigentlich noch als Geheimnis, wenn wir beide nie miteinander über Dinge sprechen, die außerhalb der Schule passieren? Dani geht einen Schritt zurück von den Plaketten. Sie sieht traurig aus, es ist ein ungewöhnlicher Anblick.

»Ich vermisse deine laute Stimme, Vince. Der neue Headboy ist nicht halb so gut, wie du es warst.«

***

Als ich noch in Glenfield Park lebte, machten Macey und ich oft an ihrem Küchentisch zusammen Hausaufgaben, während ihre Mum durch die Küche schritt und irgendwelche Texte las. Angela Davis. Groschenromane. Irgendein Zeitungsartikel vom Vortag. Bei Mrs Adenuga konnte man sich nie sicher sein. Sie klopfte mit ihrem Stift gegen ihr Buch und trug manchmal willkürlich Zeilen vor.

»Ah, hört ihr, wie der Absatz in seinen letzten Silben springt? Das sind Sätze, die man laut lesen muss!«, rief sie aus. Neben mir sah Macey von ihren Blättern auf und runzelte die Stirn. Es war einer der wenigen Tage, an denen auch andere mit uns lernten, Alister und Femi zum Beispiel. Mrs Adenuga hatte es sich zur persönlichen Mission gemacht, dass jedes Kind in diesem Viertel seine Hausaufgaben machte, egal wie klein ihre Küche war.

»Ich mag, wie das Ende des Verses nach dem Anfang klingt«, warf Femi ein. »Es fühlt sich an wie ein Kreis.«

»Ja, genau! Genau das!«, rief sie aus. »Merkst du die Halbreime am Ende des Absatzes?«

Maceys Stirnrunzeln wurde nur tiefer. Sie wandte sich wieder ihren Hausaufgaben zu, aber drückte beim Schreiben stärker mit dem Stift auf. Immer wenn Femi mit uns saß, war sie schnippischer als sonst. Ihr Cousin war ein absolutes Superhirn. Er war ein Jahr älter als Macey, hatte eine Klassenstufe übersprungen und besuchte in seiner Freizeit irgendwelche

Sonderkurse für Hochbegabte. Unnötig zu erwähnen, dass er der absolute Stolz dieser Familie und halb Glenfield Parks war.

»Bin fertig!«, rief Femi aus und klappte sein Lehrbuch zu. »Willst du mit Playstation spielen, Kierat?«

»Lass ihn doch seine Hausaufgaben beenden«, erwiderte Mrs Adenuga. »Wobei eine Pause nicht schlecht klingt. Was meint ihr?«

»Ich mach das noch fertig«, brummte Macey. Sie löste immer noch die ganzen Matheaufgaben im Kopf, wo ich bereits vor einer halben Stunde aufgegeben und nach einem Taschenrechner gefragt hatte.

Femi sah mich auffordernd an. Ich hatte nichts gegen ihn und verstand nicht, wieso Macey so eifersüchtig auf ihn war. Seit er von allen als Wunderkind gepriesen wurde, zog es ihn von einem Test zum nächsten.

Wieso wollte sie unbedingt dagegen ankommen? Reichte ihr nicht aus, was wir alles für die Schule lernen mussten?

»Ich glaube, ich bleib hier sitzen«, hörte ich mich sagen und sah zu, wie Macey die nächste Seite in ihrem Block aufschlug.

Die Dunkelheit kam, wie es der Regen tat. Plötzlich, ohne Vorwarnung und so vertraut, dass sich der Prinz fast fragte, ob sie jemals fort gewesen war.

VINCE

Am Wochenende nach dem Sportwettbewerb finde ich eine E-Mail in meinem Postfach. Sie ist an meinen privaten Account gerichtet, nicht an die Headboy-E-Mailadresse, die ich weggeben musste. Der Autor weiß also von meinem Abgang.

Ich leite sie in unseren Gruppenchat weiter, ohne die Kapitel vorher durchzulesen. Vor mir geht die bergige Landschaft in schmale, alte Reihenhäuser über, hunderte dicht übereinander gestapelte Variationen von Braun. Es erinnert an ein Suchspiel, »Finde den Fehler«, nur dass diese Häuser alle auf ihre Weise fehlerhaft aussehen. Es erinnert mich an Glenfield Park.

Jaggis Zettel zerknittert in meiner Faust. Es ist die richtige Adresse, das habe ich schon zehn Mal nachgeprüft. Auf dem Klingelschild steht in Großbuchstaben der Name *Singh*.

Meine Finger bleiben vor der Taste hängen, aber sie drücken nicht zu. Die Tür geht von selbst auf.

»Da bist du ja endlich!« Jaggi grinst und ich kann mich gerade noch halten, bevor ich in einem dramatischen Abgang fast vor seine Füße fliege. »Ich hab mich schon gewundert, wie lange du noch die Haustür anstarren willst.«

Kaum, dass ich in den Flur trete, kommt mir der Hund entgegen. Er scheint schon älter zu sein, aber seine großen Augen blicken mich neugierig an.

»Das ist Dougal«, erklärt Jaggi. »Ich stell dir mal den anderen alten Herrn des Hauses vor.«

Er leitet mich durch den Flur zum Hinterhof. Das Haus von Jaggis Großvater ist ein einfacher Bungalow, überfüllt mit Familienfotos und alten Andenken. Der Fernseher spielt einen ausländischen Sender, den ich nicht kenne. Das Merkwürdigste sind jedoch die vielen Pflanzen. Fast hätte ich angenommen, dass sie aus Plastik sind, denn sie stehen überall und sind im besten Zustand.

»Babaji ist entweder in seinem Wintergarten oder räumt gerade das Gartenhäuschen auf«, sagt Jaggi kopfschüttelnd. »Der Mann verbringt selbst im Winter die meiste Zeit draußen, dabei gibt es hier nichts zu sehen.«

Das ist eine Untertreibung. Selbst im Winter ist Mr Singhs Garten unglaublich gut gehalten. Auch wenn die meisten Beete leer scheinen, hat er Töpfe mit Winterblumen aufgestellt. Ein schmaler Kiesweg bahnt sich durch die Reihen an Gemüsebeeten und führt hoch zu einem gläsernen Gartenhaus, wo ein kleines Licht brennt. Der Garten ist nicht pompös, sondern das ehrliche Abbild von harter Arbeit, und irgendwie gefällt mir das. Die Pflanzen dürfen hier so wachsen, wie sie wollen, und werden nicht millimetergenau zurechtgeschnitten wie an unserer Schule.

»Vielen Dank, dass du das machst, das rechne ich dir hoch an«, fährt Jaggi unterdessen fort. »Ich würde ja selbst gerne mit Dougal Gassi gehen, aber in letzter Zeit ist so viel los im Laden und Babaji ist auch nicht mehr der Fitteste auf den Beinen. Wir können heute mal zusammen die Strecke ablaufen, am Ende der Straße geht es hoch Richtung Meer, *pani de lagge* …«

Ich bekomme nicht mehr mit, wie Jaggi die Strecke beschreibt, da ich plötzlich einen alten Mann im Glashaus erspähe. Er trägt einen hellen Turban und einen langen weißen Bart, der bis zu seiner Brust reicht und sich von seiner braunen Haut abhebt. Er hat einen Kübel Sukkulenten in der Hand und durchbohrt mich mit seinen ruhigen Augen.

»*Sat sri akaal, Babaji*«, sagt Jaggi und faltet die Hände zusammen. »*Eh ya munda.* Das ist der Junge, von dem ich dir erzählt habe. *Private school nu janda.*«

»Kierat«, ergänze ich und rolle mein »R« bewusst richtig.

Babaji sagt nichts. Seine fragenden Blicke mustern mich von oben bis unten. Am liebsten will ich seinen Garten loben, aber Babajis Englisch ist vermutlich genauso brüchig wie mein Punjabi.

Ich zeige auf einen der Pflanzenkübel und hebe den Daumen, doch an Babajis mürrischem Gesichtsausdruck verändert sich nichts. Er dreht sich zurück zu seiner Werkbank, wo indische Musik aus einem alten Radio ertönt, und Dougal folgt ihm aufgeregt mit wedelndem Schwanz.

»Was ist das?«, flüstere ich Jaggi zu, der wiederum das Gesicht verzieht.

»*Leh*, sag mir nicht du kennst nicht eines der berühmtesten Boliyan, die je existiert haben.«

Ich hebe die Augenbrauen und jetzt schleicht sich doch der Ansatz eines Lächelns auf Babajis Lippen. Jaggi seufzt und streckt seine offene Hand aus. »Reich mir mal dein Handy. Ich mach dir eine Playlist.«

»Was?«

»Du verpasst eindeutig einige der besten Trommeln überhaupt. Wie kannst du ein Leben ohne Dhols führen? Bhangra, Boliyan, Punjabi Folk, ich pack dir alles rein.«

Ich blicke zu seinem Babaji, der mir aufmunternd zunickt. Anscheinend versteht er auch ohne Worte, worum es gerade geht. Jaggi scrollt durch die Podcasts, die ich in meiner Bibliothek eingespeichert habe, und runzelt die Stirn. »Hörst du sonst etwa nur diese Motivationscoachs? Wie alt bist du noch mal?«

Während er an meiner Playlist herumbastelt, drückt mir Babaji einen leeren Pflanzenkübel in die Hand, und Dougal schnuppert an meinen Beinen. Ich sehe mich weiter im Glashaus um. Neben der Werkbank gibt es einen Tisch, auf dem das Radio und einige Bilderrahmen stehen. In einem der Fotos tragen drei junge Männer Kilts und Turbane, die farblich aufeinander abgestimmt sind.

Und für einen kurzen Moment frage ich mich, ob es weniger darum geht, eine neue Welt zu finden, als meine bestehende zu verstehen.

***

»Sieh mal einer an, du bist ein richtiges Naturtalent«, lobt Jaggi, als ich mit Dougal an der Leine seine übliche Strecke ablaufe. Zugegeben, Gassi gehen ist um einiges angenehmer, als ich es mir zunächst ausgemalt habe. Ich kenne diese Straßen Hillburns und Dougal ist ein braver, unkomplizierter Hund, der mir so manchen Anfängerfehler verzeiht.

»Vielleicht kannst du bald Dougal am Strand laufen lassen und Babaji mitnehmen«, fährt Jaggi fort. »Es würde ihm mal gut tun von seinem Garten loszukommen.«

»Im Sommer muss es richtig beeindruckend sein.«

Jaggi sieht mich von der Seite an und grinst. »Wenn dir der Garten gefällt, kannst du gerne aushelfen. Ich will schon seit Wochen die Gartenlaube ausmisten und bin nicht dazu gekommen. Und im Frühjahr gibt es hier immer alle Hände voll zu tun, weil sich Babaji gerne bei seinen Gemüsesorten überschätzt, die er anbauen will.«

Wir überqueren die Straße Richtung Meer und Dougal trottet fröhlich voran.

»Seit meine Bibiji verstorben ist, ist er noch mehr versessen als zuvor auf diesen Garten. Bevor er nach Großbritannien kam, hat er auf einer Farm gelebt, weißt du? Das fließt ihm immer noch durchs Blut«, erklärt Jaggi. »Kein Wunder, dass er so auf seine Pflanzen fixiert ist. Der Mann hat die meisten seiner Jahre hier als Gastarbeiter in Fabriken verbracht und erledigte die Jobs, die die Einheimischen nicht wollten, für weniger Geld und weitaus mehr Rassismus.«

Jaggi hält inne und fährt sich über seinen Bart. »Es ist schräg, der ersten Generation anzugehören, die es sich erlauben darf, auszuatmen. Babaji hat als Kind die Teilung der britischen Kolonie erlebt. Er ist meilenweit zu Fuß gelaufen, weil das Land seiner Familie unter das muslimische Pakistan fiel und sie als Sikhs nach Indien mussten. Genau aus diesem Indien ist Jahre später die Familie meiner Mutter nach den Anti-Sikh-Pogromen 1984 geflohen. Und ich ... ich bin hier. Ich darf stehen bleiben. Ich darf Wurzeln schlagen, auch wenn sich die Erde ab und an wehrt. Ich lese von diesen Geschehnissen in Geschichtsbüchern.«

Wir haben den Strand erreicht und Dougal bellt aufgeregt die Wellen an. Einzig ein paar Lichtreflexe unterscheiden das Meer vom grauen Himmel. Jaggis Miene ist ruhig und auf den Hund fokussiert.

Ich grabe meine Hände tiefer in meine Hosentaschen. »Ich weiß nicht so viel über meine eigene Familiengeschichte. Ich erinnere mich daran, dass mein Vater Bauer gewesen ist ... wahrscheinlich ist er es immer noch.«

»Was, dein Vater lebt noch in Indien? Aus welchem Dorf kommt er denn?«

Ich atme tief ein und zucke mit den Schultern. Es ist nur eine der drei Fragen, die das Bermuda-Dreieck meiner Existenz ausmachen. Wo ist mein Vater? Vermutlich in einem Dorf, das ich nicht mehr nennen kann. Wo ist meine Mutter? Nicht an den Cliffs. Warum bin ich hier? Keine Ahnung.

Ich denke an die E-Mails von heute Morgen zurück. In letzter Zeit ist es immer schwieriger geworden, einen Bezug zu Ma zu finden. Ich kann mich mit dem Prinzen identifizieren, aber ich bin nicht er. Seine Suche nach der Sonnenkönigin ist spannend, aber sie hilft mir nicht weiter bei meiner eigenen.

»Aye, das ist mies«, fasst Jaggi zusammen.

»Man gewöhnt sich dran.«

»Das macht es aber nicht weniger beschissen.«

Ich lache kurz auf. Jaggi fluchen zu hören, ist unerwartet. Das Rauschen des Meeres empfängt uns als bekannter Willkommensgruß. Fast mein gesamtes Leben habe ich mit diesem Klang verbracht, sodass er mir in Kopf und Knochen übergeht. Er ist Zuhause. Ich weiß nicht, auf welcher Sprache ich träume, aber ich weiß, dass es in meinen Träumen rauscht.

»Hast du am dreizehnten Dezember Zeit?«, fragt Jaggi. »Dieses Jahr wollen wir Babajis Geburtstag groß feiern und die ganze Familie kommt vorbei. Wenn du willst, kannst du gerne am Morgen mit Dougal Gassi gehen und danach für Parathae und Sabji bleiben.«

Ich zögere. Am gleichen Abend ist zwar die Alumnigala, aber meine Rede ist erst für neunzehn Uhr angesetzt. Bestimmt kann ich vorher für ein, zwei Stunden bei den Singhs bleiben und dann hoch zur Schule laufen.

Jaggi streicht Dougal über sein zotteliges Fell. »Also ich will mich ja nicht selbst loben, aber meine Aloo Ghobi ist fast so gut wie die einer indischen Auntie. Der Trick ist es, die Kartoffeln im Ofen zu garen.«

»Du verurteilst mich für meine Podcasts, aber schwärmst von deinen eigenen Rezepten wie eine Oma.«

Er lacht. »Hey, meine Bibiji war gnadenlos. Sie hat mit einer *juti* nach dir geworfen, wenn du vergessen hast, die Wäsche herunterzunehmen.«

»Was ist eine *juti*?«

»Du bist so eine Kokosnuss, *yaar*.«

***

Wir beschließen, dass ich täglich nach der Schule komme, um mit Dougal am Strand spazieren zu gehen, und an den Wochenenden im Garten mithelfe. Wenn alles gut läuft, darf ich sogar meine Joggingrouten mit Dougal ablaufen. Jaggi bietet mir Bezahlung an, aber letztendlich kommen wir zu dem Entschluss, dass er mir stattdessen Lebensmittel aus seinem Laden mitbringt. Gekochter Reis und Smoothies an sieben Tagen die Woche gelten offenbar nicht als ausreichende Mahlzeiten.

Es ist das erste Mal seit Langem, dass ich zurück nach Hause laufe und mir nicht das Grinsen verkneifen kann.

Ich suche mein Handy heraus und will einen von Jaggis Songs anschalten, als mir plötzlich die Nachrichten in meinem Chat auffallen.

(15:21) **Rin4theWin**
Leute, die neuen Kapitel machen mir Angst.

(15:22) **Charleonardo**
es ist durchaus graphisch am ende

(15:22) **Rin4theWin**
WAS BEDEUTET DAS??? IST ER TOT???

Und dann eine private Nachricht von Macey.

(15:25) **Mace**
Vince, sag uns Bescheid, falls du die Kapitel liest.
Aber du kannst sie auch überspringen, falls das besser ist. Ich will nicht vorgreifen, aber der Autor hat ziemlich detailliert beschrieben, wie der Prinz von den Klippen springt.
Und es klingt, als wäre er ertrunken.

Du stirbst. Genau hier. Vor den Cliffs, an einer Krankheit,
die niemand sieht. Es zieht dir die Lunge heraus.
Du stirbst und niemand wird es sehen.

MACEY

»Macey? Hey Macey, bist du wach?«

Ich blinzle und erkenne Charlie, der amüsiert zu mir heruntерblickt. Ich bin mit dem Kopf auf seinem Arm eingeschlafen, während wir im Lesesaal gelernt haben.

»Oh, entschuldige, ich wollte nicht ...«

»Ist schon gut. Rin benutzt mich ständig als Kissen, ich bin es mittlerweile gewohnt.« Er dreht seine Thermoskanne auf. »Tee vielleicht?«

»Nein, danke.« Meine Worte gehen in ein Gähnen über. Gestern sind Femi und ich nach Cambridge gefahren für meine Interviews und obwohl ich denke, dass sie gut liefen, blieb nicht viel Zeit zum Reflektieren übrig. Die Abschlussprüfungen stehen bevor, die Bibliothek ist bereits voll mit Leuten, die sich auf ihre letzten Klassenarbeiten vorbereiten, und selbst die Tische im Gemeinschaftsraum des Internats werden von Lerngruppen besetzt.

Ganz zu schweigen von dem Mathewettbewerb, der nach den Weihnachtsferien ansteht. Wenn ich wirklich in Cambridge angenommen werde, werde ich dieses Stipendium um jeden Preis brauchen. Mums Behandlungen sind schon teuer genug, ich kann Dad nicht auch noch mit meinen Studienkosten belasten.

»Sonst alles in Ordnung?«, fragt Charlie und sieht von seinem Skizzenbuch hoch. Er hat die meisten seiner Kunstwerke für das im Januar fällige Portfolio fertiggestellt – alle bis auf das Hauptwerk. Wäre ich an seiner Stelle, würde ich noch mehr Haare verlieren, als ich es durch die Prüfungsphase ohnehin schon tue. »Wie fandest du Cambridge?«

»Sehr eintönig in der Farbauswahl«, erwidere ich und Charlie lacht.

Ich beuge mich über meine Übungsaufgaben und versuche mich auf meine Lernübersichten zu konzentrieren, aber es ist hoffnungslos. Mein Kopf fühlt sich so voll an, dass ich meine Gedanken nicht mehr strukturiert bekomme.

Erst jetzt fällt mir auf, woran Charlie arbeitet. Es ist eine Buntstiftskizze; die wenigen Farben weben sich ineinander und drücken durch das dünne Papier. Auf den ersten Blick sehen die Striche nur chaotisch und willkürlich aus, aber auf den zweiten …

»Ist das die Arena, in der der Prinz zum ersten Mal von seinen magischen Kräften erfährt?«, frage ich. Charlies Ohren färben sich rot.

»Und das sind die Kasernen, das Schiff und die Stadt …«

Etliche detaillierte Skizzen drängen sich dicht aneinander. Die ganze Geschichte ist auf dem Blatt festgehalten. Der Palast der Königsfamilie. Das Viertel, in dem Maki lebt. Es gibt einige grobe Skizzen des Prinzen, in blauem Gewand und goldener Krone, seine schwarze Seele sprüht wie Wolken aus seiner Brust. Die Zeichnungen sehen nicht aus wie Vince, sie sind nicht er. Die Gesichtszüge sind kantiger, die Augen dunkel und wild, wo Vinces normalerweise einen verspielten Ausdruck haben. Es gleicht einem Paralleluniversum. Wie Vincent hoch zehn.

»Das ist unglaublich und gleichzeitig beunruhigend«, entfährt es mir und Charlie schnaubt.

»Vielen Dank, so hat meine Physiklehrerin auch reagiert, nachdem sie mich beim Zeichnen erwischt hat.«

»Ist das ... wird das dein Hauptwerk?« All die winzigen Kunstwerke fügen sich zu einer androgynen Figur zusammen, von der ich annehme, dass sie den Autor darstellen soll. Zusammengesetzt aus den Bruchstücken unserer Suche und der Geschichte.

»Ich weiß nicht, ob ich das darf. Die Idee basiert auf der Geschichte einer fremden Person.«

»Und diese Geschichte basiert auf deinem Kunstwerk und meinen und Vinces Kindheitserlebnissen«, entgegne ich. »Meine Erlaubnis es zu nutzen hättest du. Das ist Geben und Nehmen.«

Charlie presst seine Lippen zusammen.

»Du hast dir extrem viel Mühe mit diesem Portfolio gegeben, Charlie.« Ich greife nach seinem Arm und sein verkrampfter Ausdruck entspannt sich ein wenig.

»Ich liebe es, aber es ist eine Menge Arbeit«, murmelt er. »Ich wünschte wirklich, Leute sähen Kunst als mehr als nur naturgegebenes Talent an. Dieses Bild allein wird vermutlich den größten Teil meiner Weihnachtsferien in Anspruch nehmen. Und dann zu behaupten, dass ich am Ende des Tages nur ein Naturtalent bin ... das widerspricht einfach der Menge an Übung, die ich mir über die Jahre antrainiert habe, um diesen Punkt zu erreichen.«

Er streicht das Papier glatt und rauft sich die Haare.

Ich denke an Femi und wie er immer als Wunderkind abgestempelt wurde, nur weil er ein Jahr in der Schule übersprungen hat. Früher ließ er sich so einfach für jedes Schulfach begeistern, aber mittlerweile ist er lustlos geworden. Bin ich zu hart zu ihm? Andererseits musste Femi nie für die Schule lernen. Er müsste sich nicht einmal groß anstrengen und ist selbst dafür zu faul.

Charlie hat sich wieder seinem Handy zugewandt und fängt plötzlich an zu lachen.

»Was ist?«

»Dein Chaot und meine Chaotin haben gerade etwas sehr Unüberlegtes vor.«

»Vince ist nicht mein Chaot.«

Charlie hebt unbeeindruckt die Augenbraue, bis ich letztlich stöhnend mein Buch zur Seite lege. »Man kann die beiden echt nicht allein lassen, oder?«

***

»Ihr habt einen Hund gestohlen?«

Wir stehen am Meer, unweit vom Stadtkern Hillburns. Der Strand ist leer und das Wasser ruhiger als sonst. Eine graue Wolkenschicht stülpt sich über den Dezemberhimmel wie eine kratzige Decke, einzelne Sonnenstrahlen bohren sich durch den schweren Stoff der Wolken und zerfallen, bevor sie ihren Weg zur Erde finden.

Rin steht in der Nähe des Wassers, während Vince einen großen Hund streichelt. Es ist schwer zu sagen, wer von den dreien das größte Grinsen aufgesetzt hat.

»Er heißt Dougal«, erklärt Vince stolz. »Und er gehört uns leider nicht, sondern einem Ladenbesitzer von der Hauptstraße. Wir haben aber beschlossen uns nach der Schulzeit einen eigenen Welpen anzuschaffen.«

Rin nickt. »Wir nennen ihn dann Jumper und er würde in einer funky WG in Glasgow mit uns leben, während Vince zur Uni geht und ich in einem Café arbeite. Man könnte bestimmt eine Sitcom draus machen.«

»Wir mussten fast eine halbe Stunde diesen verdammten Berg runterlaufen, bis wir euch gefunden haben«, murrt Charlie und lässt sich auf einen Felsbrocken fallen. »Das ist mehr Sport, als ich für dieses Jahr vorgesehen habe!«

»Wie bist du eigentlich noch am Leben?«, fragt Vince verstört. Er wirft uns eine Packung Maltesers zu und wir ducken uns beide weg. Charlie fängt sie durch Zufall in seinem Pullover auf. Vince und Rin teilen wissende Blicke miteinander.

»Gibt es einen Grund, warum wir hier sind? Ich muss dringend noch für den Mathewettbewerb lernen«, frage ich und zeige zur Schule. Von hier unten lässt sich das gesamte Gelände erkennen, das Fußballfeld, das Internat und der alte Turm des viktorianischen Hauptgebäudes. Zur Antwort packt mich Rin am Arm und dreht mich zum Meer. Sie zeigt auf die Schatten, die sich zwischen Wasser und Nebel abheben.

»Siehst du das? Das sind die Cliffs. Von hier unten kannst du ihren höchsten Punkt sehen. Nachdem der Prinz im letzten Kapitel fast ertrunken ist, wurde er durch seine Magie gerettet und ist an einem Strand gelandet.«

Vince nickt. »Wir nehmen an, dass es dieser Strand ist. Es scheint nicht abwegig, dass sich der Autor an einem echten Ort orientiert hat, wenn man bedenkt, wie oft er die Klippen erwähnt.« Seine Augen folgen Dougals Bewegungen über den Sand. Sie werden glasig. Obwohl der Autor in letzter Sekunde beschlossen hat, den Prinzen vor dem Ertrinken zu bewahren, möchte ich mir nicht ausmalen, wie es sich angefühlt hat, solche Beschreibungen über die Cliffs zu lesen.

»Ich bin mir sicher, Ma war hier«, flüstert Vince. »An diesem Strand. Sie ist vermutlich von den Cliffs hierhergelaufen und dann weitergezogen.«

»Hat sie jemals diesen Ort erwähnt?«

»Nein, aber du weißt ja, wie Ma ist. Manchmal kommt es mir vor, als würden wir in zwei verschiedenen Sprachen denken.« Er zuckt mit den Schultern, versucht sich ein Lächeln aufzuzwingen. »Vielleicht tun wir das auch.«

»Vince, du hättest das Kapitel wirklich nicht lesen müssen«, kommt es jetzt von Rin, die sich wieder vom Meer zu uns gedreht hat.

»Mir geht's gut, Leute, ich verspreche es euch. Es ist gut, dass dieses Kapitel existiert, das ist ein Hinweis!« Sein Lachen erreicht noch immer nicht seine Augen. »Der Autor gibt uns vermutlich eine Route vor, um Ma zu finden. Der Prinz sucht doch auch nach der Sonnenkönigin, die Parallele ist offensichtlich.«

»Aber warum kann er uns nicht einfach sagen, wo sie ist?«, kommt es von Rin. »Und warum hat er nicht von Anfang an die Polizei informiert?«

»Das können wir Ma fragen, wenn wir sie gefunden haben. Ich bin mir sicher, dass alles einen Grund hat.«

»Hast du mal darüber nachgedacht, dass die Geschichte auch von jemand ganz anderem stammen könnte?«, werfe ich vorsichtig ein. Rin und Charlie werfen mir ängstliche Blicke zu, aber an Vinces leeren Augen ändert sich nichts.

Ja, hat er.

»Was ist mit Danielle?« Meine Schuhe bohren sich unsicher in den Sand. »Bestimmt kennt sie deine private E-Mail-Adresse. Zumindest scheint sie dich ein wenig besser zu kennen als deine Fußballkumpels.«

Vince zögert. »Sie hat ... sie hat neulich gefragt, ob ich etwas vor ihr verberge. Das war nach dem Rennen. Und am nächsten Tag hatte ich die neuen Kapitel im Postfach.« Er schüttelt vehement den Kopf. »Aber nein, das ist Unsinn. Dani weiß nur, wo ich wohne, weil wir es in Teilnahmelisten eintragen. Wir reden nicht über Privatkram.« Er beugt sich hinunter, um den vorbeikommenden Dougal zu kraueln. Ich merke, dass seine Hände zittern. »Und wieso sollte Dani so was schreiben? Sie hat keinerlei Verbindung zu Ma.«

»Vielleicht braucht es die Verbindung nicht.«

»Natürlich braucht es die, sonst wären wir doch nicht hier.« Vince streckt die Arme aus und dreht sie über den Strand. »Diese Kapitel sind ein Hinweis.«

Ich will wieder zum Reden ansetzen, noch mehr Gründe liefern, noch mehr Alternativen, Textanalysen, Beispielpassagen, aber Charlie zieht mich mit einem kurzen Schulterdruck zurück.

»Genug Fakten für heute, Macey«, flüstert er.

Vince beschließt noch etwas weiter mit Dougal über den Strand zu laufen. Ich setze mich neben Charlie auf den Felsen. Er hat angefangen, das Meer in sein Skizzenbuch zu zeichnen – die Bewegungen der Wellen sehen auf dem Papier um einiges eleganter aus, als sie es in der Realität sind. Das Wasser ist schrecklich unstrukturiert, es kümmert sich herzlich wenig darum, dass es zu schnell ist, um es mit den Augen oder gar dem Stift nachzuverfolgen. Charlies braune Haare wehen von seiner Stirn weg und mir fällt auf, dass dies das erste Mal ist, dass ich sein ganzes Gesicht sehen kann. Charlies Züge sind weicher, als es sein schweres Haar sonst erahnen lässt, die Augen grauer und größer und tief gesunken. Sommersprossen hängen an seiner Haut wie Sandkörner, vom Ansatz seines Haars hinunter bis zu seinem Kinn.

Für einen kurzen Augenblick frage ich mich, ob es falsch ist, ihn so unverhohlen anzusehen. Aber Charlie scheint es nichts auszumachen und es fühlt sich auch nicht merkwürdig an. Es ist ein bisschen wie das Meer zu beobachten. Ich schaue zu Rin, die aus dem Wasser stampft, Strümpfe und Stiefel völlig durchnässt und durchstochen von Sand, Lippen überzogen mit Unsinn. Und es fühlt sich auch nicht merkwürdig an, sie einfach nur anzusehen.

»Es regnet«, murmelt Charlie und klappt hastig sein Skizzenbuch zu. Kaum streckt er die Hand gegen den Himmel aus, werden die Tropfen schneller. Rin grinst ihn breit an. Mittlerweile weiß ich, dass dieses Grinsen nichts Gutes bedeuten kann.

Bevor Charlie Zeit zum Reagieren findet, hat Rin ihm sein Skizzenbuch abgenommen und rennt quer über den Strand.

»RIN! GIB DAS ZURÜCK, DU …«

Der Rest seiner Worte geht in Rins Schreien und dem klatschenden Regen unter. Charlie hastet ihr unbeholfen hinterher.

»MACEY, MACEY, FANG SIE VON LINKS AB!«

Charlie hält sich die Seiten, während er läuft, während Rin immer mehr an Vorsprung gewinnt. Etwas weiter entfernt pfeift Vince Dougal zu sich, auf seinem Gesicht endlich ein aufrichtiges Lächeln, und rennt auf die beiden zu. Rin kreischt. Der Regen prasselt weiter, ich ziehe meine Kapuze über, damit sich die Tropfen nicht in meinen Locken verfangen. Und das Meer tanzt und tanzt und meine Wangen glühen und Rin lacht lauter als der Regen und ich vergesse, dass die Schule noch ein paar Wochen dauern wird, und denke nur an Ferien.

Der Prinz kam keuchend am Ufer an. Er hatte überlebt. Auch wenn ihm »Leben« als das falsche Wort erschien.

VINCE

Rins Trans-Pride-Button ist abgefallen, weshalb wir beide zehn weitere Minuten im Regen verbringen, um ihn zu suchen.

»Es ist schon in Ordnung, ich glaube nicht, dass wir ihn jetzt noch finden werden«, seufzt Rin. »Ich will nicht, dass du dich erkältest.«

»Dafür braucht es mehr als ein wenig Nieselregen.«

Rin blickt zum Ende des Strands zurück, wo Charlie und Macey sich unter einem Baum untergestellt haben und versuchen Dougal zu beschäftigen, während wir nach dem Pin suchen. Charlie weicht kaum noch von Dougals Seite, was mich noch mehr an einen alten grimmigen Mann erinnert, als es seine anfängliche Skepsis getan hat. Er hat sogar Macey sein Skizzenbuch gegeben, die nun aufgeregt durch die Seiten blättert und über die Zeichnungen spricht. Ich hätte nicht gedacht, dass Macey so interessiert an Kunst sein kann.

Rin lächelt, dreht sich dann wieder zum Wasser und stöhnt. »Es hat keinen Zweck. Ich werde mir einfach neue Buttons machen müssen.«

»Dafür steht die Buttonmaschine in deinem Zimmer, oder?« Sie ist mir bereits das erste Mal aufgefallen, als wir uns bei Rin getroffen haben. Ich habe so viel Zeit damit verbracht, ihre Anstecker zu kritisieren, dass mir nie in den Sinn gekommen ist, dass Rin sie alle selbst erstellt.

»Aye!« Die Gischt erreicht mittlerweile unsere Waden und Rin seufzt. »Es ist trotzdem echt traurig. Das ist der erste Button, den ich je selbst gemacht habe. Charlie musste mir helfen, weil ich die Bedienungsanleitung noch nicht verstanden habe.«

»Seit wann kennt ihr euch denn?«

»Wir waren Zimmergenossen im Internat, bevor ich in den Mädchenflügel gewechselt habe«, erklärt sie. »Charlie tut gerne so, als würde er nichts weiter Großartiges machen als Zeichnen und trockene Sprüche abgeben. Dabei hat er mich so darin unterstützt, dass ich mein eigenes Zimmer im Mädchenflügel bekomme, obwohl wir eigentlich echt gern zusammengewohnt haben und er Veränderungen hasst.«

Ich erinnere mich vage daran, dass die Schulkonferenz eine große Diskussion darüber geführt hat, in welchem Zimmer Rin untergebracht werden sollte, als wäre es absolut nicht nachvollziehbar, dass es trans Mädchen in einer Kleinstadt wie Hillburn geben kann. Ich weiß nicht mehr, wie ich gewählt habe. Vermutlich bin ich einfach Mr Penningtons Stimmgabe gefolgt.

Die Schuldgefühle drücken tief gegen meinen Magen.

»Rin, es tut mir leid, dass ich damals deine Anstecker so hinterfragt habe. Ich habe nie verstanden, warum du immer aktiv versuchst, die Regeln zu brechen«, gestehe ich. »Dabei bin ich einfach nicht annähernd mutig genug, um so was selbst durchzuziehen.«

Sie zuckt mit den Schultern. »Wozu sich an Regeln halten, wenn sie von Anfang an so gestaltet sind, dass ich rausfalle?« Rin wirft einen Stein in die Gischt. »Meine Eltern sind echt unterstützend und haben sich auch gegenüber der Schulleitung bei allem eingesetzt, aber … es ist auf Dauer einfach ermüdend und ich habe keine Lust mehr, mich immer rechtfertigen zu müssen.«

»Das sind eigentlich Sachen, für die ich als Schulsprecher hätte einstehen sollen.« Stattdessen habe ich es nur schlimmer gemacht.

»Hättest du«, entgegnet Rin und es tut gut, dass sie es nicht leugnet. »Aber mir geht es nicht darum, aktiv Regeln zu brechen. Ich will nicht mutig sein müssen, um existieren zu dürfen, sondern einfach nur mein Ding machen. Manchmal sind es Buttons und manchmal ein Bananenkostüm.«

Ihre Lippen weichen zurück zu ihrem typischen Rin-Grinsen. Strahlend weiße Zähne, die nichts ernst nehmen können, wenn sie es nicht müssen.

»Rin, ich sage das jetzt nicht halbherzig, du bist die coolste Person, die ich kenne.«

»Ich weiß.« Sie zwinkert mir zu und beugt sich zum Wasser hinunter. »Ist das meine Flagge neben dir?«

»Nur eine deformierte Miesmuschel.«

»Hey ihr beiden, wie lange wollt ihr noch im Regen stehen?«, ruft Macey uns zu. »Ich habe immer noch meine Hausaufgaben vor mir!«

»Wir sind gleich wieder da, du Nerd!« Der Wind fährt durch Rins Haare und verstreut sie vor ihrem Gesicht, aber sie schiebt die Strähnen nicht mehr weg. Stattdessen starrt sie die Cliffs an, Hände in die Taschen ihrer dicken Winterjacke gepackt, und ihre Gesichtszüge verhärten sich.

»Man kann wohl nicht alles wiederfinden«, seufzt sie.

Ich folge ihrem Blick. Es ist einfacher die Cliffs anzusehen, wenn Charlie, Macey und Rin da sind.

»Rein theoretisch, wenn ich eine Idee für einen Button hätte – würdest du ihn für mich machen?«

Es war ein Lied, das er noch aus seinem ersten Leben kannte. Der bekannte Rhythmus einer Dùndún tönte ihm entgegnen, die weichen Buchstaben einer Sprache, an der er seine Stimme verloren hatte.

MACEY

»Verdammt, der Wasserregler spinnt schon wieder«, flucht Joseph und weicht ruckartig von der Spüle ab. »Wieso funktioniert in diesem Haus nie etwas so, wie es soll?«

»Wird das Wasser wieder nicht warm?«, frage ich. Joseph presst die Lippen zusammen. Er klatscht die nassen Gummihandschuhe in einer dramatischen Bewegung auf die Küchentheke und fährt sich über das Kinn. Sein Blick wandert zwischen der kaputten Herdplatte und dem flackernden Flurlicht hin und her.

Ich frage mich, ob die Mädchen aus dem Viertel Joseph noch annähernd so attraktiv finden würden, wenn sie ihn beim Geschirrwaschen sehen könnten. Seine große Statur ist tief über die kleinen Löffelchen im Spülbecken gebeugt, sein Durag sitzt nicht richtig und er meckert über jeden Essensrest.

»Ich schau mal nach dem Boiler«, murmelt er. »Aber prüf das Bad ab, vielleicht hat Lucas oben irgendwas an den Reglern verschoben.«

Lucas schläft seit ein paar Stunden, aber den Kommentar schlucke ich runter. Hoffentlich hat der alte Boiler nicht den Geist aufgegeben. Die Kosten für einen neuen würden exponentiell das Budget dieses Hauses sprengen.

Ich laufe die Treppen hoch und hoffe auf einen Laut aus dem Badezimmer. »Hallo? Lucas, bist du hier drin?«

Nichts. Nicht einmal Schritte, die über die Fliesen trotten. Meine Hand klammert sich an die Klinke und drückt sie hinunter. Die Tür ist offen.

»Lucas, falls du gerade hier drin bist, das ist deine letzte Möglichkeit mich vorzuwarnen«, rufe ich, bevor ich in das Bad linse. Ich höre den Wasserhahn laufen, und Unruhe breitet sich in meiner Magengrube aus.

Dann sehe ich Femi.

Er sitzt auf der Kante der Badewanne und putzt sich geistesabwesend die Zähne, seine freie Hand scrollt durch sein Handy. Das Merkwürdigste sind jedoch sein Hemd und seine Locs, die völlig durchnässt an ihm kleben.

»Femi, was zum Himmel …« Meine Panik bleibt in meiner Kehle stecken. Ich lasse die Tür los und würde am liebsten das Handy aus seiner Hand schlagen.

»Macey?«, fragt er und zieht den Kopf hoch. Seine Worte sind kaum zu verstehen unter dem Zahncremeschaum. Er wischt sich die nassen Locs von der Stirn, seine Augen scheinen leerer als sonst. Wieso ist er hier und nicht auf Arbeit? Er hat doch heute die Nachtschicht.

»Was machst du hier oben?«, rufe ich aus. »Und wehe, du sagst jetzt Zähneputzen.«

Er fängt an zu husten, lehnt sich an das Waschbecken und spuckt die Zahnpasta aus. Seine Schwarze Haut lugt unter seinem mittlerweile fast durchsichtigen Hemd hervor.

»Müde«, entgegnet Femi. »Ich brauchte Wasser.«

Während er sich an das Waschbecken lehnt, die nackten Füße über die kalten Fliesen gestreckt, Arme um den nassen Oberkörper geschlungen, als würde er sich selbst in den Schlaf wiegen, sieht er jünger aus als ich. Die anderthalb Jahre Unterschied gehen unter zwischen Wasser und bibbernden Lippen.

»Wann hast du das letzte Mal geschlafen?«, frage ich.

Femi reibt sich über die Augenlider. »Ich … ich kann mich nicht erinnern.«

»Macey!«, ertönt Josephs Stimme aus der Küche. »Macey, kannst du den Regler des Boilers bitte umschalten!«

»Ich bin gleich dabei«, rufe ich zurück. Meine Augen haften immer noch an Femi. Wenigstens dreht er jetzt den Wasserhahn zu.

Weiß er nicht, wie viel Wasser er gerade verschwendet hat? Oder dass es jetzt viel zu spät ist, um es noch pünktlich zu seiner Schicht zu schaffen? Bekommt er noch irgendetwas mit, was außerhalb seines Netflixaccounts liegt?

»Wenn du so weiter schreist, wird Lucas noch wach«, meint er und legt seine Zahnbürste weg. »Wow, sind das salzige Tränen in meinem Mund oder schlechte Zahnpasta, ich kann es dir nicht sagen.«

Er fängt an zu lachen. Ich lache nicht mit. »Himmel, Femi, wenn du müde bist, solltest du schlafen, statt das Badezimmer zu fluten.«

Aber er lacht nur weiter über mich oder sich selbst oder Gott und die Welt. Er lacht wie jemand, dem bewusst ist, dass der Witz nicht mehr lustig ist, sich aber trotzdem nicht halten kann. Ich höre ihn weiter kichern, nachdem ich die Tür zuschlage.

Eine Sache, eine verdammte Sache hat Femi zu erledigen und das ist, seinen Job im Supermarkt zu behalten. Warum kann er sich nicht für zwei Sekunden wie mein älterer Cousin verhalten, warum hängt alles immer an mir? Was ist in dem halben Jahr, das Femi in Edinburgh studiert hat, passiert, dass er mit allem aufgibt?

Joseph steht mittlerweile in der kleinen Abstellkammer und versucht den Boiler richtig einzustellen. Bei einer Maschine, die vermutlich älter als er selbst ist, kann das nicht zu viel Erfolg führen.

»Es war Femi«, erkläre ich. »Er hat den Wasserhahn einfach laufen lassen.«

»Im Ernst?«, ruft Joseph aus und knallt mit dem Kopf fast gegen den Türrahmen der Abstellkammer. »Ich dachte, er wäre auf Arbeit?«

Ich schlucke meine Wut herunter und zucke nur mit den Schultern. Joseph hakt nicht weiter nach, weil es Femi ist. Femi, dessen Zeitgefühl sich darauf beschränkt, um drei Uhr nachts seine Konsole leiser zu schalten. Femi, der Tänze aus dem Internet lernt, nur um anschließend Leute damit zu nerven, viel zu schnell spricht und gerne Seifenopern schaut. Femi, das Wunderkind. Niemand wird je irgendetwas bei ihm hinterfragen.

Das Geschirr bleibt ungewaschen stehen. Ich gehe in mein Zimmer hoch und lasse mich sofort vor meinen Schreibtisch fallen, um nicht das Chaos im Raum sehen zu müssen. Alister hat wieder einen Flyer dagelassen (mit den Worten: »Yo Macey, das wird richtig lit, du musst unbedingt kommen, Mann«), doch aktuell benutze ich ihn nur als Unterlage, um meine Bleistifte zu spitzen. Ich weiß nicht, ob Alister überhaupt noch zur Schule geht oder den ganzen Tag nur Flyer verteilt, denn sie sind mittlerweile überall in Glenfield Park zu finden.

Ich will nicht mehr an Femi denken. Ich habe genug eigene Dinge zu erledigen – den Geschichtsaufsatz für nächste Woche zum Beispiel. Aber egal wie oft ich mir meine Aufzeichnungen durchlese, ich komme nicht über den zweiten Absatz hinaus und meine Augen tränen. Dabei ist das nur eine Hausaufgabe für meinen Schulabschluss, Tausende von Leuten haben das bereits vor mir geschafft. Nur einundzwanzig Prozent aller Bewerbungen für Cambridge werden angenommen, ich habe keine Zeit, jetzt in Selbstmitleid zu versinken. Ich muss arbeiten.

Aber ich will lieber mit jemandem reden.

(22:21) **Macey Adenuga**
Hast du die neuen Kapitel schon gelesen?

Die Antwort folgt kaum eine Minute später.

(22:22) **Vincent Summers**
Bin gerade dabei. Kierat hat soeben das Lager der Gegner gefunden und versucht die schwarze Magie über eines der vier Elixiere zu heilen.

(22:22) **Macey Adenuga**
du spoilerst

(22:23) **Vincent Summers**
Ich dachte, du magst Spoiler?
Hast du die Kapitel noch nicht gelesen?

(22:23) **Macey Adenuga**
Meine Augen sind im Moment physisch nicht einmal mehr in der Lage, offen zu bleiben.

(22:23) **Vincent Summers**
Du meinst wohl *im Augenblick* haha
Aber im Ernst, du solltest schlafen gehen,
das klingt nicht gesund

(22:23) **Macey Adenuga**
Was ist mit dir? Willst du morgen früh nicht joggen?

Er antwortet nicht mehr und ich gehe davon aus, dass er zu Bett gegangen ist, als plötzlich mein Handy klingelt. Vincents Name blinkt mir entgegen. Ich schaue zu meinem kleinen Bruder, der in seinem Bett schläft, und gehe ran, bevor ich es mir anders überlegen kann.

»Vince, warum zum Himmel rufst du mich an?«, zische ich.

»Du hast gesagt, dass du nicht mehr lesen kannst«, entgegnet er.

»Und das ist deine Lösung?«

»Warum nicht? Du weißt doch, wie meine Stimme klingt.«

Aber nicht in meinem Zimmer. Es ist merkwürdig, seine jetzige Stimme zu hören, während ich nur aus dem Fenster blicken muss, um die leer stehende Wohnung zu sehen, in der er früher gelebt hat. Ich stelle mir vor, wie Vince sich gerade in seinen Schreibtischstuhl lehnt und einen Kugelschreiber klickt, als führe er ein wichtiges Businessgespräch. Ich rolle mit den Augen, obwohl er das nicht sehen kann. »Anrufe haben was von den Neunzigern.«

»Sagt das Mädchen mit den Kassetten«, kontert er. »Aber es bist ja nur du, Mace. Nicht so, als würde ich einen Arzt anrufen, das wäre gruselig.«

»Jedes Telefonat mit Erwachsenen ist gruselig.«

»Stimmt auch wieder.« Sein Stuhl quietscht im Hintergrund. »Hast du die Kapitel schon gelesen? Prinz Kierat verhält sich gerade wie ein Trottel und ich brauche deine objektive Meinung, ob das eine realistische Darstellung von mir ist.«

»Ich muss das Kapitel nicht einmal lesen, um zu wissen, dass es stimmt«, erwidere ich und sehe vor meinem inneren Auge, wie Vince am anderen Ende sein Gesicht verzieht.

»Dafür, dass der Prinz auf mir basiert, hätte er eigentlich schon in den ersten fünf Kapiteln sterben müssen.«

»Wenigstens ist er genauso quirlig und laut wie du. Maki ist die Gelassenheit in Person«, entgegne ich. »Sie spießt ihre Gegner auf, ohne mit der Wimper zu zucken, und hält anschließend ellenlange Monologe.«

»Wir sollten dem Autor eine Liste an Verbesserungsvorschlägen unterbreiten. Ich muss hier irgendwo noch ein Flipchartpapier haben …«

Es raschelt im Hintergrund. Ich sinke tiefer in meinen Sitz und ziehe die Beine an. Wieso wundert es mich nicht mehr, dass Vincent Summers mit siebzehn Jahren ein Flipchartpapier in seinem Zimmer liegen hat?

»Wenn du dem Autor ein Flipchart schreibst, werde ich ihm einen Podcast über mein Leben machen«, sage ich, während Vince weitersucht. »Und die ersten fünf Minuten sind nur Femi, der laut ins Mikrofon schreit, während ich auf unseren Boiler einschlage.«

»Das will ich sehen«, gibt er lachend zurück. »Ich bin mir sicher, der Autor wird diese Inspirationsquelle sehr wertschätzen.«

Wir reden über unsere bisherigen Lieblingsszenen und verlieren uns schließlich in einer Debatte, ob *Die Legende von Korra* eigentlich gut ist (eine Sendung, die Vince und ich unabhängig voneinander verfolgt haben, weil wir als Kinder die Originalserie um Avatar Aang geliebt haben) und ob By the Moon nächstes Jahr noch ein neues Album veröffentlicht. Irgendwann spekuliert Vince darüber, warum der Autor nur seine Lieblingspassagen markiert hat und ob es eine versteckte Botschaft gibt, die wir übersehen haben.

»Mace?«

»Hm?«

»Du solltest dringend ins Bett, Mann. Es hört sich an, als würdest du gleich vom Stuhl fallen.«

Er klingt belustigt, aber ein besorgter Unterton schwingt in seinen Worten mit. [Zwischenergebnis: Ich falle wirklich fast vom Stuhl, aber das muss Vince nicht wissen. Auch nicht, wie sich mein Magen dreht, wenn er lacht.]

»Ich habe noch zu tun.« Ich werfe einen Blick auf meinen angefangenen Aufsatz. »Vielleicht muss ich die Nacht durchmachen.«

»Definitiv nicht. Ich werde jetzt auflegen und so lange deinen Status überprüfen, bis du offline bist«, sagt Vince.

»Und was, wenn ich einfach online bleibe?«

»Dann ruf ich dich an und schreie, dass du ins Bett sollst.«

»Das klingt nicht nach der hilfreichsten Einschlafmethode«, entgegne ich. »Und selbst wenn ich offline bin, könnte ich theoretisch noch wach sein. Mein Internetkonsum sagt nichts über meinen Schlafrhythmus aus.«

Er lacht. Noch ein Herzlooping. »Du musst echt aufhören, meine guten Absichten immer mit deiner Logik zu ruinieren.«

»Wieso sollte ich? Ich bin schließlich diejenige, die über unsere kollektive Ernsthaftigkeit verfügt.«

Ich lasse mich von seinem Lachen anstecken. Ein leises, kontrolliertes Lachen, weil Lucas noch schläft, das es nicht ganz schafft, nach mir selbst zu klingen. Als ich zu meinen Plastiksternen hochsehe, fühlt es sich an, als würden wir wieder zusammen in meinem Zimmer liegen und übers Schafezählen reden.

Erzähl ihm von deiner Mum, erzähl ihm, dass sie krank ist.

Aber ich tue es nicht.

Ich lasse die Worte ungesagt in der Luft hängen, zwischen uns.

Die Straßen wurden schmaler. Zu schmal, um anzukommen,
zu schmal, um nach draußen zu finden,
zu schmal für alles, was sie sich versprach.

MACEY

Cambridge-Macey.

Ich weiß nicht, wer sich diesen Namen ausgedacht hat. Vielleicht war es Dad oder die Jugendlichen aus Glenfield Park, vermutlich war ich es sogar selbst.

Cambridge-Macey ist all die hochgesteckten Ziele, wie das Leben aussehen soll. Die beste Version von mir, die sich zwischen Unibroschüren und Zeugnissen findet. Cambridge-Macey schweigt, aber ihre Noten sprechen für sich.

Vincent ist anders. Wo ich keine Worte finde und Mum sich neue ausdenkt, hat Vince immer die richtigen parat. Mum füllt Räume mit ihrer Stimme, aber Vince passt sich dem Raum an. Er flechtet Wortfetzen zusammen und webt sie ineinander, bis seine Persönlichkeit aus den Wünschen der anderen besteht.

Es macht mir Angst, wie leicht er sich darin verlieren kann, und es macht mich eifersüchtig, mit welcher Leichtigkeit er sich anpasst. Wie viele realisieren wohl erst am nächsten Morgen, dass der Junge, mit dem sie sich den ganzen Abend über unterhalten haben, nichts zu sich selbst gesagt hat?

Als Vincent neu in Glenfield Park war und gerade mal Bruchstücke von Englisch verstand, sah er noch anders aus. Mit den Jahren wurde seine Haut heller, aber nicht auf eine Weise, die sich durch die fehlende schottische Sonne erklären ließ. Sein Haar war kurz und glatt, millimetergenau geschnitten wie das eines Soldaten. Seine Ohren wirkten ledern und brüchig, seine braune Haut sah grau aus, als hätte man ihm die Farben ausgesaugt, die er sowieso nicht sehen konnte.

In der Nacht, als ich mein Versprechen an Kierat brach, erzählte ich meinen Eltern alles. Jede Kleinigkeit, die an diesem Jungen nicht stimmte, deckte ich auf. Wie viel Zeit er in der Schule verbrachte, obwohl seine Noten so schlecht waren, wie er im Sommer manchmal stundenlang auf dem Spielplatz kauerte. Wie seine Ma tagelang nicht zu Hause war und ich ihm meine Froot Loops gab, weil er sonst nichts zum Frühstück bekam. Da waren Brandwunden hinter seinen Ohren. Zu groß, als dass sie aus Zufall entstanden sein konnten, sie bluteten …

Bis Mum und Dad sich letztlich einigten, den Anruf an die Sozialdienste zu tätigen, waren Kierat und seine Ma schon lange weg. Wenn ich klingelte, ging niemand an die Gegensprechanlage. Manchmal sah ich noch Schatten in der Wohnung vorbeiziehen, aber Kierat kam nicht mehr ans Fenster. Ich kann nicht bestimmen, wann genau er verschwand. In der Schule fragte mich unsere Klassenlehrerin, wo Vincent war, und ich wusste keine Antwort. Einzig seine wütende Stimme pochte durch meine Ohren und ich hasste mich dafür, dass ich ihn verraten hatte.

Also gab ich die Pokémonkarten wieder am Spielplatz heraus. Ich zog nicht mehr unterschiedliche Socken an. Ich setzte mich an meine Hausaufgaben, löste jede Gleichung doppelt und dreifach und polierte meine Leistungen auf Hochglanz, bis mich meine Lehrerin für das Stipendium an der Hillburn nominierte.

Und dort war es, wo ich die neue Version von Vincent Summers fand. Die Version, die ich nicht wiedererkannte, die immer die richtigen Worte wusste, aber deren Lächeln müde geworden war.

Ich habe mir geschworen, dass ich nicht so ende.

Aber ich weiß nicht, ob mein Schweigen so viel besser ist.

Wie viel von dir besteht eigentlich
nur aus den Geschichten,
die du dir selbst gesponnen hast?

VINCE

Die Schuhe stapeln sich im Flur, als ich Babajis Haus betrete. Meine Augen wandern von meinen blankgeputzten Lackschuhen zu seinen Pantoffeln. Sie kräuseln sich vorn zu einer Spitze. *Modje*, rast es durch meinen Kopf. Ich habe keine Ahnung, woher das Wort plötzlich kommt, aber es löst ein flaues Gefühl in meiner Magengrube aus. Es passt zu dem Geruch, der durch das Haus zieht, schwer und überfordernd, alle meine Erinnerungen zusammengepresst in eine kleine, unscheinbare Doppelhaushälfte.

»*Oye kiddaa* Kierat, du hättest dich gar nicht so schick anziehen müssen!«, ruft Jaggi mit einem Blick auf meinen Kilt aus. Er hat einen Teller in der Hand, auf dem sich nur noch Krümel und Ketchupreste befinden. »Dass das eine indische Feier ist, ist dir schon klar?«

»Ich muss heute Abend noch für die Secondary eine Rede halten.«

»Ich vergesse immer, dass du auf diese schicke Privatschule gehst.« Er winkt mich in Richtung Wohnzimmer. »Gibt es einen Grund, warum deine Krawatte knallrot ist?«

»Wirklich?« Verdammt, ich bin mir so sicher gewesen, dass ich eine grüne angezogen habe.

»Aye, rot wie ein Stoppschild«, bestätigt Jaggi und legt einen Arm um meine Schultern. »Komm rein, diese reichen Leute scheinen dir echt nicht genügend zum Essen zu geben.«

Im Wohnzimmer läuft Musik, doch es ist keines der Lieder, die Jaggi auf meine Playlist gesetzt hat. Die Pflanzen sind gegen Lichterketten ausgetauscht, in jedem Zimmer brennen Kerzen. Es leuchtet warm und riecht nach Räucherstäbchen. Jeder Sitzplatz ist besetzt, aus der Küche ertönt das Scheppern von Tellern und laute, von Kichern gefüllte Worte, die ich nicht verstehe. Es gibt niemanden in meinem Alter, was mich sowohl erleichtert als auch enttäuscht. Ich weiß nicht, wie es wäre, jemanden zu treffen, der wirklich mit beiden Kulturen aufgewachsen ist. Nur ein paar jüngere Kinder springen durch das Wohnzimmer oder spielen Playstation.

»*Sat sri akaal Baaji, ki gal hai*?«, ruft man uns zu und ich ahme Jaggi nach, der die Hände hebt und dabei die Innenflächen aneinanderlegt.

Ich versuche ruhig zu bleiben und Kontrolle über meinen Herzschlag zu bewahren. Es ist alles okay. Ich kann gut mit Worten umgehen. Ich bin schon auf größeren Veranstaltungen gewesen. Das ist nichts anderes als das, was ich bereits kenne.

»Das da hinten ist mein älterer Cousin, er arbeitet als Arzt im Krankenhaus«, stellt mir Jaggi einen Mann mit spitz gebundenem Turban vor. »Seine Kinder wollen nächstes Jahr auf die Hillburn, aber da bist du schon weg, nicht wahr? Oh, und da drüben sitzt meine Massi …«

Mein Erscheinen wird mit neugierigen Blicken und überschwänglichen Begrüßungen aufgenommen. Ich halte meine zusammengefalteten Hände hoch, senke meinen Kopf leicht. Es ist schrecklich warm und ich habe Dougal und Babaji noch nicht entdeckt. Stickige, heiße Luft strömt aus der Küche durch das gesamte Haus und mein Magen dreht sich, nicht auf die gute Weise.

Es klingelt an der Tür und Jaggi verschwindet zurück in Richtung Flur. Ich lande auf dem Sofa neben einer älteren Dame, die mich mit weiten Augen mustert.

»Also du bist der Junge, der im Garten und mit Dougal aushilft?«, fragt Jaggis Cousin, Dr. Singh, von der anderen Seite des Raums. »Kierat, richtig?«

Nein. Vince. Ich heiße Vince. Ich heiße Kierat. Ich weiß es nicht genau. »Aye.«

»Und du gehst auf die Hillburn?«

»Jep. Bin jetzt im letzten Schuljahr.«

»Schon eine Ahnung, in welche Richtung es nach der Schule gehen soll?«

»Äh ... Wirtschaft oder Jura?« Die Antwort kommt sofort und schafft es trotzdem, wie eine Frage zu klingen.

Falls Dr. Singh meine Unsicherheit bemerkt, lässt er es sich nicht anmerken. Stattdessen wendet er sich an seine Söhne. »Ihr beiden könnt ihm ja mal Fragen stellen, bevor es nächstes Jahr für euch losgeht.«

Die beiden Jungs vor der Playstation drehen sich kurz zu mir um, aber sehen alles andere als begeistert aus. Sie tragen keinen Turban wie ihr Vater, aber auch sie haben ihre Haarknoten unter Stoff gewickelt. Ich ertappe mich dabei, wie ich durch meine losen Locken fahre.

Die alte Dame neben mir regt sich und fragt mich etwas auf Punjabi. Ich blicke hilfesuchend zu Dr. Singh, der ihr antwortet, doch das Wortgefecht hört nicht auf. Es geht offensichtlich um mich. Vielleicht auch um meine Mutter. Die Stimmen werden lauter und ich verstehe nichts.

»Tuhanu pata nahi, ma nu ki hogeya si?«

»Saada ki hai?«

Jaggi kommt zurück ins Wohnzimmer und lehnt sich an den Türrahmen. »Ist alles in Ordnung hier drin?«, fragt er mich, bevor er sich in Punjabi an den gesamten Raum, vor allem aber an die älteren Gäste, wendet. Vielleicht geht es um seine verstorbene Bibiji oder darum, dass ich mich um Dougal kümmere? Ich verstehe nichts. Ich verstehe absolut gar nichts.

»Itte kyun aunda hunda?«

Die Stimmen verschwimmen ineinander.

Es ist nicht so, als hätte es nie die Möglichkeit gegeben, die Kultur meiner Eltern zu verstehen. Ich bin überraschend gut in Fremdsprachen, Französisch und Spanisch sind die einzigen Fächer, in denen ich sogar besser als Macey stehe. Ich weiß, auf welcher Frequenz BBC Asian Network läuft, habe alle möglichen Wikipedia-Einträge gelesen (so viel zu unzuverlässiger Quelle), kenne die viralen Tanzvideos und indischen Memes, die mir meine Instagram-Startseite anzeigt. Jedoch ändert das nichts daran, dass sich meine Identität wie ein Fremdwort anfühlt. Punjabi-Sikh. Eine indische Minderheit aus dem Punjab, dem Land der fünf Flüsse, und auch wenn ich keinen einzigen von ihnen nennen kann, ziehen sie durch meine Venen. Mir fehlt ein Anhaltspunkt. Mein Anhaltspunkt ist an den Cliffs verschwunden.

»Also, falls irgendjemand ein Problem hat, dann geht das gegen mich, okay?«, sagt Jaggi irgendwann auf Englisch. »Sagt es mir ins Gesicht und lasst Kierat in Frieden.«

Er dreht sich jetzt zu mir, doch ich laufe bereits in Richtung Küche. Ich kann nicht länger auf dieser Couch sitzen und nichts tun, meine Beine fühlen sich zittrig an. Verdammt, reiß dich zusammen, Mann. Ich habe sonst keine Probleme mit Lärm, ich kann auf Bühnen stehen und Reden halten, ich habe mehr Schulpreise als alle anderen an der Hillburn. Doch die Bhangramusik ist zu laut und der Rhythmus rast durch meinen Kopf, während die Worte kaum hinterherkommen.

Ich komme in der Küche an, doch beim Anblick der sich unterhaltenden Menschen steigert sich mein Blutdruck. In den Töpfen und Pfannen knistern Butter und Zwiebeln, Messer ziehen gleichmäßig über Schneidebretter und Pakorae stapeln sich in knittriger Küchenrolle. Ein Teller mit Gulab Jamun strahlt mir entgegen und ich stocke.

Ich muss ins Bad.

Ich muss atmen.

Obwohl sich die Stimmen mit jeder Treppenstufe legen, ändert es nichts an meinem rasenden Puls – die Brandnarben an meinen Ohren pochen. Ich höre meine Ma, wie sie mich ihr Mondkind nennt, und dann höre ich wieder das Lachen der Gäste unten, bis ich in meinen Erinnerungen ertrinke.

Ich dachte immer, Angst würde sich verschwommen anfühlen. Schwer. Unsicher.

Aber meine Angst ist scharf.

Und sie schwebt wie eine Guillotine über meinem Kopf.

***

Die Kacheln des Badezimmers waren kalt und durchstachen meine nackten Füße. Das Wasser lief im Waschbecken. Ma konnte die Creme nicht finden und zerschoss auf ihrer Suche das halbe Bad.

»Du hast die Haut deines Vaters«, murmelte sie und kramte weiter in ihrer Kosmetiktasche herum.

Mein Spiegelbild sagt mir etwas anderes. Es erinnert mich nur an sie. Ich sehe Ma in meinen schmalen Gesichtszügen, in dem Kinn, das etwas verbogen ist, den breiten Lippen, die sie so sehr hasst. Den Augenringen. Den abstehenden Ohren. Manchmal in der braunen Haut.

Ich sehe meine Mutter im Spiegel, obwohl sie mich verlassen hat.

Ich fasse mir an die Narben an den Hinterseiten meiner Ohrmuscheln. Fahre die Spuren nach, als würde es sich um Krater und Flüsse handeln. Für einen kurzen Augenblick bin ich wieder der Vince aus der Gegenwart, der im Badezimmer dieses fremden Hauses steht, aber dann bin ich wieder da, im Bad einer kleinen Einzimmerwohnung in Glenfield Park. Meine Locken sind noch nicht komplett ausrasiert. Ich bin zehn Jahre alt. Ich habe Angst.

»Es wird nicht wehtun, wenn du aufhörst, so herumzuzappeln«, flüsterte Ma.

Helle Haut. Glattes Haar. Kürzer. Weniger. Immer weniger. Neumondkind.

Ich klammere mich an das Waschbecken, um meine Arme vom Zittern abzubringen. Als ich in den Spiegel sehe, blickt mir nur der Prinz entgegen, mit zerfallener Krone, die Haut zerfressen von seiner schwarzen Magie. Ich kann nicht mehr ausmachen, ob das Wasser auf meiner Stirn vom Wasserhahn stammt oder Schweiß ist.

Ich hatte aufgehört, nachzufragen, warum sie das alles tat. Es waren überflüssige Fragen, deren Antwort ich längst kannte: »Weil ich das gesagt habe.«

Ihre Hände griffen nach meinen Haaren, pressten sie in die Klammern des Glätteisens und zogen jede einzelne Strähne nach, obwohl nach dem letzten Haarschnitt sowieso nichts mehr übrig war, immer näher zu meinen Ohren hinunter, bis ich die Hitze auf meiner Haut spürte. Ma, die mir entgegenschrie, dass es nicht wehtun würde, wenn ich mich nicht wehren würde.

Aber es tat weh.

Es tut immer noch so verdammt weh.

So etwas schimpft sich heutzutage der Prinz? Ein Junge mit einer Angst so schwarz und schwer, dass er sich nicht einmal selbst vor seiner Seele retten kann?

VINCE

Wenn man eine Panikattacke hat, soll man die Augen schließen und sich vier Dinge herauspicken, die man gerade hört.

Komischerweise hat mir das nicht Ms Buchanan erklärt, sondern ein verblasster Sticker auf der Schultoilette.

Nur funktioniert das Ganze nicht bei mir.

Ich höre nur mein viel zu schnelles Herzklopfen.

Ich stehe am Waschbecken des Badezimmers und schnappe nach Luft, die Überreste meiner Panikattacke klammern sich mit aller Kraft gegen die Keramik. Meine Airpods sind noch in meiner Jackentasche im Flur, sodass ich nicht einmal einen Podcast einschalten kann.

Das Badezimmer hat einen Ausblick auf Babajis Garten. Ich fixiere mich auf das Glashaus und die Winterblumen, die der Dezemberkälte trotzen, denke an den Prinzen, der es zum Ufer geschafft hat, nachdem er fast ertrunken wäre. Das Fenster des Badezimmers liegt über einem Anbau. Der Abstand zum Dach ist ähnlich tief, wie es der zwischen unserer Einzimmerwohnung und der Garage der Adenugas einst gewesen ist.

Ich beschließe, etwas sehr Leichtsinniges zu wagen.

Meine Beine sind um einiges länger als sie noch vor fünf Jahren waren, sodass es mehr Aufwand braucht, um aus dem kleinen Badezimmerfenster zu steigen. Dafür finde ich schneller die Dachziegel unter meinen Füßen. Ich hangle mich hinunter in den Garten. Jemand könnte mich leicht dabei erwischen, wie ich den Anbau hinunterklettere, das ganze Haus ist voll mit Menschen, es regnet und ist rutschig, ich trage einen verdammten Kilt mit einer knallroten Warnflaggen-Krawatte, Vince, atme, atme, verdammt …

Ich höre Bellen. Dougal liegt im Gartenhaus, während Babaji an der Werkbank steht. Er blickt zu mir hoch.

»Kierat?« Babaji lässt seine Gartenhandschuhe auf die Werkbank fallen und dreht sich zu mir. Seine Stimme ist um einiges weicher als ich sie mir vorgestellt habe und er rollt das »R« in meinem Namen problemlos. Natürlich. Nicht wie ich. Wir kommunizieren nur in Gesten, wenn ich seinen Hund abhole. Selbst, wenn er jetzt mit mir reden wollen würde, hätte ich keine Erklärung dafür, warum ich gerade aus seinem Fenster steige. Ich komme auf dem Asphalt auf, aber meine Beine können mein Körpergewicht kaum halten.

Für einen kurzen Moment wünsche ich mir, ich sähe wirklich aus wie der Prinz, mit schwarzer Magie an meinen Händen, aus der alles Dunkle einfach herausfließt. Ich will, dass man sieht, was mit mir los ist, damit es sich weniger wie eine Einbildung anfühlt.

»Kierat«, wiederholt Babaji etwas lauter und dann im vorsichtigsten Englisch, das ich je gehört habe: »Bist … du … okay?«

Und ich schüttle den Kopf.

Er zeigt auf seine Pflanzen, doch ich drehe mich weg und greife nach dem Zaun. Was für ein schräger alter Mann ist er eigentlich, dass er seinen Geburtstag nicht im Haus mit seiner Familie verbringt, sondern in seinem kahlen Garten im Winter?

Ich höre die Gäste lachen und ich hasse es und dann fühle ich mich schuldig, weil ich es hasse. Babaji sagt nichts mehr. Selbst nicht, als ich auf die andere Seite springe und wegrenne.

***

»Versuchst du immer noch der Sonne hinterherzurennen?«, fragte Dadaji lachend. Wir saßen auf der Dachterrasse unseres Hauses in Indien, umringt von goldgestrichenen Feldern und aufwirbelnden Staubbildern. Mein Vater war gerade dabei, seinen Turban zu binden. Er hielt den Zipfel des Stoffs zwischen den Zähnen fest, während er die Falten übereinanderlegte, glättete mit der Hand die Oberfläche nach jeder Runde. Er schaffte es immer, die Schichten symmetrisch zu legen, bis nichts mehr überstand.

»Eines Tages werde ich sie fangen«, sagte ich und Dadaji schüttelte den Kopf. Ich mochte dieses Wort, Dadaji. Es war mein erstes Wort, vielleicht ging es mir deshalb so einfach über die Lippen.

Ich versuche sein Gesicht auszumachen, aber seine Kanten verschwimmen in meinen Erinnerungen. Ich sehe Ausschnitte von Jaggi und Babaji, selbst von dem Prinzen, aber meinen Vater sehe ich nicht. Es ist, als würde ich sein Gesicht von unter Wasser erblicken. Selbst seine Stimme geht in einem Rauschen unter.

»Kierat, nicht zu nah an den Rand des Dachs, acha?«

Ich hörte nicht ganz zu, schritt auf die Erhöhung, welche die Terrasse eingrenzte, und blickte nach unten.

Doch das Einzige, was ich sehe, sind die stürmischen Wellen an den Cliffs.

Es gab keinen Grund, so nervös zu sein. Nervosität war das falsche Gefühl, nach all den Jahren. Da war etwas Tiefes, eine große, klaffende Leere, die der Prinz noch aus seiner Kindheit kannte, mühselig festgenäht und weggepackt in den tiefsten Ecken seiner Brust.

VINCE

»Du bist spät dran«, zischt Dani, kaum dass ich die Schulkapelle betrete. Ich schaffe es gerade noch zu überprüfen, dass sich mein Handy in der Westentasche befindet und die Karteikarten im Jackett. Der Rauch von Parathae und Masale hängt noch an meinem Kilt, nicht einmal der Regen hat es geschafft ihn wegzuwaschen.

»Warum ist deine Krawatte rot? Und was ist mit deinem Kilt passiert?«

»Ich habe mich bei der Farbe vertan und ich war vorher bei einer Geburtstagsfeier.«

»Und deswegen bist du durch den Regen hierher gerannt?«

»Es hat nur ein bisschen genieselt.«

»Vince, bleib mal stehen, was wird das?« Dani stellt sich mir in den Weg. In ihrem Bleistiftrock sieht sie aus wie eine Parlamentsabgeordnete. »Ich dachte, du würdest diese Rede ernst nehmen.«

»Tue ich doch«, murmle ich und streiche zum Beweis die Falten meines Jacketts glatt. »Mach dir keine Sorgen. Ich werde diese Leute schon vor der Schlaftablette Pennington retten.«

Ich atme tief ein. Goldene Kerzenleuchter spiegeln sich in dem frisch polierten Parkett. Meine Augen wandern zu den Fenstern, vor denen sich schnittige deutsche Sportwagen und fette SUVs aneinanderreihen, die niemand hier so richtig braucht, aber trotzdem alle besitzen.

»Unsere nächsten Begrüßungsworte werden von einem jetzigen Schüler der Hillburn Secondary präsentiert«, verkündet Mr Pennington. »Ladies und Gentlemen, es ist mir eine Ehre, unseren ehemaligen Schulsprecher Vincent Summers auf der Bühne begrüßen zu dürfen.«

Ich schreite auf die Bühne und ein höfliches Klatschen geht durch den Saal. Hochrangige Abgeordnete und alteingesessene Lords, Unternehmer, Menschen, deren Posten höher ranken als die Fassaden, verteilen sich über die alte Schulkapelle.

Das Gemurmel des Publikums verebbt und ich atme tief ein. Ich lasse mir die Zeit, meine Karteikarten zu sortieren, und überbrücke das Ganze mit einem schiefen Lächeln. Auf der Bühne gibt es nur Vincent zu 110 Prozent.

»Sehr geehrte Damen und Herren, ich freue mich, Sie im Namen der Schülerschaft in unserer Institution begrüßen zu dürfen. Ein besonders herzliches Willkommen geht dabei an den Herren in der zweiten Reihe rechts, der auf meinem Stammplatz sitzt. Ab nächstem Jahr werden wir uns darum streiten.«

Der Mann nickt und mehrere Gäste schmunzeln. Wir befinden uns auf dem richtigen Kurs. Ich nehme einen Schluck aus meinem Glas und stütze mich weiter auf dem Pult ab. »Eines der Dinge, die Sie wahrscheinlich in Ihrer Zeit in Hillburn geschätzt haben, war die Menge an Zuwendung, welche die Schule nicht nur in Sie als Schüler, sondern auch als Individuum gesteckt hat. Von dem großen Angebot an außerschulischen Aktivitäten bis hin zur personalisierten Studienberatung: Die Hillburn sieht in uns mehr als eine Zahl im System.«

Oder einen Namen auf einer Plakette.

»Es ist daher nicht verwunderlich, dass die Schule darauf bestanden hat, dass ich mich in dieser Rede nicht nur auf meine akademischen Leistungen konzentriere, sondern auch meine persönliche Geschichte mit Ihnen teile.«

Ich kann die Vorfreude in ihren Augen ablesen und der Kloß in meinem Hals wird schwerer. *Nur zu, Summers. Fahr fort und sprich über eine Kultur, vor der du vor zehn Minuten noch weggerannt bist. Sprich von deiner Ma, die hier alle nur aus Zeitungsberichten kennen.*

Ich räuspere mich. »Ähm … meine Mutter und ich sind nach Großbritannien eingewandert, als ich sieben Jahre alt war, aus einem kleinen Dorf im Punjab in Indien.« *Soweit ich weiß, ich erinnere mich meist nur an die Felder.* »Von da an waren wir immer zu zweit und versuchten, uns ein besseres Leben in diesem neuen Land aufzubauen. Auch wenn wir wenig besaßen, sorgte meine Ma dafür, dass ich alles hatte, was ich brauchte.« *Dies beinhaltete keine Froot Loops.* »Ich bin dankbar für die Möglichkeiten, die sie mir gab, indem sie dafür sorgte, dass ich eine der besten Ausbildungen in diesem Land bekam und mich auf eine angesehene Schule schickte …«

Ich blicke auf meine Karteikarten herunter und halte inne. Rein objektiv betrachtet ist diese Rede … nichts. Sie ist absolut nichtsaussagend. Ma ist fort. Ich weiß nicht, wovon ich spreche, weil ich nur eine ausgewaschene Immigrationsgeschichte benutze, die diese Leute innerhalb ihrer Komfortzone genießen können. Meine Krawatte ist zu eng, als möchte mir mein eigener roter Faden die Kehle zuschnüren.

»Ich … ähm … ich muss zugeben, dass ich ziemlich viel aus der Zeit verdrängt habe …«

Schweiß rinnt mir den Rücken hinunter. Die Stille ist zu lang, um noch als Kunstpause durchzugehen. Aus den Augenwinkeln erkenne ich Ms Buchanan, die am Ende des Saals steht und belustigt ihre Brille abnimmt. Die Hippiedame hat mich schon wieder komplett durchschaut.

Ich atme tief ein, lasse das Rednerpult los.

Und dann ignoriere ich meine Karteikarten.

»Ich weiß, dass Sie diese sentimentalen Leidensgeschichten bereits kennen. Sie wurden schon erzählt – vermutlich Millionen Mal besser als ich es jemals könnte, in einem Film mit Dev Patel«, beginne ich. »Ich verstehe es ja. Ein sozialer Aufstieg sorgt für gutes Entertainment. Eine verschollene Mutter ist ein toller Weg, Gerüchte zu streuen und in Erinnerung zu bleiben. Ich kann es Ihnen nicht einmal übel nehmen, weil ich das Ganze bestimmt für meine Universitätsbewerbung verwendet hätte.«

Der Mann auf meinem Stammplatz lacht vorsichtig, als sei er sich nicht sicher, ob ich gerade einen Witz gerissen habe. Ich erkenne das Stirnrunzeln einiger Faltgesichter. Überraschenderweise ist Mr Pennington keiner von ihnen, also fahre ich fort.

»In den letzten paar Monaten habe ich viel Zeit damit verbracht, über meine Vergangenheit nachzudenken und meine Zukunft zu planen. Ich dachte immer, wenn ich vor Ihnen, den Alumni, stehe, könnte ich einen Blick in meine eigene Zukunft werfen. Ich gehe davon aus, dass die meisten von Ihnen mich in der Hoffnung ansehen, an Ihre eigene Schulzeit erinnert zu werden. Aber was ich in letzter Zeit nicht oft gemacht habe, ist, mich auf die Gegenwart zu konzentrieren.«

Das ist bestimmt nicht die Richtung, die sich die Alumni wünschen.

»Ich durfte die Hillburn Secondary für eine sehr lange Zeit als Schulsprecher vertreten und habe währenddessen viele interessante Schüler und Schülerinnen kennengelernt. Zum Beispiel Danielle Mackay, unser Headgirl, die wirklich ganze Arbeit in diesen Titel steckt.«

Ich zeige zu Dani in die erste Reihe hinunter und auf ihre Lippen huscht sogar der Ansatz eines Lächelns, wenn auch etwas zögernd.

»Aber erst in diesem Schuljahr gelang es mir, über die Noten und Schulbänke hinwegzusehen und wirklich interessante Menschen in der Gegenwart zu finden. Ähm … wie Sie alle wissen, hat die Hillburn Secondary ein sehr renommiertes Stipendienprogramm und ich wünschte, wir würden mehr Geld in dieses System investieren, denn die Stipendiatin und der Stipendiat, die ich persönlich kenne, gehören zu den brillantesten und engagiertesten Menschen, die ich je getroffen habe. Aber sie stehen auch unter einem viel größeren Druck, um in der Schule bleiben zu können. Sie haben Nebenjobs, müssen sich ständig beweisen und immer dafür sorgen, dass die Schule ihre Arbeit auch ernst nimmt. McLarens Gemälde hängen im ganzen Gebäude aus und was machen wir? Belächeln die Kunstprogramme und geben die Schulgelder ausschließlich für Naturwissenschaften aus. Eine Freundin von mir schafft es, selbstbewusst ihren eigenen Weg zu gehen, obwohl unsere Schulregeln für queere Menschen schrecklich veraltet sind und … ähm … vielleicht sollten wir das ändern?«

Ich klammere mich am Pult fest und versuche die Fassung zu bewahren, während mir nur glasige Augen entgegenstarren.

»Ich glaube … wenn man das Kind von Einwanderern ist oder es als erste Person in der Familie auf eine gute Schule schafft, erwarten die Leute meist, dass man alles von Anfang an richtig macht. Das Momentum aufrechthält, das einem die Eltern zur Verfügung gestellt haben, und es … wirklich weit bringt. Arzt, Ingenieur, Anwalt, was weiß ich schon. Hauptsache, man funktioniert und ist mental nicht zu abgefuckt, um leistungsfähig zu sein. Hauptsache, wir kriegen die Dev-Patel-Story ohne Trauma. Hauptsache, du bist dankbar, dass du einen Platz am Tisch bekommst, selbst wenn du nicht das Material hast, um einen Stuhl zu bauen. Hauptsache, du schreibst das letzte Kapitel in dieser Erfolgsgeschichte zu Ende, die alle von dir … die ich ehrlich gesagt mittlerweile von mir selbst erwarte. Doch die Wahrheit ist, dass ich absolut keine Ahnung habe. Nicht darüber, wo ich herkomme und über die Menschen, die vor mir kamen, und erst recht nicht über die Wege, die ich in meinem Leben noch einschlagen werde.«

Mein Hals ist rau, aber ein Lächeln schleicht sich auf meine Lippen. Ich weiß nicht, woher es kommt. Ich habe Angst. Ich fühle mich komisch. Ich grinse weiter. »Und ein kleiner Teil von mir findet das eigentlich ganz in Ordnung.«

***

Ich sprinte aus dem Saal, sobald meine Rede vorbei ist. Die einzige Person, die sich aktiv an mich gewandt hat, war Ms Buchanan. Sie hat mir stolz gegen den Arm gestoßen und meine »Aufrichtigkeit und Ehrlichkeit« gelobt. Ganz toll.

Meine Kehle fühlt sich immer noch an, als würde ich in jeder Sekunde Blut spucken, als ich einen Schatten neben meinem sehe. Dani ist mir nach draußen gefolgt.

»Herzlichen Glückwunsch«, murmelt sie. »Du hast die eine Aufgabe, die ich dir überlassen habe, vollkommen ruiniert.«

Sie zeigt auf das Schulwappen an meinem Blazer und das Flackern in ihren Augen suggeriert, dass sie nur einen schlechten Witz davon entfernt ist, mir den Hals umzudrehen.

Ich rücke meinen Kragen zurecht. »Dani, es tut mir leid. Ich hatte wirklich eine passende Rede vorbereitet, aber dann stand ich vorn und …«

»Und was? Du dachtest, du sprichst einfach mal aus deinem Herzen heraus?«, fährt sie mich an. »Ist es wirklich so schwer für dich, zwei Sekunden lang dein Gehirn anzuschalten und erstens nicht die Alumni zu verurteilen, zweitens nicht die Schulpolitik zu hinterfragen und drittens dem Publikum nicht zu verkünden, wie toll es eigentlich ist, dass du keinen Plan vom Leben hast?«

»Ich …«

»Hast du überhaupt eine Vorstellung, wie das wirkt, wenn die Hillburn sich damit rühmt, eines der kostenaufwendigsten Studienberatungsprogramme des Landes zu bieten? Du solltest erzählen, wie viel dir die Schule ermöglicht hat, weißt du wie undankbar du gerade klangst?«

»Wie war das bitte schön undankbar?«, versuche ich mich zu verteidigen. »Ich habe deine Arbeit gelobt und Werbung für das Stipendienprogramm gemacht und …«

»Der Beirat hat dir die Möglichkeit gegeben, eine Rede zu halten, und du hast dich da oben die ganze Zeit darüber lustig gemacht!«, unterbricht mich Dani. Ihre Hände verkrampfen sich am Stoff ihres Rocks. »Ich habe so viel Arbeit in diese Alumnifeier gesteckt und ich habe dir vertraut, Vince. Wie viel von dir besteht eigentlich nur aus den Geschichten, die du dir selbst gesponnen hast?«

Sie beschwert sich weiter, doch nichts davon kommt an.

Hat sie etwa …

Der Wind ist kalt und von Regentropfen besäht. Sie leuchten kurz in der Dunkelheit auf, bevor sie einem ins Gesicht schlagen können.

Wie viel von dir besteht eigentlich nur aus den Geschichten, die du dir selbst gesponnen hast?

Hat sie wirklich etwas aus den Kapiteln zitiert?

»Du hast die E-Mails geschickt?« Meine Stimme kratzt fast ab. »Aber wie geht das? Du kennst Ma doch gar nicht?«

»Deine Ma? Was ist mit deiner Ma?«

»Die E-Mails, sie führen doch zu Ma, wie hast du das gemacht, wo ist …«

Etwas an Danis Gesichtsausdruck verändert sich schlagartig. Sie geht einen Schritt zurück, öffnet den Mund, als würde sie nach einer Antwort suchen und nichts finden. »Du … du bist doch der Autor, oder?«

»Was?« Meine Hände zittern. Ist das ein schlechter Scherz? Stehen hier irgendwo versteckte Kameras, drückt man mir gleich eine Trophäe in die Hand oder werde ich im nächsten Augenblick aufstehen und realisieren, dass ich diesen Tag nur geträumt habe?

Neben mir ringt Dani nach Luft. »Oh nein. Oh Gott, das darf nicht sein.«

»Was darf nicht sein? Warum hast du diese Geschichte geschrieben?«

»Ich habe sie nicht geschrieben, Vince! Ich habe sie dir nur geschickt.« Dani zieht am Saum ihrer Bluse. »Ich dachte, du wärst der Autor! Ich dachte, ich hätte dich gefunden!«

»Aber ich bin doch nur der Prinz.« Es ist das Einzige, dessen ich mir gerade noch sicher bin.

Ich raufe mir die Haare, versuche meine Gedanken zu sortieren, doch der Regen klopft in einem ganz anderen Rhythmus als mein Kopf pocht.

»Diese Geschichte sollte mich zu meiner Mutter führen«, erkläre ich. »So war das geplant, so sollte das Ganze funktionieren. Der Prinz sucht nach der Sonnenkönigin und die Sonnenkönigin ist meine Ma.«

Dani beißt sich auf die Unterlippe. »Vince, ich glaube nicht, dass deine Ma dahintersteckt. Ich bin mir sogar ziemlich sicher, dass sie es nicht tut. Die Geschichte gab es schon vor ihrem Verschwinden ...«

Ich schüttle vehement den Kopf und versuche meine Tränen zu unterdrücken. Es hilft nicht. Ich bin Rotz und Wasser und löse mich im Regen auf. »Das kannst du nicht wissen, sie kann es immer noch im Voraus geplant haben.«

Dani sieht mich lange an und ihre verwirrte Miene wandelt sich plötzlich in etwas, das an Mitleid erinnert. »Hör zu, du hast die Geschichte auch gelesen. Du musst doch genauso gut wie ich wissen, dass deine Ma nicht dahintersteckt.«

»Wie willst du das wissen, wenn du den Autor selbst auch nicht kennst?«, schreie ich. Meine Finger greifen nach meinen Ohren. Nein, Macey darf nicht recht haben. Ma hat mich nicht einfach so verlassen. Sie kann mich nicht einfach hiergelassen haben, mit all diesen Narben und Erinnerungen, ganz ohne Erklärung oder Grund. Das funktioniert nicht. Ich kann mein letztes Stück Familie nicht einfach wortlos verlieren.

»Was ist mit dem Mikrofon?«, hake ich nach. »Der Autor muss etwas damit zu tun gehabt haben.«

»Es war eine technische Störung, Vincent. Wie der Hausmeister es gesagt hat.«

»Und mein Name? All die Hinweise in den Kapiteln? Es hat alles nichts mit ihr zu tun gehabt? Sie ist einfach wieder gegangen, so wie aus Indien und Glenfield Park?«

Dani antwortet nicht.

Der Wind zieht an meiner Krawatte, während Regentropfen gegen mein Gesicht peitschen, als hätten sie es nun endlich geschafft, mich wachzurütteln.

Ich wünschte, es würde mich überraschen, aber das tut es nicht. Irgendwo, tief in mir drin, habe ich es eigentlich die ganze Zeit gewusst.

Es gibt kein großes Rätsel.

Ma ist einfach fort.

»Du versprichst, dass du nicht gehst?«, fragte der Prinz. Die Kriegerin lächelte warm. »Nicht weiter, als du mich findest.«

MACEY

»Du bist spät dran heute, Mace!«, ertönt Mums Stimme, kaum dass ich die Tür öffne. »Wie war dein Tag?«

»Ich war noch in der Bibliothek.«

»Willst du mit uns den Film schauen?«

Femi und Mum sitzen auf dem Sofa und gucken eine kitschige Romanze, die im Fernsehen läuft. Femi hat sich einen Apple Crumble gemacht und statt wie ein normaler Mensch Eiscreme und Crumble in eine Schüssel zu tun, hat er beides in einem Eisbecher vermischt und löffelt diesen aus.

In letzter Zeit verbringt Mum viel Zeit mit Femi, geht mit ihm einkaufen und nimmt ihn zu den Arztterminen mit, zu denen ich sie normalerweise begleite. Seit unserem Streit erzählt sie mir nicht mehr von ihren Besuchen bei Dr. Singh und ich bin die letzten Wochen zu sehr mit Klausurvorbereitungen beschäftigt gewesen, um nachzufragen. Ich habe einen Punkt erreicht, an dem ich mich schuldig fühle, wenn ich nicht in der Schule bin. Mittlerweile kann ich kaum noch einschlafen, weil mir vor dem nächsten Morgen graut. (Dienstags nur Chemie und Englisch überstehen und danach ist der Tag wieder okay, Freitage sind am besten, weil wir zwei Blockstunden mit dem entspannten Mr Paul haben, Samstag ist für Cambridge-Vorbereitung reserviert …)

»Bin zu müde«, seufze ich.

»Dann hab eine gute Nacht, Liebes!«, ruft Mum, ohne ihren Blick von dem Film abzuwenden. Ich seufze und lasse mich auf die Treppenstufen fallen. Meine Schuluniform klebt an meiner Haut, auf meinem Handy sammeln sich wieder etliche Mitteilungen aus Klassenchats und meine Schnürsenkel sind so sehr mit Regen vollgesaugt, dass ich sie nicht mehr aufbekomme.

»Nichts für ungut, aber du siehst so aus, als könntest du den Zucker gerade mehr brauchen als ich.«

Ich sehe von meinen Schuhen hoch. Femi lehnt an der Wohnzimmertür und hält mir seinen Eisbecher entgegen. Die Apfelstückchen schwimmen mittlerweile in halb zerschmolzener Eiscreme.

»Weißt du, die Anzahl an Diabetikern steigt zunehmend«, entgegne ich.

»4,9 Millionen allein im Vereinigten Königreich, hab mir die Zahl noch mal angeschaut, während ich dieses Monster kreiert habe.« Er nimmt einen Löffel und kaut absichtlich laut. »Aber du lebst von schwarzem Kaffee, also seit wann hegst du schon Gesundheitsbedenken?«

Er hält mir wieder den Eisbecher entgegen. Eigentlich will ich wütend auf ihn sein, aber die Teigstückchen dampfen warm und Femis dunkle Augen leuchten verschwörerisch auf. Fast wie früher. Seufzend nehme ich ihm den Löffel ab und Femi quetscht sich neben mich auf die Treppenstufen. Nur das Licht vom Fernseher scheint durch die gläserne Wohnzimmertür zu uns und in seinen Brillengläsern spiegelt sich der Film.

Manchmal frage ich mich, ob wir nur in Gegensätzen existieren können, Femi und ich. Als ob Gott beschlossen hätte, dass wir beide nicht zur gleichen Zeit erfolgreich sein dürfen, weil wir dann nur versuchen, einander zu überbieten. Und dann frage ich mich, warum wir so sind, wenn ich für meinen Cousin zugleich den Himmel auseinanderreißen würde.

»Wem schreibst du da?«, fragt er mit einem Blick auf das blinkende Handydisplay neben mir.

»Niemandem.« Ich will nur in Ruhe meine Schuhe ausziehen, damit ich mich endlich an meine Hausaufgaben setzen kann.

Femi hebt die Augenbrauen. Er tippt mit dem Zeigefinger gegen meine Schläfe und lacht hämisch. »Du kannst sagen, was du willst, aber deine Aura verrät dich. Deine *Vibes* sind richtig *off*«, meint er. »Wie heißt der Gute überhaupt, lass mal sehen ...«

»Hey, was tust du da ... *FEMI!*« Ich ziehe mein Handy weg, aber Femi hat mich am Arm gepackt.

»Wow, ihr schickt euch Sprachnachrichten? Macey Adenuga macht freiwillig Sprachnachrichten?«

Ich versuche mich an ihm vorbeizuquetschen und mein Handy wieder in meinen Besitz zu bringen, aber Femi durchschaut meinen Plan und hält es noch weiter außerhalb meiner Reichweite.

»Ich wusste nicht, wie man sie löscht!«

»Und sie sind fünf Minuten lang? Dich muss es ja richtig weggeschossen haben.«

»Hat es nicht!«

»Warum hast du ihn nur unter K. eingespeichert? Das ist richtig mysteriö–«

»Meine Güte, es ist nur Vince!«

»Haha – warte, was?« Sein Griff lockert sich um meinen Arm. Vor Schock vergisst er, auf das Handy zu achten. Es schlittert über die Stufen, bevor es dumpf auf dem Boden aufkommt, und ich hebe es hastig auf.

Femi sieht mich nur mit weiten Augen an. »Kierat, der Junge von nebenan? Immer noch?«

Seine Stimme klingt überraschend weich. Es ist noch schlimmer als der belustigte Ton, den er vorher aufgesetzt hat.

»Was heißt hier immer noch?«, entgegne ich schroff und klopfe unbeeindruckt meinen Pullover ab. Das Display hört nicht auf zu blinken. Tatsächlich, Vince schickt mir gerade eine Memo nach der anderen. Ich fühle mich um fünf Jahre zurückversetzt, als ich vor der Einfahrt saß und auf ein Lebenszeichen meines besten Freundes hoffte, das einfach nicht mehr kam. Jetzt ist es, als würden nach einem Stromausfall alle Lichter gleichzeitig angehen.

»Wow ... Kierat. Den Namen habe ich seit Ewigkeiten nicht mehr gehört«, murmelt Femi und kratzt sich am Kopf. Auf einmal ist er ganz leise geworden. »Kann ich dir was verraten?«

Ich schnaube, setze mich aber wieder neben ihn auf die Stufe. »Will ich das?«

»Mann, da will man einmal etwas Nettes sagen.« Er tippt mit seinem Knie gegen meins. »Ich will nur ... keine Ahnung, ich war früher echt eifersüchtig auf euch zwei. Ihr beide konntet durch die Straßen ziehen, während ich in stickigen Klassenzimmern festsaß.«

»Wir haben nur Frösche hinter dem Schulgelände gesucht«, sage ich. »Du durftest mit deinem Hochbegabtenwerk durch ganz Großbritannien reisen.«

»Aber ihr wart zu zweit. Ihr hattet euer Ding, du und Kierat und ... wie hieß dieser Containerjunge noch mal?«

»Alister?«

»Ja, genau der!« Femi hebt theatralisch die Hände. »Vince-and-Mace, die skrupellosesten Dealer des Spielplatzes, die immer einen Weg fanden, den Leuten das Taschengeld abzuschwatzen! Es war zum Kotzen.«

Er lacht. Ich nehme einen Bissen aus dem Becher, aber die Eiscreme kühlt nicht die Hitze, die sich in meinem Hals auftut. Wunderkind Femi war damals eifersüchtig auf uns? Zwei Chaoten, die sich aneinanderklebten, weil sie wissen wollten, ob der Alleskleber wirklich funktionierte?

»Manchmal frage ich mich eh, ob ich jemals hochbegabt gewesen bin«, fährt Femi fort. »Vielleicht haben die Leute vom

Förderwerk einfach nur mein Gesicht gesehen und wo meine Eltern herkommen, und waren bereits begeistert, als ich das Minimum wusste. Bestimmt war der Maßstab anders, weil die Erwartungen an Kids aus Glenfield Park tiefer lagen, und in Wirklichkeit bin ich nie besonders gewesen.«

Ich verziehe das Gesicht. »Femi, das hat nichts damit zu tun, wo unsere Eltern herkommen! Du bist viel schlauer als die reichen Leute, mit denen ich gerade auf die Schule gehe.«

»Aber ist das nicht genauso anstrengend? Ich will nicht besser als alle anderen sein müssen. Ich will keine gläsernen Decken zerbrechen und ständig ›Schwarze Exzellenz‹ abgeben. Stell dir mal vor, wir könnten uns leisten, nur das Mittelmaß zu sein, um etwas zu erreichen … hey, du hast nie erwähnt, dass er jetzt Fußball spielt!«

Femi hat Vinces Profilbild geöffnet. Es ist ein verwackelter Schnappschuss vom Fußballfeld, der ihn mitten im Spiel zeigt. Er ruft seinem Teammitglied etwas zu, seine nassen Haarspitzen fallen gegen seine Stirn und seine Fußballuniform ist vollkommen verdreckt, aber er grinst. Ein bescheuertes, ansteckendes Hundert-Watt-Grinsen. Das ist der Vince mit dem Ziel vor Augen, der nicht nur der Sonne hinterherläuft. Der Vince, dessen feste Miene selbst etwas Spielerisches trägt. Klar, er ist ein wenig überheblich und hört sich gerne selbst reden, aber irgendwie …

»Wie lang sind deine Sprachnachrichten noch mal?«, hakt Femi nach.

»Wie bitte?«

Femi wackelt mit den Augenbrauen und grinst zufrieden. Ich bedanke mich bei jedem Melanin-Pigment meiner Haut dafür, dass ich gerade nicht rot anlaufe. [Zwischenergebnis: Vor Wut natürlich. Nur vor Wut.]

»Ach, Macey. Es tut mir leid, wenn es nicht zu deinem Lernmaschinen-Image passt, dass du so etwas wie Gefühle besitzt, aber niemand verurteilt dich«, gluckst er und sein Blick gleitet zu dem Neonton von Vinces Trikot hinab. »Nun, vielleicht ein wenig.«

»Das sind gewagte Worte von jemandem, der gerade einen Spongebob-Onesie trägt«, raune ich, als plötzlich die Badezimmertür aufgeht. Joseph strauchelt in einem Bademantel heraus und reibt sich mit einem Handtuch das kurze Haar.

»Verdammt, das Wasser ist schon wieder kalt!«, murrt er und rümpft bei unserem Anblick die Stirn. »Warum sitzt ihr da unten im Dunkeln?«

»Weltherrschaft und Apple Crumble«, antwortet Femi mit dem Löffel im Mund.

»Femi ist der Ansicht, dass ich, nur weil ich mit einem Jungen befreundet bin, automatisch in ihn verliebt sein muss«, schnaube ich, worauf mein ältester Cousin nur den Kopf schief legt.

»Geht es um diesen Summers-Typen?«, fragt Joseph. »Der folgt mir seit ein paar Monaten auf Instagram. Hab mich schon gefragt, wieso.«

»Ha! Sag ich doch!«, jubelt Femi und führt einen kleinen Freudentanz auf. »Außerdem hat es nichts damit zu tun, dass er ein Junge ist. Ehrlich, ich mach bei so was keinen Unterschied.«

»Du bist nur eifersüchtig, dass Macey vor dir einen Freund gefunden hat«, sagt Joseph.

»Ich find das durchaus homophob, ja.«

»Er ist nicht mein Freund!«

»Aber schon krass, Macey, nach all den Jahren noch«, brummt Joseph. Sein müder Blick schreit *Ich bin zu alt für diesen Scheiß* und ich kann es ihm nicht übel nehmen.

Vince ist zu jedem so nett. Eine Fliege könnte sich auf seinen Arm setzen und er würde sie zuerst mit »Madam« ansprechen, bevor er sie wegschlägt. Einmal hat er sich fünfzehn Minuten lang mit einer Kellnerin unterhalten, ohne zu realisieren, dass sie mit ihm flirtet. Sie hat ihm sogar ihre Nummer gegeben und er hat wirklich gedacht, sie tut es aus reinem Interesse an seiner Gremienarbeit. Seine Vorlieben liegen bei Hunderten von Projekten und Arbeitsgemeinschaften oder Motivationssprüchen aus dem Internet, nicht bei …

Nein, stopp, nicht weiterdenken, ich sollte aufstehen.

»Hey Macey, gehst du etwa schon ins Bett?«

Ich ignoriere Josephs Frage, Vinces Sprachnachrichten und Femis Freudentanz und schlurfe mit den nassen Sachen in mein Zimmer. Vermutlich sollte ich duschen. Ich habe keine Zeit zum Duschen. Morgen ist der Abgabetermin für meinen Jane-Austen-Essay. Ich lasse mein Handy auf meinen Schreibtisch fallen und hebe es für den Rest des Abends nicht mehr auf. Die gedämpften Stimmen aus dem Fernseher ertönen im Hintergrund, doch in meinem Kopf läuft nur der Abspann.

***

Es ist Samstag, 00:31 Uhr, als ich mir eingestehen muss, dass ich Vinces Sprachnachrichten absichtlich ignoriere.

Vielleicht ist es trotzig, mir so zu beweisen, dass Femi unrecht hat, aber ich bin wirklich nicht auf einen *Jungen* fixiert. Ich habe bessere Dinge zu tun, als Gänseblümchen zu pflücken und meine Notizbücher mit Herzen zu bemalen – ich habe To-do-Listen und Deadlines. Die nüchterne Wahrheit, dass ich eigentlich weg von hier will. Ich weiß nicht, wer zuerst dem anderen aus dem Weg gegangen ist, ich dem Konzept der Liebe oder die Liebe mir.

Wann wurde es egal, wie leise meine Stimme ist, weil ich immer als zu bitter gelten werde, zu wütend, zu kontrollierend, zu kalkulierend, zu übereifrig? Wann wurde ich zu viel, immer zu viel, als dass sich jemand um mich kümmern muss?

Frustriert setze ich mich in meinem Bett auf. Meine Haube, die ich nachts trage, um meine Locken zu schützen, ist mir vom

Kopf gerutscht und hängt nun zwischen Gestell und Wand fest. Auf dem anderen Bett hat Lucas sein Gesicht in ein großes Tigger-Plüschtier vergraben, sein Atem rauscht wegen der verstopften Nase. Ich drücke ihm einen Kuss auf die Wange, bevor ich aus dem Zimmer schleiche.

Die Luft im Flur ist kühler als im Rest des Hauses und ich reibe mir über die Oberschenkel, als ich die Tür öffne. Licht leuchtet aus einem anderen Zimmer und Schatten ziehen über den Teppich. Überrascht bleibe ich stehen und wende den Blick in Richtung Lichtquelle. Die Tür zum Badezimmer steht offen, Mum sitzt vor dem Spiegel und zieht mit einem Lippenstift ihren Mund nach. Sie fährt über die dunklen Flächen an ihren Wangen, wo ihre Haut mittlerweile schlaffer ist, und holt ein weiteres Puder aus ihrer Schminktasche heraus. Das warme Licht der Lampe lässt die sonst blauen Kacheln meergrün aussehen. Ich höre dem vertrauten Klirren zu, während sie ihre Tasche durchsucht, sehe ihr zu, wie sie die Falten unter ihren Augen kaschiert. Bei den fehlenden Brauen bleibt sie unschlüssig hängen.

Ich traue mich, in ihr Sichtfeld zu treten. Mum dreht sich nicht um, sondern inspiziert weiter ihre Schminkutensilien.

»Macey, wo ist deine Haarhaube?«, fragt sie und legt einen der Stifte zurück in ihre Tasche. Es ist kein ernstgemeinter Tadel, ich weiß das. Mum will nur ein Stück Normalität. Vielleicht will ich das auch, denn obwohl es so viel zu sagen gibt, stelle ich mich nur neben sie.

»Liegt auf meinem Bett.«

»Habe ich dich geweckt?«

Ich schüttle den Kopf und Mum hakt nicht weiter nach. Sie rückt auf ihrem Hocker umher, damit ich mich neben sie setzen kann. Meine Locken streifen ihre Schulterblätter. Ich habe immer gehofft, eines Tages so kräftiges Haar wie meine Mum zu haben – die Art, die so aussieht, als lägen Sonnenstrahlen um ihren Kopf. Ich habe gehofft, dass unsere Gemeinsamkeiten mit dem Alter zunehmen werden. Dass ich eines Tages ihre Poesie so wie Femi verstehe oder in einem Gewitter mehr als Regen finde. Dass ich mir weniger lächerlich dabei vorkomme, die kleinen Dinge zu romantisieren.

Mum reibt sich über die Haut, bis ihre Schminke verschmiert. Ich lege meinen Kopf auf ihrer Schulter ab und höre ihr beim Atmen zu.

Niemand hatte dem Prinzen erklärt,
wann seine Flucht enden würde, und mittlerweile war
er sich nicht sicher, ob er jemals angehalten hatte.

VINCE

»Hey Mace, du bist gerade nicht online, also weiß ich nicht, wann du diese Nachricht hören wirst, aber … falls du gerade den Hintergrund rauschen hörst, dann liegt das daran, dass ich gerade von der … vermutlich ist das auch egal. Ich habe nur … ich wollte dich nur wissen lassen, dass du recht hattest. Mit Dani und den E-Mails.«

***

Mit vierzehn hatte ich meinen ersten unerwarteten Wachstumsschub. Meine Kleidung passte mir nicht mehr und Ma musste plötzlich zu mir hochschauen, wenn sie mit mir sprach. Mit fünfzehn schleppte sie mich zum Arzt, weil ich so gut wie nie gerade stand, sondern immer mit krummem Rücken und eingezogenem Kopf.

Der Arzt tastete meine Schulterblätter ab, tippte kurz gegen meine Wirbelsäule und drückte mich mit einem Ruck gerade. Es war so überraschend, dass selbst Ma von ihrem Stuhl aufsprang.

»Na also! Das ist kein medizinisches Problem, sondern eins der inneren Einstellung«, erklärte er, was mir eigentlich schon die ganze Zeit bewusst gewesen war. Die Lösung meiner Mutter war es, mir daraufhin einen Rückenstrecker zu kaufen und mich für den Fußballkurs anzumelden.

»Ich wünschte, du wärst immer so, wie du auf der Bühne bist«, meinte Ma. So selbstbewusst. Die Figur des verantwortungsvollen Schulsprechers. Der lockere Kapitän einer siegenden Fußballmannschaft.

Es lässt sich schwer erklären, aber meine Angst kommt nicht in den großen Ereignissen selbst auf. Es sind die Momente danach, wenn ich allein in der Küche sitze und mir eine Schüssel Froot Loops mache, in denen mir auffällt, dass mein Brustkorb noch pocht. Dass ich einfach nicht zur Ruhe komme.

Nach der Alumnifeier habe ich fast zwölf Stunden lang geschlafen. Dann habe ich mich schlecht gefühlt, weil die Prüfungen vor der Tür stehen und ich eigentlich keine Zeit zum Verschlafen habe.

Aber mittlerweile ist mir das auch egal.

Ich liege auf meinem Bett und starre meine kahlen Zimmerwände an. Dani hat mir geschrieben, aber ich wische jede ihrer Nachrichten weg. Ich will ihre Entschuldigungen nicht hören. Ich will nicht wissen, was es mit der Geschichte auf sich hat. Ich will nicht aufstehen, nicht mit Dougal joggen gehen, nicht darauf achten, was ich esse und wie ich mich verhalte und was ich sage. Ich will überhaupt nichts mehr sagen.

Ich gehe meine letzten Nachrichten mit Ma durch. Das meiste sind nur Einkaufslisten, die sie mir nach der Schule geschickt hat, Erinnerungen an Zahnarzttermine, Fotos von Zeitungsartikeln über meine Auszeichnungen. Ma hat sie alle ausgeschnitten und in Ordnern gesammelt.

Den ganzen Morgen habe ich damit verbracht, unter meiner Bettdecke liegend über meine Narben zu fahren und mich zu wundern, wie gut ich sie verdrängen konnte. Meine Ohren pochen so sehr, dass mir selbst im Liegen schwindelig ist.

Es klingelt an der Tür.

Ich bleibe liegen.

Es klingelt erneut.

Widerwillig kämpfe ich mich aus dem Bett und laufe die Treppe hinunter, nur um einen knallgelben Turban hinter dem Türglas aufleuchten zu sehen.

»Morgen, Ja–«

»Du weißt schon, dass du nächstes Mal einfach die Tür benutzen kannst, oder?«

Meine Augen kämpfen noch mit dem Tageslicht, aber Jaggis Tonfall nach zu urteilen, ist er alles andere als begeistert mich zu sehen.

Ich reibe mir den Schlaf aus dem Gesicht. »Es tut mir leid, dass ich gegangen bin. Es war einfach zu viel.«

»Was war zu viel, Vince? Das Haus, die Musik, das Essen oder meine Familie? Die Tatsache, dass ich dir dabei helfen wollte, etwas von deiner Herkunft zurückzubekommen? Ist dieser Teil von dir zu viel für dich?« Er gestikuliert zu seinem Turban und ich zwinge mich zu ihm hochzusehen, obwohl mich alles nach unten zieht. Jaggi sieht enttäuscht aus. Von mir. Von meiner beschissenen, undurchdachten Aktion, einfach wegzurennen. Wie kann ich Ma etwas verübeln, wenn ich es selbst tue?

Jaggi dreht sich zu seinem Wagen um, wo eine Tüte mit Lebensmitteln im offenen Kofferraum liegt. Er seufzt. »Babaji will dich sehen. Er fühlt sich nicht gut und meine Mittagspause ist gerade noch lang genug, dich aus dem Bett zu zerren.«

»Babaji ist krank?«

»Nur erkältet, aber … du weißt schon.« Jaggi ringt um die richtigen Worte und klopft sich schließlich gegen die Brust. »Mein Großvater tut sich manchmal schwer mit Menschenmengen und seit dem Tod meiner Bibiji ist es nur schlimmer geworden. *Dil tutt geya.*«

Ich nicke, weil ich die Worte auch ohne Übersetzung verstehe. Babajis Herz schüttet sich auch in alle Richtungen aus.

***

Wenn ich mit diesem Beet fertig bin, kann ich als Nächstes meine Schuhe begraben gehen.

Es sind ausgerechnet die teuren Nikes, bei denen ich beim Laufen so sehr darauf geachtet habe, dass sich keine Falten auf dem Stoff bilden. Monatelang habe ich für die Sonderedition mit den reflektierenden Laschen gespart und mich mit Mas bissigen Kommentaren zum überteuerten Preis abgefunden. Wenn sie ihren aktuellen Zustand kennen würde, hätte ich schon längst Hausarrest. Nicht, dass es jetzt noch einen Unterschied macht.

Obwohl es Mitte Dezember ist, findet Babaji alle möglichen Aufgaben für mich in seinem Garten. Die Lichterkette in seinem Glashaus neu befestigen, Schutzmatten gegen Kälte über die Wurzelbereiche legen, Frostschäden an Kübelpflanzen behandeln ... Ich bekomme nicht mit, wie die Zeit vergeht und ich nicht mehr auf mein Handy schaue. Obwohl es sich noch um dasselbe Haus wie gestern Abend handelt, fühlt es sich heute an, als habe jemand die Kanten abgeschliffen.

»Kennen Sie die Ausfahrt Richtung Crianlarich? Die Brücke direkt über dem Motorway, wo es ständig Stau gibt?« Ich stehe in der Küche und taue gefrorene Samosas zum Abendessen auf, während Babaji durch seine indischen Kanäle zappt. »Meine Joggingstrecke geht da lang, manchmal stehe ich nur da und schau mir das Ganze an. Es ist echt beruhigend, kann es nur empfehlen.«

Er brummt nur. Wir schweigen die meiste Zeit, hängen irgendwo zwischen unseren beiden Sprachen fest, aber ich habe das Gefühl, Babaji versteht mich gerade trotzdem.

»Wenn man einmal im Stau steht, kann man nichts mehr dagegen machen. Man muss nicht darüber nachdenken, wann man die nächste Abzweigung nehmen muss oder wie viele Meilen es noch bis zum Ziel sind. Alles, was man weiß, ist, dass es vorwärts geht und alle anderen im genau gleichen Rhythmus festhängen ... Raita?«

»*Hanji*«, antwortet Babaji, als ich ihm den gewürzten Joghurt zeige.

»Und was ist mit …« Ich ziehe einen Behälter Kichererbsen aus dem Kühlschrank. *Choley.* Es ist Mas Stimme in meinem Kopf, die mich an den Begriff erinnert, und in meiner Magengrube macht sich ein flaues Gefühl breit. Ich halte die Dose an die Wohnzimmertür, aber Babaji steht nicht mehr im Raum. Der Fernseher ist auf stumm geschaltet, Räucherstäbchenschlieren ziehen zu den offenen Fenstern hoch.

»Babaji?«, rufe ich in den Flur. »*Babaji?*« Verdammt, wenigstens antworten kann er doch.

Ich finde ihn im Vorderzimmer, am Kamin stehend. An der Wand hängt ein altes Schwarz-Weiß-Porträt einer jungen Frau in einem Salwar mit Dupatta. Eine lange Linie an Schulfotos ziert den Sims, alle nach Alter sortiert, ganz vorn Dr. Singh, Jaggis Collegeabschluss in der Mitte.

»Das ist Ihre Frau, nicht wahr?«, frage ich mit Blick auf das obere Bild. »Sie sieht nett aus.«

Babaji lächelt. Er rückt ein wenig zur Seite, damit ich neben ihm stehen kann.

»Sie haben zwei Enkelinnen in New York?«, frage ich und pfeife anerkennend. »Und das hier ist Dr. Singh und … Jaggi heißt eigentlich Jagtar?«

»Jagtar Singh.«

»Mir ist nie in den Sinn gekommen, dass Jaggi nur sein Spitzname ist.«

Ich sehe auf sein breit grinsendes Abschlussbild hinab und wie gelassen er sein eingerolltes Diplom in der Hand hält. Ich will es nicht, aber spüre, wie ich eifersüchtig auf Jaggi werde. Natürlich sieht er mein Problem nicht, er hat Cousins und Cousinen, er ist Teil einer Reihe. Jaggi ist mehr als ein Besucher in diesem Haus, der höchstens ein paar Pflanzen gießt und wegläuft, wenn es ihm zu viel wird. Wenn er an seine Familiengeschichte denkt, ist es nicht, als würde er durch beschlagene Fensterscheiben schauen – verschwommene Silhouetten, die er nicht bezeichnen kann, obwohl sie so vertraut wirken. Ich kann aus diesem Fenster blicken und erraten, dass dort ein Baum steht, aber die Blätter nicht bestimmen. So fühlt sich Punjabi für mich an. Stammbaumlos.

Plötzlich packt mich Babaji so fest an der Schulter, dass ich fast gegen den Kaminsims knalle. Er zeigt mit dem Gehstock Richtung Flur und nimmt nicht den Blick von mir.

»Telefon«, brummt er.

»Telefon?«

Hochgezogene Augenbraue. Der Mann ist so gesprächig wie ein Felsbrocken. Wir bleiben still, seine Hand noch an meinem Arm. Er hat recht. Irgendwo in diesem Haus klingelt es.

»Wo?«, frage ich.

Kurzes Kopfanheben.

»Oben?«

Nicken. Ich sprinte die Treppe hoch, bevor Babaji mich mit einem weiteren Brauenheben tadeln kann. Tatsächlich, direkt auf dem Nachttisch, zwischen Babajis Tablettendosen und der Lesebrille, tönt das Telefon. Es ist ein richtig altes Teil, mit gekringelter Schnur und einer runden, drehbaren Wählscheibe. Auf eBay wäre das Ding bestimmt einige Hundert Pfund wert.

»Hallo?« Ich halte den Hörer mit dem Kinn fest.

»Du Mistkerl, ich habe mir solche Sorgen gemacht!«, höre ich Mace am anderen Ende rufen. »Vincent Kierat Summers, wozu hast du eigentlich ein Handy, wenn du nicht drangehst?«

Ich blinzle überrascht, merke aber, dass mein Brustkorb sich bereits leichter anfühlt. »Wie hast du diese Nummer bekommen?«

»Ich habe den Ladenbesitzer von der Hauptstraße angerufen«, erklärt sie trocken. »Am Strand hattest du mal erwähnt, dass Dougal ihm gehört, und da du diesen Hund anscheinend täglich ausführst, war das der erste Anhaltspunkt, der mir einfiel.«

»Du hast freiwillig ein Telefonat mit einem Fremden geführt?« Erstaunt hebe ich die Augenbrauen und schiebe das Telefon an meinem Kinn hoch. Normalerweise laufe ich beim Telefonieren durch das Zimmer oder schaukle auf meinem Bürostuhl umher, aber dank der Kabelschnur bin ich an den Nachttisch gebunden. Unruhig greifen meine Finger nach den Tablettendosen und fahren über das verblasste Etikett.

»Glaub mir, nichts davon ist freiwillig!«, beschwert sich Macey. »Du kannst nicht einfach so über eine Sprachnachricht erklären, dass Dani die E-Mails geschickt hat, und dich dann nicht mehr melden!«

»Ich dachte, Anrufe haben etwas von den Neunzigern!«

»Weswegen sie heutzutage offensichtlich eine Extremsituation widerspiegeln und daher einen höheren Stellenwert genießen«, entgegnet sie. »Im Durchschnitt schreiben Jugendliche ungefähr siebenundsechzig Nachrichten am Tag und bei der Anzahl an Leuten, die du kennst, ist es vermutlich das Doppelte. Ich wollte sicherstellen, dass ich nicht zwischen deinen Kontakten untergehe.«

Fast will ich anmerken, dass es nahezu unmöglich wäre, eine ihrer Nachrichten zu verpassen, da sie seit Wochen die Person bleibt, die in meiner Chatliste ganz oben steht. Aber das wäre vielleicht zu viel des Guten.

Ich gehe die langen chemischen Inhaltsstoffe der Tabletten durch und reibe mir über das Gesicht. »Was hast du vor, Mace?«

»Nicht zulassen, dass du die Suche nach dem Autor aufgibst. Es ist immer noch deine Geschichte, auch wenn deine Ma nicht Teil von ihr ist«, sagt sie. »Wenn Dani dir die E-Mails geschickt hat, weil sie dachte, dass du der Autor bist, können wir unsere Suche auf Personengruppen erweitern, die deine E-Mail-Adresse nicht kennen. Charlies Gemälde war überall auf Kunstausstellungen zu sehen und er hat es auf seinen Social-Media-Accounts hochgeladen, also muss es nicht einmal jemand von der Hillburn sein. Das bedeutet …«

»Es kann so gut wie jeder sein, der zur selben Zeit wie wir in Glenfield Park gelebt hat und die Orte in Hillburn kennt«, realisiere ich auf einen Schlag.

»Ich habe schon befürchtet, dass ich es ausbuchstabieren muss, aber genau das ist der Punkt!« Sie betont ihre Worte besonders deutlich, als könnte das verbergen, wie hibbelig ihre Stimme mittlerweile ist. »Also, hast du dein Handy da? Was sagst du?«

»Gib mir 'nen Moment.« Zum ersten Mal seit heute Morgen krame ich mein Handy wieder heraus. Mas Chatverlauf ist noch geöffnet. Ich ignoriere die etlichen Entschuldigungen, die Dani mir geschickt hat, und überfliege die Nachrichten in unserer Hillburn-Gang-Gruppe. Macey hat einen Flyer hineingeschickt, Charlie und Rin haben bereits heute Nachmittag geantwortet.

(14:31) **Rin4theWin**
OH MEIN GOTT
MEINE ZEIT IST GEKOMMEN
HAHAH AYE ICH BIN SO WAS VON DABEI
!!!!

(14:34) **Charleonardo**
spontaner rave, klar warum nicht

»Ich habe mich beim DJ erkundigt und er hat versprochen, dass alle möglichen Leute aus der Gegend kommen werden. Also bereite schon mal deinen Fragebogen vor«, fährt Macey fort. »Charlie und Rin haben sich für das Wochenende vom Internat abmelden lassen. Mach dir keine Sorgen.«

»Sorgen« ist das falsche Wort. Mein Kopf hat bereits auf den Bingomodus geschaltet. Ich nicke nur, wie jemand, der vergessen hat, dass er gerade an einem Telefon steht.

»Vince? Bist du noch dran?«

»Ja, klar, ich ... bist du dir aber auch wirklich sicher?« *Hast du nicht deinen Mathewettbewerb, sind wir nicht mitten in der Klausurenphase, machst du das ernsthaft nur, um mich auf andere Gedanken zu bringen?* »Es ist in Comic Sans geschrieben.«

Für einen kurzen Augenblick sagt Macey nichts und ich fürchte, dass sie mich schon wieder komplett durchschaut hat, dass sie ganz genau weiß, wo gerade meine Bedenken liegen, und sie komplett in der Luft zerreißen wird. Stattdessen höre ich sie schnauben. »Gott, du bist so ein Snob, Vince.«

Was? »Komm schon. Als ob du das nicht auch gedacht hast, als du den Flyer zum ersten Mal gesehen hast.«

»So. Ein. Snob.«, wiederholt sie, bevor sie auflegt. Ihr Prusten schafft es trotzdem noch durch das Kabel zu mir durch und klingt auch nach dem Piepen des Telefons in meinen Ohren nach.

Ich lege die Tablettenbüchse zurück auf Babajis Nachttisch. Antidepressiva. Keine Schlaftabletten.

Die Nacht war so dunkel, dass sich ihr Gesicht in den Fenstern der Tavernen spiegelte. Müde, tiefe Augenringe blickten ihr entgegen, verklebt durch Tarnfarbe, die zwei Hauttöne zu hell war, zerfallene Wangen, an denen die Straßenlichter vorbeizischten. Die Wege wurden schmaler, wackeliger, je länger sie fuhren.

VINCE

Wir sitzen im Bus, einem alten quietschenden Metallklotz, dessen weiße Neonleuchten bei jeder Haltestelle aufflackern und dessen lila Sitzmuster noch aus den Neunzigern stammen. Es ist so dunkel draußen, dass sich nur unsere Gesichter im Fenster spiegeln.

Ich habe meine Airpods eingesteckt und lehne mich mit dem Kopf gegen die Fensterscheibe. Bei jedem Schlagloch stöhne ich auf und fühle mich um meinen Filmmoment beraubt. Bis zur dritten Haltestelle habe ich noch eine neue Podcastfolge gehört über die fünf Wege, wie erfolgreiche Unternehmer ihren Tagesablauf strukturieren. Dann bin ich zu Jaggis Bhangramusik übergegangen, aber nichts fühlt sich richtig an. Meine Hand klopft den Rhythmus auf dem Sitz vor mir nach und verlangsamt sich mit jedem Lied.

Ich schaue zu Macey hinüber, die trotz des schwankenden Busses die Augen auf ihre Schullektüre fixiert hat.

Es ist ungewohnt, Macey in etwas zu sehen, was kein übergroßer Hillburnpullover oder eine *Figaros*-Schürze ist. Sie trägt ein dunkelblaues Kleid und etwas abgenutzte Converse.

Ich nehme meine Ohrstöpsel heraus. Von allen Versionen, die ich mittlerweile über Jahre von ihr kenne – die lesende Macey ist immer geblieben. Macey beim Lesen ist nicht ganz in der Gegenwart und mir fällt alles ein bisschen mehr auf. Ihre Oberlippe ist etwas dunkler als die untere. Ihre Augenringe liegen tiefer als noch am Anfang des Schuljahres, ihre Finger hängen an der nächsten Seite, als würden sie nur darauf warten, umblättern zu dürfen.

Für einen kurzen Augenblick überlege ich, sie zu fragen, woran sie arbeitet, aber ich stelle fest, dass es das gar nicht braucht. Es reicht bereits, in ihrer Stille zu existieren, die sich so viel bekannter anfühlt als meine eigene. Sie ist sanfter und sicherer und muss nicht ständig über meine Kopfhörer aufgefangen werden.

»Ist alles in Ordnung?«, fragt Macey. Sie sieht nur halb von ihrem Buch hoch und das macht es einfacher zu antworten. Unbeholfen zeige ich auf ihren Kopf.

»Deine Haare«, erkläre ich. »Das hat was von Mel B.«

Macey verbirgt ihr Gesicht noch tiefer hinter ihrem Buch. »Mel wer?«

»Mel B. Scary Spice von den Spice Girls. Sie trug ihr Haar auch so, zwei kleine Kugeln vorne und die übrigen Locken unten. Es sieht cool aus.«

Notiz an mich selbst: Macey Adenuga braucht mehr Komplimente in ihrem Leben, denn dieser kurze Kommentar reicht aus, dass ihre Augen den Ausdruck eines aufgescheuchten Rehs bekommen.

Aber dann fängt sie an zu lachen. »Himmel, und ich bin diejenige, die für ihren altmodischen Musikgeschmack bekannt ist?«, entgegnet sie und dann etwas leiser: »Aber danke.«

Sie legt ihr Buch zurück. Wir sind die letzten Fahrgäste im Bus und Macey dreht den Kopf zu mir. »War die Rede wirklich so schlimm gestern?«

»Denke schon, dass ich alles Wichtige gesagt habe. Wobei ich mir am Ende ein wenig wünschte, dass das Mikrofon explodiert.« Ich imitiere eine Explosion mit den Händen, aber höre auf, als Macey nicht reagiert.

»Es ist nicht deine Schuld«, sagt sie.

»Was?«

»Dass sie dich verletzt.«

Ich schnaube, während Macey mich ansieht, als hätte ich angefangen zu schreien.

***

Wir steigen an der Endhaltestelle aus und Macey läuft zielbewusst durch das verlassene Industriegebiet. Ich schlurfe neben ihr her und vergrabe die Hände in den Hosentaschen. Silhouetten ziehen an uns vorbei wie Tintenflecke, schwer und unvollständig, die Gesichter zu flüchtig, um sie sich zu merken. Der Flyer hat uns zu einem heruntergekommenen Gebäude am Rand von Hillburn geleitet. Musik dröhnt durch die Ziegelsteine, es riecht nach verschüttetem Bier und Metall, die Luft ist feucht und kalt zugleich. Kurzum – das komplette Gegenteil von Babajis ruhigem kleinen Garten, wo ich noch vor einer Stunde gestanden habe. In einer Menschentraube am Eingang kann ich Charlie und Rin ausmachen.

»Da seid ihr ja endlich!«, ruft sie aus und zieht Macey in eine Umarmung. Beim Anblick meiner Gärtnerkleidung schüttelt sie jedoch den Kopf. »Mate, nichts für ungut, aber so lässt dich niemand rein. Im Ernst, ein Polohemd? Gehst du auf einen Rave oder zum Golfspielen? Und wie ist dir eigentlich nicht kalt, du hast ja gar keine Jacke mit!«

»Mann, ich hatte keine Zeit mich noch mal umzuziehen«, murre ich und sehe auf meine verdreckten Schuhe hinab. »Abba hat mich angelogen. Ich bin weder young, sweet, noch eine Dancing Queen.«

»Zumindest nicht mit dieser Einstellung«, entgegnet Charlie. Er trägt bequeme Vans und ein lockeres Bandshirt, während Rin genügend Glitzer für eine gesamte Weihnachtssaison auf ihren Augenlidern verteilt hat. Bei ihrem Anblick wird mir bewusst, dass ich in letzter Zeit ausschließlich in Sporttrikots, Schuluniformen oder alter Kleidung zum Gärtnern gelebt habe.

Als könnte sie mir den Gedanken vom Gesicht ablesen, hält mir Rin ihre Jacke entgegen. »Hier, nimm das. Dann siehst du wenigstens nicht mehr aus wie ein Versicherungsvertreter.«

»Oder zumindest wie ein Versicherungsvertreter in einem knallpinken Windbreaker aus den Achtzigern«, brummt Charlie. Rin schnalzt mit der Zunge und hakt sich zwischen uns ein. Ihr Arm landet mit so einem gewaltigen Schwung auf meiner Schulter, dass ich ein Stück nach vorne schwanke.

»Leute, das wird richtig gut!«, ruft sie aus, während sie Charlie und mir das Haar rauft. »Das ist unsere letzte Möglichkeit noch mal gemeinsam zu feiern, bevor alle in die Weihnachtsferien gehen!«

»Die Freude ist mir ins Gesicht geschrieben.«

»Ach, du bist so ein Grinch, Charlie. Wird langsam Zeit, dass du vom Internatsgelände wegkommst.«

Er brummt nur.

Wir quetschen uns durch einen Haufen betrunkener Partygäste hindurch. Die grellen Neonlichter hüllen die Halle, die Gesichter, Wände, Lächeln in Blau. Es ist ein riesiger Mittelfinger gegen die rot-grüne Weihnachtswelt draußen und ich feier es.

»Wie zum Teufel hast du diesen Ort gefunden?«, schreie ich Macey zu. Die Musik ist so laut, dass ich kaum mein eigenes Wort höre. Macey zeigt hoch. Ein schlaksiger Typ steht hinter dem DJ-Pult, mit mehr Sommersprossen als sein Gesicht tragen kann und stacheligem Haar, das keiner einheitlichen Länge folgt. Er sieht von seinen Platten auf, sein Blick fliegt über die Menge und bleibt an uns hängen.

»AYOOO MACEEEEY!«, formen seine Lippen und sie salutiert locker zurück, als würden sie sich ständig auf solchen Raves wiederfinden. Es braucht einen kurzen Moment, bis ich sein Gesicht meinen Erinnerungen zuordnen kann.

»DJ ListR ist Alister?« Ich bücke mich zu ihr hinunter, damit sie mich über die Musik hinweg noch versteht. »Ach du scheiße, seit wann?«

Sie zeigt mir drei Finger hoch. Drei Jahre. Vor drei Jahren muss ich verpasst haben, wie der hibbelige Typ aus den Council Estates sich ein Setup aus Einzelteilen zusammengesucht und angefangen hat, Songs zu mischen. Trotz der spärlichen Beleuchtung erkenne ich, wie Teile seiner Ausstattung durch Neonklebebänder abgesichert sind.

»Ich habe auch nicht erwartet, dass er so gut ist.« Maceys Stimme schneidet durch den dröhnenden Bass. Alister legt einen Drum&Bass-Remix eines Songs von By The Moon auf. Ich laufe weiter auf die Tanzfläche zu, einfach gerade durch, bis ich in der Mitte stehe – ein einziger ruhiger Fleck in dem Meer an tanzenden blauen Figuren. Sie krachen gegen mich und manche werfen mir wütende Blicke zu, aber es ist mir egal.

Mann, wie kommt es, dass sich alles so schnell und langsam gleichzeitig bewegt? Wie bin ich jetzt schon in meinem letzten Schuljahr? Wie ist es bereits Dezember? Warum fühle ich mich so alt? Siebzehn Jahre Leben verpackt zwischen Fragezeichen, die sich in mir aufbrechen, zu Ecken und Kanten, die ich nicht mehr feinschleifen kann.

***

Die Wände sind nass von Schweiß. Rins Windbreaker klebt an meiner Haut und ich fühle mich betrunken, obwohl ich nichts getrunken habe. Vielleicht kommt das automatisch mit dem Feiern. Ich gebe auf, es zu verstehen.

Rin nutzt aus, dass sie die Größte von uns vieren ist, um mich mehrfach im Kreis zu drehen, bis sich Charlie vor Lachen nicht mehr einkriegt. Wir torkeln gegeneinander.

Ich singe *You Got The Love*, während Rin eine sehr schlechte Beatboxeinlage zum Besten gibt. Es passt absolut nicht, aber wir machen trotzdem weiter, versuchen irgendwelche Schulereignisse abzugleichen, an die wir uns nur vage erinnern. Wir torkeln wieder gegeneinander, aber diesmal mit Absicht.

»Das sind keine Leute von der Hillburn«, realisiert Rin nach einer Weile. »Ich kenn hier niemanden. Was ist mit dir, Charlie?«

»Nope.«

»Vince, du?«

Ich versuche die Gesichter um uns auszumachen. Manche bewegen sich viel zu schnell, sodass ich sie im Schein der Neonlichter verpasse, aber sie kommen mir bekannt vor. Es ist, als würde ich einen vergessenen Lieblingssong über einen Remix wiederfinden. Stück für Stück kommen sie zum Vorschein, Kids, mit denen ich früher auf die Grundschule gegangen bin und die jetzt Nasenpiercings und dunklen Lippenstift tragen, altbekannte Gesichter, die irgendwo zwischen Glitzer und Schweiß verschwimmen.

Es dauert auch nicht lange, bis man mich wiedererkennt. Ein betrunkenes Mädchen fällt mir fast in die Arme und ich verschütte beinahe meinen Drink auf sie. Eine ihrer Freundinnen zieht sie kichernd von mir weg, bevor ich eine angemessene Reaktion finde. Ein Typ mit Pony, der viel zu jung aussieht, um hier sein zu dürfen, drängt sich neben mich. Er ruft mir etwas zu, aber seine Worte werden von der Musik verschluckt. Kennen wir uns von früher? Es riecht nach Gras und billigem Alkohol und etwas, was ich nicht zuordnen kann, aber sich so tief in meinen Kopf eingebrannt hat, dass ich es fast als Glenfield Park abstempeln will, aber wir sind nicht dort, sondern in Hillburn, und das ist kein Spielplatz und Ians Villa ist nur ein paar Busstopps entfernt und Rin und Charlie und Mace … Wo ist Mace?

Plötzlich schneidet Rins laute Stimme durch die Musik. »Was? Du hast dich immer noch nicht entschieden?«

Charlie schüttelt den Kopf. Rin und er gehen von der Tanzfläche und scheinen in eine hitzige Diskussion verwickelt. Ich versuche ihnen zu folgen, doch ich bekomme nur Bruchstücke ihrer Unterhaltung mit.

»Das mache ich, wenn es so weit ist.«

»Das sagst du schon seit Wochen!«

»Weil es noch nicht so weit ist!«

»Willst du diese Entscheidung wirklich dem Tag deiner Abreise überlassen?«

»Als würde es so einen großen Unterschied machen!«

Ich spüre die Blicke der anderen Gäste, während ich mich durch die Halle schiebe. Die zwei Sekunden Verwirrung, die dann in positive Überraschung umschlagen. In das *»Alter, Kierat, bist du das, heftig, ich hätte nie gedacht, dich mal hier zu treffen, krass siehst du anders aus, fetzige Jacke, Mate, wie geht's?«*

»Warte, ist das nicht der Typ aus TWS?«

»Er war schon immer ziemlich eingebildet, nicht wahr?«

»Oooooh lass deine Speeere faaaaallen!«

»Das ist niemals der Prinz.«

Ich verliere Rin und Charlie. Meine Beine bewegen sich, ohne zu wissen warum, und meine Augen suchen jeden Fleck dieses alten Schuppens ab, den das Neonlicht erreicht, und alles verschwimmt, bis ich fast vergesse, ob ich gerade derjenige bin, der findet oder gefunden werden muss.

Man konnte eine Karte von seinen Gesichtszügen erstellen und blieb trotzdem orientierungslos.

MACEY

Der Hinterhof des Fabrikgebäudes ist genauso heruntergekommen wie der Rest der Gegend. Auf dem zertretenen Rasen stapeln sich alte Zigarettenstummel und neben dem Eingang steht ein altes Sofa, auf dem ein Pärchen rumknutscht.

Die Luft draußen ist verraucht und kalt, aber wenigstens kann ich hier aufatmen. Ich muss nachdenken. Oder ich muss aufhören, es zu tun.

(23:21) **Macey Adenuga**
Mum
Wieso ist deine Tochter so uncool
Ich stehe gerade draußen und denke über meine Physikhausaufgaben von letzter Woche nach
Ich glaube, da war ein Fehler, den ich übersehen habe
Hier läuft Ravemusik, aber mein Kopf ist nur darauf fixiert, was ich in Aufgabe 4d geschrieben habe, warum bin ich so???

(23:21) **Mum**
Lol.

(23:22) **Macey Adenuga**
Nicht hilfreich

(23:22) **Mum**
Ich habe gehört Instant-Gemüsebrühe hilft gegen Hangover ;)

Es dauert eine Dreiviertelstunde mit dem Zug von Glenfield Park nach Hillburn. Fünfundvierzig Minuten, die meine beiden Welten aufteilen, zwischen denen ich still existiere und verschwinde. Wenn im Internat heimlich Partys steigen, sitze ich bereits im Zug. Wenn meine alten Freunde aus Glenfield Park mich zu Feiern einladen, bin ich schon zu müde. Irgendwann kannte man mich nur noch nach den Orten, die ich aufsuchte. Macey Adenuga. Schülerin an der Hillburn Secondary Privatschule, lebt in dieser roughen Gegend mit den vielen Sozialwohnungen und Wohltätigkeitsläden, verlässt uns alle in ein paar Monaten für Cambridge.

Auf Alisters Rave steht jedoch die Zeit still. Ich kann ihr nicht ausweichen. Meine alten und neuen Freunde stehen dicht aneinandergedrängt zwischen Bässen und Neonlichtern und schreien sich die Seelen aus dem Leib. Rin und Charlie tanzen zu Alisters Musik, als hätten sie noch nie etwas anderes in ihrem Leben getan.

Ich fühle mich so allein, obwohl sie alle da sind.

»Hey, hey du da, was soll der Scheiß? Ich hab dir doch schon vor einer halben Stunde gesagt, dass du verschwinden sollst!« Zwei Typen am Eingang schlagen fast aufeinander ein. Einer von ihnen hat kupferrotes Haar und redet pausenlos auf seinen Gegner ein. Er wird gegen die Mauer geworfen und keucht laut auf. Alister.

»Ayo Macey!«, ruft er aus, aber es klingt mehr wie ein Schnaufen. Der ältere Typ ist wieder zu seiner Freundesgruppe verschwunden, während Alister sich an der Wand abstützt und flucht. Ich laufe auf ihn zu, bevor ich es mir anders überlegen kann.

»Um Himmels Willen, ist das der Grund, warum deine Brille aus mehr Klebeband als Gestell besteht?«, frage ich, während ich Alister in den Hinterhof zerre. »Zettelst du andauernd Prügeleien mit Betrunkenen an?«

»Mit ihm hätte ich es aufnehmen können«, entgegnet Alister und stolpert dabei fast über seine eigenen Füße. Er zeigt dem anderen Typen den Mittelfinger. »Weiß deine Auntie, dass du hier bist?«

»Berechtigte Frage. Weiß es dein Granda denn bei dir?«

Er schnaubt und fängt an, sich eine Zigarette zu drehen. Wir stehen am Rand des Hinterhofs. Der rostige Metallzaun drückt sein Muster gegen meinen Rücken, der Rasen ist noch nass vom Regen und verschüttetem Bier. Alister, den ich in den letzten Jahren nur in seiner engen Schuluniform gesehen habe, trägt ein weißes T-Shirt unter einem Flanellhemd. Seine Ärmel sind hochgekrempelt und ich kann die Fake-Tattoos erkennen, die er mit einem Filzstift auf seine Unterarme gemalt hat. Songlyrics. Etwas, das aussieht wie eine Kartoffel mit Flügeln. Die erste Zeile aus *Teenage Dirtbag*.

Es passt zu ihm. Dieser ganze Ort passt zu ihm.

»Granda hat nicht zu interessieren, wie ich meine Wochenenden verbringe«, meint er und fischt ein Feuerzeug aus seiner Hosentasche. »Er würde es nicht verstehen.«

»Meinst du nicht, er würde sehen, wie talentiert DJ ListR ist?«

»Nicht alle Zukunftspläne werden so sehr akzeptiert wie deine.« Er lächelt schief. Alisters Lächeln ist anders als das von Vince. Scharfkantiger und aneckend. Wo Vince ein *Alles wird gut* ausstrahlt, ist Alister ein *Wir werden schon sehen*.

Hinter den Industriegebäuden schiebt sich das Licht der Feier hindurch und zerbricht irgendwo in der Luft zwischen uns. Einzig der Rauch von Alisters Zigarette verfängt sich in dieser Leere. Sein Kopf bewegt sich zum dröhnenden Bass mit, während er sein Feuerzeug zurücklegt.

»Versteh mich nicht falsch, ich check's ja. Underground-Raves machen sich nicht gut im Lebenslauf. Ich glaub, ich verbringe mehr Zeit am Wochenende hier als unter der Woche im Klassenzimmer.« Wieder das schiefe Lächeln. »Also echt nichts gegen dich, Macey, aber ich hasse die Schule.«

»Wieso sollte das gegen mich gehen?«

»Keine Ahnung, Mann, du bist doch so stolz darauf, auf deiner Privatschule zu sein. Es ist alles, was man von dir hört. Aber ich hasse es so sehr, ich weiß manchmal gar nicht mehr, warum ich noch hingehe, wenn es mir nichts bringt.«

Er nimmt einen Zug von seiner Zigarette. Es sieht immer noch komisch aus, Alister beim Rauchen. Wie ein langgezogenes Kind. Ich frage mich, ob ich mich wirklich beschweren soll, wenn ich anders als er eigentlich ganz gut ins System passe und morgen wieder vor meinem Schreibtisch sitzen werde. Aber vielleicht sind wir beide nur zwei Ausschnitte vom großen Ganzen. Ich lehne meinen Kopf an den Zaun und sehe zu den blauen Neonlichtern hoch. »Manchmal hasse ich die Schule auch.«

»Echt jetzt?«

Seine Augen weiten sich und ich nicke langsam.

»Ich kann gar nicht mehr richtig schlafen, weil ich ständig Kopfschmerzen und Angst vor dem nächsten Test habe.«

»Alter, ich würde durchdrehen.«

»Vielleicht bin ich das schon.«

»Aye, das sind wir wohl beide. Einfach nur fucking durchgeknallt.« Er legt den Kopf in den Nacken und pustet dem Mond seinen Zigarettenrauch zu. »Kannst du dir vorstellen, wie es wäre, wenn wir uns einfach mit Normalsein zufrieden geben würden? Ein bequemer Bürojob und dann, ich weiß nicht, nachts einschlafen, während der Fernseher noch läuft. Aber stattdessen machen wir so 'nen Scheiß hier.«

»Die Schule für Raves schwänzen und an Mathewettbewerben teilnehmen. Deins würde einen viel besseren Film abgeben.«

Er lacht. »Fühlst du dich auch manchmal eingeengt in Glenfield Park?«, fragt er. »Zwischen den grauen Häusern und grauen Straßen und einer Innenstadt mit mehr Spenden- und Secondhandläden als Supermärkten?«

»Die ganze Zeit.«

»Deswegen muss es unbedingt Cambridge sein, oder? Du willst hier ausbrechen, du musst es fast schon.« Er deutet zum Eingang, wo weiterhin Musik spielt, und streckt seine Arme aus. »Das ist mein Cambridge. Jede verdammte Nacht.«

»MACE! ALISTER!«

Eine Stimme dringt durch die dumpfe Geräuschkulisse der Party. Ich versuche dem Klang zu folgen, aber finde nur das Klirren der Bierflaschen und raues Lachen. Alister klopft seine Zigarette aus und sieht entgeistert in den Himmel hoch.

»Vergiss, was ich gesagt habe«, sagt er plötzlich. »Das da ist durchgeknallt.«

Ich folge seinem Blick. Oben auf dem knarrenden Metallgerüst, dort wo die Überreste eines Raucherbalkons von *Einsturzgefahr*-Plaketten zusammengehalten werden, steht Vincent Summers und winkt uns mit einer Flasche entgegen.

»Kein Alkohol, nur Irn-Bru!«, schreit er freudig, als wäre das der Grund, warum ich gerade die Hand vor den Mund schlage und Alister von seiner Zigarette hustet.

»Vince, was zum Himmel machst du da oben?«, rufe ich.

»Unnötige Frage, Mace!« Er wirft uns Fingerpistolen zu. »Hey Alister, was geht? Dein Set war richtig, richtig genial!«

»Danke, ich leg jetzt noch mal nach Meech auf, seid ihr dafür noch da?« Die Frage ist an Vince gerichtet, aber Alister sieht mich dabei an.

»Wir kommen gleich nach«, seufze ich und Alister zwinkert.

»Klar, kein Stress!« Er drückt seine Zigarette aus. Als er zurück ins Gebäude läuft, tut er dies natürlich nicht, ohne vorher dem Typen am Eingang den Mittelfinger entgegenzuhalten.

Vince lehnt sich an das Gitter vor und strahlt mich an. Ich versuche zu ignorieren, wie sehr das Metall dabei unter seinen Armen wackelt. Es ist alles so vertraut und zerbrechlich an ihm. Die Selbstverständlichkeit, mit der er Rins grellpinken Windbreaker trägt. Das sorglose Hillburnlächeln. Die nonchalante Art, die ich so nur von Jungs aus Glenfield Park kenne. Vince ist meine beiden Städte zugleich.

Und ich will in wenigen Monaten gehen.

»Willst du einen zweiten Versuch?«, fragt er.

»Zu was?«

»Zweite unnötige Frage!« Vince hangelt sich über den Balkon zum Vordach herunter. Er stolziert problemlos über das Gerüst und wippt dabei seine Flasche zwischen den Händen. Im Gegensatz dazu scheitere ich bereits daran, einen Schritt auf ihn zuzulaufen. Meine Beine zittern und der nasse Rasen ist rutschig unter meinen Sohlen.

»Brauchst du Hilfe? Ich kann dich hochziehen.« Er streckt seine Hand herunter. Eine Geste, die keinerlei praktischen Wert hat, da er weiterhin mehrere Meter über mir baumelt und nicht annähernd über die nötige Hubkraft verfügt, um mich senkrecht vom Boden heben zu können.

»Reicht es nicht, wenn einer von uns seine Gehirnzellen verliert?«

»Komm schon, Mace«, ruft er. »So langsam erinnere ich mich, warum ich derjenige gewesen bin, der früher durch das Fenster geklettert ist.«

»Weißt du, wie gefährlich diese Konstruktion ist?«, entgegne ich. »Das Gebäude wurde vermutlich seit seinem Baujahr in den Sechzigern nicht erneuert, das sind Tausende Kubikmeter an Beton, die hier gerade nur durch eine verrostete Metallstruktur vor dem Einsturz bewahrt werden. Ganz zu schweigen von der höchstentzündlichen Verkleidung, die seit den Achtzigern nicht mehr den aktuellen Sicherheitsstandards entspricht und …«

Ich atme tief aus, versuche meine Hände aus ihrer geballten Form zu lösen. Ich fahre mir über meine Unterlippe, so wie Vince es immer bei seiner tut. Es ist eine beruhigende Bewegung, ich verstehe, warum er das macht. Wie mein Lächeln wohl wirkt? In den letzten Jahren habe ich es so häufig übersehen.

»Mace?«, fragt Vince, diesmal vorsichtiger. Er ist jetzt auf der niedrigsten Stufe des Gerüsts angelangt. Tief genug, dass er es wirklich schaffen könnte, mir hochzuhelfen. »Es tut mir leid, ich habe nach dir gesucht und hier oben war einfach die beste Aussicht, um alles zu überblicken. Ich kann auch wieder runterkommen, wenn es dir lieber ist.«

»Ich komme.«

»Was?« Es ist keine Frage, sondern der Versuch seine Aufregung im Zaum zu halten. Ich sehe zu ihm hoch, was sich als schlechte Idee herausstellt, denn jetzt kann ich Vince direkt beim Lachen zusehen. Und das Flattern in meinem Bauch lässt sich nicht mehr auf die Höhe zurückführen.

Ich lächle zurück.

Und dann renne ich los.

»Wie kann ich etwas verlieren«, fragte die Kriegerin,
»was ich die ganze Zeit über bereits bin?«

MACEY

»Alles gut, ich hab dich!«

»Das ist eine Regenrinne!«

»Oh ja, stimmt. Mein Fehler.«

Es dauert eine Weile, bis ich es auf das Gerüst schaffe, und während ich mit zitternden Händen auf dem Metall aufkomme und nach Luft schnappe, bekommt Vince sich vor Lachen nicht mehr ein.

»Du hättest dein Gesicht sehen müssen, du sahst aus, als würdest du gleich sterben!«, japst er. »Dabei hättest du noch locker runterspringen können und es wäre nichts passiert.«

»Allmählich erinnere ich mich daran, warum ich mir früher unsere Pläne überlegt habe«, murmle ich.

Jetzt sitzen wir im Inneren des zweiten Stockwerks und blicken auf den Rave hinab. Die Tanzfläche ist blau gefärbt und liegt wie ein gigantischer Swimmingpool unter uns. Ich lehne mich an den Rand des Treppengeländers und er legt das Kinn auf der Reling ab. Wir rätseln, ob der Autor irgendwo da unten tanzt und nicht einmal mitbekommt, dass Maki und der Prinz ihn beobachten. Wir zählen durch, wem wir Pokémonkarten abgezogen haben und fragen uns, ob es in diesem Land jemals ein anderes Wetter außer Regen geben wird.

»Im Grunde ist Alisters elektronische Musik nichts weiter als eine Zahlenfolge«, erkläre ich und zeige auf das DJ-Pult. »Und Schall ist nichts weiter als eine Sinusfunktion, die periodisch weitergeht. Nimm den Song, der gerade spielt, die Menschen, die sich auf dem Innenhof unterhalten oder sich auf der Tanzfläche bewegen. Wenn sich das alles überlappt und addiert, bekommst du aber am Ende keine eine große Sinusfunktion heraus, weil die Frequenzen unterschiedlich sind. Auf der x-Achse hast du t für Zeit und auf der y-Achse die Amplitude. Die Frequenz ist umgekehrt proportional zur Periodendauer ...«

Vince starrt den Graphen an, den ich in die Luft zeichne, als könnte er wirklich die Frequenzen unter uns visualisieren.

»Also ist alles Mathe?«, fragt er.

»Alles ist Mathe«, wiederhole ich stolz. Tonleitern sind Exponentialfunktionen, Intervalle basieren auf ganz einfacher Bruchrechnung. Wenn man genau hinsieht, kann man sie sehen, all die geometrischen Muster und Formen, aus denen selbst die kleinsten Teile unseres Universums bestehen. Vince hebt den Kopf von der Reling und seine Hände wippen langsam zum Takt mit.

»Wie hoch ist dann die Wahrscheinlichkeit, dass der Autor hier ist?«, fragt er und ich runzle die Stirn.

»Vince, nur weil ich Zahlen mag, bin ich noch lange kein Roboter, der dir das einfach ausrechnen kann«, entgegne ich. »Ich weiß nicht, wie viele Menschen auf dieser Feier sind oder ob es sich bei dem Autor überhaupt um nur eine Person handelt.«

»Mein Bauchgefühl sagt ja.«

»Dein Bauchgefühl allein reicht nicht aus.«

»Lässt sich Bauchgefühl nicht mathematisch ausdrücken?«, entgegnet er und Lachfalten bilden sich auf seinem Gesicht. »Gibt es nicht etwas außerhalb von Zahlen, in der Musik zum Beispiel? Der Grund, warum *Sajna Ve Sajna* für mich wie zu Hause klingt und dir nie langweilig wird, wenn du Frank Ocean in Dauerschleife hörst? Das lässt sich nicht mehr binär ausdrücken, das ist pure Menschlichkeit.«

Ich runzle die Stirn und drehe mich von der Feier weg, um ihn besser hören zu können. »Harmonielehre und die Chemie in deinem Kopf lassen sich durchaus in Zahlen ausdrücken.«

»Das ist der Prozess dahinter, aber nicht die Erklärung, warum es passiert«, beharrt Vince. »Und es sind nicht nur Zahlen, Worte verhalten sich genauso. Da liegt ein Zwischenraum zwischen dem, was du fühlst, und dem, was für alle anderen existiert.«

Er kickt seine leere Plastikflasche wie einen Fußball in die Luft. »Es gibt Vince und es gibt Kierat und in der Grauzone dazwischen existiere ich.«

Am liebsten will ich seine Worte als Unsinn abtun, da sie so offensichtlich gegen alles gehen, was ich kenne. Mum und ihre Definitionen für alles. Meine schwarz-weißen Zahlen. Dad und die Adenuga-Disziplin. Aber es funktioniert nicht. Dafür verstehe ich ihn zu gut.

Manchmal sind unsere Zwischenräume einen Ozean breit und fangen dort an, wo unsere Eltern herkommen. Sie werden uns in die Wiege gelegt, die Lücken, diese lange schwere Pause, bevor Lehrer meinen Nachnamen aussprechen. Das tiefe Aufseufzen meiner Großeltern, wie ich ihre Stimmen immer mit dem Rauschen eines Telefonhörers verbinde. Die Suche nach zu Hause in mehr als einer Sprache. Vielleicht hängt unsere Identität deswegen so sehr an lückenlosen Lebensläufen fest.

Ich sehe Vinces tanzender Flasche zu und klopfe mit den Fingern gegen die Reling. »Bestimmt lässt sich auch der Zwischenbereich berechnen«, murmle ich.

Vinces Augen weiten sich. »Wird das die Formel für immer? Die Summers-Summe? Falls mein Gesicht in irgendwelchen Mathebüchern abgedruckt wird, die rechte ist meine gute Seite.«

»Für den unwahrscheinlichen Fall, dass ich tatsächlich eines Tages einen Durchbruch in der Mathematik oder Physik erreiche, der sogar Einstein eifersüchtig machen würde, würde ich die Formel nicht nach dir benennen.«

»Dabei habe ich doch so viele Namen zur Auswahl«, seufzt er. »Der Vincent-Winkel, die Kieratsche Konstante. Es ist nur fair, dass du meinen Namen nimmst. Ich bin so was wie die Mona Lisa zu deinem DaVincey …«

»DaVinci.«

»Ich bin die Person, an die du dich mit Tränen in den Augen zurückerinnerst, wenn sie dir den Nobelpreis für Mathematik in die Hand drücken«, fährt er fort. »Und dann erzählst du von dem armen Jungen von nebenan, der an deine Träume geglaubt hat und deine größte Inspirationsquelle war …«

Vince legt eine Hand auf seine Brust und tut, als wische er sich eine Träne von der Wange.

Ich verdrehe die Augen, aber meine Mundwinkel zucken. »Du hast keine Ahnung, wie solche Zeremonien ablaufen, kann das sein?«

»Stimmt. In Wahrheit säße ich natürlich in der ersten Reihe und würde das allen selbst sagen. Als lebendes Vince-the-Prinzip.« Er kichert stolz, lehnt sich nach vorne und droht fast über die Reling zu kippen. Ich habe noch nicht nachrecherchiert, wie oft der Durchschnittsmensch an einem Tag lacht, aber Vince scheint es zu seiner persönlichen Mission zu machen, diesen Wert bei jeder Gelegenheit zu heben. »Verstehst du? Weil Prinz-ip? Vince-ip?«

»Der war schrecklich.«

»Aber du lächelst.«

»Nein, tue ich nicht«, lüge ich, obwohl ich spüren kann, dass sein Dauergrinsen den Weg auf mein Gesicht gefunden hat. Ich versuche mit der Hand meinen Mund zu verstecken, aber Vince zieht meinen Arm weg.

»Nah, Mace, du lächelst-lächelst«, freut er sich. »Grübchen und alles.«

»Ich habe mir vorgestellt, wie du von dem Geländer fällst, nur wegen eines schlechten Witzes.«

»So schlecht kann er nicht gewesen sein, wenn er seinen Zweck erfüllt hat.« Sein Blick liegt auf meinen Lippen, als müsste er diesen Sieg noch mal persönlich inspizieren, und mein Herzschlag übertönt jede andere Frequenz im Raum. »Aber im Ernst, du weißt, dass ich immer dein Fan Nummer Eins bleibe, oder? Egal, ob du in Cambridge landest oder sonst wo. Ich werde in der ersten Reihe sitzen und dich anfeuern, obwohl ich keine Ahnung habe, worum es geht.«

»Wenn du mir versprichst, nicht an jeder Sportdisziplin dieser Welt teilzunehmen, dann feuere ich dich auch weiter an«, erwidere ich leise.

»Dafür müsste ich mich ja entscheiden.« Er sieht hinunter zu Alister und der tanzenden Rin und sein Lächeln erstarrt. »Ich habe kein Schulfach, in dem ich so komplett aufgehe wie du. Wenn du über Mathe sprichst, dann klingt es wie eine Erweiterung von dem, was du bereits bist.«

»Aber du hast so viele Interessen, Vince, es müssen keine Schulfächer sein«, erinnere ich ihn und füge mit einem Lächeln hinzu: »Du kannst alles tun.«

Vince sieht mich an, als könnte ich ihm die Welt berechnen. Mein Blick wandert über die kleinen Narben an seinen Ohren, die dunklen Schatten unter seinen Augen, und ich kann mich nicht daran erinnern, ob er schon immer so viele Fragezeichen in mir ausgelöst hat.

[Zwischenergebnis: ???]

Vince lacht nur leise.

»Mann Mace, es wird echt schlimm, wenn du gehst.«

»Wie kann ich mich finden«, fragte der Prinz, »wenn ich nicht weiß, wonach ich suchen soll?«

VINCE

Die Nacht ist blau gefärbt. Sie liegt mir schwer auf der Zunge und löst sich auf mit jedem Atemzug. Wir haben uns auf den Rückweg gemacht, taumeln über das von Zeit und Regen verwitterte Kopfsteinpflaster. Die Berggipfel werden vom dunklen Himmel verschluckt, das leise Rauschen des Meers hallt durch die leeren Straßen. Um diese Uhrzeit fahren keine Busse mehr, aber bis zu Ians Villa ist es nicht weit. Rin und Macey schreiten Arm in Arm voraus, aber wegen ihres Größenunterschieds stolpern sie ständig. Sie lachen über jeden Fehltritt und halten einander nur stärker fest. Charlie schlurft neben mir her, die Hände tief in den Taschen, und sieht die meiste Zeit zu Boden.

»Alles gut bei dir, Charles?«

Er zieht eine Augenbraue hoch und nimmt einen Schluck aus seiner Flasche. Selbst unter den kargen Straßenlichtern leuchten seine Sommersprossen.

»Es tut gut, mal das Schulgelände zu verlassen. Aber diese Suche nach dem Autor … ich weiß nicht. Seit er meine Zeichnung für seine Welt benutzt hat, kann ich an nichts anderes denken.« Er zupft an seiner Jacke herum und weicht meinem Blick aus. Das ist ungewohnt, ich kenne Charlie sonst nur als die Gelassenheit in Person. Man könnte ihm sagen, dass die Schule in Flammen steht, und er würde sich erstmal eine Tasse Tee in der Cafeteria machen, um den Anlass zu feiern.

»Kann ich dir was anvertrauen?«

»Klar.«

»Ich will echt nicht zu meinen Eltern über die Ferien.«

Ich lache nervös, aber an Charlies ruhigem Blick ändert sich nichts. Er meint das tatsächlich ernst. Ist es das, worüber er mit Rin gesprochen hat? Ian hat mich letzte Woche angerufen und erklärt, dass er Weihnachten mit der Familie aus seiner ersten Ehe in Aberdeen verbringen will. In dem Telefonat wurde klar, dass mein Stiefvater nicht darauf aus ist, den zurückgelassenen Sohn seiner zweiten Ehefrau mitzubringen.

»Du willst die Ferien allein verbringen?«, hake ich nach. »Freiwillig? Ist die Hillburn überhaupt zu Weihnachten offen?«

Charlie zuckt mit den Schultern. »Ich glaube nicht, dass mein Vater mich vermissen würde«, brummt er. »Ich war nicht einmal bei der Geburt meiner Halbschwester dabei. Wieso sollte ich jetzt auf einmal kommen?«

»Ich hätte eine Couch«, sage ich.

»Sie heißt Rosie«, meint Charlie.

»Charlie und Rosie?«

»Darf ich auf deine Couch?«

Und ich nicke und Charlie nickt und damit ist die Sache erledigt.

»Die Magie der Sonnenkönigin wird nicht ewig währen. Sie hat bereits so viele ihrer Sonnenstrahlen verloren, dass uns nicht mehr viel Zeit bleibt.«

MACEY

Wenn es eine Sache gibt, die ich an meinen Eltern schätze, dann wie sie für alles einen Platz finden. Vielleicht gehört das einfach dazu – wenn man die einzige Familie im Umkreis ist, die so aussieht wie wir, muss man sich das Gefühl von Zuhause selbst zusammenbauen. Wenn du deine Wurzeln in einem fremden Land geschlagen hast, pflanzt du alles an, was du bekommen kannst. Du schmückst die Orte aus, die andere übersehen.

Oft ist es mir zu viel. Unser Haus hat keine klaren Linien, weder was Kulturen noch Jahrzehnte betrifft. Bandposter aus den Neunzigern hängen in unserem Flur neben einem Black Baby Jesus. Mums Romancebücher stehen neben Josephs Langhantel. Unser Haus besteht aus Trubel und Bauchgefühl. Ist es verwerflich, dass ich diesem Zufluchtsort entfliehen will?

Als ich am nächsten Morgen aufwache, sehe ich weiß. Eine hohe Decke, deren Stuck sich mit jedem Augenschlag verschärft. Ich liege auf einem Teppichboden und teile mir eine Decke mit Charlie. Rin liegt wie ein Seestern mit ausgebreiteten Armen und ich habe es geschafft, mich in eine Nische dazwischen zu kauern.

Erste Feststellung: Wir sind in Vinces Schlafzimmer. Mein Zeitgefühl hat sich von mir verabschiedet, aber dank Mums Tipp mit der Gemüsebrühe sind nur leichte Kopfschmerzen geblieben.

Zweite Feststellung: Ich habe eines von Vinces alten T-Shirts um meinen Kopf gewickelt. Vince hat es mir letzte Nacht einfach in die Hand gedrückt, ohne dass ich vorher nachfragen musste. »Für dein Haar«, hat er gemeint und unbeholfen zu meinen Locken gestikuliert, bevor er auf seinen Schlafplatz gefallen ist. Jetzt liegt er neben Rin und schläft stockgerade wie ein Soldat. Nicht einmal ein Kissen hat er bei sich, als wenn er selbst im Schlaf das Gegenteil von Ruhe abgeben will.

»Du stinkst.« Rins Stimme zieht mich wieder in die Gegenwart zurück. Sie pustet sich ein paar Strähnen aus dem Gesicht und obwohl sie den Glitzer letzte Nacht noch abgewaschen hat, kleben kleine Reststücke auf ihren Augenlidern.

»Du doch auch«, entgegne ich mit einer Grimasse.

Rin riecht an ihrem T-Shirt und rümpft die Nase. »Gott, du hast recht. Hast du eine Ahnung, wo hier das Bad ist?«

Wir sehen uns verloren im Raum um. Dritte Feststellung: Ich weiß nicht, was ich mir unter Vincents Zimmer vorgestellt habe, aber es ist definitiv kein steriler Raum mit grauen Jalousien gewesen. Auf seinem leeren Einzelbett liegt nur ein Kissen und eine weiße Bettdecke. Die Wände sind cremefarben gestrichen und komplett kahl. Keine Fotos oder Poster. Keine Bücher, keine Pokale von seinen Fußballturnieren, keine Hausaufgaben oder Videospiele. Als würde er absichtlich darauf verzichten, etwas von sich zu zeigen.

»Wenigstens scheint er einen grünen Daumen zu besitzen«, gähnt Rin und zeigt auf die Topfpflanzen, die auf dem Fensterbrett stehen.

»Vielen Dank«, murmelt Vince aus dem Nichts. Er steht vom Boden auf und fängt an zu reden, als hätte er nicht eben noch felsenfest geschlafen. Sind alle Morgenmenschen so? »Vor drei Wochen war Ian mal wieder ein Wochenende über zu Hause … aber ansonsten sind es nur die Topfpflanzen und ich.«

Er kratzt sich am Kopf, als könnte er so die traurige Bemerkung überspielen, aber Rin lächelt ihn an. »Haben die Pflanzen Namen?«

»Kommt drauf an, willst du ihnen welche geben?«

Während des Zähneputzens debattieren wir die Namensvergabe (der Summers-Haushalt verfügt über eine bemerkenswerte Sammlung an biologisch abbaubaren Bambuszahnbürsten). Rin schneidet Grimassen im Spiegel, während ich versuche, meine Augen aufzubehalten. Es ist kalt im Haus der Summers. Jemand hat das Fenster im Flur offengelassen und der Winter hat es sich in den Nischen des Hauses bequem gemacht. Die kahlen Wände sind im gleichen Creme-Ton gestrichen wie Vinces Zimmer, es riecht nach Lavendelreiniger und Holz. Ich suche nach einem Gegenstand, der Mrs Summers gehört, ein Familienfoto oder Schuhe, aber finde nur ihre Abwesenheit.

Alle meine Erinnerungen an Vinces Ma sind von dieser Abwesenheit geprägt.

»Meine Sobo hat auch die Angewohnheit morgens als Erstes überall die Fenster zu öffnen. Das weht die schlimmen Geister fort«, sagt Rin. »Vermutlich ist das kein japanisches Ding, sondern ein Großmutter-Ding.«

»Meine Auntie tut das auch. Sie nennt es ›die Nacht wegrütteln‹.«

»Wirklich? Manchmal frage ich mich, wie viele solche Parallelen es auf dieser Welt gibt, die wir einfach verpassen.« Sie schenkt mir ein Zahnpastalächeln. »Also, was meint ihr, ist Agatha ein guter Name für eine Pflanze? Oder sollte es etwas Dramatischeres sein, wie Fritzwilliam der Dritte von Hillburnian?«

Vince hockt auf der Badewannenecke und im Spiegel erkenne ich, wie er ständig zu uns hochblickt, als könnte er nicht fassen, dass sich jemand außer ihm in diesem Haus befindet.

»Was, keine Reaktion?«, fragt Rin. »Dabei ist das so eine wichtige Frage.«

»Hm? Entschuldige, ich hab nicht aufgepasst«, murmelt er und reibt sich die Augen. »Mann, meine Stirn fühlt sich an, als würde sie jemand als Basketballplatz benutzen.«

»Was ist mit dir, Macey?«

»Ich finde, der Name sollte vom Aussehen der Pflanze selbst abhängen«, argumentiere ich halbherzig.

»Guter Punkt. Ich werde sie mir später noch einmal ansehen müssen.«

Das Badezimmer ist so makellos wie der Rest des Hauses. Weiße Kacheln und eine riesige Dusche, die man wie einen Kleiderschrank öffnen muss und die mehr Funktionen am Duschkopf besitzt als unsere Waschmaschine zu Hause. (Was ist ein Whirlpool-Effekt bei einer Dusche?) Drei unterschiedliche Arten von veganem Bodygel stehen neben der Badewanne. Daheim benutzen Joseph, Femi und ich nur den billigen *Old-Spice*-Abklatsch und streiten uns darum, wer die Flasche als letztes aufgebraucht hat.

Es ist, als würde ich einen Blick auf das erhaschen, was ich eines Tages vielleicht erreichen könnte – ein schönes Haus mit weißem Zaun, das Vince mit einem Schnauben abgetan hat. Doch jetzt, wo ich hier stehe, fühle ich mich so fehl am Platz, dass ich Sorge bekomme, Vince könnte mit seiner Kritik sogar recht haben.

»Leute, es gibt etwas, das ihr euch ansehen solltet.« Charlie steht an der Badezimmertür und läuft an uns vorbei zum Fenster. Wir zwängen uns neben ihn und linsen durch die Jalousien.

»Ist das ... Dani?«, fragt Rin und lässt ihre Zahnbürste fast fallen. Tatsächlich, Danielle Mackay, Headgirl und Teilzeitvampirin, steht gerade vor der Einfahrt der Summers und lugt durch den Zaun.

Vincents Gesichtszüge verhärten sich. »Was hat sie hier zu suchen?«

»Das finden wir heraus, sobald sie über diesen Zaun geklettert ist«, brummt Charlie.

***

»Danielle Mackay, Headgirl der Hillburn Secondary, welch Überraschung, dich hier anzutreffen!« Rin stolziert durch die Küche wie durch den Schauplatz einer Krimi-Verhörszene. »Oder sollte ich lieber sagen *Message of the Sun*?«

Am monotonen Gesichtsausdruck unserer Schulsprecherin ändert sich nichts. Ich kann es ihr nicht negativ anrechnen. Vince hat Charlie, Rin und mir drei seiner bunten Kapuzenpullover ausgeliehen, sodass wir mehr Gemeinsamkeiten mit den Teletubbies als einem coolen Detektivtrupp haben. Einschüchternd sieht anders aus.

Danis Blick schwankt von Rin zu Charlie, der wie eine Katze auf dem Fensterbrett kauert, zurück zu Vince.

»Müssten die beiden nicht zu dieser Zeit im Internat sein?«

»Mann, sei nicht so eine Spießerin«, stöhnt Vince. Er lehnt sich mit verschränkten Armen an die Küchentheke, am weitesten von uns vieren von Dani entfernt. »Was willst du hier? Das nächste Kapitel persönlich vorbeibringen?«

»So ähnlich.« Danis Fingerspitzen kreisen über den Tisch. »Du hast mir am Freitag zu wenig Zeit gegeben, um meine Sicht der Dinge zu erklären.«

»Was? Dass du mir eine Geschichte über mich und Macey geschickt hast und dich nicht einmal getraut hast, mir das zu gestehen?«

»Was hat Macey damit zu tun?«

»Komm schon, wir wissen alle, dass sie hinter Maki steckt.«

»Wirklich?«

Ich salutiere ihr zu und Danis Augen weiten sich, als hätten wir ihr gerade ein fehlendes Puzzleteil gereicht. Mein Wissen zu Danielle Mackay beschränkt sich darauf, dass unsere Verhältnisse nicht unterschiedlicher sein könnten. Dani kommt aus einer alteingesessenen Familie, die schon seit Generationen die Hillburn besucht und finanziert. Sie unterschreibt wichtige Dokumente für Pennington, aber hält sich ansonsten im Hintergrund. Heute trägt sie eine schwarze Bluse, die ihre kurvige Figur betont, und Stiefel mit Stahlkappen, die unruhig gegen den Hocker tappen.

»Wenn ich das richtig verstehe«, fasse ich zusammen, »hast du die E-Mails mit der Geschichte versendet, aber sie nicht geschrieben. Und du kennst auch den Autor nicht, weil du davon ausgingst, dass es Vince war.«

»Korrekt. Die Suche nach dem Autor ist derzeit das größte Rätsel auf dem Server von *TWS*. Bisher wissen wir nur, dass er er/ihn-Pronomen verwendet ...«

»Server von was?«, kommt es von Rin.

»*The Warrior's Sun*«, antwortet Dani seufzend. »Das ist der Blog, der die Geschichte veröffentlicht.«

»Was ist mit den gelben Markierungen?«, fahre ich fort. »Anfangs sah es aus, als würdest du Stellen markieren, die zu Vince führen, oder sind es nur deine Lieblingspassagen?«

»Das sind eine Menge Lieblingspassagen.« Charlie blickt vom Fensterbrett zu uns herunter. Unser unerwarteter Besuch scheint ihn weniger zu stören als die knallbunte Kleidung, die er trägt. Genervt zieht er an den Schnüren seines Hoodies.

»Sie sollten beweisen, dass Vince der Autor ist.«

»Du meinst der Prinz«, korrigiert Rin.

»Ich dachte, es wäre dasselbe.« Dani streicht ihren Pony zurecht. »Hört zu, wenn ich wüsste, wer der Autor ist, würde ich jetzt nicht hier sitzen, sondern mich mit einem eigenen Hashtag im Internet zelebrieren lassen. Mir ist schon vor ein paar Monaten aufgefallen, dass der Autor aus unserer Gegend stammen muss. Die Cliffs. Der Strand. Der Großteil der Leserschaft stammt aus Schottland, aber an der Hillburn selbst gibt es höchstens zwei bis drei Personen, die von TWS gehört haben.«

Dani rutscht auf ihrem Sitz hin und her und ihre schwarz lackierten Nägel tappen gegen die Theke. Ihr Gesichtsausdruck bleibt jedoch so neutral wie immer, mit leicht nach unten gezogenen Lippen und müden Augen. Sie holt ihr Handy aus der Jackentasche heraus und beginnt, durch ihre Fotogalerie zu scrollen. »Ich habe angenommen, dass der Autor von einer anderen Schule stammen muss, wo die Geschichte bekannter ist. Aber dann hat er dieses Bild gepostet …«

Sie hält uns einen Screenshot entgegen. Es zeigt eine mit gelben Markierungen versehene Seite eines zerfledderten Buchs. Die Ärmel eines weißen Hemdes sind noch sichtbar, aber nicht die Hände der Person, die das Buch hält. Dahinter liegt das dunkle Meer. »Es ist eine Seite aus *Die Monotonie des Glücks* und er hat seine Lieblingsstellen markiert.«

»Seht euch den Hintergrund an«, murmle ich und Dani zoomt in das Bild hinein. »Das ist der Strand, an dem wir mit Dougal waren. Und dahinter sind die Türme der Secondary. Das ist die Sicht auf Hillburn, wenn man an den Cliffs steht.« Der Position des Autors nach zu urteilen, müsste er viel weiter an den Felsvorsprung gelaufen sein, als die Absperrungen es erlauben.

Dani nickt knapp. »Der Autor hat das Foto in den Sommerferien hochgeladen, wenige Tage nachdem Mrs Summers offiziell als vermisst erklärt wurde. Wer würde so weit hinauslaufen, an den Absperrungen vorbei, an einen Punkt der Cliffs, ab dem es gefährlich wird, wenn nicht …«

Wir drehen uns gleichzeitig zu Vince, der zähneknirschend vor dem Kühlschrank steht. Er knallt die Hafermilchpackung mit einer solchen Wucht auf die Theke, dass die ganze Küchenzeile vibriert, und schüttet einen Berg an Froot Loops in seine Frühstücksschüssel.

Wenn man ihn gut kennt, ist es einfach, die Gemeinsamkeiten zu sehen. Der Prinz fasst sich ständig hinter sein Ohr, wenn er nervös ist, so wie es Vince seit Kindheitstagen tut. Er kam allein aus einem fremden Land, dessen Sprache er nicht mehr beherrscht, lebt für eine Zeit lang in Makis Soldatenkasernen, bis er diese schließlich für die Suche nach der verlorenen Sonnenkönigin verlässt.

Wer würde so weit zu den Cliffs hinauslaufen, wenn nicht Vince für seine Ma?

»Meint ihr, er war auch an dem Abend da, als Vinces Mutter verschwand?«, fragt Rin leise. »Vielleicht hat der Autor sie tatsächlich gesehen.«

»Er hätte wenigstens etwas Auffälligeres für das Foto tragen können. Weiße Hemden sind Teil der Schuluniform«, brummt Charlie, der immer noch an seinem Hoodie herumfummelt.

Vince sieht von seiner Schüssel hoch. Seine Hände zittern leicht und er will nach seinen Ohren greifen, fängt sich aber im letzten Moment.

»Am Anfang, als ich über den Prinzen las, hatte ich das Gefühl, ihn zu kennen. Die ersten Kapitel klangen wie ich, aber die späteren, als der Prinz ertrinkt … ich weiß nicht, etwas hat sich verändert. Ich kann mich immer noch mit ihm identifizieren, aber es ist nicht mehr dasselbe«, murmelt er. »Was, wenn es die ganze Zeit der Autor an den Cliffs gewesen ist? Wenn es nicht Ma war, die man dort gesehen hat, sondern er?«

Dieses Mal nickt Dani nicht. Sie starrt Vince nur unverwandt an, bis er es nicht mehr schafft, den Blickkontakt zu wahren.

»Ich verstehe es nicht. Wenn du die Geschichte selbst nicht geschrieben hast, sondern sie von einem Blog stammt – warum hast du es nicht einfach gesagt? Wozu diese Blackmailing-Nummer?«

»Blackmailing ist etwas anderes, das hier ist schräger«, meint Charlie.

»Es sollte nur bei dieser einen E-Mail bleiben.« Dani rollt mit den Augen. »Sie hatte eine ganz klare Ja-Nein-Frage im Betreff, ob du der Autor bist, aber statt mir zu antworten, hast du die Frage nur zurückgestellt. Und nach dem Sportwettbewerb hast du mit noch mehr Fragen geantwortet, bis ich mir ... Sorgen gemacht habe. In der gleichen Woche hat der Autor nämlich die Kapitel veröffentlicht, in denen der Prinz von den Cliffs gesprungen ist. Es tut mir leid wegen der E-Mails. Wenn ich gewusst hätte, dass du nicht der Autor bist, hätte ich sie nie geschickt.«

Genervt blickt sie zur Seite. Reue oder Nervosität sehen anders aus, dennoch spüre ich Verständnis für Dani. Das sind ihre gelben Lieblingspassagen gewesen. Ihre Kommentare und schwarzen Herzen zu Stellen, die sie besonders mochte. So wenig ich ihre Beweggründe für die E-Mails verstehe, so nachvollziehbar ist mir ihre Liebe zur Geschichte. Die ersten Kapitel habe ich in einer Nacht durchgelesen. Manchmal denke ich an Maki und frage mich, ob mich der Autor wirklich so sieht. So mutig und voller kluger Einfälle.

Dani tippt auf ihrem Handy herum, als wollte sie noch etwas heraussuchen, aber legt es dann wieder zurück in ihre Jackentasche. »Ich verspreche, ich kann das alles erklären, wenn du mitkommst. Bei mir zu Hause ergibt es mehr Sinn«, wendet sie sich an Vince.

»Jetzt gleich?«, fragt Rin, während sie unsere muffigen Klamotten von letzter Nacht in die Waschmaschine steckt. Dani rümpft die Nase.

Vince stellt seine Schüssel auf dem Tisch ab. »Bist du mit dem Auto hier?«

»Ja. Wieso?«

»Gut, wir kommen nämlich alle mit.« Auf Vinces Lippen schleicht sich ein Lächeln. »Und du wirst uns auch alle zurückfahren. Charlie und Rin ins Internat und Macey bis nach Glenfield Park.«

»Das ist über eine halbe Stunde entfernt!«

»Du kannst es in zwanzig Minuten schaffen, wenn die Straßen frei sind.« Ich nehme einen Löffel von meinem Haferbrei, aber mittlerweile ist er kalt und klumpig geworden.

Dani presst die Lippen zusammen und verschränkt die Arme. Sie sieht alles andere als zufrieden aus, aber das scheint Vince nur weiter anzustacheln.

»Sie kommen mit«, wiederholt er. »Charlie, Rin und Macey waren von Anfang an bei der Suche dabei und sie werden es bleiben, bis wir den Autor gefunden haben. Wenn du etwas zu zeigen hast, dann zeigst du es uns allen. Das ist meine finale Bedingung.«

Er beendet seine Siegesansprache, indem der Löffel zurück in die Schüssel Froot Loops platscht und die Hafermilch auf den Tisch spritzt.

Dani seufzt, aber auf ihrem Gesicht tut sich ein Anflug von Erleichterung auf.

»In Ordnung«, sagt sie. »Order des Prinzen, hm?«

»Auf eine bedrückende Weise hatte die Schifffahrt in meine neue Heimat mehr mit dem Jenseits gemeinsam als mit der Gegenwart.« – Octavian Dupont, *Die Monotonie des Glücks*

VINCE

Was auch immer gerade passiert, ich hoffe, es ist es wert, dass ich meine Froot Loops in der Küche stehen lassen musste.

Wir sitzen in Danis kleinem Auto. Da Rin die Größte ist, darf sie vorne sitzen, was bedeutet, dass Macey, ich und Charlie uns nach hinten quetschen. Letzterer ist mit dieser Situation alles andere als zufrieden.

»Erwartest du wirklich, dass ich so rausgehe?«, regt er sich auf. »Du kannst mir nicht erzählen, dass du nichts in einer anderen Farbe besitzt!«

Er sieht auf seinen Batikpullover und die knallgelbe Jogginghose hinunter. Um ehrlich zu sein, habe ich ihm diese Hose absichtlich gegeben. Charlie in bunter Kleidung, wie oft hat man die Chance dazu?

»Es ist das Einzige, was dir passen würde«, lüge ich. »Der Rest wäre dir zu groß.«

»Maceys Hoodie ist ihr auch zu groß und dagegen hast du nichts.«

»Macey ist alles zu groß.«

»Ruhe auf den billigen Plätzen, ich kann die Nachrichten nicht verstehen!«, ruft Rin aus. Das klingt wie ein Scherz, aber sie meint es tatsächlich ernst. Es gießt in Strömen, wir sitzen in einem winzigen Polo und Rin Nakamura lauscht vergnügt einem Nachrichtenreporter, der uns die neuesten Debatten aus dem schottischen Parlament erklärt.

Ich lehne meinen Kopf gegen das Fenster und fokussiere mich auf die monotone Stimme des Radiosprechers. Mein Kopf brummt und es liegt nicht an letzter Nacht. Danis Enthüllungen lösen eine Wut in mir aus, die sich eher langsam durchzieht, statt zu explodieren. Neben mir klopft Macey gegen Rins Sitz, als wäre sie in der Suche des Autors schon zehn Schritte voraus. Zumindest hoffe ich, dass sie es ist.

***

Die Entdeckung von *The Warrior's Sun* war ein Rettungsanker für Danielle Mackay.

Während der Autofahrt erklärt sie uns, dass sie den Blog vor ungefähr einem Jahr fand, auf der Party, die ich damals mit ihr besuchte. Ein Headgirl aus Clydebank empfahl ihr die Geschichte, nachdem sie sich eine Weile über ihre Lieblingsbücher unterhalten hatten.

Es fing ganz harmlos an. Sie klickte sich durch ein paar Tumblr-Accounts und fand zwischen all den Serien- und Bücherfandoms die Zeichnung eines jungen Prinzen mit goldener Krone und schwarzem Rauch, der von seinen Händen emporstieg. Sie las sich die Reblogs durch, wie man das nachts bei sinnlosem Handyscrollen so tut. Der Blog war durch alle Algorithmen hindurch aus dem Nichts aufgetaucht, mittlerweile ist es nicht mehr möglich, ihn über externe Suchmaschinen zu finden. Dani sah sich nur aus Neugier die Website an, las die Historie der Welt und das Glossar an Gottheiten und Bräuchen und fing schließlich an, die ausführlichen Antworten zu verfolgen, die der Autor zu allen möglichen Fragen einstellte. Er beantwortete alles, solange es nichts mit seiner Person selbst zu tun hatte.

Kein Wunder also, dass Dani ihn auf Anhieb sympathisch fand.

Obwohl ich Dani schon seit Jahren kenne und wir an so vielen Projekten gemeinsam gearbeitet haben – ich bin noch nie bei ihr zu Hause gewesen. Wenn Ians Haus als Villa durchgeht, muss es sich beim Anwesen der Mackays um einen verdammten Palast handeln. Ein alter Bentley steht in der Garage, um die Steinfassaden rankt sich Efeu und ich bin mir ziemlich sicher, einen Springbrunnen an der Einfahrt entdeckt zu haben. Ich blicke zu Macey in der Erwartung, dass ihr beim Anblick dieses Hauses die Augen herausfallen, doch ihre Lippen sind nur zu einem schmalen Strich gekniffen.

Jetzt stehen wir vor einer Flügeltür, die zu Danis Zimmer führt. Während der gesamten Autofahrt hat sie unruhig gegen das Lenkrad getippt und jetzt rückt sie alle zwei Sekunden ihren Pony zurecht.

»Verurteilt mich nicht. Ihr seid die ersten Leute, die ich jemals hierher eingeladen habe«, murmelt sie. »Fragen beantworte ich später.«

»Klingt gruselig«, meint Rin und lächelt nervös. Dani zeigt keine Reaktion. Sie öffnet uns die Tür ihres Zimmers, ganz vorsichtig, als ob ihr jeder Millimeter wehtut. Wenn ich nicht noch so wütend auf sie wäre, würde sie mir mit ihrem gequälten Gesichtsausdruck beinahe leidtun.

Die Tür geht auf und ich muss mich zusammenreißen, nicht das Gesicht vor Überraschung zu verziehen.

Danis Zimmer ist das absolute Gegenteil der Schulsprecherin, die ausschließlich schwarze Kleidung trägt und sich freiwillig mit Schulbürokratie beschäftigt. An den Wänden hängen Poster von Animes und Studio-Ghibli-Filmen. Auf dem Schreibtisch stapeln sich Schulhefter und Notizblöcke. Dani besitzt einen *Animal-Crossing*-Kalender und eine signierte Karte einer Gothband, die ich nicht kenne. Das Ganze wird von etlichen Stickern und buntem Washitape zusammengehalten. Es ist, als hätten wir das Tor zu einer anderen Dimension gefunden. Unsere Schulsprecherin Danielle Mackay hat nicht nur eine Menge ungeahnter Interessen … sie scheint ein echtes Fangirl zu sein.

»Wie lange hat es gebraucht, die Poster aufzuhängen?«, fragt Charlie erstaunt und Dani zuckt mit den Schultern.

»Ich habe sie im Laufe der Jahre gesammelt.«

»Liebe deine Flagge!«, ruft Rin und zeigt auf das riesige Stück Stoff, das an der Decke hängt. Ich kann die Farben nicht ganz ausmachen, es gibt keinen richtigen Blauton und die Streifen unterscheiden sich hauptsächlich dadurch, wie dunkel sie sind.

»Pink, rot und orange«, klärt mich Charlie auf. »Die lesbische Pride-Flagge.«

Und ich nicke, weil ich nicht weiß, was ich sonst tun soll. Dass Dani auf Mädchen steht, ist mir schon vor Jahren aufgefallen, aber an der Hillburn sprechen wir nicht über diese Themen. Ihr Zimmer verbirgt jedoch nichts. Alles, was man über Dani wissen muss, ist an einer Wand angebracht. Ihre Interessen, ihre Abzeichen, ihre Lieblingssendungen und Bands hängen beieinander wie ein riesiges Dani-Mosaik.

»Ihr habt das Recht, mich jetzt auszulachen«, murmelt sie und streicht erneut über ihren Pony.

»Tun wir nicht«, entgegne ich. Mein Kopf ist nur voller Fragen. »Du hast nie gesagt, dass du dich für diese Serien und Bücher interessierst.«

»Weil es niemand zu wissen hat«, brummt sie. »Es ist eine Sache, ab und zu einen Marvelfilm im Kino zu sehen, doch es ist eine andere, seine ganze Freizeit einem queeren Blog zu widmen. Es ist peinlich. Die skeptischen Blicke meiner Eltern reichen mir schon aus.«

Macey läuft als Erste durch den Raum. Sie hebt ein Buch von Danis Nachttisch auf und betrachtet den abgelaufenen Bibliotheksstempel mit Abscheu. »Du hast *Die Monotonie des*

Glücks seit über elf Monaten und hast es noch nicht zurückgebracht?«

»Falscher Fokus, Mace«, erinnere ich sie und wende mich an Dani. »Ist da etwas drin, was für die Suche nützlich ist?«

Sie zuckt mit den Schultern. »Nicht unbedingt«, erklärt sie. »Man merkt, dass das Buch den Autor inspiriert hat, aber es ist ziemlich deprimierend. Dupont begibt sich auf diese lange philosophische Reise, auf der er versucht, in der Monotonie des Lebens sein Glück zu finden, und … am Ende stirbt er, ohne jemals eine Lösung gefunden zu haben.«

»Der Autor oder die Buchfigur?«, hake ich nach, aber Danis dunkler Miene nach zu urteilen, ist die Antwort wohl beides.

»Er war ein Einwanderer in die USA, der versuchte, den großen amerikanischen Traum zu leben. Er wollte Schriftsteller werden und hatte all diese grandiosen Pläne, aber sein eigentlicher Beruf wird nie erwähnt. Stattdessen werden im Buch nur kleine Dinge beschrieben, die er in seinem täglichen Leben sah. Es gibt ein ganzes Kapitel über die Weise, wie er sich sein Brot schmiert, und Erinnerungen an sein Leben, bevor er immigriert ist.« Sie presst die Lippen zusammen. »Am Ende spricht er ein letztes Mal vom Meer.«

Mir kommt der ertrinkende Prinz in Erinnerung und vor meinem inneren Auge tun sich Wellen auf. Erst als ich die Sonnensticker zwischen den Postern sehe, finde ich wieder zu mir. *The Warrior's Sun*, die Sonne der Kriegerin. Überall in Danis Zimmer kleben diese kleinen Sonnen und es erinnert mich daran, wie früher Plastiksterne in Maceys Zimmer hingen. Dani geht zu ihrem Schreibtisch und sucht ihren Laptop unter einem Stapel an Papieren heraus. Den Tab für den Blog hat sie bereits geöffnet, aber ich traue mich kaum ihn anzusehen.

»Eine Frage noch!«, ruft Rin in ihrer Detektivstimme aus und stolpert fast über ein Pikachu-Plüschtier. »Wie groß ist dieser Blog? Gibt es ein … äh … Fandom? Schreibst du Fanfiction?«

Dani seufzt schwer. »Wenn ihr schon einmal hier seid.« Sie deutet eine kurze Verbeugung an. »Ich bin Moderatorin des Subreddits und Inhaberin der offiziellen Discordgruppe von ungefähr vierundneunzig Mitgliedern, habe ein Cosplay für die Meerespriesterin, führe den zweitgrößten Fanaccount und ich lese lieber, statt zu schreiben, aber manchmal korrigiere ich die Fanfictions anderer Fans.«

Sie atmet nach ihrer Aufzählung laut aus. Charlie pfeift anerkennend. »Das machst du alles noch neben der Schule?«

»Das Fandom ist sehr klein, aber es wächst mit jedem Kapitelupdate und findet sich mittlerweile auch außerhalb von Schottland«, sagt Dani. »Die Geschichte ist gut, urteilt über mich, so viel ihr wollt ...«

»Niemand verurteilt dich«, wiederhole ich, mit einem Blick auf ein *Korrasami*-Poster. Ich bin wütend, aber ein kleiner Teil von mir versteht, warum Dani niemandem diese Seite von sich zeigt. Meine eigenen Zimmerwände sind cremefarben und nichtssagend. Wenigstens versteckt sich Dani nicht zu Hause.

Dani schaut stirnrunzelnd von ihrem Laptop hoch, als sei sie beunruhigt darüber, dass wir ihr Zimmer normal finden.

»Meine Eltern finden es perspektivlos«, sagt sie. »Ist es ja auch. Ich hadere mit meinen Englischaufsätzen, aber schreibe zweitausend Wörter auf Tumblr darüber, welche Bedeutung die Farben der Nebencharaktere in *TWS* haben. Das hat doch alles keine Zukunft.«

»Manchmal müssen Dinge keinen Wert für die Zukunft haben, um etwas zu bedeuten.« Ich brauche einen Moment, um zu realisieren, dass der Satz ausgerechnet von Macey kommt. Sie steht neben Dani über den Laptop gebeugt, fährt sich nachdenklich über das Kinn und ist schon wieder komplett dem Rätsel gewidmet. »Am meisten überrascht mich, dass du Vince zugetraut hast, sich diese Fantasywelt auszudenken.«

»Hey!«

»Und dieser Autor will definitiv nicht gefunden werden?«

Dani nickt. »Er betont immer und immer wieder, dass er sich nicht zu erkennen geben wird und seinen ganzen Blog löscht, falls jemand seine wahre Identität herausfindet. Aber das hat die Community nur weiter angestachelt. Mittlerweile gibt es ganze Threads, Hashtags und einen eigenen Discordserver, die nur dazu bestimmt sind, ihn zu finden.«

»Menschen wissen wirklich nicht, wie Privatsphäre funktioniert«, murrt Rin.

Dani scrollt weiter durch den Blog und ich traue mich, einen kurzen Blick darauf zu werfen. Unter jedem Kapitel finden sich Kommentare, die zwischen »*Diese Geschichte ist genial*« und »*Wer zum Teufel bist du?*« wechseln.

»Der Tag, an dem ich mir schließlich sicher war, dass es sich bei dem Autor, beziehungsweise dem Prinzen, um Vince handeln musste, war der erste Schultag.« Dani sieht mich an, als könnte sie sich daran erinnern, was ich damals trug. Meine Festtagsuniform mit den Manschetten und dem Schulkilt, der Ruß des Mikrofons. Wie ich vor dem Waschbecken stand und das dunkle Wasser meine Arme herunterlief. Es hat sich nicht sehr nobel angefühlt, aber ich verstehe, wie jemand den Prinzen in diesem Szenario sieht. Ich habe mich ja selbst in ihm gesehen.

»Und dann entschied ich mich, die E-Mails zu schicken. Ich dachte, es anonym als *Message of the Sun* zu tun, wäre der einfachste Weg, um herauszufinden, ob du es wirklich bist. Es war vielleicht naiv, weil der Autor nicht gefunden werden will – aber ich hoffte, wenn ich alle Teile der Geschichte heraussuche, die mir gefallen, würdest du erkennen, dass ich nicht nur aus Spaß und Langeweile deine wahre Identität herausfinden will, sondern weil ich ein echter Fan bin.«

Was diesen letzten Teil betrifft, hat sie definitiv recht. Neben den Sonnenstickern hat Dani sogar einen selbst gemalten

Warrior's-Sun-Aufkleber neben ihrem Touchpad liegen. Er sieht ziemlich cool aus, mit Dolchen, die sich vom blauen Hintergrund abheben, als würden sie über Wellen schweben. Ich muss mir auf die Zunge beißen, um das Kompliment nicht laut auszusprechen.

»Diese Suche fühlt sich moralisch schrecklich fragwürdig an«, flüstert Rin. »Seid ihr euch sicher, dass wir damit weitermachen sollten?«

Erst jetzt traue ich mich, den Blick komplett auf Danis Laptop zu richten. Dieser Blog ist echt. So richtig, wirklich, echt. Es gibt noch mehr Menschen, die unsere Geschichte kennen. Hinter den Einträgen finden sich Wellen, die sich ihren Weg über die gesamte Website bahnen und einen tiefer und tiefer in die Geschichte hineinziehen. Am rechten Rand erscheinen kleine Updates des Blogs.

@thewarriorsauthor

Ich romantisiere Trauer, weil sie mehr ist als das, was ich jetzt habe

@thewarriorsauthor

Der Himmel ist blau, weil ich das gesagt habe, da steckt kein großer philosophischer Hintergedanke dahinter LEUTE REGT EUCH AB

@thewarriorsauthor

Was auch immer. Makis Speer ist ein Symbol für meine Sozialphobie und wie es manchmal einfacher ist, Menschen von sich wegzustoßen als offen zu kommunizieren. Außerdem sieht er aus wie eine Gabel #funfact #istjetztcanon #tippsfürfanart

@thewarriorsauthor

Ich verschwimme ich verblasse für immer in mir weißt du noch als wir nebeneinander saßen und meine hände kaum deinen tisch erreichten und du meintest meine zähne wären groß genug für zwei lächeln ich hätte jetzt gerne dieses zweite lächeln zurück ich hätte mich gerne zurück aber ich bin voller lücken

Ich wende mich vom Laptop ab, bevor ich mich in einer dieser Lücken wiederfinde.

Die Priesterin hob sein Kinn an.
»Sieh dein Leben nicht als Scherbenhaufen, junger Prinz, sondern als ein angefangenes Mosaik.«

VINCE

Ich weiß nicht, ob Lehrkräfte etwas an der »schönsten Zeit des Jahres« missverstanden haben, aber den gesamten Dezember über schaffe ich es nicht, mich aus dem Berg an Schularbeit zu befreien. Eine ewige Aufgabenliste schwirrt durch meinen Kopf und statt sie wie ein vernünftiger Mensch abzuarbeiten, sitze ich vor meinem Handy und prokrastiniere mit Blogeinträgen von *The Warrior's Sun*. Der Autor macht es leicht, Hillburn gegen die Fantasywelt des Prinzen auszutauschen. Ich kann mich nicht daran erinnern, jemals so viel freiwillig gelesen zu haben.

Nur habe ich in dem ganzen Stress eine wichtige Sache vergessen.

Charlie.

Am letzten Schultag steht er mit mehreren Koffern ausgestattet auf dem Fußballfeld, während ich die Plastikhütchen vom Training wegräume.

»Ich hoffe, es ist kein Problem für dich, dass ich mein ganzes Kunstmaterial mitbringe«, sagt er und zeigt auf seine vielen Taschen. »Ich werde noch ein paar Feinschliffe an meinem Portfolio vornehmen müssen und bin davon ausgegangen, dass du daheim nicht über das nötige Equipment verfügst.«

Meine Augen wandern von der Staffelei zu den Kästen an Farbe. Währenddessen blättert Charlie mit zitternden Händen durch seine Zeichnungen. Er sieht müde aus. Also müder als jemand, der Augenringe als Teil der Schuluniform trägt, ohnehin schon aussieht.

»Bist du dir sicher, dass du das alles machen willst?«, frage ich und Charlie nickt, ohne von seinem Skizzenbuch aufzublicken.

»Es sind nur noch kleinere Details. Und du machst auf mich nicht den Eindruck eines Weihnachtsliebhabers, der sich daran stören würde, wenn ich an Heiligabend arbeite.«

»Darum geht es mir nicht.« Ich atme tief ein und die kalte Luft sticht in meiner Lunge. Normalerweise beruhigt es mich, auf dem Fußballfeld zu stehen und den Geruch von Regen und gemähtem Gras einzuatmen, doch der Wind peitscht so stark, dass es mir schwerfällt mich zu konzentrieren. Vielleicht ist es auch die Dauerangst in meiner Brust, die dafür sorgt, oder die Worte, die mir gerade auf der Zunge liegen. »Ich finde, du solltest die Ferien nicht in Hillburn verbringen.«

Charlie hebt fragend die Augenbraue. Welcher letzte Funken an Hoffnung sich gerade noch in seinen grauen Augen gefunden hat, ich habe ihn mit einem Satz zerschossen.

»Ich dachte, wir hätten das geklärt«, brummt er. »Willst du mir ernsthaft zwei Stunden nach Schulschluss sagen, dass ich mir eine Alternative suchen muss?«

Ich zögere. Zehn von zehn Punkten fürs Timing, Summers. Das hast du wieder richtig gut geplant. »Du solltest Weihnachten nicht allein verbringen, Charlie. Du verdienst eine Auszeit von Hillburn, es laugt dich aus.«

»Verbringst du nicht Weihnachten auch allein?«, schnaubt er.

»Deswegen wäre ich auch der Erste, der dir eine freie Couch in Hillburn überlassen würde, wenn es dir bei deinem Vater zu viel wird«, versichere ich und lege die Kegel ab. »Aber du bereust es offensichtlich, Rosie nicht zu kennen, und anders als deine Eltern kannst du dich jetzt noch dazu entscheiden, für sie da zu sein.«

Bei der Erwähnung von Rosie muss Charlie schlucken. Er sieht auf sein Gepäck hinab. Der Rasen ist noch nass vom Regen der letzten Nächte und klebt am Stoff seiner Koffer.

»Sie ist fast ein Jahr alt«, flüstert er nach einer Weile. »Mein Vater schickt mir immer mal Fotos von ihr. Nicht, dass ich jemals mit mehr als einem ›Daumen hoch‹ antworte.«

»Vor mir musst du dich nicht rechtfertigen, Charlie. Eine Scheidung ist scheiße. Deine ganze Familie wurde aufgelöst, ohne dass du jemals ein Mitbestimmungsrecht hattest.« Ich sehe auf sein Notizbuch mit den *Warrior's-Sun*-Zeichnungen hinab und stocke. »Und ich weiß, dass es harte Arbeit ist, in Kunstakademien angenommen zu werden, aber deine Mappe ist genial, Charlie.«

Er hebt die Augenbrauen. Schon klar, meine Meinung bedeutet nichts, wenn seine Arbeit von einem wichtigen Kunstprofessor mit runder Brille und schickem Schnurrbart kritisiert wird. Aber ich lüge nicht. Soweit ich es beurteilen kann, ist das Portfolio besser als alle seine Werke, die momentan in der Schule aushängen. Charlies Kunst ist experimentell und voller ungewöhnlicher Materialien, und auf jeder Seite fragt man sich, was als Nächstes kommt.

»Ich glaube nicht, dass ich das *Warrior's-Sun*-Bild einschicken kann«, murmelt Charlie. »Das Konzept ist spannend, aber es gehört mir nicht. Niemand würde verstehen, was die Zeichnung bedeutet.«

»Ist es nicht nur Fanart?«

Er hebt die Augenbraue. »Du kannst nicht Fanart an eine renommierte Kunsthochschule schicken, Vince.«

So viel zu »Kunst liegt im Auge des Betrachters«. Selbst der Autor schreibt in seinem Blog, dass seine Karte auf Charlies Kunst basiert. Im Q&A-Bereich findet sich sogar ein Verweis auf Charlies Instagram-Account.

»Die Profs kommen bestimmt nicht darauf, dass es sich um

Figuren aus einer Geschichte handelt«, argumentiere ich weiter. »Wenn überhaupt, kannst du behaupten, dass es Porträts von Mace und mir sind, mit dem Bonus, dass ich eine schicke Krone tragen darf.«

Er lächelt über den Kommentar. Der Wind zerrt an den Seiten seines Skizzenbuchs, aber Charlie macht keine Anstalten, es zu schließen. Die Frage zeichnet sich in seinem Gesichtsausdruck ab, bevor er sie stellen kann.

»Warum hast du meine Kunst erwähnt, wo wir doch über Rosie gesprochen haben?«, fragt er stattdessen.

Ich zucke mit den Schultern. »Manchmal hab ich Projekte angefangen, um mich von den Dingen abzulenken, die mich eigentlich beschäftigen. Aber auf Dauer funktioniert das nicht. Ich weiß, wenn du wirklich müsstest, würdest du auch in Glasgow bei deinem Vater an deiner Kunst arbeiten. Vielleicht inspiriert dich der Tapetenwechsel sogar.«

Ich werfe ihm Fingerpistolen zu und Charlie schüttelt den Kopf. Bestimmt verhalte ich mich gerade wie der beschissenste Freund aller Zeiten, ihm diese Entscheidung in letzter Minute vor die Füße zu werfen. Aber lieber so, als den Weihnachtstag mit einem enttäuschten Charlie zu verbringen, der seine Entscheidung bereut.

»Weißt du, was das Anstrengendste an der ganzen Sache ist?«, sagt er. »Meine Eltern sind eigentlich ganz in Ordnung. Stinknormale Menschen in normalen Einfamilienhäusern, die normalen Berufen nachgehen und nur durch einen gemeinsamen, mehr oder weniger normalen Sohn miteinander verbunden sind.« Er wischt sich die Haarsträhnen aus dem Gesicht und setzt sich auf einen der Koffer. »Gott, Dad wird vermutlich darauf bestehen, dass Rosie und ich abgestimmte Weihnachtspullis tragen.«

»Kann nicht schlimmer sein als der Batik-Hoodie, den ich dir aufgezwungen habe.«

»Mate, du solltest dich geehrt fühlen, dass ich es danach überhaupt noch in Erwägung ziehe, zu dir nach Hause zu kommen.« Er lächelt und sieht dann auf seine Koffer hinunter. »Kannst du kurz auf die Sachen aufpassen? Ich muss noch jemanden anrufen.«

Und ich nicke und Charlie nickt und damit ist die Sache erledigt.

»Die Leute haben nicht gelogen«, sagt er, während er das Skizzenbuch in seinem Rucksack verstaut. »Du bist echt gut im Reden.«

***

Ich folge Charlie bis zum Bahnhof. An beiden Gleisen warten die letzten Schüler und Schülerinnen der Hillburn darauf, ihre Ferien einzuläuten. Ich lehne mich auf der Brücke zurück, und obwohl kein Zug vorbeizieht, strecke ich kurz meinen Daumen aus, bis er zwischen die Gleisbette passt.

In meiner anderen Hand halte ich mein Handy. Ich habe das Kontaktformular des *Warrior's-Sun*-Blogs geöffnet.

Es sind nicht nur die äußeren Kleinigkeiten, die mich mit dem Prinzen verbinden. Es ist der Rest – wie der Autor meine Ängste so gut einfängt. Wie er es schafft, genau aufzuschreiben, wie ich mich wegen meiner fehlenden Zukunftspläne fühle – als würde ich in Arbeit ertrinken, obwohl ich nicht mal weiß, wohin sie mich führt.

@thewarriorsauthor

LASST MICH IN RUHE

BITTE HÖRT AUF

HÖRT AUF NACH MIR ZU SUCHEN BITTE

Ist es wirklich eine so schlechte Idee, dem Autor zu schreiben? Würde er die Geschichte löschen, obwohl er mich ja offensichtlich persönlich kennt? Ich habe nicht den geringsten Schimmer.

Aber was ich weiß: Wer auch immer hinter diesem Blog steckt, braucht dringend Hilfe.

EIN NEUES JAHR

»Du bist vielleicht ein König, der von seinem Turm aus seine Untertanen erblickt, aber ich bin der Prinz dieser Straßen. Ich kenne den Puls dieser Stadt, besser als du es jemals tun wirst.«

MACEY

»Was auch immer passiert, wir sind stolz auf dich, okay?«

Dad schlurft durch die Küche und sendet das vermutlich hundertste Gebet des Tages gegen unsere Decke aus. Ich bin mir nicht sicher, wie er seine Hände wieder auseinander nehmen will, so verschwitzt sind sie schon.

Mein Laptop steht auf dem Tisch wie eine tickende Zeitbombe, das Portal der Cambridge University leuchtet als Warnsignal auf. Es ist wie vor zwei Monaten, als ich meinen Brief für den Mathewettbewerb bekommen habe, nur dass ich diesmal nicht allein sitze. Sie sind alle da – Joseph und Femi an die Küchenzeile gelehnt, Auntie Grace mit Lucas auf dem Schoß und meine Eltern. Mums schmale Hand auf meinem Arm abgelegt, wie sie es immer tut, wenn ich Glück brauche.

»Bereit?«, fragt sie. Ich weiß es nicht. Am liebsten möchte ich den Tab schließen, mich auf das Trampolin legen und für immer den grauen Himmel ansehen. Meine Hände zittern, sie schaffen es kaum, nach der Maus zu greifen. Die Wochenenden in der Bibliothek, alle geschriebenen Klausuren, die Bewerbung für den Mathewettbewerb, die Interviews, die Überstunden im *Figaros*, der Druck der letzten Jahre liegen angestaut in einer einzigen Minute, während ich auf den Button klicke.

Bitte, lass es nicht umsonst gewesen sein, bitte lass es mich schaffen …

Mum reagiert, bevor ich es tue. Sie jauchzt laut auf, während ich noch versuche, die Wörter zu entziffern. Doch tatsächlich. Da steht es, Schwarz auf Weiß.

Ich habe es nach Cambridge geschafft.

ICH HABE ES NACH CAMBRIDGE GESCHAFFT.

»Oh Liebling, herzlichen Glückwunsch!«, ruft Mum aus und Dad zieht mich in eine so feste Bärenumarmung, dass ich fast von meinem Stuhl falle. Ich bringe es kaum fertig, meine eigenen Gefühle zu sortieren, weil ich viel zu beschäftigt damit bin, die stolzen Gesichter meiner Eltern anzusehen. Es beflügelt mich fast schon mehr als die Zusage.

Ich habe es geschafft.

Die Umarmungen und Josephs Schulterklopfer ziehen an mir vorbei, selbst Femi beglückwünscht mich, auch wenn mir sein gereizter Unterton auffällt. Euphorie rauscht durch meine Ohren und meine Wangen glühen so stark, dass ich es kaum schaffe, das Dauerlächeln unter Kontrolle zu bekommen.

»Ich bin so stolz auf dich, Macey«, sagt Dad und streicht mir über das Haar. Tränen steigen in meine Augen und egal, wie sehr ich versuche, sie mir wegzuwischen, es kommen nur noch mehr auf.

Ich habe es geschafft.

Ich bin noch nicht am Ende angelangt. Meine Abschlussklausuren stehen an und ich muss im Sommer wieder meine Nebenjobs aufstocken, außer ich gewinne das Stipendium über den Mathewettbewerb.

Aber ich habe es geschafft.

In ein paar Monaten werde ich in einem Vorlesungssaal sitzen und mein Wohnheimzimmer einrichten. Ich werde mein Collegegebäude nicht nur auf der Uniwebsite ansehen, sondern davorstehen. Ich werde viel näher am Londoner »Little Lagos« sein und meine Familie dort besuchen können. Ich will durch die Universitätsgebäude streifen, mit einem Stapel Ordner und hundert Aufgabenstellungen im Kopf, ich will bis spätabends über Bücher gebückt sitzen, ich will sogar schrägen Freizeitgruppen beitreten und Pubs besuchen.

Ich werde in Cambridge studieren.

Ich habe es geschafft.

***

»OH MEIN GOTT! Ich sehe es schon vor mir, Frau Professor Doktor Macey Adenuga an der Fakultät für Mathematik und was-auch-immer …«

»Ich habe nicht einmal mein Studium angefangen, Rin.«

»Aber weißt du, wie manche Dinge einfach zueinander passen? Das sind du und Cambridge! Du wirst in den Vorlesungen glänzen, trägst schicke Mäntel und abends unterhältst du dich mit deinen schlauen Unifreunden über wissenschaftliche Vorträge … du gehörst da einfach hin!« Rin wippt zufrieden in ihrem Stuhl und hält mir ihre Packung Maltesers hin.

Der Gemeinschaftsraum war voll, also haben wir uns zu viert in ihr Turmzimmer zurückgezogen, um für die Prüfungen zu lernen. Der Regen prasselt gegen das Rundfenster und verwischt die Sicht auf die schottischen Hügel. Rin und ich haben uns mit einer Decke, Maltesers und Lofimusik ausgestattet. Trotz des tristen Wetters wird mir warm. Rin kann mich in Cambridge sehen. Rin, die eines der reichen Internatsmädchen ist, mit denen ich früher nie gesprochen hätte. Rin, die sich mit mir viel lieber über unsere Lieblingsserien austauscht als über Notendurchschnitte. Rin, die ich vermissen werde.

»Dann lass uns mal für die letzten Klausuren lernen, aye?«, schlägt sie mit einem Augenzwinkern vor. »Die Jungs sind ja nicht so erfolgreich.«

Sie zeigt auf ihr Bett. Vince ist eingeschlafen und lehnt sich an Charlies Arm, Charlie blättert lustlos durch seinen Biologiehefter und kritzelt *The-Warrior's-Sun*-Motive auf den Rand.

Anscheinend verstehen sich die beiden noch, obwohl Charlie in letzter Minute beschlossen hat, die Ferien nicht bei Vince zu verbringen. An Heiligabend schickte er uns ein Foto von sich und seiner Halbschwester Rosie in grässlichen Weihnachtspullovern und Vince antwortete als Erster mit einem »100«-Emoji.

Außerdem hat Charlie seine Kunstmappe fertiggestellt und eingesandt, die neben *Warrior's-Sun*-Fanart auch eine Fotografie enthält, die er zu Weihnachten angefertigt hat. Es ist ein Schwarz-Weiß-Bild von Baby Rosie, umgeben von kunstvoll modellierten Handskulpturen. *Fernes Heimweh* lautet der Titel.

»Sind das Unibroschüren?«, fragt Rin und blickt auf die Flyer, die sich neben Vince stapeln. »Hat er sich immer noch nicht für einen Studiengang beworben? Wann ist denn die Bewerbungsfrist für Glasgow durch?«

»In ein paar Tagen«, seufze ich. Ich habe gehofft, Vince würde die Weihnachtsferien nutzen, um sich für ein Studium zu entscheiden, doch stattdessen verliert er sich zunehmend in Blogforen. Fast stündlich schickt er seine neusten Erkenntnisse in unseren Gruppenchat.

(12:21) **K.**
Der offizielle Warrior's-Sun-Account folgt Charlie nicht auf Instagram, aber aus irgendeinem Grund Jake Johnson?

(23:21) **K.**
In 85% aller Fanarts scheint Prinz Kierats Hautfarbe weiß zu sein. Bevor du fragst, Macey, diese Zahl basiert auf meinem vertrauenswürdigen Bauchgefühl.

(05:23) **K.**

Check nicht, warum manche Maki und den Prinzen zusammen sehen wollen. Die haben sogar ihren eigenen Hashtag?

»Sieht aus, als würde er sich gerade nur auf die Geschichte fokussieren«, stellt Rin fest. »Ist das überhaupt eine gute Idee, wenn der Autor die ganze Zeit darum bettelt, nicht nach ihm zu suchen?«

Ich zucke mit den Schultern. »Die Nachrichten in den Kommentarspalten haben sich in den letzten Tagen verdreifacht.« Häufig postet der Autor mitten in der Nacht, dass man ihn in Ruhe lassen soll, aber es hilft nicht gegen die Vermutungen, dass er aus unserer Gegend kommen muss.

»Ich glaube, er ist einsam«, sagt Rin plötzlich und zieht sich die Decke bis ans Kinn.

»Wer?«

»Dieser Autor ... ich glaube nicht, dass er viele Freunde hat.«

»Er hat Hunderte von Leuten, die seine Geschichte verfolgen.«

»Aber das ist etwas anderes, nicht wahr?«, entgegnet Rin. »Ich denke nicht, dass er jemanden hat, der um drei Uhr nachts mit ihm lernen würde, wie man Eyeliner aufträgt.«

Sie dreht sich zu Charlie, der gerade seine Französischvokabeln durchgeht. Er sieht kurz auf, fast so als hätte er ihren Blick wahrgenommen, und lächelt zurück.

»Aber ich wünschte trotzdem, ich wäre ein Teil von *The Warrior's Sun*«, fährt sie fort. »Ich wette, ich wäre richtig gut darin, ein Schwert zu schwingen und lange Reden zu halten.« Sie ballt die Hand zu einer Faust und lässt sie langsam sinken. In ihrem Blick funkelt gespielter Ernst. Dann nimmt sie ihre Taschenlampe vom Tisch und hält sie unter Vinces Kinn, der erschrocken aufwacht.

»Was zum ...«

»Prinz Kierat! Verräter unseres Adelshauses!«, verkündet Rin. »In Euren Händen spiegelt sich die Dunkelheit Hunderter Generationen an Königen, an Euren Fersen klebt das Blut gefallener Krieger. Was habt Ihr zu Eurer Verteidigung zu sagen?«

Vince reibt sich die Augen, springt dann jedoch vom Bett auf. Er hält die Taschenlampe über seinen Kopf, als würde er sich selbst unter die Scheinwerfer stellen, mit der freien Hand fischt er sein Handy aus der Hosentasche und öffnet das letzte Kapitel.

»*Sie können versuchen, mir alles zu nehmen. Meinen Thron, meine Ehre und meinen Namen*«, ruft er aus. »*Doch ich bin ein Mosaik aus allem, was ich war und was ich sein werde. Ich bin mehr als die Bürden, die mein Adelstitel mit sich bringt, und die Zeit fließt durch meine Adern, stärker als es die Dunkelheit jemals tun wird.*«

»Wir brauchen einen Erzähler«, verlangt Rin und dreht sich zu Charlie, der gerade gelangweilt den Turm aus Energydrinks und Büroklammern auf dem Schreibtisch inspiziert. »Du bist dran.«

»Was?« Charlie sträubt sich, aber Rin hat ihn bereits auf die provisorische Bühne in die Mitte des Turmzimmers gezerrt. Er räuspert sich kurz. Unsere Schatten ziehen durch den runden Turm.

»*Prinz Kierat nahm sein Schwert in die Hand und rannte auf den König zu.*« Charlies Blicke irren beängstigt zwischen uns umher, bevor er leise wieder abliest. »*Seine Knie zitterten. Das würde das Ende dieser Reise sein, schwor er sich. Die Dunkelheit konnte niemals über ihn obsiegen, wenn er sie an den Enden packte und mitrannte. Kierat sah zum König hoch …*«

Vincent fährt sich über sein Haar und krempelt die Ärmel seiner Schuluniform hoch. »*Du bist vielleicht ein König, der von seinem Turm aus seine Untertanen erblickt, aber ich bin der Prinz dieser Straßen. Ich kenne den Puls dieser Stadt, besser als du es jemals tun wirst!*«

Mit einer Leichtigkeit, die ich so nur aus seinen Fußballspielen kenne, springt er durch den Raum und Rin entgegen. Er hält die Taschenlampe gegen ihren Hals, als würde es sich um eine Schwertspitze handeln.

»*Ein guter König ist ein toter König!*«, ruft er dramatisch aus und Rins Augen weiten sich.

»Können wir zu dem Teil vorspulen, in dem Maki kommt und uns beide besiegt?«, flüstert sie mit erhobenen Händen. Die Blicke fallen sofort auf mich und ich hebe abwehrend die Hände.

»Ich bin wirklich keine gute Schauspielerin.«

»Du ruinierst die Stimmung«, entgegnet Rin und nickt mir aufmunternd zu. »Und du kannst das!«

Ich presse die Lippen zusammen. Charlie reicht mir Vinces Handy und ich versuche die richtige Stelle zu finden, an der Maki ihren Auftritt im Kapitel hat. Ich bin nicht für Bühnen gemacht, selbst wenn es sich dabei nur um Rins Zimmer handelt.

»*Mein Volk besteht aus ehrlichen Kämpfern.*« Meine Stimme schwankt. Es klingt nicht annähernd so überzeugend wie bei Rin und Vince. »*Wir hintergehen niemanden, werter Prinz. Wenn ich gegen Euch kämpfen muss, so werde ich das …*«

Meine Stimme versagt. Eine neue Nachricht ist auf dem Bildschirm erschienen.

»Was ist?«, fragt Vince. Er lässt von Rin ab und schaltet die Taschenlampe aus. Ich will ihm sein Display fast nicht zeigen, doch er ist schneller. Kaum, dass er den Namen liest, sieht er aus, als müsste er sich übergeben.

(15:31 Uhr) **Ma**
chand put, geht es dir gut? Xx

Vince wendet sich vom Handy ab. Sein Blick geht kurz Richtung Tür, doch statt hinauszulaufen, lässt er sich auf Rins Schreibtischstuhl fallen und starrt nur geradeaus.

Wer bist du, wenn du keine Leistung bringst?
Wer bist du, wenn du kein Königreich führst oder Kriege gewinnst, wer bist du, wenn die Zeit stillsteht?

VINCE

»Haben Sie noch etwas Süßholztee?«

»Für dich doch immer, Vince.«

Ms Buchanan gießt mir meine Tasse auf und der Dunst des Wasserkochers beschlägt ihre Brille. Es ist das letzte verpflichtende Studienberatungsgespräch, das die Hillburn uns aufzwingt und eigentlich nur als Resümee der vergangenen Sitzungen dienen soll. In den meisten Fällen hat ein fleißiger Hillburnschüler sich nämlich schon längst für seine Wunschuniversität entschieden, die Unterlagen brav eingereicht und seine Liste für den Studienstoff auswendig gelernt. Verdammt, ich dachte immer, ich werde auch eines Tages einer dieser Leute sein, die den Durchblick haben.

Ms Buchanan kichert. »Weißt du, du bist nur eine von zwei Personen, die diesen Kräutertee überhaupt trinken.«

»Und was führt die andere Person immer zu Ihnen?«

»Sie wird in Cambridge studieren. Letzte Woche hat sie ihre Zusage bekommen.«

Oh. Unschlüssig tunke ich meinen Teebeutel in der Tasse nach und falls Ms Buchanan merkt, wie sich meine Ohren rot färben, sagt sie nichts dazu. »Nun, ich fürchte, da kann ich nicht mithalten.«

»Ach, das ist keine Frage des Mithaltens, sondern hängt davon ab, was du vom Leben willst«, erwidert sie. »Weißt du, wie viele vor dir auf diesem Stuhl saßen, die mit Einserdurchschnitten die Schule verließen und sich dann ein Medizin- oder Wirtschaftsstudium aufzwangen? Weil sie das Gefühl hatten, Erwartungen gerecht werden zu müssen, die am Ende des Tages vollkommen egal waren?«

»Es ist aber nicht egal«, entgegne ich. »Sehen Sie sich Macey an. Klar, sie ist absolut besessen von ihrem Fach, aber wissen Sie, wie viel Druck sie sich macht? Sie versucht das lebende Beispiel abzugeben, warum ihr Vater damals die richtige Entscheidung getroffen hat, nach Großbritannien auszuwandern.«

Meine Gesten werden so groß, dass ich fast meinen Tee verschütte. »Ich habe ein Mädchen gesehen, das weinend aus dem Französischzimmer gerannt ist, weil ihr ein halber Punkt auf ihrem Referat zur besseren Note gefehlt hat. Ein halber Punkt, der ihre ganzen Unipläne durchkreuzt. Das Erste, was ich mache, sobald ich einen Test zurückbekomme, ist meinen Notendurchschnitt für das Halbjahr zu kalkulieren. Warum tue ich mir das an, wenn es am Ende egal ist?«

»Hör zu, ich wollte nicht sagen, dass deine Arbeit nichts wert ist. Es ist nicht deine Schuld, dass das Schulsystem so grundsätzlich fehlerhaft ausgelegt ist.«

»Also war's das einfach? Es wird für immer so bleiben?«

»Vince, geht es dir gut?« Sie nimmt meinen Arm und ich merke, dass meine Wangen nass sind. Ich weiß nicht mehr, wann das Weinen angefangen hat, doch jetzt, wo ich es tue, kann ich einfach nicht mehr aufhören.

»Ich will noch nicht an die Uni«, gestehe ich. »Ich habe keine Ahnung, was ich mit meinem Leben anfangen will, und meine Ma hat mir eine Nachricht geschickt und manchmal habe ich einfach so viel Angst vor den kleinsten Dingen, dass ich mich nicht mehr bewegen kann, und ich will einfach nicht mehr lernen und mich mit diesen scheiß Bewerbungen auseinandersetzen *und ich will einfach nicht an die Uni.*«

Ich reibe mir über das Gesicht. Die Worte liegen ausgesprochen vor mir, wie zerbrochene Ziegelsteine einer gut aufgebauten Fassade. Das war's also. Vincent Summers ist Lügner und Lüge zugleich.

Ms Buchanan seufzt. Sie gießt mir mehr Tee ein und sucht eine Packung Taschentücher aus ihrem Schreibtisch heraus.

»Nun«, sagt sie, »das klingt nach einer Menge Stress.«

Sie reicht mir ein Taschentuch und plötzlich muss ich lachen. Heulen und lachen gleichzeitig, bis ich den Laut in meinem Hals gar nicht mehr zuordnen kann. Alles, was ich mir bisher aufgebaut habe, läuft darauf hinaus, dass ich es eines Tages weit bringen soll. Jedes Abzeichen, jede Rede, jede Zeile in meinem Lebenslauf erwartet einen zukünftigen Anwalt. Manager. Leiter einer prestigeträchtigen NGO, der gegen geldgierige Großkonzerne kämpft. Schicke Anzüge. Wichtige Meetings. Ich habe mir immer ausgemalt, wie ich durch die alten Steinmauern einer Universität ziehe, die noch imposanter als die Hillburn Secondary aussieht. Ich wäre Leiter des Debattierclubs, ich würde angstfrei Kaffee trinken und hätte weniger Akne im Gesicht. Dann wäre alles okay.

Doch Ms Buchanan versucht nicht einmal, mir einzureden, dass alles in Ordnung geht, dass ich nur weitermachen muss, selbst wenn es wehtut. Sie runzelt nicht die Stirn oder schreit mich an, wie es die Redner in meinen Podcasts normalerweise tun. Und diese Ehrlichkeit tut überraschend gut.

»Entschuldigung für den plötzlichen Gefühlsausbruch«, murmle ich und sie tätschelt meinen Arm.

»Ach, das muss dir nicht leidtun! Jugendlichen mit ihrer Zukunft zu helfen ist mein Job!« Sie legt den Kopf schief und ich muss wieder lachen. »Du musst nicht auf die Universität gehen, wenn du dir noch nicht sicher bist. Ich weiß, dass es mit Karriereleitern immer so aussieht, als müsste man so schnell wie möglich anfangen, aber das stimmt nicht, Vince. Du bist noch jung. Nimm dir lieber die Zeit jetzt oder jemand anderes nimmt sie dir später.«

Ich nicke und trinke etwas Tee, versuche meinen Schluckauf in der Wärme aufzufangen. Allmählich verstehe ich, warum Charlie dieses Zeug immer in Kannen mit sich trägt. Es fühlt sich an wie Therapie in einer Tasse.

»Und was die Nachricht deiner Mutter angeht, wenn du möchtest, können wir darüber reden und eine Lösung finden«, fährt Ms Buchanan fort. »Aber ich will auch, dass du weißt, dass es in Ordnung ist, wenn du nicht immer die richtigen Worte für alles hast, okay? Mehr Tee?«

Ich nicke und unsere Schulsozialarbeiterin füllt mir freudestrahlend meine Tasse auf. Die Perlen an ihrer Tunika klappern und für einen flüchtigen Moment frage ich mich, ob mir die Sozialarbeit in Glenfield Park damals nicht auch hätte helfen können.

»Danke«, sage ich. »Fürs Sorgen.«

***

In zwei Tagen ist Maceys Mathewettbewerb.

Seit Wochen sitzt sie in der Bibliothek über ihre Übungsaufgaben gebückt und ich bin mir ziemlich sicher, dass sie zu Hause genau dasselbe tut. Man würde annehmen, sie könnte nach ihrer Zusage für Cambridge endlich eine Pause einlegen, aber ihre Arbeitsleistung hat sich nur verzehnfacht. Als wollte sie die letzten Monate Marathon mit einem Sprint beenden.

»Ist es eigentlich in Ordnung, wenn ich hier reinkomme?«, frage ich am Bibliotheksschalter. »Sie wissen schon, wegen der ganzen …«

Patrycja unterbricht mich mit einer wedelnden Handbewegung und nimmt ihre Kopfhörer ab. Die Rockmusik ist so laut, dass ich jedes einzelne Wort des Sängers verstehe.

»Mir ist total egal, dass du meinen Rechner geknackt hast«, erwidert sie. »Du hast größere Probleme, wenn du an einem Freitagabend nach deinen hundert Arbeitsgemeinschaften noch freiwillig in die Bibliothek willst.«

Sie blickt auf meine verdreckten Fußballschuhe hinab, die von meinem Rucksack herunterbaumeln, und auf die Chormappe unter meinem Arm, die nicht mehr hineingepasst hat. Zugegeben, ich will gerade nichts lieber tun, als nach Hause zu fahren und in mein Bett zu fallen. Es ist einfacher, den Berg an Hausaufgaben zu ignorieren, wenn man dabei die Augen schließt. Die letzten Monate Schule stehen an und soweit ich weiß, soll man im Survival-Modus lieber mit seinen Kräften sparen.

Patrycja seufzt tief und zeigt zu den Tischen. »Macey sitzt in der dritten Reihe links. Du musst vielleicht zweimal nachsehen, bis du sie hinter den Büchern findest, und ob sie ansprechbar ist, kann ich dir nicht sagen.«

Ein Lächeln schleicht sich auf meine Lippen, während ich loslaufe. »Danke, Miss P! Wenn ich gewusst hätte, dass Sie so cool sind, hätte ich nie versucht Ihre Daten zu stehlen!«

»Ich werde das als Kompliment und Entschuldigung annehmen, aber nenn mich nie wieder Miss P!«

Macey zu finden stellt sich als einfachstes Suchspiel der Welt heraus. Obwohl sie nicht die einzige Schülerin ist, die zu dieser Zeit noch lernt (was ist nur falsch bei diesen Leuten?), hat sie eine Mauer aus Mathematikbüchern um sich gebaut.

Ich seufze und ziehe einen Smoothie aus meiner Tasche. Ihr Blick wandert über die Flasche zu mir hoch und sie blinzelt stark, als wäre sie sich unsicher, ob ich nicht nur Teil ihrer Einbildung bin.

»Dachte, du könntest das vielleicht brauchen«, erkläre ich. »Kein Spinat oder rohe Eier, aber für den Rotkohl werde ich mich nicht entschuldigen.«

Macey dreht sich langsam zu mir. Sie sieht echt nicht gut aus. Ihr weißes Hemd ist vollkommen zerknittert und hängt aus dem Hosenbund heraus. Ihre riesige Flasche Irn-Bru ist zur Hälfte ausgetrunken und ich bin mir ziemlich sicher, dass Zucker und Koffein das Einzige sind, was sie gerade wachhält. Sie lässt ihren Kopf auf die Tischplatte fallen. »Wenn das so weitergeht, verliere ich noch meinen Verstand.«

»Das ist schlecht, denn normalerweise hast du genug für uns beide«, entgegne ich und schaffe es auf magische Weise, den Deckel beim ersten Mal komplett aufzuschrauben. Ich schiebe die Flasche zu ihr hinüber. Macey runzelt die Stirn, bevor sie einen Schluck vom Smoothie probiert. Vielleicht hat das viele Lernen ihre Geschmacksnerven durchgebrannt, denn sie nimmt sogar einen zweiten.

»Wie lange sitzt du schon hier?«

»Bin noch nicht fertig.«

»Das war keine Antwort auf die Frage.« Ich sehe auf die etlichen Papiere in ihren Ordnern hinunter, verschmiert mit Gleichungen und gelbem Textmarker. Ein riesiger Berg an Radiergummifusseln liegt am Rand des Schreibtischs und ist kurz davor, in sich zusammenzufallen. »Und wie viel hast du letzte Nacht geschlafen?«

»Ich kann schlafen, wenn ich meinen Abschluss habe.«

»Klar, wenn du schon dabei bist, kannst du den Schlaf auch bis zum Uniabschluss verschieben. Wozu gibt es schließlich Kaffee?«

»Hm.« Macey nippt unbeeindruckt an ihrem Smoothie und zieht dabei konzentriert die Augenbrauen zusammen. Bevor ich es mir anders überlegen kann, nehme ich ihr den Kugelschreiber weg.

»Hey, was soll das?«

»Es nennt sich Pause«, entgegne ich und seufze tief. »Mace, du weißt genauso gut wie ich, dass es nur ein Teufelskreis ist.

Wenn du mit der Hillburn durch bist, wirst du auf die Uni gehen und dann fängt der Stress wieder ganz von vorne an. Schalt dein Hirn aus für heute, heb dir die Gehirnkapazität für den Wettbewerb auf.«

»Ich bin mir nicht mehr sicher, ob ich weiß, wie das geht.«

»Du bist so dramatisch, Mann.« Ich packe die Stifte in ihre Mappe zurück und Macey hindert mich nicht daran. Ihre Augen starren den Schreibtisch an, aber ihr Blick ist woanders.

»Ich will jemand sein, weißt du?«, flüstert sie. »Ich will in Cambridge studieren und diesen Wettbewerb gewinnen und etwas aus meinem Leben machen und dann werde ich jemand sein.«

»Jemand sein?«, wiederhole ich ungläubig. »Mace, wird es irgendwann einen Punkt geben, an dem du alles siehst, was du bereits erreicht hast, und zufrieden damit bist?«

Sie antwortet nicht. Ihre Augenringe liegen so tief, dass ich sie am liebsten an den Schultern packen und aus der Bibliothek schleifen will. Sicherlich hat Rin nichts dagegen, wenn wir sie auf ihrem Bett absetzen.

»Erde an Mace, bist du noch da?« Ich ziehe ihr einen Klebezettel aus ihrem Haar und Macey blinzelt erschrocken.

»Entschuldige ...« Sie schüttelt den Kopf, ihre Gesichtszüge werden plötzlich ganz weich. »Du hast mich gerade nur an meine Mum erinnert.«

Ich klappe ihre Bücher zusammen, aber meine Hände zittern. Die Erwähnung der Adenugas löst immer Schuldgefühle aus. Es ist eine Sache zu verschwinden, aber eine andere, sich bewusst nicht mehr zu melden.

Und ich habe mich jahrelang nicht gemeldet.

»Nun, ich zwinge dich gerade zu mehr Schlaf und Vitaminen, sie sollte mir danken.« Ich grinse. »Wann fährt der nächste Zug nach Glenfield Park?«

»In einer Viertelstunde.«

»Dann solltest du jetzt definitiv aufstehen.« Ich habe Maceys chaotischen Schreibtisch aufgeräumt und die Bücher nach Größe geordnet. Der Fusselstapel ist vor dem Einsturz bewahrt und die Pastellmarker nach Rot-Grün-Schwäche sortiert.

Macey reibt sich die Schläfen. Ihre Augen sind so dunkel, dass sich die Bücher in ihnen spiegeln. »Du solltest mitkommen«, sagt sie.

»Zum Bahnhof? Ich dachte, es wäre offensichtlich, dass ich gerade nichts Besseres vorhabe.«

»Nein, nach Glenfield Park ... zu mir nach Hause.«

Meine Hände greifen instinktiv nach dem Riemen meiner Sporttasche. Vor meinem inneren Auge sehe ich die alten Gebäude, in denen ich aufgewachsen bin, den modrigen Seetang, dessen übler Geruch durch die Straßen zog, das Trampolin im Garten der Adenugas. Die Vorstellung, all die Gesichter, die ich in den letzten fünf Jahren nur aus meinen Erinnerungen oder dem Handydisplay gekannt habe, wieder im realen Leben zu sehen, lähmt mich. Wird sich überhaupt jemand an mich erinnern? Will sich noch jemand an mich erinnern?

Macey verlagert unruhig ihr Gewicht von einem Fuß auf den anderen. »Nur, wenn du willst, wir müssen nicht. Wir können ansonsten auch an einem anderen Tag ...«

»Nein, ich meine, ja, klar, absolut. Kein Stress. Hundert Prozent. Definito.« Ich schließe die Augen, als könnte das meine peinliche Antwort rückgängig machen. »Ich bin dabei. Dann kann ich sicherstellen, dass du zu Hause nicht noch weiterlernst.«

Macey setzt ihren Rucksack auf und kippt ein Stück nach hinten. »... okay.«

Sie greift nach meiner Hand und ich sehe sie nur an, die Stelle, an der ihre warme Haut auf meine trifft, heller als ihre, heller in den Innenflächen, als würden sie versuchen sich einander anzupassen.

Das letzte Mal, dass ich Maceys Hand hielt, war es noch ein Automatismus. Ein Reflex. Etwas, von dem ich nicht dachte, dass ich es verlernen würde, wie Schwimmen. Maceys Hand zu halten, ist wie aus Wellen ausreißen und schwimmen.

Die Magie der Sonnenkönigin war zum Greifen nah. Sie würde ihn von seiner Dunkelheit befreien. Der Prinz war sich sicher.

VINCE

Was ich sage: »Haha, klar bin ich dabei, kein Stress.«

Was ich tue: Stressen.

In Glenfield Park zeigt mir Macey unsere alte Grundschule, die aus mir unerklärlichen Gründen steril weiß gestrichen wurde und jetzt aussieht wie eine Zahnarztpraxis. Wir laufen an dem Kebabladen an der Hauptstraße vorbei, vor dem sich wie früher eine Meute Jugendlicher sammelt, obwohl ihr Kleidungsstil nun ganz anders ist. Viele alte Läden sind mittlerweile geschlossen, dort wo sich einst eine Wäscherei fand, lebt nun eine streunende Katze. Die Cafés und die Buchhandlung, zu der mich Macey manchmal nach der Schule mitgeschleppt hat – alles hat dicht gemacht. Dafür gibt es einen gigantischen 24-Stunden-Supermarkt an der Ausfahrt Richtung Glasgow. Macey erwähnt nur knapp, dass Femi dort arbeitet, und ich hake nicht weiter nach, warum er nicht für sein Studium in Edinburgh ist.

Am schlimmsten ist der Spielplatz. Zwar ist es viel zu dunkel, um irgendetwas richtig zu erkennen, aber die beiden Schaukeln sind weg und dort, wo einst das Klettergerüst stand, steht nun ein trauriger Überrest, zusammengehalten von allerlei Stickern und schlechten Graffitis.

»Wir sind nicht die Einzigen, die älter geworden sind«, sagt Macey dazu nur.

Wir laufen die Straße hoch und Alister winkt mir aus einer Wohnung zu. »Hey Vince, Mate, bist wohl gerade auf Streife durch die GP-Homebase?«

Macey schürzt die Lippen. »Niemand nennt Glenfield Park GP, Alister.«

»Na dann lass es doch einführen. Zusammen wären wir schon zu dritt!«

»Bin dafür«, sage ich grinsend.

»Als ob«, murrt Macey. »Du machst das nur, damit du mir widersprechen kannst.«

»Auf keinen Fall, ich denke, das ist eine brillante Strategie, um die nervigen Touris aus Hillburn hierher zu locken. Wir sollten uns Merchandise ausdenken.«

»Siehst du, er hat's verstanden!« Alister zwinkert mir zu. Seine Brille sitzt so locker, dass sie fast von seiner Nase fällt und nur dank seiner großen Kopfhörer hängen bleibt. Ich habe diesen Chaoten vermisst.

Und dann stehen wir vor den beiden Häusern meiner Kindheit. Das alte, kastenförmige Mehrfamilienhaus mit den kalten Badezimmerfliesen und das Haus der Adenugas. Auf den ersten Blick sieht es genauso aus wie die anderen Gebäude in der Straße, grau und quadratisch mit schmalen weißen Fenstern, als hätte man für jedes zweite Haus »Copy-Paste« gedrückt. Die Einfahrt führt einen steilen Berg hoch und der verrostete Zaun des Vorgartens hat schon bessere Tage gesehen.

»Vielleicht hätte ich Dad schreiben sollen, dass du kommst«, flüstert Macey und spielt am Reißverschluss ihrer Jacke herum. »Andererseits ist es nicht so, als hättest du dich jemals angemeldet, wenn du kamst.«

Ein Lächeln schleicht sich auf meine Lippen. Für all die Narben und schlaflosen Nächte, die ich in Glenfield Park erlebt habe, gibt es auch einen Berg an guten Erinnerungen. Es ist keine Liste an Pro und Kontra, nichts, was sich ausgleicht, sondern etwas, das einfach nebeneinander existiert. Macey öffnet das Tor und läuft dann zur Hintertür, die in die Küche führt. Es brennt Licht. Aus dem offenen Fenster kann ich das Abendessen riechen. Auntie Graces herzliche Stimme tönt durch das Haus, wie sie es in meiner Kindheit getan hat. »Macey, eh, warum bist du schon wieder so spät zu Hause?«

Macey gibt mir ein Zeichen, dass ich mit ihr eintreten soll, aber ich schüttle den Kopf und bleibe am Tor stehen.

»Frag sie zuerst, ob ich reinkommen darf.«

Es ist fünf Jahre her, dass ich das letzte Mal vor dieser Tür gestanden habe. Fünf Jahre, in denen ich mich nicht gemeldet habe, die ich nicht mehr zurückspulen kann – ich werde nicht hineinplatzen und so tun, als wäre das nicht passiert. Das Haus der Adenugas ist nicht mein Zufluchtsort, nicht mehr. Der Bahnhof ist nur zehn Minuten von hier entfernt, der nächste Zug kommt in zwanzig und ich bin durchaus darauf vorbereitet, diesen Rückweg sofort anzutreten.

Macey nickt und schiebt mich Richtung Zaun, aus dem Blickwinkel der Tür hinaus. Ich höre ihre Cousins, während ich draußen warte, die Stimmen so viel tiefer, aber das Lachen so ansteckend wie eh und je.

»Reicht der Reis überhaupt noch für Macey, oder hat Joseph schon wieder den Topf geleert?«, fragt eine Stimme.

»Was habe ich dir denn getan, dass du mich immer so entblößen musst?«

»Willst du eine Auflistung seit meiner Geburt?«

Ich muss mir ein Lachen verkneifen. Das Gezanke der Adenuga-Cousins hat sich über die Jahre nicht verändert. Ihre Worte werden nach einer Weile unverständlicher, die Stimmen wandeln sich zu Zischen und Pausen, gefüllt mit Fragezeichen und meinem steigenden Herzklopfen. Als Kind war ich zu jeder freien Sekunde in diesem Haus, selbst dann, wenn es Maceys Eltern nicht wussten. Auch Joseph und Femi hinterfragten nie, warum ich plötzlich an ihrem Küchentisch saß und allein Moi Moi aß. Ich war ein weiteres Fundstück, so wie die Bücher im Badezimmer und das teure Besteck für Besuch.

Die Tür geht auf. Eine bekannte Silhouette schreitet aus der Küche heraus.

»Vincent Summers«, brummt Ayo Adenuga, sein Akzent so warm, wie ich ihn noch in Erinnerung habe. »Unerwartet wie immer, nicht wahr?«

Er lacht und mein Hals brennt. Ich bin größer als er. Er trägt einen müden Lucas auf den Armen, der mittlerweile so alt ist wie ich es war, als ich zum ersten Mal nach Glenfield Park kam. Mr Adenugas Bart ist voller, aber die stoische Ruhe in seinen Augen ist gleich geblieben. Maceys kleiner Bruder weicht erschrocken hinter die Schulter seines Vaters aus, als er mich sieht.

»Schon gut, er ist nur müde«, flüstert Mr Adenuga und fährt seinem Sohn über den Lockenschopf. »Ich erinnere mich daran, als du hier das erste Mal ankamst. Du warst genau so wie Lucas es heute ist. Laut und neugierig und nur an Pokémon interessiert.«

Mr Adenuga hat einen warmen Schulterdruck, er wiegt schwer, aber hält einen fest. Ich will mich bei ihm entschuldigen, dass ich die letzten fünf Jahre nie zu Besuch gekommen bin, für all die unterdrückte Wut, die ich empfunden habe, wie ich mich nie dafür bedankt habe, wie viel die Adenugas für mich in meiner Kindheit getan haben.

»Danke, dass ich kommen durfte«, ist schließlich alles, was ich hervorbringe.

Mr Adenuga schüttelt den Kopf. »Die Entscheidung lag schon immer bei dir, Kierat.«

***

»Himmel, bist du dünn geworden!«, beschwert sich Auntie Grace und wedelt eine Zange vor meinem Bauch. »Du isst nicht richtig, oder? Wenn du Sport machst, brauchst du auch genug zu essen. Es gibt Efo Riro heute.«

Sie schnalzt mit der Zunge und holt einen Teller aus dem Küchenregal. Die Tür zum Wohnzimmer steht offen und Femi und Joseph strecken ihre Köpfe zu uns herein. Joseph hat einen Bart und Femi eine runde Brille auf der Nase. Die Induktionsplatten des Herds sind an einigen Stellen brüchig und das Waschbecken ist neu.

Ich weiß nicht, wo ich zuerst hinsehen soll.

»Sieh an, unser kleiner Straßenprinz«, sagt Joseph. Er legt seinen Arm um meine Schulter und zieht meinen Kopf herunter, wie er es früher getan hat. »Schicke Sportschuhe, ziehst du jetzt die reichen Leute in Hillburn ab?«

»Bitte fördere nicht seine Sneakersucht«, murmelt Macey.

»Deine Lieblingsschuhe sind deine Crocs. Du hast nichts zu sagen.«

Macey wirft ihm einen Blick zu, der Makis Speeren gleicht. »Ich trag sie nur zu Hause!«

»Sie sind knallpink und sie hat sogar diese kleinen Anstecker mit den Motiven.«

»Und ich werde sie dir nie wieder ausleihen, wenn du den Einkauf reinbringen musst«, murrt sie.

Macey reicht mir ein Glas kaltes Wasser und ich sehe wieder von meinen Schuhen hoch. Mir ist nicht aufgefallen, wie sehr sich meine Haltung verspannt hat, seit ich in der Küche stehe. Vielleicht ist alles zu viel auf einmal, die alten Familienfotos an den Wänden, all die neuen Ecken und Kanten auf Femi und Josephs Gesichtern, wie verdammt klein diese Küche doch ist. Dabei weiß ich noch, welche Treppenstufen knarren und in welcher Reihenfolge Auntie Grace ihre Verwandten anruft und wo die guten Süßigkeiten aufbewahrt sind. Ich habe jahrelang über GP nachgedacht – aber jetzt wo ich hier stehe, schießt es mich komplett weg. Es tut gut, dieses Glas in der Hand zu halten. Das Wasser bei den Adenugas schmeckt anders als in Ians Villa, aber es stillt mein Heimweh besser.

»Willst du noch den Rest des Hauses sehen, während Auntie Grace kocht?« Macey tippt gegen meine Schulter. »Femi und ich können dich rumführen.«

»Aye, ich …«

»Die Monty-Hall-Tür ist noch da«, ruft Joseph aus. »Und es wäre nett, wenn dein Kopf nicht im Treppengeländer stecken bleibt.«

»Wobei wir heutzutage bestimmt mehr Pappbecher auf deinem Kopf gestapelt bekommen«, ergänzt Femi.

Mr Adenuga reibt sich seufzend die Stirn. »Der Arme ist erst seit zehn Minuten hier und ihr überfallt ihn schon.«

»Hey, solche Witze verteilen wir sonst nur innerhalb der Familie. Wenn überhaupt sollte er sich geehrt fühlen, dass wir ihn so schnell wieder aufgenommen haben.« Joseph lächelt. Meine Lunge fühlt sich an wie ein Labyrinth, aus dem ich nicht mehr herausfinde. Ich bin immer noch willkommen. Sie haben mich nicht vergessen.

»Mum ist im Schlafzimmer«, höre ich Mr Adenuga sagen und Macey beißt sich auf die Unterlippe, bevor sie die Tür zum Flur öffnet. Ihre Schultern sind hochgezogen. Ich lasse mein leeres Glas neben der Spüle stehen. Früher hätte ich es noch abgewaschen, bevor Auntie Grace es sieht, jetzt starre ich es an wie ein Fremder.

»Entschuldige das Chaos. Femi kommt gleich nach, er will nur seine Folge fertig schauen«, erklärt Macey. »Er hasst Daily Soaps, aber sitzt trotzdem jeden Abend vor dem Fernseher. Gib ihm ungefähr fünfzehn Minuten und zwölf Sekunden, dann ist er wieder ansprechbar.«

Ich schließe die Küchentür hinter mir, während Macey hastig die Treppen hochläuft. Es riecht süßlich im Flur, nach Gewürzen und Überresten von Weihnachten. Alte Poster kleben an neuen Stellen. Macey bleibt vor der aufgehängten Wäsche am Treppengeländer stehen. Sie greift nach einem weißen

Hemd und schüttelt es kurz aus, bevor sie es über ihren Arm legt.

»Für den Wettbewerb«, sagt sie grinsend, mit Grübchen und allem, obwohl ihr Haar völlig vom Schultag zerzaust ist und Tintenflecken an ihren Händen kleben. Ich bleibe stehen, während sie zwei Treppenstufen gleichzeitig nimmt, und kann den Blick nicht von ihr nehmen.

Es ist schwer zu beschreiben – als hätte jemand einen Schalter in meinem Kopf umgelegt, von dem ich nicht einmal wusste, dass ich ihn besitze. Aber ich realisiere etwas, was mir eigentlich die ganze Zeit schon bewusst gewesen ist.

Macey ist schön auf die Art, bei der man etwas fühlt.

Er hatte die Sonnenkönigin wiedergefunden, aber sie sah nicht mehr so aus, wie er sie in Erinnerung hatte.

MACEY

Vincent Summers steht in meinem Schlafzimmer, fünf Jahre nachdem er spurlos aus Glenfield Park verschwand. Etwas unwohl sehe ich mich in meinem Zimmer um, als würde ich es gerade selbst nach Jahren wieder als Gast betreten. Lucas' Legosteine liegen quer über den Fußboden verteilt. An der Decke kleben die verblassten Plastiksterne, die ich nie abgenommen habe, und mein Schreibtisch ist ein heilloses Chaos aus Büchern und losen Papieren. Jetzt, wo ich weiß, wie aufgeräumt Vinces Zimmer ist, kommt mir meins schrecklich unorganisiert vor.

»Ist das ein Whiteboard voller Matheformeln?«, fragt er und sieht meine verschmierte Schrift an. Ich nicke kurz und er pfeift anerkennend. »Das war vorher noch nicht hier.«

»Lucas' ganze Seite auch nicht.«

»Stimmt, da stand früher ein Schrank.« Er wedelt etwas unbeholfen zu Lucas' Bett. Hätte ich ihm einen Stuhl anbieten sollen? Tut man das bei einem Gast, der früher keiner war?

Ich habe es nicht über mich gebracht, Vince von Mums Krebserkrankung zu erzählen. Als ich in der Bibliothek war, plante ich, es ihm im Zug zu sagen, als ich im Zug saß, beschloss ich, es ihm auf dem Weg zum Haus zu sagen. Jetzt blicke ich zum Fenster, von dem mir Vince vor fünf Jahren das letzte Mal zuwinkte, während er es absichtlich ignoriert.

Meine Schuldgefühle sind so groß, dass ich mich am liebsten unter meiner Bettdecke verkriechen und vor ihnen verstecken möchte.

Währenddessen sieht sich Vince jedes kleine Detail an und versucht herauszufinden, ob es vor fünf Jahren schon da war. Je nachdem, was er rät, wechselt seine Frage von »Wo hast du das her?« zu »Du hast das immer noch aufbewahrt?«. Er lächelt über ein Foto von Dad und mir, das wir bei unserem letzten Flug nach Nigeria aufgenommen haben. Ich kann mir kaum die vielen Verwandten merken, die wir besucht haben, aber wenn ich mich anstrenge, erinnere ich mich an die Dörfer und Dads melancholischen Gesichtsausdruck, während er uns durch die Straßen von Lagos geführt hat. Es ist unglaublich nervig, wenn Menschen von »Afrika« sprechen, als hätte nicht jedes Land eine eigene Identität und Unmengen an kultureller Vielfalt zu bieten. Und entgegen typischen Fernsehberichten westlicher Medien gibt es in Nigeria sowohl viele hochmoderne Büroviertel als auch unberührte schöne Naturlandschaften. Nicht umsonst wird das Land als »der afrikanische Gigant« bezeichnet.

»Hast du noch viel Kontakt zu deiner Familie außerhalb von Schottland?«, fragt Vince.

»Ich habe Cousins und Cousinen in London, wir besuchen sie immer in den Sommerferien. Dort ist die nigerianische Community viel größer als hier«, erkläre ich. »Und Dads Seite der Familie rufen wir fast jede Woche an. Es ist zu teuer, regelmäßig gemeinsam nach Nigeria zu fliegen, meist tut es nur meine Auntie.«

»Aye, hier in GP ist nicht viel los.« Vince sieht sich die restlichen Fotos meiner Familie an, die an der Wand kleben. Da sind meine Cousins zu Josephs Schulabschluss oder Lucas und ich an seinem Geburtstag, vor einem riesigen Bananenbrot, das Mum gebacken hat. Das war ein paar Monate vor ihrer Diagnose. Vince lächelt sanft und drückt die Klebestreifen an. »Du und deine Cousins steht euch ziemlich nah.«

»Manchmal glaube ich, wir haben nur einander und deswegen keine andere Wahl«, entgegne ich. »In London gibt es einen ganzen Ortsteil, den die Einwohner Little Lagos nennen. Hier gibt es nur Joseph, Femi, Lucas und mich.«

Ich kenne meine Herkunft nur über meine Familie. Sie sind meine einzige Quelle für Yoruba. Jeder Sprachrhythmus, der anders klingt als bei meinem Vater, bringt mich zunächst durcheinander. Obe Ata oder Fufu, das nicht so schmeckt wie bei Auntie Grace, ist nicht fremd, aber nah dran.

Vince nickt. »Es ist, als würdest du an einer Geschichte mitschreiben, aber statt einen neuen Satz zu beginnen, fängst du einen ganz anderen Absatz an und niemand hat dir erklärt, wie man das macht.«

»Aber ich mag es, dass ich diese Seite von mir habe. Ich bin stolz darauf, mit einer zweiten Kultur aufgewachsen zu sein«, sage ich und lasse mich auf mein Bett fallen. »Nur verstehen das viele in Hillburn nicht. Die vom Internat sehen ihre Eltern nur während der Ferien, sie kennen dieses Gemeinschaftsgefühl nicht, das in einer nigerianischen Familie existiert. In unserer Kultur ist man immer Teil von einem Ganzen, aber für andere klingt es so, als wäre ich nicht unabhängig genug.«

Die westliche, englische Vorstellung ist, dass ich wegziehen muss, um mich selbst zu finden und eigenständig zu werden. An manchen Tagen will ich tatsächlich aus diesem Haus ausbrechen, wenn es mir zu viel wird mit dem Leistungsdruck – und mit Mum. An anderen Tagen fühle ich mich schuldig und will sie am liebsten in meine Tasche packen und nach Cambridge mitnehmen. Ich hänge im Zwischenraum fest.

Vince setzt sich mir gegenüber auf den Teppichboden zwischen den beiden Betten. Er lehnt sich an Lucas' Bett und legt sein Kinn auf einem Knie ab. »In so vielen Teilen der Welt ist es vollkommen normal, dass man mit seiner Familie wohnt. In Indien haben mein Dadaji und Chachaji sich gemeinsam um die Farm gekümmert. Wir hatten diesen alten Traktor mit Blumenketten.« Er seufzt. »Ich glaube, der Fehler, den Ma und ich gemacht haben, ist das alles zu verdrängen. Wir waren echt gut darin, so zu tun, als ob es Indien nie gegeben hätte. Als ob wir es nicht manchmal vermissen würden und als ob es uns in Schottland immer gut ging. Ich habe so sehr versucht in Hillburn reinzupassen, dass mir gar nicht aufgefallen ist, was ich alles dabei verloren habe.«

Er sieht die Plastiksterne an und ich weiß ganz genau, dass er mehr als Indien meint.

Doch da springt Vince schon auf die nächste Sache auf. »Heftig, ist das eine Boombox?« Auf dem untersten Regal des Nachtschranks zwischen den Betten steht der alte Kassettenspieler. Vince klopft gegen die Plastikabdeckung, als würde es sich um eine Antiquität handeln. »Funktioniert der noch?«

Ich nicke. »Mum hat ihn mir vermacht.«

»Hast du auch noch unsere Notizbücher, in die wir immer unsere Geschichten geschrieben haben?«

»Nur auf dem Dachboden.« Ich erwähne nicht, dass ich sie in einer großen Aufräumaktion vor ein paar Jahren aus meinem Zimmer sortiert habe, weil ich den Platz für meine Schulbücher brauchte.

Ich setze mich zu Vince. Dann ziehe ich eine der Schranktüren auf und finde die Kassettenbox zwischen einer Büroklammerpackung und alten *Figaros*-Kassenbons.

»Such dir eine aus.«

Vince schließt die Augen und greift wahllos in die Kassettenkiste. Er erwischt eine unbeschriftete, was meine liebsten sind, weil Mum diese selbst aufgenommen hat. Ich lege sie in meinen Walkman und reiche Vince die Kopfhörer.

Kaum, dass ich auf Play drücke, fängt er an zu lachen.

»Was ist?«

»Es sind die Spice Girls.« Er kriegt sich nicht mehr ein. »Haben wir deine Mum damals gezwungen, diese Lieder für uns aufzunehmen?«

Er reicht mir einen Kopfhörer und die dramatische Trompeteneinlage von *Who do you think you are* klingt mir entgegen. Vincent wippt langsam mit und ich muss das Kabel festhalten, damit es mir nicht das Ohr abreißt.

»Es ist, als hätte das Universum beschlossen, die seltsamste Musik zu spielen, wenn du in der Nähe bist.«

»Du sagst das, als wäre es etwas Schlechtes«, entgegnet er und summt den Refrain mit.

Ich blicke auf die Box mit den Kassetten hinunter, die wüste Mischung an Britrock, 90s-RnB und nigerianischen Klassikern, und mir wird wehmütig ums Herz.

»Das letzte Mal, als ich auf einer nigerianischen Hochzeit gewesen bin, war mit elf«, beginne ich. »Und die Schulferien in London lagen anders als hier in Schottland, also sind wir einfach während der letzten Schulwoche losgefahren.«

»Rebellisch.«

»Ich habe den ganzen Weg über geweint.«

»Nicht ganz so rebellisch.«

»Auntie Grace hat sich um Baby Lucas gekümmert, damit Mum tanzen konnte, und sie … sie kannte einfach jedes Lied, das sie gespielt haben. Sie war den ganzen Tag und die ganze Nacht auf der Tanzfläche. Auf dem Hochzeitsvideo sieht man nur mich, wie ich mit offenem Mund zusehe.«

Vince nimmt seinen Kopfhörer ab und lächelt sanft. »Mit elf hattest du deine Haare in diesen kleinen Braids mit den blauen Perlen, damit ich die Farbe sehen konnte. Daran erinnere ich mich.« Er streckt kurz seine Hand nach der Kiste aus, zögert dann jedoch. »In der Boombox ist schon eine Kassette drin, oder?«

»Willst du sie jetzt wirklich anschalten?«

»Ich bin mir sicher, das Universum hat nichts dagegen, wenn wir laut Musik spielen. Und deine Auntie wird's mir auch verzeihen.« Vince drückt den Playbutton. Es dauert, bis das alte

Gerät anspringt, und er tippt ungeduldig dagegen. Rauschen. Dann Trommeln. Ein Rhythmus, der mein Herz zum Springen bringt.

Vince runzelt die Stirn. »Das kenne ich nicht.«

»Kannst du nicht, das ist keine von Mums Kassetten«, rufe ich freudig aus. »Das ist meine.«

»Du nimmst Kassetten auf?«

»Was geht denn hier ab?« Femi steht an der Tür und stemmt die Hände in die Hüften. Beim Anblick des laufenden Kassettenspielers weiten sich seine Augen. »Ist das dein Afrobeats-Mixtape?«

Das Universum hat wirklich nichts dagegen. Femis Hände trommeln mit und ich ertappe mich dabei, wie ich seinen Bewegungen folge, einen Schritt vor und zurück, bis ich nicht mehr über den Beat nachdenke. Vor meinem inneren Auge sehe ich Mums bunte Gele, die zwischen den Lichtern verschwimmt. Ich weiß nicht, ob sie es ist, die tanzt, oder ich, und ob es noch Erinnerung ist oder jetzt. Mum fängt eine Bewegung an und ich beende sie. Wenn ich mich vorlehne, ist es ihre Hand, die mich zurückzieht. Ich höre das Klirren blauer Perlen und Femi dreht uns beide im Kreis, bis wir fast umfallen.

»Okay, und jetzt ein Moonwalk!«, johlt er und ich muss so sehr lachen, dass ich Seitenstechen bekomme. Einzig Vince tanzt nicht. Er beobachtet uns mit Pupillen, die weit genug sind, dass ich ihren Durchmesser bestimmen könnte. Es fühlt sich an wie eine Eins Plus auf einem Französischaufsatz.

»Du stehst doch sonst nie still«, sage ich, greife nach seinen Armen und ziehe ihn in die Mitte des Zimmers, wo Femi weiter am Moonwalk scheitert. »Liegt es daran, dass du nicht zu Yoruba mitsingen kannst?«

Vinces Lächeln erreicht seine Augen und seine Hände fangen an sich zu bewegen. Nicht auf und ab wie bei einem Schlagzeug, sondern seitwärts.

»Dholbegleitung«, erklärt er stolz.

»Zu einem Lied aus Nigeria?«

»Schließt sich offensichtlich nicht aus.« Er klopft gegen meine Schulterblätter und mein Trommelfell vibriert. Ihn hier zu haben, so unverständlich mein Kopf manchmal auf ihn reagiert, ist bei Weitem besser als die Lücke, die sein Fehlen hinterlassen hat.

Aber das heißt auch, ihm alles zu sagen.

»Vince?«, beginne ich und kämpfe gegen den Kloß in meinem Hals an. »Es gibt noch jemanden, den du sehen solltest.«

***

Mum ist noch wach. Vielleicht hat sie Vinces fremde Schritte wahrgenommen. Vielleicht ist es eine ihrer Mutter-Superkräfte, dass sie genau weiß, wann man sie braucht. Es ist dunkel im Schlafzimmer meiner Eltern, nur die Nachttischlampe ist an. Mum liegt im Bett und hat ein Tuch um ihren kahlen Kopf gewickelt.

Ich versuche etwas in Vinces Gesichtsausdruck zu erkennen, was auf seine Gedanken zurückschließen lässt, aber finde nichts. Das letzte Mal, dass Vince Mum sah, war sie noch nicht von den Chemos ausgelaugt und nicht im Endstadium. Jetzt sind ihre Wangen hohl, die T-Shirts, die ihr früher passten, hängen schlaf an ihrem Oberkörper herab und ihre Haut hat an Farbe verloren. Und es ist zu spät. Es ist alles viel zu spät.

Vince klopft an die Tür und räuspert sich kurz. »Mrs Adenuga?«

Ihre Augen leuchten auf. »Kierat!«, flüstert sie, aber es klingt trotzdem so wie ihre Rufe von damals. »Oh mein Junge, es tut gut, dich wiederzusehen!«

Er läuft auf sie zu, vorsichtig, als wäre jeder Schritt ein eigener Marathon. Mum zeigt auf den Stuhl neben dem Bett und er nimmt die Einladung ohne Zögern an. So macht man das also.

»Wie tief deine Stimme mittlerweile ist, du bist ja richtig erwachsen«, sagt sie lächelnd. »Warst du auch bei Alisters DJ-Event? Der Gute gibt sich so viel Mühe mit seiner Musik, hat der Tipp mit der Gemüsebrühe funktioniert?«

»Die Gemüsebrühe war ein Wunder«, sagt Vince lachend und seine Augen werden glasig. Sein Blick bleibt trotzdem fest auf Mum fixiert, während ihre schmale Hand sich an seinen Unterarm klammert. »Klammern« ist kein Wort, das ich je mit meiner Mutter verbunden hätte, aber anders lässt sich ihre Kraftlosigkeit nicht ausdrücken.

»Ich weiß noch, wie wir früher, als Ayo noch neu in Großbritannien war, nachts gemeinsam durch London gezogen sind. Der Arme bekam damals kaum zwei Bier runter, ohne völlig betrunken zu sein.« Mums Augen leuchten belustigt auf. »Wir saßen bis drei Uhr morgens am Küchentisch seiner kleinen Wohnung und haben Gemüsebrühe aus der Tasse getrunken. Und keiner von uns wollte ins Bett, weil es noch so viel zu sagen gab, obwohl wir beide keine vollständigen Sätze mehr bilden konnten.«

Sie seufzt und richtet sich auf, damit ihr Kissen nicht wegrutscht.

»Ich bin so froh, dass ich dich noch mal sehen kann«, wiederholt sie. »Macey meinte, du wärst immer so beschäftigt. Ich habe gehört, du bist mittlerweile Schulsprecher?«

Vincent schaut auf die Stelle, wo vor ein paar Monaten noch sein Headboy-Abzeichen hing, und presst die Lippen zusammen.

»Ja, wir sind beide immer viel beschäftigt«, erwidert er, ohne mit der Wimper zu zucken, und Mum drückt seinen Arm.

Ich würde gerne behaupten, dass Mum und Vince all die richtigen Worte finden, die Menschen wie mir normalerweise fehlen. Dass sie tiefgründige Erkenntnisse über Leben und Tod haben, über das Finden und Gefundenwerden oder auf welchen Wegen sie die Gegenwart kennenlernen. Wie ein Abschied und ein Wiedersehen gleichzeitig entstehen können.

Aber das passiert nicht.

Ich muss feststellen, dass die beiden Menschen, die sonst immer einen Gedanken aus mir entlocken, sich am besten in der Stille verstehen.

Wär dies das Ende seiner Suche? Die Sonnenkönigin, von der er sich so viel erhofft hatte, konnte ihn nicht von seiner dunklen Magie befreien. Er war ganz allein.

MACEY

Unten werden die ersten Teller angerichtet, als Vince wortlos die Treppen hinunterläuft und nach seinen Schuhen greift. Verdutzt blicken Auntie Grace und meine Cousins aus der Küche.

»Willst du nichts essen?«, fragt Auntie Grace, aber Vince schüttelt den Kopf. Er blinzelt stark und fährt sich mit dem Arm über das Gesicht.

»Danke für den warmen Empfang«, murmelt er. »Aber ich muss jetzt los.« Er zieht seine Jacke an und rennt zur Tür hinaus. Ich folge ihm, obwohl ich nur meine Hausschuhe trage und die Kälte an meinen Beinen sticht.

»Kierat, warte!«

Es reicht, dass er zumindest in der Einfahrt stehen bleibt und sich umdreht. Er zittert. Überall, ganz unregelmäßig. Ich will ihn zurück ins Haus bringen, aber die Luft zwischen uns ist wie elektrisch aufgeladen.

Zu spät, zu spät, zu spät …

»Wie lange hast du das gewusst?«, flüstert er. »Ich kenne dich seit der Grundschule, Macey. Ich weiß, dass du jede Kleinigkeit über ihren Krebs nachrecherchiert hast, die du finden konntest … wie lange weißt du schon, dass sie sterben wird?«

Die Worte tun weh. Ich will es nicht aussprechen.

»Seit drei Monaten. Seit dem Tag, als ich den Brief für den Mathewettbewerb erhalten habe.«

»Fuck.« Er schüttelt den Kopf, die Hände in den Jackentaschen und den Mund geöffnet, als wollte er etwas sagen und würde kläglich an dem Kloß in seinem Hals scheitern. Innerhalb von wenigen Minuten hat Vince internalisiert, was ich seit einem halben Jahr versuche zu verdrängen. »Hast du gedacht, es würde mir nicht auffallen? Hast du einfach beschlossen, dass es mich nichts angeht?«

»Nein, ich …«

»Warum hast du dann nichts gesagt, Macey?«, schreit er. Seine Stimme ist so laut, dass sie bestimmt bis zu Alisters Wohnung reicht. Vinces Wut zerknittert sein ganzes Gesicht, es sieht nicht richtig aus. Er trägt einen blauen Button, den Rin ihm gemacht hat, mit *er/ihn*-Pronomen. Der Wind klackert ihn gegen die Knöpfe seiner Jacke und ich will mich am liebsten an den Klang klammern.

»Es tut mir leid, ich wollte nicht …« Mir steigen Tränen in die Augen, die ich eigentlich nicht verdiene. Das ist meine Schuld. Die letzten Monate habe ich so sehr damit gekämpft, dass Mum nicht mehr gesund wird, doch die Realität interessiert sich nicht dafür. »Du kanntest nur die Mace von früher, vor Mums Diagnose, bevor alles so schlimm wurde. Ich musste mir keine Gedanken über Prüfungen und Bewerbungen machen und ich habe nicht Stunden damit verbracht, mir Websites zur Krebsforschung durchzulesen. Ich hatte keine Kontrolle über den Krebs, aber ich hatte Kontrolle über das.«

Meine Hände ballen sich zu Fäusten, mein ganzer Körper versucht sich darauf zu fixieren, dass meine Atmung nicht überschnappt, und die kalte Februarluft erschwert das nur.

Vince fängt an zu lachen, ein tiefes, hässliches Lachen, das mich nur noch mehr zum Weinen bringt. »Dann war es wohl einfach egal, oder? Das ist nur dein letztes Schuljahr und du wirst nach Cambridge gehen. Du wirst deinen Mathewettbewerb gewinnen und ein Stipendium bekommen. Alles wird nach Plan verlaufen und der Rest ist Ablenkung.«

»Ich habe dir freiwillig bei der Suche nach dem Autor geholfen, nachdem du mich der E-Mails beschuldigt hast.«

»Und ich bin von Anfang an transparent gewesen, was meine Familie betrifft«, erwidert er. »Ich hab dir erzählt, dass meine Ma an den Cliffs verschwunden ist, ich hab dir die ganze Scheiße anvertraut.«

Die Straßenlichter verschwimmen mit dem Himmel, gelb und blau. Vinces Handydisplay in seiner Jackentasche blinkt und er versucht nicht hinzuschauen, aber tut es trotzdem. Natürlich fällt es mir auf, weil mir immer alles zwischen uns auffällt.

Nur macht es mich diesmal wütend.

»Weißt du, niemand hat dich davon abgehalten, selbst hierher zu kommen. Es ist nicht so, als hättest du jemals danach gefragt, wie es eigentlich um die Menschen steht, die sich damals um dich gekümmert haben!« Meine Stimme wird lauter. Wenn wir schon bei der Wahrheit sind, werde ich sie herausschreien. Ich bin ein brechender Staudamm. »Du hättest jederzeit nach Glenfield Park kommen und uns besuchen können, aber das hast du nicht, weil es dir peinlich war! Du bist zu beschäftigt gewesen, Vincent Summers mit seinen zehntausend Abzeichen zu sein, um zu bemerken, dass Femi seinen Studienplatz verloren hat oder Alisters Mutter in die Entzugsklinik musste oder jeder einzelne Laden in der Hauptstraße geschlossen hat, es hat dich einfach nicht interessiert –«

Er schnaubt. »Oh ja, schon klar. Also hätte ich von mir selbst aus fragen müssen, ob deine Mum gerade Krebs hat.«

»Du leugnest nicht einmal, dass dir dieser Ort absolut egal war, bis plötzlich diese E-Mails aufgetaucht sind!«, rufe ich aus. »Ich habe mir jahrelang die Schuld für dein Verschwinden gegeben, während du uns und Glenfield Park ignoriert hast. Bei den E-Mails ging es letztlich auch nur um dich und deine beschissene Ma, die du immer wieder in Schutz nimmst, obwohl sie dir nur wehgetan hat!«

Meine Worte sind so laut. So laut, so laut, so zerbrechlich wie ein Wimpernschlag. Vince blickt zur Straße und läuft einige Schritte zurück. Er fährt sich über das Gesicht, als wollte er sich vor dem Wind schützen, und zieht dann sein Handy heraus. Ich sehe die vielen verpassten Anrufe seiner Ma und Nachrichten aus dem *TWS*-Chat auf seinem Display. Er seufzt, während er seine Airpods aus der Jackentasche herausfischt.

»Weißt du, für eine Person, die jede freie Sekunde ihrer Zukunft durchplant, bist du wirklich schlecht darin, die Dinge bis zum Ende zu durchdenken«, sagt er.

Und dann läuft er weg.

***

Als die Tür hinter mir zufällt, fühlt sich die Welt zehnmal schwerer an.

Ich fokussiere mich wieder auf meine Matheaufgaben – die einzigen Probleme, für die ich zurzeit klare Antworten finde. Dad steht vor meinem Zimmer und hält einen Teller von Aunties Reis in der Hand. Ich schaffe es nicht, ihn anzusehen.

»Vince hat sich nicht verabschiedet, oder?«

»Nein.«

»Geht es dir gut?«

»Ich lerne.«

Dad stellt die Schüssel auf meinem Schreibtisch ab. Eigentlich ist Essen im Zimmer nicht erlaubt, selbst keine Schokolade, wie Auntie Grace mir immer wieder einbläut. Diese Regel scheint wohl nicht für Dad zu gelten. Er zieht einen Stuhl heran und setzt sich neben mich.

»Stress wegen dem Mathewettbewerb?«, fragt er.

Ich nicke, ohne aufzusehen. »Stochastik-Arbeitsblätter.«

»Verstehe«, murmelt Dad, aber das ist eine Lüge. Ich könnte Dad alles zeigen, was ich an Klausuren und Gleichungen schreibe, aber werde nie mehr als ein stolzes Schulterklopfen bekommen. Dad versteht nicht, was ich durchmache, so wenig wie ich verstehe, was er als Einwanderer erleben musste.

»Du musst noch essen«, sagt Dad auf Yoruba. Er rührt in der Schüssel herum. »Wenigstens Reis.«

»Später, wenn ich Zeit habe.«

»Es ist schon spät.«

Weswegen ich mir keine Pausen leisten kann. Ich beiße mir auf die Unterlippe und schaue hoch. Dad hält mir einen Löffel Reis entgegen, wie bei einem Kleinkind. Ich schüttle den Kopf und er schnalzt mit der Zunge.

»Iss«, fordert er und hält den Löffel vor meine Lippen. Obwohl er seine Arbeitskleidung nicht trägt, riecht Dad nach Motoröl und Benzin und dem strengen Männerparfüm, das er seit Jahren benutzt. Die Mischung ist schrecklich, aber es macht auch Dad aus. Es ist Zuhause. Ich denke ungern an all die Verluste, die mein Vater in seinem Leben ertragen musste, und wie viele in den nächsten Monaten noch dazukommen werden.

Ich nehme einen kleinen Bissen von dem Löffel und Dad lächelt stolz.

»Du musst immer noch essen«, sagt er. »Wir haben Orangen unten. Du warst so lange draußen in der Kälte, du solltest welche essen. Damit du dich vor dem Wettbewerb nicht erkältest.«

Ich schlucke den Reis herunter und wische mir mit der Hand über den Mund. Dad seufzt schwer. Er blickt zu meinem Whiteboard hoch und dann auf das Foto von uns, vor dem auch Vince stehen geblieben ist.

»Du bist genau wie ich«, stellt er stolz fest. »Gleiches Gesicht, gleiche Nase, gleiche Seele, nur schlauer als dein alter Mann.«

»Das stimmt nicht. Ich durfte einfach länger auf die Schule.«

Er zuckt mit den Schultern. »Vielleicht. Aber ich glaube trotzdem, deine Intelligenz stammt von deiner Mutter.« Er presst die Lippen fest zusammen. Niemand behauptet sonst, ich wäre wie Mum. Sie hat zwar meinen englischen Namen ausgesucht, aber es ist Dads nigerianischer Akzent, der ihn erst zu meinen macht. Früher hat er sie damit aufgezogen, dass mein Genpool einen klaren Favoriten zwischen den beiden hat. Es ist anders jetzt, wo wir sie verlieren. Wir finden sie in Lücken, die wir vorher nicht gekannt haben. »Und ihr Lachen. Ihr Lachen hast du auch. Ich habe euch drei oben lachen gehört und dachte fast, es wäre sie. Aber du tust es nicht so oft, das hast du auch von mir.«

»Femi hat versucht einen Moonwalk zu tanzen.«

»Dann soll er es häufiger tun. Ich vermisse es, meine Tochter so zu sehen.«

Ich blicke auf meine Hände hinab. Dad reicht mir die Schüssel Reis und lehnt sich nach hinten, während ich mich zwinge, etwas zu essen.

»War es zu viel?«, fragt er vorsichtig. »Ich weiß, es ist schwer mit Mum, aber haben wir dir zu viel Druck gemacht wegen der Schule? Ist es das?«

»Ich mag Mathe. Ich bin gut in der Schule«, erwidere ich wahrheitsgemäß. Auch wenn es sich nicht so anfühlt. »Ich weiß, wie viel dahintersteckt, Dad. Ich sehe dich jede Nacht, wenn du von der Arbeit zurückkommst. Du warst so stolz wegen Cambridge, und ich … ich will nur weitermachen, wo du aufgehört hast.«

Dads Miene verfinstert sich schlagartig. Er dreht sich zu mir, bis wir uns gegenübersitzen, und legt seinen Arm auf meiner Stuhllehne ab.

»Macey«, beginnt er. »Du kannst meine Arbeit nicht weiterführen, weil ich nie damit aufgehört habe. Mein erster und wichtigster Job ist immer noch, dein Vater zu sein. Ich bin in dieses Land gekommen, um dir ein besseres Leben zu ermöglichen. Ich will, dass du das machen kannst, was dich erfüllt, dafür stehe ich hier.«

Mein Hals wird trocken, während seine Worte durch meinen Kopf ziehen. Dad fährt sich über den Bart. Die Stille scheint ihn mit Unbehagen zu füllen. Er sieht zum Fenster hinaus und hält inne. »Wollen wir … über Kierat reden?«

Ich zucke mit den Schultern.

»Das ist das Problem mit dieser Familie. Wir reden nie über das, was uns beschäftigt, sondern arbeiten weiter und hoffen, dass der Rest der Welt irgendwann aufholt.« Er seufzt und reibt sich die Stirn. »Du hättest es ihm sagen sollen. Das war deine Schuld, ich werde es nicht schönreden.« Dad steht von seinem Stuhl auf. »Aber ich kenne meine pragmatische Tochter gut genug, um zu wissen, dass sie gerade an einer Lösung feilt.«

»Das klingt, als müsste ich ihn mit einer großen romantischen Geste zurückgewinnen«, schnaube ich und nehme noch einen Löffel vom Reis. Dad zieht die Augenbrauen hoch, bevor ich mir meiner Aussage bewusst werde.

»Ist … das die Situation, mit der wir es zu tun haben?«, fragt Dad.

Meine Wangen werden warm. Auf der Liste an Dingen, die ich lieber mit Mum besprechen würde, ist das Thema Vince ganz oben.

Aber dann denke ich über Dads Frage nach und mir wird klar, dass die Antwort eigentlich ziemlich einfach ist.

»Ich glaube, es macht keinen Unterschied.«

Dad kratzt sich am Kopf. »Ist das ein Ja oder ein Nein?«

»Weiß nicht. Ich weiß nur, dass es nichts ändern würde.«

»Nun … gut«, seufzt Dad, sichtlich verwirrt, aber auch erleichtert, dass er das Thema so schnell abhaken kann. Er schließt die Tür, während ich mich wieder meinen Aufgaben widme. »Mach dich nicht kaputt wegen uns.«

»Ich will nicht gefunden werden.
Ich habe mich bewusst verlieren lassen.«

VINCE

Als die Tür zufällt, fühlt sich die Welt zehnmal größer an. Die Stille im leeren Zug wird mir zu viel. Ich spiele alles auf Shuffle, Jaggis Bhangra, Alisters Ravemusik, meinen Lieblingssong von By the Moon. Es ist chaotisch und schnell, aber es ist alles, was mich zusammenhält.

Ich hasse, dass ich es wieder getan habe. Einfach wegzurennen. Ich habe mir versprochen, dass ich es nicht mehr tun werde, aber ich bin trotzdem abgehauen wie ein Feigling.

Neben Mas verpassten Anrufen erscheinen weitere Meldungen aus dem *The-Warrior's-Sun*-Server auf meinem Handy. Offenbar hat der Autor die Geschichte aktualisiert und alle drehen durch.

> Ist noch jemand von der Sonnenkönigin enttäuscht? Wir haben all diese Kapitel damit verbracht, sie zu suchen. Ich habe erwartet, dass sie wunderschön und majestätisch ist, aber sie ist nur … kaputt?

> Das Ganze war so verdammt vorhersehbar! Jetzt war die ganze Suche für nichts? Sind dem Autor die Ideen ausgegangen oder wieso ist dieses Kapitel so scheiße?

Ich hätte nie nach diesem Autor suchen sollen. Ich hätte nicht nach Ma suchen oder so viele Gedanken an Macey und Charlie und Rin verschwenden sollen – Ms Buchanan hat unrecht mit ihrem Hippiekram, was habe ich schon davon, mich für andere einzusetzen? Nichts. Mrs Adenuga ist krank, und ich habe es nicht einmal mitbekommen. Es ist egal. Es ist so was von egal. Mir ist alles egal …

In Kapitel 12 hatten wir doch schon, dass er ›blass im Gesicht‹ wird. Ich habe es satt, dass Leute seine Hautfarbe anpassen wollen.

Der Autor hat selbst gesagt, dass der Prinz nicht weiß ist? Lol was ist falsch bei dir.

Ich verstehe nicht, warum wir keine normalen Charaktere mehr haben können, sondern dieser politische Kram überall eingebaut wird.
Das ist Fantasy!

Ich hasse diesen Autor.

Die Zugtüren öffnen sich und ich stolpere unbeholfen auf den Bahnsteig von Hillburn. Meine Ohren frieren fast ab. Ich fange an zu tippen, bevor ich überhaupt über den Inhalt nachdenken kann.

@thewarriorsauthor: Hör auf, über mich zu schreiben. Hör auf, mein Leben zu kopieren. Ich weiß nicht, womit du sonst deine Zeit verbringst, aber hör einfach komplett auf. Lösch alles. Du sagst ständig, dass man dich nicht suchen soll? Dann halt dich an deinen eigenen Standard, lass mich verdammt noch mal in Ruhe und versuch dein eigenes scheiß Leben auf die Reihe zu bekommen.
– Vincent Summers, nicht der Prinz, nicht Kierat, nicht jemand, der dich kennen will

Ich laufe durch die Straßen Hillburns und frage mich, ob ich so erbärmlich aussehe, wie ich mich fühle. Mein Herzschlag übertönt den Sänger des aktuellen Lieds, es ist so kalt draußen, dass sich mein Atem sichtbar in der Luft verfängt. Ich erreiche den Markt. Das *Figaros* ist geschlossen, nur die Lichter in Jaggis Corner Shop leuchten. Sie verschwimmen vor meinem Blick, eine bunte Fata Morgana inmitten der jahrhundertealten Steinfassaden. Jaggis Stimme ist von der anderen Straßenseite aus zu vernehmen. Ich erkenne die schwache Silhouette einer zweiten Person, mit der er sich streitet.

Mein Hals ist rau. Ich sollte ihn in Ruhe lassen. Ich habe mich immer noch nicht für Babajis Geburtstag entschuldigt. Aber meine Beine tragen mich trotzdem in den Corner Shop.

Die Tür klingelt, als ich eintrete und die streitenden Stimmen verstummen. Meine Musik läuft immer noch, aber die Unruhe in ihrem Schweigen fällt mir sofort auf.

»Kierat«, stößt Jaggi aus. »Ich habe dich gar nicht angerufen, woher wusstest du ...?«

»Wusste was?« Ich nehme meine Airpods heraus. Dann fällt mein Blick auf die Kundin, mit der Jaggi diskutiert hat. Sie muss sich nicht einmal zu mir umdrehen, damit ich weiß, wer sie ist.

Ma steht zwischen uns.

Im letzten halben Jahr habe ich mir verschiedene Szenarien überlegt, wie mein Wiedersehen mit ihr aussehen würde. In den meisten von ihnen halte ich eine ausgedruckte E-Mail in der Hand, die mich zur Sitzbank in Pollokshields führt, wo wir gemeinsam Samosas gegessen haben. In anderen ist es mitten in der Nacht am Strand und sie kriecht aus dem Meer hervor wie ein düsteres Gespenst. Doch so unterschiedlich meine Vorstellungen sind, im Vergleich zur Realität haben sie eine Sache gemein – sie laufen alle in Zeitlupe ab.

Die Realität ist plötzlich. Ma steht vor mir. Als wäre alles ganz normal und das letzte halbe Jahr nur Illusion. Unter ihrem Arm hält sie ihre Lieblingshandtasche und sie trägt ihre weißen Adidas-Sneakers mit den Silberlaschen.

Ich starre sie nur an.

»Vincent.« Ihre Stimme klingt so hell wie immer und löst ein schwarzes Loch in meiner Magengrube aus. »Du hast nie geantwortet.«

»Ich ...« Ich habe mir Sorgen gemacht. Sie steht einfach hier, nachdem ich mir monatelang Sorgen gemacht habe, und ich sorge mich immer noch, ich sorge mich viel zu sehr. Ich bin ein verdammtes, von Sorge zerfressenes Weichei.

»Und du hast auf meine Anrufe nicht reagiert. Ich wollte ein paar Einkäufe erledigen«, fährt sie fort. »Magst du etwas Bestimmtes? Ich nehme an, du hattest heute nicht viel Zeit, um etwas zu besorgen, wenn du noch so spät unterwegs bist.«

Ma kommt auf mich zu, ihre Schuhe pochen gegen die Fliesen, wie ein Herzschlag. Es ist mir ein Rätsel, wie sie das macht – sie kann ohne einen Laut für ein halbes Jahr verschwinden, doch wenn sie gehört werden will, schafft sie es bereits mit ihrem Gang. Ma tippt leicht meine Schulter an und ignoriert Jaggi, der aussieht, als wollte er ihr jede Sekunde eine reinhauen. Mir ist kotzübel.

»Ist alles gut? Kommst du gerade von der Schule zurück, Liebling? Wo sind deine Abzeichen?« Sie steht jetzt direkt vor mir, ihre Augen inspizieren meine Haare und wandern bis zu meiner löchrigen Uniform herunter. Das Schlimmste ist, dass sie dabei besorgt um mich aussieht. Sie zupft die Fussel von meinen Schultern und richtet sich an Jaggi. »Er ist Schulsprecher an der Hillburn, mein Vincent. Immer mit Projekten beschäftigt, immer fleißig am Arbeiten.«

An Jaggis Gesichtsausdruck ändert sich nichts. Seine Stirn ist so stark gefurcht, dass es sein ganzes Gesicht verzerrt. Sein Kiefer kippt leicht nach vorne, als er zu sprechen beginnt: »*Acha.*«

Es ist nur ein einziges Wort.

Es ist Widerstand.

Ma bemerkt es nicht. Sie legt eine weitere Tüte Müsli in ihren Korb. Ich drehe mich nicht zu ihr, aber beobachte sie aus den Augenwinkeln. Meine Mutter ist eine kleine, zierliche Frau, ihre Haut verblasst von Aufhellungscremes, die Haare zu einem strengen Dutt gebunden.

Sie tippt mir erneut auf die Schulter. »Welche Cornflakes isst du normalerweise?«

Ich sehe aus wie sie, aber ich kann sie nicht ansehen. Ich kann mit allen reden, außer mit ihr.

»Vincent?«, wiederholt sie. »Von mir aus kann ich auch einfach irgendwas kaufen, also was willst du?«

Meine Stimme zittert. *Manchmal ist es okay, nicht die richtigen Worte zu haben.*

»*Me ithe raihna.*«

Die Worte zerbrechen wie Glas. Mas Augen weiten sich. Vielleicht. Ich kann nicht mehr einschätzen, ob ich es mir nur einbilde.

»Wie bitte?«

»*Me ithe raihna*«, wiederhole ich. *Ich bleibe hier.* Sie berührt meinen Arm und ich weiche zurück. Ich stehe auf der Spitze der Cliffs, darunter ist kein Wasser mehr. Dort, wo Mas Hand meine Haut berührt, strömt schwarze Magie aus.

»Ma'am, ich muss Sie bitten, diesen Laden zu verlassen, oder ich werde Sie persönlich hinausbegleiten.« Jaggi läuft hinter der Kassenzeile vor, doch Ma blickt nicht einmal auf.

»Entschuldigung, ich habe gerade mit meinem Sohn gesprochen.«

»Und ich werde Sie nicht daran hindern«, Jaggi schenkt mir ein beruhigendes Nicken, »aber ich habe das Hausrecht für diesen Laden und ich will Sie nicht länger dulden.«

Mas Augenlider flattern unruhig. »Ich habe meinen Einkauf noch nicht beendet.«

»Bitte geh einfach, Ma«, flüstere ich. Ich kann sie nicht mehr ansehen und ich werde mich nicht mehr zwingen, es zu tun. Ein halbes Jahr lang habe ich ohne Ma gelebt. Mein Leben lang habe ich mich damit abgefunden, dass sie immer wieder verschwindet. Ich stelle die Lautstärke höher, lauter, immer lauter, die Teile von mir, die Ma nicht finden kann, die mir gehören. Rin und ich im Matheunterricht mit einer Packung Maltesers. Charlie, mit der bequemsten Schulter zum Einschlafen, die filigranen Seiten seines Skizzenbuchs auf meinem Schoß. Macey und ich tanzend in ihrem Zimmer, auf dem Spielplatz, unter Alisters Neonlichtern, am Bahnhof, in der Cafeteria, nachdem ich mir die Haare abrasiert habe …

»Warum bist du hier?«, frage ich. Mas Hände klammern sich verräterisch an den Saum ihrer Bluse. Ich will sie anschreien. Ich will sie in den Arm nehmen. Ich will ihr den Einkauf aus der Hand schlagen und ihr den Apfel aus meinem Rucksack geben, weil sie so zerbrechlich aussieht.

Sie fängt an zu weinen. »Wir sind Familie, Vincent.«

»Familie, die wortlos geht?«

»Ich habe alles getan, um dich in dieses Land zu bringen! Ich habe dafür gesorgt, dass du ein besseres Leben bekommst. Es war nicht leicht, aber ich habe dich auf eine Privatschule gebracht. Weißt du, was für ein Glück du hast, dass du hier bist?«

»Warum nimmst du mir dann immer alles weg? Warum weiß ich nicht mehr, wie mein Vater aussieht oder wo ich aufgewachsen bin? Du bist alles, was ich noch habe, und dann hast du beschlossen, mich auch zu verlassen?«

»Vincent, du idealisierst ein Leben, von dem du keine Ahnung hast! Was gibst du vor zu sein? Er?« Sie zeigt auf Jaggi. »Dieser Mann hat in seinem ganzen Leben noch keinen einzigen Tag in Indien verbracht. Willst du ihm mehr Glauben schenken als der einzigen Person auf dieser Welt, die den gleichen Weg wie du hinter sich hat?«

Es wäre einfacher, wenn sie schreien und nicht weinen würde, aber ihre Stimme bleibt so zerbrechlich, dass es mich kaputt macht.

»Es tut mir leid, dass es manchmal zu viel wurde, aber ich habe dafür gesorgt, dass du hierbleiben konntest, und dafür werde ich mich nicht entschuldigen«, wimmert sie. »Ich werde mich nicht dafür entschuldigen, dass ich dir die Möglichkeiten gegeben habe, die ich nie hatte, dass ich dich hierhergebracht habe, obwohl dein Vater ein zu großer Feigling …«

»Und was jetzt? Sollen wir einfach so tun, als wäre nichts gewesen? Soll ich weiter beschissene Abzeichen sammeln, nur damit du mich wahrnimmst?«

Ich kann ihre Gesichtszüge nicht mehr erkennen. Sie verschwimmen ineinander und am Ende sieht sie gar nicht mehr wie die Sonnenkönigin aus, die ich mir in *The Warrior's Sun* vorgestellt habe. »Ich weiß noch nicht einmal, was ich vom Leben will, weil du mir jede einzelne Entscheidung aufgedrückt hast, bis zu den verdammten Zentimetern meiner Haare!«

Ma starrt mich mit offenem Mund an. Ihre Hände klammern sich so fest um den Einkaufskorb, dass ihre Knöchel weiß sind. Als sie einen Schritt auf mich zukommt, zucke ich zusammen.

»Okay, das reicht jetzt. Ma'am, ich möchte, dass Sie gehen. Sofort.« Jaggi drängt sich zwischen uns und sorgt dafür, dass meine Mutter auf der Seite der Tür steht.

Und dann ist Ma wieder fort.

Ich weiß nicht, wann sie gegangen ist. Ich habe sie nicht gehen sehen. Ich habe eigentlich gar nichts mehr gesehen.

Jaggi greift nach meinem Arm. Er zieht mich in eine Umarmung, während ich stumm geradeaus starre und versuche meinen Herzschlag zu beruhigen. Er rast schneller als nach allen Fußballspielen zusammen. Ich ziehe an meinen Ohren und lasse mich von den Flutwellen einholen. Ich muss atmen.

Ich will bleiben. Ich werde bleiben.
Me ithe raihna.
Me ithe.

***

»Du musst das Ende zwischen deine Zähne klemmen.«

Jaggi hält Stoff hinten, schiebt ihn über meinen Kopf hinunter zur Augenbraue und wiederholt das Ganze so lange, bis sich die typischen Falten ergeben. Immer wieder, hin und her, bis der weiche Stoff meine Ohren bedeckt.

»Na, was meinst du?«, fragt Jaggi lachend und klopft mir auf die Schulter. »Jetzt fehlt dir nur noch der Bart.«

Mein Blick wendet sich nicht vom Spiegel ab. Der Junge gegenüber hat große Augen, ein müdes Gesicht und eine gottverdammte Pustel auf der Stirn wie eine *tika*. Er trägt einen blauen Turban, der so schmal wie Jaggis ist, aber vom Stoff leichter.

»So hätte Kierat aussehen können«, realisiere ich.

Jaggi steckt das letzte Stück Stoff an den oberen Teil des Turbans. »So könnte er immer noch aussehen.«

Er tritt vom Spiegel zurück. Ich hocke auf dem Rand der Badewanne, während Jaggi sein Werk von allen Seiten begutachtet. Selbst Babaji sieht kurz hinein und hebt bei meinem Anblick beeindruckt den Daumen.

»Und?«, fragt Jaggi.

»Weiß nicht«, gestehe ich. Es ist nicht unbedingt, dass es mir nicht gefällt. Das bin ich. Irgendwie. Vielleicht auch nicht. Ich kann es einfach nicht einschätzen. Anders als ich ist Jaggi ein gläubiger Sikh. Das Haar unter seinem Turban ist ungeschnitten und er trägt einen *kara*. Er weiß um die Geschichte seiner Religion und die Kultur der Generationen vor ihm. Das bin ich nicht. Noch nicht.

»Es ist viel auf einmal, oder?«, rät Jaggi und klopft mir auf die Schulter. »Keine Sorge, ich habe schon mein ganzes Leben damit verbracht und finde es trotzdem manchmal schwer zu navigieren.«

»Ich will nicht, dass es wie eine Nachahmung wirkt.«

»Verstehe.« Jaggi setzt sich neben mir auf die Badewannenkante und sieht in den Garten hinaus. Meine Lichterkette spannt sich über das Gewächshaus.

»Aber nur damit du es weißt, du bist keine Nachahmung. Du bist du selbst. Bist du mehr Punjabi als ich, weil du die ersten Jahre deines Lebens in Indien aufgewachsen bist? Bist du weniger Punjabi, weil deine Mutter dich dazu veranlasst hat, dich dafür zu schämen?«

Ich zucke mit den Schultern. »Nein?«

»Na dann.« Er lächelt. »Es ist beruhigend, findest du nicht? Es gibt so viel da draußen an Kultur und Geschichte, schottisch, indisch, was auch immer. Du kannst nie alles sein, aber du wirst immer etwas finden, was zu dir passt.«

Ich kratze mich am Kopf, nur um vom Stoff überrascht zu werden. Jaggi lacht, bis er Seitenstechen bekommt und fast vom Badewannenrand fällt. Ich fühle mich noch zu taub, um sein Lachen zu erwidern, aber es tut gut, ihn so ausgelassen zu sehen.

»Entschuldige, dass ich damals einfach weggerannt bin.«

»Entschuldige, dass ich dich damals so angeschnauzt habe.«

»Weißt du, wo man hier gute Gulab Jamun herbekommt?«

»Gulab Jamun? Sag mir nicht, du stehst auf dieses süße Zeug.« Jaggi schüttelt vehement den Kopf. »Indische Süßigkeiten sind widerlich. Da bekommst du schon von einem Bissen einen Zuckerschock.«

»*Yaar*, du verpasst was«, rufe ich aus und Jaggi lächelt stolz.

»Ich verpasse rein gar nichts.«

Wenn er seine schwarze Magie nicht heilen konnte,
musste er lernen, mit ihr zu leben?

VINCE

Meine Ma ist eine ehrliche Frau. In ihren Augen herrscht ein wissendes Leuchten und die fünf Flüsse ihrer Heimat fließen durch ihre Adern. Sie hat sie alle gegen einen einzigen Strang des Atlantiks ausgetauscht – obwohl sie ihn nicht richtig aussprechen kann, stört mich nicht, wie sich ihre Lippen spalten, bei der Rundung des »T« gefolgt von einem »L«, als ob dazwischen ein unausgesprochener Laut liegt, eine Grenze, ein Fragezeichen, eine Geschichte der Atemlosigkeit, die sich in meinen Worten wiederfindet, ein Tropfen ihrer Ehrlichkeit, der zu mir zurückfließt, ein Funken Zuhause in einer fremden Muttersprache.

Ich renne der Sonne hinterher. Ich renne fort und fort und trotzdem nie auf etwas zu, ziehe wie Ebbe und Flut an dem Saum deiner *chunni* – doch ich bin kein Mondkind mehr, Ma.

Ich trage genug Licht in mir selbst.

Ich bin so müde von dieser Monotonie
Von dieser Leere
Von dieser
Von jener
So müde
Von mir.

MACEY

Am nächsten Morgen schaffe ich es kaum aus dem Bett. Meine Stirn ist heiß und es sticht, wenn ich durch die Nase einatme. Dad hat in der Schule angerufen und ich muss für den Rest des Tages im Bett liegen, mit all meinen wirren Gedanken im Kopf.

Ich bin ein Zombie. Ein Lernzombie, der Schulnotizen verschlingt, durchkaut und dann in Tests ausspuckt. Ich habe Kopfschmerzen und meine Nase läuft, aber ich kann mir nicht leisten, krank zu werden. Deadlines interessieren sich nicht dafür, dass ich krank bin. Mein Mathewettbewerb und das Stipendium interessieren sich nicht dafür, dass ich krank bin.

»Macey?« Charlie klopft an meine Schlafzimmertür. In seinem Arm liegt ein riesiger Stapel an Aufgaben, die ich heute im Unterricht verpasst habe. Bei meinem Anblick runzelt er die Stirn. »Warum sitzt du an deinem Schreibtisch?«

»Ich muss lernen«, entgegne ich und versuche dabei einen Hustenanfall zu unterdrücken. »Morgen ist der Mathewettbewerb. Ich brauche dieses Stipendium.«

»Wo ist dein Dad?«

»Auf Arbeit.« Dad ist auf der Arbeit. Joseph ist auf der Arbeit. Auntie Grace macht die ganze Hausarbeit. Lucas ist in der Schule und Mum ist beim Arzt. Einzig Femi macht nichts.

Und ich muss lernen.

Charlie legt die Unterlagen auf dem Boden neben dem überfüllten Schreibtisch ab. Wie immer trägt er seinen schwarzen Rollkragenpullover mit den Farbflecken. Seine Ärmel sind hochgekrempelt, sodass es aussieht, als würden die Flecken in die Sommersprossen auf seiner Haut übergehen. Wie viel Gelassenheit kann eine einzige Person in sich tragen? Die Skala muss bei seinem Namen enden.

»Ich bin vermutlich nicht der Richtige, um dir das zu sagen, aber vielleicht solltest du nicht zu diesem Mathewettbewerb gehen«, murmelt er. »Du bist offensichtlich nicht in der gesundheitlichen Lage, einen stundenlangen Test zu schreiben und eine mündliche Prüfung zu halten.«

»Gerade du müsstest doch wissen, wie wichtig ein Stipendium sein kann«, entgegne ich. »Ich brauche das Geld, Charlie. Ich bin nicht Rin oder Vince.«

Ich besitze keine Dusche mit Whirlpooleffekt oder ästhetische Küchenstühle mit ergonomischer Rückenlehne. Ich will mir nur meine Wunschuniversität leisten können, ist das zu viel verlangt?

Charlie setzt sich auf mein Bett. Ob Vince in der Schule von letztem Abend berichtet hat? In unserem Gruppenchat herrscht zumindest Funkstille.

»Du bist krank«, beharrt Charlie.

»Ich muss es wenigstens versuchen.«

»Nur um dich anschließend selbst fertig zu machen, wenn das Ergebnis nicht deinen Erwartungen gerecht wird?« Charlie schüttelt den Kopf, bevor ich einhaken kann. »Das Leben ist doch keine *Rocky*-Montage.«

Ich nehme einen Schluck aus meiner Wasserflasche, doch das stoppt mein Röcheln nicht. Meine Stirn brennt, als gingen meine Gehirnzellen in Flammen auf. »Wie gut, dass ich *Rocky* noch nie gesehen habe.«

»Das ist definitiv deine Schuld.«

»Wann ist der Film überhaupt rausgekommen? In den Achtzigern?«

»1976, aber das tut nichts zur Sache«, korrigiert Charlie. »Was ich eigentlich damit sagen will: Es muss nicht immer damit enden, dass man oben auf der Treppe steht und herumspringt. Nicht, wenn das der Weg dahin ist.«

Er wirft mir eine Packung Taschentücher zu, die noch auf meinem Nachttisch lag. Sie landet auf meinem Schoß, doch meine Arme schmerzen so sehr, dass ich sie kaum heben kann. Aber wenn ich morgen vor meinen Aufgaben sitze, werde ich nur minimal meine Hände bewegen müssen. Das ist vom Kraftaufwand machbar. Das muss es sein.

Ich begleite Charlie zur Tür und verspreche ihm, dass ich mir in der Küche zumindest einen Kräutertee machen werde. Dabei brauche ich gerade Kaffee. Unmengen davon, bis meine Augenlider nicht mehr zufallen können. Doch als ich die Haustür öffne, ist Charlie nicht mehr hinter mir. Er ist vor dem Wohnzimmer stehen geblieben.

Hinter der Glastür steht Femi und bügelt. Er trägt Boxershorts und fluffige Hausschuhe und hat seine Locs hinter ein grünes Stirnband gepackt. Der Fernseher ist angeschaltet und Femi singt einen schlechten Popsong mit.

»Femilicious, definition, make them boys go loco!«

Charlie hebt die Augenbrauen. Ich kann nicht einschätzen, ob er sich gerade ein Lachen verkneifen muss oder sich für den Songtext fremdschämt.

»Ich dachte, dein Bruder wäre jünger als du«, flüstert er.

»Das hier ist mein wesentlich mehr Aufsicht benötigender Cousin«, brumme ich und klopfe gegen den Türrahmen.

»*Femilicious, definition, make them boys go*– WAS?« Femi blickt wütend von seinem Bügeleisen hoch. Als er sieht, dass Charlie neben mir steht, fällt er fast nach hinten.

»Schickes T-Shirt.« Charlie zeigt auf Femis Prince-Merch. »Entschuldige, ich wollte dich nicht beim Bügeln unterbrechen.«

Femis Augen weiten sich fast auf das Doppelte. »Ja, also das, das war nur ... zum Aufwärmen.« Er lehnt sich an das Bügelbrett und stürzt fast mit dem Stapel Kleidung um. Dann versucht er das Ganze mit einem erzwungenen Lachen zu überspielen und verschluckt sich dabei. »Ähm ... wie lange bleibst du noch?«

Ich kneife die Augen zusammen. »Charlie wollte gerade gehen«, erkläre ich und schiebe ihn zur Tür hinaus. Er nickt Femi ein letztes Mal zu und mein Cousin schiebt flatterhaft seine runde Brille hoch.

»Ignorieren wir, dass du das gerade sehen musstest«, flüstere ich. »Vielen Dank, dass du mir deine Aufzeichnungen mitgebracht hast.«

Charlie schmunzelt. »Kein Problem. Über Weihnachten ist mir aufgefallen, wie selten ich das Schulgelände verlasse. Ich war in all den Jahren noch nie in Glenfield Park, dabei ist es gar nicht so weit entfernt.«

»Normalerweise versuchen Leute diesem Ort schnellstmöglich zu entkommen.«

»Kann ich nicht nachvollziehen.« Charlie versucht einen ruhigen Gesichtsausdruck zu bewahren, scheitert aber kläglich, als er zum Wohnzimmerfenster blickt. Er bricht in ein lautes Lachen aus. Himmel, da besucht mich einmal einer meiner Freunde und ausgerechnet dann trägt Femi keine richtige Hose.

»Eine Sache noch.« Charlie überreicht mir ein Stück Papier aus seiner Tasche. »Sieh es als einen Glücksbringer an.«

Es ist eine Zeichnung der Kriegerin Maki, in Wasserfarben, die ihre stählerne Rüstung ganz weich aussehen lassen. Die Farbe fühlt sich rau auf dem gewellten Blatt an.

»Ich dachte, diese Version von ihr könnte dir am besten gefallen«, murmelt Charlie und wenn ich nicht krank wäre, würde ich ihn am liebsten für die Geste umarmen.

»Es ist wunderschön«, seufze ich. »Wie viele *Warrior's-Sun*-Zeichnungen hast du mittlerweile?«

»Genug für ein eigenes Portfolio«, gesteht er leise und fährt sich über den Nacken. »Das Einzige, was mich noch davon abhält, jedes Kapitel nachzuzeichnen, ist mein Spanischreferat. Da ist kein Druck, wenn ich *Warrior's Sun* zeichne, es muss niemandem gefallen außer mir, und das hatte ich beim Zeichnen seit Langem nicht mehr.«

Ich blicke von dem Bild auf. »Vielen Dank, Charlie.«

Er zwinkert. »Lass deine Speere fallen, Maki.«

Charlie winkt mir ein letztes Mal zu, doch das Einzige, was er mir wünscht, ist eine gute Besserung.

***

Ich platziere die Zeichnung auf meinem Schreibtisch und lege mich dann ins Bett, so wie von Charlie befohlen. Mein Mathebuch und den Block nehme ich trotzdem mit. Kaum, dass ich mich in meine Bettdecke eingewickelt habe, geht meine Tür mit einem gewaltigen Knall auf.

»Wirklich, Macey? Kannst du mich nächstes Mal verdammt noch mal vorwarnen, wenn Baby Alex Turner in unserem Haus aufkreuzt?«, ruft Femi aus. Seine Stimme scheint mit jedem Wort einen Ton höher zu steigen.

Ich sehe von meinem Mathebuch hoch. »Du findest, dass Charlie wie Alex Turner aussieht?«

Femis Wangen glühen rot, was ich nicht für möglich gehalten habe. Er lässt sich auf Lucas' Bett fallen und zieht ein Kissen vor sein Gesicht. »Also … ich … du kannst nicht leugnen, dass er eine gewisse Ausstrahlung hat!«

»Charlie sieht aus wie ein Gespenst, das jemand mit Farbklecksen besprüht hat«, entgegne ich, obwohl ich sehr gut weiß, was Femi durcheinanderbringt. Charlie entspricht einem hohen Prozentsatz konventioneller Schönheitsideale. Egal, wo wir mit ihm hingehen, Leute sprechen ihn an. Es ist ein lästiges Problem.

»Okay, aber hast du seine Sommersprossen gesehen? Und die sturmgrauen Augen? Oh Gott, er ist *de-femi-tiv* außerhalb meiner Liga.«

»Femi –«

»Das war's, ich werde so was von allein sterben.«

»Du bist so dramatisch.«

»Der Typ hat über viertausend Instagramfollower auf seinem Kunstaccount, was habe ich im Vergleich zu bieten?« Er liegt mit ausgestreckten Armen auf Lucas' Bett und starrt die Plastiksterne an. »Man kann über Joseph sagen, was man will, aber irgendwann wird er die perfekte nigerianische Schwiegertochter nach Hause bringen, die sich meine Mutter wünscht, und du wirst Karriere in Cambridge machen, und ich werde … auf meinem Dachboden hocken.«

Etwas verändert sich an seinem Blick. Seine Augen werden ganz leer. Femi nimmt seine Brille ab und reibt sich über das Gesicht.

»Niemand zwingt dich, hierzubleiben, Femi«, sage ich hustend. »Ich weiß, dass du es schaffen würdest …«

»… etwas Großes aus meinem Leben zu machen, wenn ich nur dranbleibe, weil es ja nicht sein kann, dass ich mein größtes Potenzial mit acht und nicht mit achtzehn Jahren erreicht habe, *bla bla*«, unterbricht er mich. Er steht auf, sein Blick wandert zu Charlies Zeichnung auf meinem Schreibtisch und sein ohnehin schon deprimierter Gesichtsausdruck löst sich in Tränen auf. »Ich gehe wieder hoch. Hab noch zu tun.«

»Was denn?«

Er zuckt mit den Schultern. »Keine Ahnung. Findet sich schon was. Es findet sich immer was. Gar nichts. Keine Ahnung. Lass mich in Ruhe.«

Er verlässt mein Zimmer und ich frage mich plötzlich, warum Femi Charlies Accountzahlen so konkret kennt.

»Mein Herz war schon immer etwas anders gestrickt. Aber ich werde mich nicht länger dafür schämen.«

VINCE

Babaji lässt mich im Gästezimmer schlafen und Jaggi bringt mir seine alte Kleidung. In Ians Villa will ich nicht mehr, wenn Ma noch da sein könnte. Ich rufe Ms Buchanan an und berichte ihr von dem Vorfall. Sie sagt mir, es wäre okay, wenn ich erstmal nicht in die Schule gehe, und bietet mir an, dass wir in einer Sitzung darüber sprechen können. Ich sage zu, ohne groß zu überlegen. Es fühlt sich so richtig an, wie das erste Mal als ich in Babajis Garten gestanden habe.

Am nächsten Morgen kommt Jaggis *Bhabi*, seine Schwägerin, zu Besuch und bringt mir das Nötigste für das Wochenende. Eine Zahnbürste und Waschzeug, Socken und ein streng riechendes Kräuteröl.

»Das ist für deine Locken, damit sie wachsen«, erklärt sie. Sie gibt mir Kurkumamilch und tätschelt meine Wange, bevor sie geht, und obwohl ich sie überrage, fühle ich mich plötzlich ganz klein. Babaji nimmt seine Medikamente ein, wenn wir zusammen in der Küche stehen, und vermutlich bedeutet es mir mehr als ihm, dass er sie nicht vor mir versteckt.

Nachts vor dem Einschlafen wiege ich mich in der fremden Bettdecke und sehe auf die Berge von Hillburn hinaus. Ich denke an Macey, aber kann das Gefühl nicht zuordnen. Es ist, als würde ich versuchen Babaji ein englisches Wort zu erklären, für das es kein Äquivalent auf Punjabi gibt. Egal, wie viele Ausführungen ich mir überlege, ich komme nie an den Originalbegriff heran. Mein Frust ist irgendwo verloren im Zwischenraum.

Ich spiele Jaggis Playlist auf Shuffle, während ich im Wohnzimmer Staub wische und mir die Reihenfolge der Abschlussfotos auf dem Kaminsims einpräge. Die lauten Bhangralieder werden vom leisen Klang einer Mandoline unterbrochen. Eine Gitarre setzt ein, gefolgt von einer weichen Frauenstimme. Ich blicke zu Jaggi, der in der Küche *atta* knetet.

»*Madhaniya*«, erklärt er. »Das ist ein ganz altes Volkslied, ich weiß auch nicht, warum ich es in die Playlist getan habe, man spielt es normalerweise auf Hochzeiten.«

»Worum geht es?«

»Eine Braut, die ihr Elternhaus verlässt und sich ein letztes Mal an ihr Zuhause erinnert. An die Milchkannen, ihren Vater und daran, wie sie mit ihren Brüdern auf der Straße gespielt hat. Jetzt ist es, als würde das ganze Haus um sie weinen.«

Ob sie das Lied auch zur Hochzeit meiner Eltern spielten? Je länger ich der Stimme der Sängerin zuhöre, umso schwerer wird die Erkenntnis, dass ich nichts über ihr Leben in Indien weiß. Ich weiß nicht, was Ma hierher bewegt hat und ob sie nicht auch eine Mutter hat, zu der sie nicht mehr zurückfindet. Ich habe früh gelernt, nicht über diese Dinge mit ihr zu reden, weil sie nicht gut enden, in blauen Flecken und lauten Händen. Vielleicht hätte sie auch Babajis Medizin gebraucht. Vielleicht entspringt meine Angst auch den Wänden ihres weinenden Hauses.

»Wieso? Kennst du es?« Jaggis Frage zieht mich aus meinen Gedanken heraus. Ich blicke auf sein Abschlussfoto und dann zu dem Porträt seiner Bibiji.

»Nein. Ich finde es nur schön.«

***

Es ist der Samstag von Maceys Wettbewerb, als ich mich vor der Haustür des protzigen Mackay-Anwesens wiederfinde und sturmklingele. Ein paar Gartenzwerge mit hässlichen roten

Mützen starren mich vorwurfsvoll an. Während Rin und Charlie Macey im Gruppenchat viel Glück für den Wettbewerb wünschen, tue ich gar nichts. Nicht einmal ihre ellenlange Entschuldigung, die sie mir geschickt hat, habe ich mir durchgelesen.

Ich lehne meinen Kopf gegen die Tür und falle fast nach vorne, als Dani ruckartig öffnet.

»Vince?« Sie trägt einen Pullover einer Gothband, die ich nicht kenne, und hat eine *TWS*-Tasse in der Hand. »Was machst du denn hier?«

Sie sieht zu meinem Rucksack. »Du hast Flipchart-Papier mitgebracht.«

»Und Maltesers. Ich wollte nicht unhöflich sein.« Ich halte die Packung hoch, die ich heute Morgen aus Jaggis Laden besorgt habe. »Du bist Moderatorin auf dem Fandomserver, nicht wahr?«

Dani reibt sich die Augen. »Ja, eine von dreien, aber keine von uns hat Kontakt zum Autor. Ich weiß nicht einmal, ob er selbst auf dem Server ist.«

»Hast du die Nachrichten gelesen?« Meine Hände haben sich bei der Erwähnung des Servers zu Fäusten geballt. Fandoms überfordern mich. Obwohl ich meine Ferien damit verbracht habe, durch die Plattform zu scrollen und mögliche Hinweise auf den Autor zu finden, bin ich so ratlos wie zuvor.

Danis helle Augen leuchten warm. »Ich habe versucht, die schlimmsten Nachrichten zu löschen, aber viele Leute mögen das neuste Kapitel nicht. Es tut mir leid, falls du die Kommentare gelesen hast.«

Ich unterbreche sie mit einem Kopfschütteln und halte ihr die Maltesers-Packung hin. Ein Friedensangebot.

»Der Autor braucht Hilfe. Wir müssen ihn finden, bevor es jemand anderes tut.«

***

»Vince?«

»Ja?«

»Leg den Marker weg oder ich werde ihn dir selbst aus der Hand schlagen.« Dani schiebt mich vom Flipchart-Papier weg und streicht meine ausführliche Mindmap durch, auf der ich feinsäuberlich jeden Punkt notiert habe, der mir die letzten Wochen durch den Kopf gegangen ist.

Die Cliffs und das fast eingetretene Ertrinken. Die schwarze Magie an den Händen. *Die Monotonie des Glücks.*

Und meine eigene Angst.

Ich sitze eingequetscht zwischen einem übergroßen Pikachu-Stofftier und einem Blumenkissen, während Dani durch den Discordserver scrollt.

»Interpretierst du da nicht zu viel rein? Ist das nicht alles Fiktion?«, fragt sie.

»So wie die Kriegerin und der Prinz nur reine Fiktion sind?«

Dani schnaubt. »Okay, nehmen wir an, du hast recht und der Blog ist wirklich ein Hilferuf und der Autor hat ein psychisches Problem – sollte das nicht jemand angehen, der ihm nahesteht, und nicht wir?«

»Was, wenn er niemanden hat?«, entgegne ich. »Oder er es sich nicht eingestehen will?«

»Dann sollten das trotzdem nicht zwei Wildfremde für ihn bestimmen, sondern jemand, der zumindest weiß, wie er aussieht.« Dani reibt sich die Augen. Die selbstbewusste Schulsprecherin sieht plötzlich nur noch müde aus.

Ich nehme den Pikachu in die Hand und lasse ihn tanzen, bis sich auf Danis Lippen der Ansatz eines Lächelns schleicht.

»Weiß du, ich hab eigentlich gewusst, dass du … naja, dass du anscheinend mehr Angst hast als andere Menschen«, flüstert sie. »Ich wollte es nicht glauben, weil du immer so präsent bist, aber eigentlich habe ich es gewusst. Wir haben uns jeden Tag gesehen und ich habe dich nie danach gefragt.«

»Ich habe auch geahnt, dass du lesbisch bist«, gestehe ich. »Was vermutlich nicht einfach ist, an einer konservativen Schule wie der Hillburn.«

Dani nickt langsam. »Meine Theorie ist immer gewesen, dass der Autor und der Prinz queer sind. Du scheinst dich aber nicht so zu identifizieren, oder? Die einzige Person, bei der ich bisher das Gefühl hatte, dass du sie auf diese Weise magst, ist Macey.«

Ich zögere. Laut Ms Buchanan kann sich eine Angststörung auf alles Mögliche ausweiten. Darunter fällt auch, dass ich nie still bleiben kann, manchmal Schwierigkeiten habe, mich auf eine Sache zu fixieren, mich zum Essen zwingen muss oder eben auch Angst vor Menschen habe … die mir zu nah kommen. Das macht es nicht einfacher, zu bestimmen, ob ich manche Dinge wirklich nicht fühle oder sie nur aus Angst unterdrücke. Aber das bedeutet nicht, dass ich mich von dieser Angst bestimmen lasse. Ich würde Charlies Kunstutensilien zehnmal über das Fußballfeld tragen, wenn er dafür seine kleine Schwester sehen kann. Ich würde jedes meiner Abzeichen verlieren, wenn ich dafür Rins Button im Meer wiederfinde. Ich habe mich daran gewöhnt, dass Macey die letzte Person ist, mit der ich nachts schreibe, an ihr Augenrollen und wie viel Leidenschaft sie für den Euklidischen Abstand aufbringt. Da ist kein rasender Zug, der mit Lichtgeschwindigkeit durch mein Herz zieht, und kein blinkendes Signal, das mir das »Go« gibt. Aber ich sehe Macey, die Wäsche abhängt und trotz der Aufregung um ihren Mathewettbewerb so viel Ruhe ausstrahlt, dass ich mich selbst sicherer fühle.

Ich starre das Flipchart an und meine Ohren werden warm, aber Dani lacht mich nicht aus. Im Gegenteil.

»Auch gut«, sagt sie. »Nicht jeder ist wie Charlie McLaren und hat schon mit dreizehn gewusst, dass er bi ist.«

»Charlie ist bi?«

»Dein Ernst, Vince?«

Sie schlägt mir das Plüschtier aus der Hand und lässt sich neben mich auf das Bett fallen. »Weißt du, der Blog hat mir damals echt geholfen, was das Ganze betrifft. Die ersten Leute, gegenüber denen ich mich geoutet habe, waren meine Freunde von dem Server. Das Fandom ist wie eine zweite Familie. *Mein Herz war schon immer etwas anders gestrickt, aber ich werde mich nicht länger dafür schämen.* Genau so habe ich mich gefühlt.«

Dani seufzt und streicht sich den Pony aus dem Gesicht. »Erinnerst du dich an die Kapitel, in denen Maki und der Prinz einer Meerjungfrau begegnen? Das war noch ganz am Anfang, in der ersten E-Mail. Ich habe mir eingeredet, dass ich nur gerne ›wie diese Meerjungfrau‹ wäre und nichts weiter. Wie kann man nur so naiv sein?«

»Du stehst auf Meerjungfrauen?«, erwidere ich gespielt schockiert und Dani schlägt mir gegen den Arm. Sie steht vom Bett auf und reißt die Mindmap von der Wand. Dann stampft sie das Papier zusammen, bis es als zusammengeknüllter Fußball neben ihrer Mangakollektion endet.

»Ich wünschte, wir wären bessere Freunde gewesen, Vince«, sagt sie. »Freunde, die nicht nur über Schulprojekte reden und Formulare ausfüllen und sich nur gegenseitig ausnutzen, um hohe Posten zu bekommen.«

Sie sieht auf ihre schwarzen Fingernägel hinab. »Es tut mir leid, dass ich dich nach der Alumnifeier so angeschrien habe. Meine Mum ist im Vorstand und ich wollte, dass alles perfekt abläuft.«

»Vor einem halben Jahr hätte ich wahrscheinlich dasselbe getan.« Ich kratze mich am Ohr. »Vor einem halben Jahr dachte ich aber auch, dass meine Leistung wichtiger ist als alles andere.«

»Dann lass uns sicherstellen, dass wir den gleichen Fehler nicht noch mal machen.« Dani öffnet ihren Laptop und das Lesezeichen für den Blog.

Doch dann runzelt sie die Stirn.

»Was ist?«

»Das neuste Kapitel lässt sich nicht öffnen«, flüstert sie. »Es ist weg.«

Ich beuge mich über den Laptop. »Klick noch mal auf die Startseite.«

Wir laden die Seite noch mal, doch nichts verändert sich. Statt des üblichen Blogs mit den dunklen Wellen und etlichen Posts findet sich nur ein weißer Hintergrund.

Seid ihr zufrieden? Ist es das, was ihr wolltet?

Vielleicht war ich auch zu naiv. Ich hätte wissen müssen, dass dieser Blog eines Tages zu groß wird und ich dabei ertappt werde, wie ich meine gesamte Existenz in einen bescheuerten Fantasyblog stecke.

Wieso habt ihr nach mir gesucht? Hat es euch etwas gebracht, mir das hier zu nehmen, wenn bereits alles andere zerfällt?

The Warrior's Sun ist fort.

MACEY

Die Adresse für den Nationalen Mathematikwettbewerb befindet sich inmitten der Glasgower Innenstadt in einer alten prunkvollen Villa unweit vom George Square. Dad hat darauf bestanden, dass er uns hinfährt, statt den Zug zu nehmen. Ich glaube, der wahre Grund ist, dass Mum unbedingt mitkommen wollte.

Auf dem Hinweg lese ich meine Übungsaufgaben nach. Es wird einen schriftlichen Teil von vier Stunden geben und anschließend eine mündliche Gesprächsrunde, auf die es keinerlei Vorbereitungsmöglichkeit gibt. Dad hat die Musik leiser gestellt und niemand spricht mehr mit mir, bis die Autobahn breiter und die Abstände zwischen den Häusern größer werden. Mein Herz klopft so schnell, dass ich Angst bekomme, es könnte in hundert Einzelteile zerbersten.

Wenigstens meine Stirn pocht nicht mehr so stark, dank der Kopfschmerztabletten, die ich heute Morgen vor der Abfahrt genommen habe. Ab und zu merke ich, wie Dad beunruhigt einen Blick in den Rückspiegel wirft, und es dauert eine Weile, bis ich realisiere, dass er zu mir und nicht zu Mum schaut.

Im Radio läuft *Pure Shores*.

Es braucht eine Ewigkeit, bis wir einen Parkplatz finden. »Wir setzen uns in der Zwischenzeit einfach in ein Café, okay?«, sagt Dad, während ich aus dem Auto steige. Unwillkürlich frage ich mich, ob es in dieser Großstadt überhaupt etwas Bezahlbares gibt. Glasgow ist anders als unsere Gegend im Norden. Alles scheint … bunter.

»Hier in der Nähe steht doch die Statue vom Duke of Wellington«, ruft Mum freudig aus. »Der mit dem Verkehrshütchen auf dem Kopf!«

Dad zieht mich ein letztes Mal in eine Umarmung. »Ich bin stolz auf dich. Du packst das schon.«

Nur bin ich mir da zum ersten Mal in meinem Leben nicht sicher. Ich habe gehofft, dass mich die Aufregung durch den Tag ziehen wird, aber die Müdigkeit gewinnt. Eigentlich will ich in mein Bett fallen, statt schweißgebadet und in Atemnot vor ein paar schlauen Profs zu stehen. Dafür ist es jetzt zu spät. Ich schnalle die Riemen meines Rucksacks enger und drehe mich zu dem Gebäude.

Den Schriftzug des großen Banners kenne ich bereits von meinen Briefen.

WILLKOMMEN ZUM
25. NATIONALEN MATHEMATIKWETTBEWERB
SCHOTTLAND

Die schwere Holztür steht nicht offen. Obwohl ich mich mit meinem ganzen Gewicht gegen sie stemme, schaffe ich es nur, sie einen Spaltbreit zu öffnen, und muss mich hindurchquetschen. Ein Teppichboden im Tartanmuster ziert den Gang. Ein kleiner Kronleuchter strahlt schwaches Licht über die schwarzen Holzwände. Ich zupfe mein zerknittertes Hemd zurecht, obwohl es an meinem Aussehen nichts mehr zu retten gibt.

»Miss Adenuga?«, begrüßt mich die Empfangsdame. Ich kann ihr Gesicht nicht einordnen. Es sieht wie eine Null mit einem Smiley aus. »Die Begrüßungszeremonie beginnt in ungefähr einer Viertelstunde. Es gibt Verzögerungen wegen der Schneefälle, aber das haben Sie vermutlich gestern im E-Mail-Verteiler gelesen.«

Habe ich nicht. Ich habe nicht einmal mitbekommen, dass eine E-Mail geschickt wurde. Oh Gott, es geht alles an mir vorbei, was habe ich in den letzten Stunden überhaupt getan? Welche Notizen habe ich mir durchgelesen?

Aber ich nicke nur flüchtig, während die Frau mir ein Namensschildchen und einen Beutel voller Werbematerial in die Hand drückt.

Bitte, ich will nicht scheitern.

Ich will nicht scheitern.

Am Anfang des Schuljahres hat mich Ms Buchanan gefragt, wie es um meine und nicht Mums Gesundheit steht. Habe ich ihr jemals darauf geantwortet?

Mein Lernzombie-Ich schleppt sich in den nächsten Saal und ein Professor der Universität Aberdeen hält eine lange Rede darüber, dass wir zu den intelligentesten Schülern und Schülerinnen dieses Landes gehören und mit unserem Wissen einen wertvollen Beitrag zu dessen Zukunft leisten werden.

Meine Augen wandern von der Bühne ab, als er anfängt darüber zu prahlen, wie innovativ und selektiv der Auswahlprozess ist, und ich beginne die anderen um mich herum zu beobachten. Tatsächlich sehen sie genauso aus wie die reichen Kids an der Hillburn. Der prunkvolle Saal ist atemberaubender als jegliche Villen, die ich mir mit Vince angesehen habe. Wie viel kostet es wohl, diese Veranstaltung zu halten? Ich muss an Alister denken.

»Nun wünsche ich Ihnen viel Erfolg beim schriftlichen Teil Ihrer Prüfung und hoffe auf gute Ergebnisse!«, verkündet der Professor. Die Menge klatscht, aber meine Hände fühlen sich taub an. Sie lösen sich erst voneinander, als wir an unsere Tische in den nächsten Raum geführt werden. Er erinnert an ein

Klassenzimmer, nur wesentlich steriler. Auf jedem Platz liegen ein karierter Block und zwei Kugelschreiber.

Die Blätter werden ausgeteilt. Ein schlaksiger Mann mit Brille und einem Stapel Papier unter dem Arm stolziert durch die Reihen und zwinkert mir aufmunternd zu. Es ist das erste aufrichtige Lächeln, das ich in diesem Gebäude bekommen habe. Als wäre er belustigt über die hochtrabende Ernsthaftigkeit dieses Wettbewerbs.

Sollte mich das nicht wütend machen? Ich mag Mathe. Ich mag Zahlen und Logik und ich mag diese großen Strukturen, die unsere Welt im Kleinen zusammenhalten. Ich mag Lernen. Ich will lernen. Das ist es, worauf ich hingearbeitet habe – wieso bin ich dann so antriebslos?

VINCE

Ein Blick auf meine Uhr verrät, dass der Mathewettbewerb offiziell begonnen hat. Zur gleichen Zeit poppt eine Nachricht auf der Startseite des Blogs auf.

> Es tut mir leid. Ich kann die Sonnenkönigin nicht retten.

Zwischen dem Lernen und Gärtnern in Babajis Garten lade ich immer wieder die Seite neu, in der Hoffnung, dass der Autor seine Meinung in der Zwischenzeit geändert hat. Aber es passiert nichts. Und es ist alles meine Schuld.

Ich hätte ihm nicht diese Nachricht schreiben sollen, ich hätte nicht auf diese Suche pochen sollen. Jetzt ist alles weg und ich habe keinerlei Möglichkeiten mehr, die Geschichte zurückzuholen oder herauszufinden, wie es diesem Autor geht.

Aber ist es nicht das, was ich erreichen wollte? Herausfinden, wer der Autor ist, damit er mit den Kapiteln aufhört und mich niemand mehr mit diesem Prinzen in Verbindung bringt?

Doch es geschieht nur das Gegenteil. Jetzt, da von dem Autor nur noch der verzweifelte Appell bleibt, ihn in Ruhe zu lassen, erreichen mich alle möglichen Nachrichten.

Alter, Ollie meinte, es gibt einen Blog über dich? Stimmt das, ich kann ihn nicht finden. Heißt du in Wahrheit echt nicht Vincent?

Kierat!!! Ich hab dich neulich auf dem DJ ListR Rave gesehen! Und ich dachte schon, du wärst damals abgeschoben worden

Kp ob du dich an mich erinnerst, wir sind zusammen auf die Grundschule gegangen, aber kann es sein, dass dir Warriors Sun gehört?

Ich gebe allen die gleiche Antwort. Ja, ich bin Kierat. Nein, ich bin nicht der Autor. Ich weiß nicht, wer es ist.

Die Header der Seite funktionieren noch, der ganze Q&A-Bereich ist offen, die Fragen stapeln sich und es sind häufig dieselben.

Wo bist du????

Omg hast du wirklich alles gelöscht???

NEEEEIN DU KANNST NICHT ALLES LÖSCHEN, ICH LIEBE DIESE GESCHICHTE!!! WAS MACHE ICH JETZT?

Ich verstehe das nicht. Niemand hätte es dir übel genommen, dass du eine Auszeit brauchst, aber wieso musstest du gleich alles löschen?

Es gibt auch viele wütende Kommentare auf dem Blog:

Du machst ein viel zu großes Ding draus, denkst du wirklich die Suche nach dir hat irgendjemand so ernst genommen? Nimm dich mal nicht so wichtig ahahaha

WTF »Es tut mir leid«? Wir finden trotzdem raus, wer du bist.

Du gibst deine ganze Story, deine echten Fans auf, nur weil ein paar Trolle einen Suchtrupp gestartet haben?

Der Autor hat auf keine dieser Nachrichten geantwortet – wieso schaltet er den Q&A-Bereich nicht einfach aus? Will er den Blog doch nicht aufgeben oder will er sich selbst mit diesen Kommentaren bestrafen?

Letzteres kann ich ihm nicht einmal übelnehmen. Es gibt eine Nachricht im Forum, die ich fast jeden Tag durchlese und die sich momentan wie ein persönlicher Faustschlag in die Magengrube anfühlt.

Hey, das ist wahrscheinlich ein bisschen eigenartig haha, aber ich habe einen jüngeren Bruder, der nie wirklich viel gelesen hat, aber er ist ein riesen Fan deiner Geschichte! Kierat ist vermutlich der erste Protagonist in einem Fantasy-Buch, der genauso aussieht wie mein kleiner Bro ☺ Wir gehen nächste Woche auf die Comic Con in Manchester und er verkleidet sich als der Prinz! Vielleicht wird die Fangemeinde eines Tages groß genug sein, dass die Leute ihn erkennen. Aber bis dahin werde ich allen von deinem Blog erzählen xxx

Das ist alles meine Schuld. Ich habe diesem Jungen seine Lieblingsfigur genommen, wegen einer undurchdachten Nachricht, wegen etwas, was nicht einmal mit *The Warrior's Sun* selbst zusammenhängt, wegen einer von Wut getragenen Entscheidung.

Einen Augenblick lang überlege ich, ob ich dem Autor wieder schreiben soll. Eine Entschuldigung, um meine letzte Nachricht wieder gutzumachen. Aber wer weiß schon, ob er darauf antwortet?

Vielleicht löscht er dann nur die URL komplett.

MACEY

Ich schaffe es, die meisten Aufgaben zu lösen, auch wenn ich bereits beim Durchrechnen merke, dass an einigen Stellen komische Ergebnisse herauskommen. An die mündliche Prüfung kann ich mich kaum erinnern. Es ist schwer einzuschätzen, ob irgendetwas gut gelaufen ist. Während des Wettbewerbs ist alles erstaunlich ... weiß. Die Papiere mit den Aufgaben, die Wände und die Gesichter um mich herum.

Als es vorbei ist, fühle ich mich taub. In meinem Gehirn herrscht weder panisches Chaos noch die Struktur, die ich aus guten Klausuren kenne. Ich stehe vor dem Haupteingang und sehe der Sonne dabei zu, wie sie hinter den Häusern der Großstadt untergeht. Dad hat mir geschrieben, dass sie noch in einem Café ein paar Straßen weiter sitzen und Lucas sich mit Brownies vollstopft.

Ich sehe dem Schnee dabei zu, wie er über die schwarzen Dächer der Stadt tanzt. Trotz des kalten Wetters sind die Straßen gut gefüllt. Im Licht der Straßenlaternen kann man hinter den dicken Mänteln und Schals das ein oder andere Gesicht erkennen. Der Schnee macht alles langsamer, weicher, und mein Atem verfängt sich in der Luft. Meine Hände klammern sich um mein Handy, tippen immer wieder denselben Namen ein und bleiben vor dem Anrufknopf hängen. Ich schaffe es nicht, draufzudrücken.

»Oh, Sie sind ja immer noch hier«, ertönt plötzlich eine Stimme hinter mir. Es ist der wissenschaftliche Mitarbeiter, der mir die Aufgabenstellung für die schriftliche Prüfung ausgeteilt und dabei zugezwinkert hat. Instinktiv gehe ich einen Schritt zur Seite, damit er die Treppe hinunterlaufen kann, obwohl sie breit genug für uns beide ist.

»Das war eine sehr respektable Leistung von Ihnen«, sagt er und lehnt sich an das Treppengeländer.

»Sie haben meine Arbeit schon gelesen?«, frage ich und er schüttelt den Kopf.

»Nein, tatsächlich bekomme ich sie gar nicht zu Gesicht.« Er lacht und steckt die Hand in seine Manteltasche. Er trägt einen langen grünen Tweed-Mantel und eine braune Krawatte. Sein helles Haar hat fast die gleiche Farbe wie der Schnee. Es sieht bemerkenswert cool aus.

»Sie haben sich durchgebissen und sich nicht von der Situation einschüchtern lassen. Völlig unabhängig von Ihrer tatsächlichen Leistung ist das die Art von Einstellung, mit der Sie es weit durch die akademische Laufbahn bringen könnten.« Er geht ein paar Treppenstufen hinunter und fixiert seinen Kragen. Mir fällt sein Namensschildchen auf – Cornelius Brown. Der Name sagt mir etwas. Cornelius Brown ist ein ehemaliger wissenschaftlicher Mitarbeiter an der Universität von Kairo, ein Meister im Gebiet der Stochastik und ... aktuell an dem College in Cambridge beschäftigt, wo ich im Herbst mein Studium beginnen werde. Ich habe seinen Namen auf der Liste der Seminarleiter gesehen.

»Entschuldigung, aber Sie arbeiten doch für ...«

»Den Lehrstuhl von Mrs Sawadogo, ja«, beendet er meinen Satz stolz. »Sie kommen diesen Herbst an unsere Fakultät, nicht wahr? Ich habe Ihre Unterlagen für die Stipendiumsbewerbung gelesen. Nicht, dass ich parteiisch bin, aber ich hoffe doch, dass der Wettbewerb zu Ihren Gunsten ausgeht.

Menschen wie Sie können wir im MINT-Bereich immer gebrauchen.«

Ich nicke vorsichtig und hoffe, dass ihm nicht auffällt, wie überwältigt ich von dieser Aussage bin. Wie sehr mich dieses ganze Gespräch gerade überwältigt. Ein wissenschaftlicher Mitarbeiter aus Cambridge findet meine Bewerbung gut? Himmel.

»Nun, hoffentlich müssen Sie nicht zu lange in diesem Schneesturm verharren, Ms Adenuga.«

Ich schüttle den Kopf. »Nicht nötig, meine Familie wartet nur ein paar Straßen weiter.«

»Das ist gut.« Er deutet eine kleine Verbeugung an. »Ich wünsche Ihnen alles Gute für die Zukunft. Vielleicht sieht man sich dann in Cambridge.«

Er schreitet auf die andere Straßenseite und verschwindet im Schnee. Ich laufe in die entgegengesetzte Richtung, hinunter zur Innenstadt, immer noch völlig aufgelöst von dem Tag, aber mit Mr Browns motivierenden Worten im Hinterkopf. Meine Hände zittern vom Wind, aber ich halte mein Handy gegen das Ohr, bis das Piepen einer sanften Stimme weicht.

»Hallo?«

»Mum?«

Sie atmet erleichtert aus und ich muss lächeln, obwohl es wehtut.

»Oh, Macey, Liebling, wie geht es dir? Bist du durch mit dem Wettbewerb?«

»Nicht nur mit dem Wettbewerb.« Ich überquere die Straße und versuche nicht auf dem Asphalt auszurutschen. Die Glasgower Innenstadt ist hügelig und der Schnee klebt an meiner Hose. »Eigentlich habe ich angerufen, weil es mir leidtut.«

Es gibt eine kurze Pause, in der mir die Worte im Hals hängen bleiben. »Entschuldige, dass ich nicht für dich da gewesen bin, als du die Chemos abgebrochen hast, und dass ich Vincent nichts erzählt habe, obwohl du ihn schon seit Monaten sehen wolltest.«

Der Wind ist so laut, dass ich Mums Reaktion nicht hören kann, aber ich bin mir sicher, dass sie nur schweigt und abwartet. Vorsichtig fahre ich fort. »Entschuldige, dass ich nicht mit dir und Femi ins Kino gegangen bin.«

Jetzt fängt sie an zu lachen. »Ach Liebling, das ist schon in Ordnung.«

»Nein, wirklich, ich ...« Ich schaue zum grauen Himmel hoch und schlucke schwer. Am Ende der Straße erkenne ich bereits das Café, von dem mir Dad geschrieben hat. »Ich habe mir in letzter Zeit immer und immer wieder eingeredet, dass ich keine Zeit hätte, aber das stimmt nicht. Ich hätte mir die Zeit nehmen können. Es hätte absolut gereicht, meine Karteikarten fünf statt sieben Mal zu wiederholen oder meine Überstunden im *Figaros* nicht mit Bibliotheksaufenthalten auszugleichen.«

Ich atme tief ein. Trotz des Schnees ist mir so warm, dass meine Hände schwitzen. »Ich dachte, es würde weniger wehtun, wenn ich dir aus dem Weg gehe.«

Es würde weniger wehtun, einen Film zu sehen, wenn ich dabei nicht jede Stelle kennen würde, die sie zum Lachen bringt. Es würde weniger wehtun, im *Figaros* Mums Lieblingsmenü zu bestellen, wenn ich sie dabei nicht vor meinem inneren Auge sehen könnte. Ich müsste mich nicht fragen, ob dies gerade das letzte Mal ist, dass ich mit meiner Mum ein Eis essen gehe oder am Strand spazieren laufe oder die Plastiksterne in meinem Zimmer ansehe. Ich verbringe jede freie Minute damit, über meine Zukunft nachzudenken, ohne auf den Teil einzugehen, in dem Mum nur noch eine Erinnerung sein wird. Als könnte ich verhindern, dass es wehtut, bevor der Schmerz überhaupt eingesetzt hat.

Aber Mum wird sterben.

»Und die Wahrheit ist, dass mich alles an dich erinnern wird, weil du ein Teil von mir bist«, fahre ich fort. »Es wird so oder so wehtun und ich kann nichts dagegen machen. Es gibt nichts, was ich tun kann.«

»Du kannst einfach da sein«, unterbricht mich Mum. »Und ich höre dir dabei zu, wie du dich über deine Hausaufgaben aufregst oder von deinen Freunden erzählst, und ich schau dir zu, wie du kein Bananenbrot gebacken bekommst, und das reicht völlig für mich aus. Du könntest mich einfach deine Mum sein lassen und das wäre mehr als genug, Macey.«

Ich bleibe stehen. Eine schmale Silhouette läuft aus dem Sturm zu mir herüber. Mum. Ihre knallrote Wintermütze sehe ich selbst inmitten des Schneesturms. Ihre filigrane Figur ist nur einen Windstoß davon entfernt sich aufzulösen.

Aber sie steht da. Für mich.

»Du hast also einfach so beschlossen, die beste Mutter der Welt zu sein«, murmle ich und sie lacht.

»Was, das merkst du erst jetzt?« Mum greift nach meiner Hand und steckt sie mit in ihre Jackentasche. Wir müssen langsamer laufen als früher und ich will fragen, ob sie ihre Schmerztabletten genommen hat. Mein Herz rennt, es will am liebsten jede ihrer Zellen mit sich ziehen, aber sie sind müde geworden. So müde wie sich mein Kopf anfühlt. Vielleicht habe ich zu viel gelernt. Vielleicht kann Lernen kaputt machen. Vielleicht machen einen die Dinge, die man liebt, manchmal auch ziemlich krank.

»Okay, aber wenn es Michelin-Sterne für Mütter gäbe, würde ich wetten, dass du sie alle bekommen würdest«, fahre ich fort.

»Ich bin mir ziemlich sicher, dass man nur drei bekommen kann, aber ich nehme sie.«

Sie lächelt und ich lache, so laut, dass ich fast zu weinen anfange.

Vielleicht kann ich nur die Plastiksterne an meiner Schlafzimmerdecke anbieten, aber für meine Mum würde ich jeden Stern dieser Welt ausreißen.

Ich lerne gerade, dass man sich
manche Abschiede nicht selbst aussuchen kann.

VINCE

Am zwanzigsten Februar um 10:38 Uhr wird Mrs Adenuga ins Krankenhaus gebracht.

MACEY

Manchmal ist ein Abschied mehr als ein Ende.

VINCE

Es ist der erste Tag im Jahr, an dem man die Sonne spürt, wenn man nach draußen läuft.

FRÜHLING

MACEY

Mum liegt wieder im Krankenhaus und diesmal weiß ich, dass es das letzte Mal sein wird.

Vor zwei Tagen zog mich die Schulsekretärin aus dem Französischunterricht und musste nicht einmal etwas sagen, damit ich sie verstand. Meine Sachen lagen bereits zusammengepackt auf meinem Tisch, wie sie es schon seit einigen Wochen taten. Griffbereit, für den Fall eines Anrufs.

Charlie nickte mir zu, die Lippen zu einem verständnisvollen Lächeln zusammengepresst. Sein Bleistift kreiste unruhig zwischen seinen Fingern. Er war sonnengelb. Das ist mir in Erinnerung geblieben, aber nicht der gesamte Rückweg nach Hause.

Nun sitze ich im Warteraum der Klinik und höre Oasis in Dauerschleife. Ich mag Warteräume nicht, ich mag Warten allgemein nicht und am meisten hasse ich, worauf wir nun seit Tagen warten. Die schmale Figur, die im Krankenbett liegt, ist nicht mehr meine Mutter, doch ich halte weiter an ihr fest. Ich lese ihr Bücher von Jane Austen vor, für die sie mittlerweile zu schwach ist, und hoffe, die Geschichten können sie wieder zurückbringen. Kein medizinischer Ratgeber der Welt hat mich auf den Moment vorbereitet, in dem Mum ihre geliebten Bücher aus den Händen gelegt hat.

»Hey.« Alister springt in den Sitz neben mich. Ich frage nicht mehr nach, warum er nicht in der Schule ist oder warum er gerade eine große gelbe Tupperdose mit sich trägt. Am Empfangsschalter steht sein Granda und winkt uns zu.

»Wir wussten das Rezept nicht, aber Rin hat geholfen«, erklärt Alister und klopft stolz gegen die Dose. »Probier mal.«

Er nimmt den Deckel ab. Zum Vorschein kommt ein Bananenbrot, so wie Mums. Zögernd nehme ich Alister eines der Stücke ab.

»Schmeckt's?«

Ich nicke und halte eine Hand unter mein Kinn, um die Krümel aufzufangen. »Wie sehr musste dir Rin helfen?«

»Genug, dass Granda sie bereits für nächste Woche eingeladen hat, damit sie ihm einen japanischen Wackelkäsekuchen backt.« Er kratzt sich am Kopf. Alister ist die Antithese zu einem öden Wartezimmer im Krankenhaus, mit seinen knallroten Haaren und leuchtenden Neon-Festivalbändchen. Seine Augen funkeln vor Schalk, selbst wenn er nur Bananenbrot isst. Es tut gut ihn so zu sehen.

»Schmeckt nicht wirklich wie das deiner Ma«, meint er nach ein paar Bissen.

»Nicht verbrannt genug.«

»Aye. Viel zu weich und gleichmäßig.«

Ich bin dankbar, dass es sich von ihrem unterscheidet.

Nach einer Weile räuspert sich Alister und sieht von seinem Stück hoch. »Sie hat mir jedes Jahr zu meinem Geburtstag ein Bananenbrot gebacken, weißt du? Granda ist eine Niete in der Küche und wir waren immer knapp bei Kasse. Also hat deine Mutter mir etwas gemacht.«

Ich nicke. Meine Mum backte Bananenbrot für alle Geburtstage, weil es billig war und das einzige Rezept, das sie nicht verpatzen konnte. Mit der Ausnahme, dass sie das Brot immer im Ofen vergessen hat.

»Ey, es wird sich furchtbar anhören, aber anfangs hat es mich richtig fertig gemacht«, fährt Alister fort. »Nichts gegen deine Mutter, aber ihr ständiges Bemühen hat mich nur daran erinnert, was mir fehlte. Wenn ich meine Ma und meinen Pa hätte, dann hätte ich vermutlich auch einen richtigen Kuchen zu meinem Geburtstag und nicht nur das Bananenbrot von der Nachbarin. Verstehst du?«

Ich nicke wieder. Wenn man einen Elternteil verliert, ist es so, als würde man ein riesiges Umhängeschild mit der Aufschrift *Achtung, zerbrechliche Ware* herumtragen. Alle scheinen darauf bedacht, besonders vorsichtig und fürsorglich zu sein. Es ist ein Versuch, die Leere mit winzigen Stücken der Liebe von anderen zu füllen, als könnte man mich schon zusammenflicken, wenn jeder ein bisschen abgibt. Doch nicht jede Kante stimmt mit den Formen überein, die Mum hinterlässt. Ich sitze vor einem Haufen gut gemeinter Stücke, aber weiß nicht, wie ich sie zusammenlegen soll.

»Wir haben alle nur Bananenbrot zum Geburtstag bekommen«, erinnere ich Alister und er zwinkert.

»Aye, so laufen die Dinge in GP. Wir können nicht ersetzen, was uns fehlt, aber wir halten trotzdem zueinander.«

Wir essen weiter vom Bananenbrot, das Mums nicht ersetzen kann, aber trotzdem gegen den Hunger hilft.

***

Zu Hause schlage ich mein Notizbuch auf und notiere Lyrics zwischen Chemikalien und Zahlen.

Ich füge Radiohead zwischen meiner Medikamentenforschung und Namen spezialisierter Krankenhäuser ein.

Ich schreibe *Vapour Trail* über die ellenlangen Wirkstoffe.

Ich will ein Mixtape daraus machen.

Ich nenne es *Lieder, die wie Mum klingen.*

Ich vermisse, wie sie früher war, durch die Küche schwankend mit einem Buch in der Hand und einem Lächeln auf den

Lippen. Wie sie für alles und jeden ein Zuhause fand. Unser Kühlschrank war voller Zeichnungen von Nachbarskindern. Mittlerweile hängen dort nur verblasste »Gute Besserung«-Karten zwischen Erinnerungszetteln an Arzttermine.

Ich vermisse sie hier im Jetzt mit den bunten Stofftüchern um den kahlen Kopf und einem leichten Lächeln, wenn ich ihr von meinen Freunden erzähle.

Und ich vermisse sie bereits an allen Orten, an denen sie zukünftig fehlen wird. Im Secondhandshop die Straße runter, um ein halbwegs passendes Kleid für eine Abschlussfeier zu finden. In den nächtlichen Telefonaten auf dem Weg zurück aus der Unibibliothek. In jedem Augenrollen und jeder frustrierten Diskussion, die wir nie miteinander führen werden, und in jedem versöhnenden Käsekuchenessen danach.

Dad verbringt viel Zeit am Telefon, um mit unseren Verwandten zu sprechen. Ich verstehe nicht, woher er die Kraft nimmt, mit so vielen Menschen zu reden. Ich will mich am liebsten in mein Zimmer verkriechen und den Rest der Welt auf stumm schalten. Lucas hat es noch nicht ganz verstanden. Vielleicht spricht er es auch einfach nicht aus. Tagsüber sitzen wir zusammen auf meinem Bett, sein Kopf auf meiner Schulter und seine Lieblingssendungen in Dauerschleife auf meinem Laptop. Dad kann nicht mehr allein schlafen, also haben wir Lucas' und mein Bett zusammengeschoben und niemand stört sich daran, wenn er schnarcht.

Einen Tag nachdem Mum ins Krankenhaus gebracht wurde, hat der Autor von *The Warrior's Sun* eine kurze Entschuldigung auf dem Blog hochgeladen.

Liebe Leser*innen,
ich muss euch verkünden, dass ich diesen Blog bis aufs Weitere pausieren werde. Ehrlich gesagt kann ich gerade nicht garantieren, dass ich wieder zurückkehre.

Es tut mir leid, dass ich in letzter Zeit so ausgeflippt bin. Es passiert gerade so viel so schnell und ich habe das Gefühl in meinem Kopf zu ertrinken. Manchmal vergesse ich, dass ich ein echtes Leben habe. Dass ich nicht für immer nur in meiner eigenen Welt mit all diesen Konzepten und Ideen und Kunst leben kann, dass ich derjenige bin, der als Mensch existiert, und nicht diese Figuren in meinem Kopf. Ich wünschte, ich könnte die Zeit anhalten und für immer vor meinem Laptop sitzen. Klingt das erbärmlich? Keine Ahnung. Es tut mir leid.

Es folgen keine weiteren Updates mehr. Die ganze Seite ist weiß und leer, als hätte es *The Warrior's Sun* nie gegeben. Dabei wollte ich mich viel lieber wieder in Makis und Kierats Welt verlieren, statt hier zu sein.

Auf meinem Schreibtisch liegen die finalen Ergebnisse des Mathewettbewerbs ungeöffnet im Briefumschlag. Dad und Auntie Grace sind bereits im Krankenhaus und am Nachmittag fährt Joseph Lucas und mich hin. Einzig Femi ist nicht da. Ausgerechnet jetzt verbringt er die meiste Zeit außer Haus und kommt erst spätabends zurück, ohne Mum zu besuchen. Dabei ist er es doch gewesen, der sie in letzter Zeit gepflegt hat.

»Macey, bist du fertig? In 'ner halben Stunde fahren wir los!«, ruft Joseph von unten.

»Ich komme«, erwidere ich, obwohl ich noch vor meinem Handy sitze.

(13:21) **K.**
Wie geht es deiner Familie?

Ich habe nicht erwartet, dass Vince sich bei mir meldet. Über Charlie und Rin habe ich erfahren, dass seine Ma wieder in

Hillburn ist. Mittlerweile lebt Vince jedoch bei Dougals Besitzer und besucht nur sporadisch den Unterricht. Die meiste Zeit ist er bei Ms Buchanan.

(13:22) **Macey Adenuga**
Dad ist schon im Krankenhaus. Joseph fährt mit uns gleich hin, wir warten nur auf Femi. Er musste kurz zur Arbeit etwas abholen.
Ist deine Ma noch in Hillburn?

Die Antwort kommt wenige Minuten später.

(13:24) **K.**
Wenn es okay für dich ist, will ich noch nicht darüber reden
Muss noch nachdenken

(13:24) **Macey Adenuga**
Ich versteh das
Sorry

Meine Finger kreisen unschlüssig über die Tastatur. Ich will dieses Gespräch nicht beenden, weiß aber nicht, wie ich es noch weiterführen kann, ohne mich erneut bei ihm zu entschuldigen. Zudem geht mir nicht aus dem Kopf, wie eigenartig es ist, dass das Kapitel, in dem der Prinz die Sonnenkönigin fand, an dem Tag veröffentlicht wurde, an dem Vince nach Glenfield Park zurückkam.

Kurz bevor er seine Mutter wiedertraf.

Kurz nachdem er meiner begegnet war.

»Mann, da bist du ja, wo treibt ihr euch denn alle rum?« Joseph steht an der Tür und fixiert sein Baseballcap. »Hast du Femi gesehen? Wir wollten doch schon los.«

Ich sehe zu Charlies *TWS*-Zeichnung, die neben dem Briefumschlag des Mathewettbewerbs liegt. »Musste er nicht zur Arbeit?«

Joseph schnalzt mit der Zunge »Da hab ich schon angerufen. Sein Chef meinte, er hätte sich schon die ganze Woche freigenommen, um im Krankenhaus zu sein.«

Mir wird flau im Magen.

Die Erkenntnis schleicht sich langsam an.

»Ich brauchte Wasser.«

»Wollte Femi nicht noch mal duschen gehen, bevor er zur Arbeit muss? Hast du mitbekommen, ob er danach wirklich gegangen ist?«

Josephs Augen weiten sich. Wir rennen in den Flur und ich mache mich bereits darauf gefasst, vehement gegen die Badezimmertür zu klopfen. Doch die Tür ist nicht abgeschlossen. Der Wasserhahn läuft und überflutet den Badezimmerboden. Das Fenster steht offen, Femis Arbeitsuniform liegt noch zusammengefaltet auf der Heizung. Kalter Wind weht von draußen über die Pfützen und im Waschbecken türmen sich kleine Wellen.

»Manche Abschiede kann man sich nicht aussuchen.«

»Ich war früher echt eifersüchtig auf euch zwei. Ihr beide konntet durch die Straßen ziehen, während ich in stickigen Klassenzimmern festsaß.«

»Eigentlich habe ich gar nichts gemacht.«

Das letzte Mal, dass ich Femi hier gefunden habe, war in der Woche, als Dani uns die Kapitel des ertrinkenden Prinzen weiterleitete …

Mein Handy vibriert.

(14:01) **K.**
Meine Ma ist nicht die Sonnenkönigin.

Meine Beine tragen mich die Leiter zum Dachboden hoch.

VINCE

Als Kind ging ich immer davon aus, Glück wäre ein konstanter Zustand. Es war einfach immer da, so wie die Luft zum Atmen oder das Trampolin in Maceys Garten.

Dann dachte ich, Glück wäre etwas, was man gewinnen muss, wie eine Plakette vor Mr Penningtons Büro. Wenn ich frustriert war, hatte ich einfach nicht hart genug gearbeitet. Wenn ich keine Antworten fand, lag es daran, dass ich nicht alle Möglichkeiten durchdacht hatte. Glück würde schon mit der Zeit kommen, nachdem man sich ein paar Jahre lang durch Schule und Uni zwang. Glück war ein fernes Ziel, das ich noch nicht verdiente.

Aber mittlerweile merke ich, dass man Glück nicht finden muss, sondern akzeptieren. Es liegt in der Art, wie Rins Fuß wippt, wenn sie für länger als zwei Minuten an einem Ort sitzen bleibt, oder in Charlies hochgekrempelten Hosen oder Maceys zunehmender Pastell-Textmarkersammlung.

Glück ist Hoffnung, die im Heute lebt.

»Nun«, murmelt Mr Pennington und fährt sich über das Kinn. Das letzte Mal, dass ich in seinem Büro saß, trug er noch einen Abendmantel. Wenigstens ist er jetzt wieder in seinem typischen Tweedanzug. »Summers, ich bin mir nicht ganz sicher, wie Sie sich die Umsetzung Ihrer Ideen vorstellen. Ihnen ist bewusst, dass Sie in ein paar Monaten die Schule verlassen?«

»Weswegen ich die Ausführung dieser Projekte schnellstmöglich anstrebe«, erwidere ich. »Wir haben dieses Konzept intensiv erarbeitet. Wir warten nur noch auf das grüne Licht der Schuldirektion, um loslegen zu können.«

»Übrigens haben wir auch einige Vorschläge bezüglich Cybersicherhei– autsch!« Ich stoße Rin mit dem Ellbogen an, bevor sie ihren Satz beenden kann. Mr Pennington runzelt die Stirn, aber ich lächle höflich weiter. Rin tut es mir gequält nach.

Was unser Schuldirektor sich wohl dabei gedacht hat, als ihm seine Sekretärin verkündet hat, dass ausgerechnet Nakamura und Summers um einen gemeinsamen Termin bitten? Vermutlich hat er sich darauf vorbereitet, den Streitschlichter zu spielen. Stattdessen sitzen wir mit strahlenden Gesichtern auf seinem Chesterfield-Sofa, haben unsere Krawatten gemäß Schulkodex gebunden und tragen Froschpins.

»Mr Pennington, Sir, ich kenne unser Schulsystem und ich meine, dass wir es mit diesem Konzept verbessern können«, fahre ich mit fester Stimme fort. »Das Angebot ist breit gefächert. Wir haben sogar darüber nachgedacht, Partnerschaften mit den öffentlichen Schulen einzugehen, um mehr Kontakte zu Jugendlichen außerhalb der Hillburn zu knüpfen.«

Rin nickt aufgeregt. »Wir wollten sicherstellen, dass wir für alle etwas haben!«

»Dafür hat Rin sogar einen Leitfaden geschrieben.«

Jetzt weiten sich Penningtons Augen. »Miss Nakamura?«, ruft er verblüfft aus.

»Ich bin genauso geschockt wie Sie«, sagt Rin grinsend und hält ihm ihre Mappe hin. Entgegen meiner Empfehlung hat sich Rin für einen knallgelben Ordner entschieden, in dessen Ecke sie mit Filzstift einen Regenbogen gekritzelt hat. Nun, man kann nicht alles haben. Am Ende des Tages ist es unser gemeinsames Projekt.

»Wir haben bereits mit Ms Buchanan gesprochen und sie scheint sehr angetan von der Idee«, erkläre ich und Rin grinst.

»Jap. Hat sich bereits eine süße kleine Teetasse mit einer Prideflagge gekauft. Nächstes Mal setzen wir eine Sammelbestellung auf, dann kriegen sie auch eine.«

Mr Pennington blättert durch die Mappe und überfliegt die Überschriften. Mit jedem Wort, das er liest, wird seine Miene düsterer. »Ihr wollt das Studienberatungsprogramm auf Ausbildungsplätze und ›Wege außerhalb der akademischen Laufbahn‹ erweitern? Und besser aufgeteilte Toilettenräume?«, murmelt er und klopft unruhig mit seinem Kugelschreiber gegen den Schreibtisch. Rin blickt zu mir und ich zwinkere ihr zu. Wir haben das im Griff. Die Worte sind auch ohne Karteikarten in meinem Kopf parat.

»Uns ist bewusst, dass die Hillburn Secondary sehr darauf bedacht ist, die Schule mit den landesweit besten Abschlussergebnissen zu sein«, erkläre ich. »Deswegen sind wir der Ansicht, dass ein breiterer Fokus auf Fragen der psychischen Gesundheit und die Anpassung an die persönlichen Umstände der Schülerinnen und Schüler langfristig von Vorteil sein wird. Natürlich können wir das Curriculum nicht bestimmen, aber das ändert nichts daran, dass viele mittlerweile so gestresst sind, dass sie immer schlechtere Leistungen erbringen. Wir hangeln uns mental von einem Notendurchschnitt zum anderen.«

Meine ganze Stimmung sollte nicht davon abhängen, wie ich in einem Test abschneide oder ob ich einen Wettbewerb gewinne oder wie viele Stimmen ich bei einer Schulsprecherwahl bekomme. Aber das tut sie. Warum können wir dann nicht lernen, wie man aus diesem Muster ausbricht?

Mr Pennington hört auf, die Seiten durchzublättern und sieht mich nur noch mit seinem typischen Militärblick an. Ich weiche nicht aus, sondern tippe auf die Mappe. »Wir haben im Annex Studien angeführt, die unsere Vorschläge statistisch unterstützen.« Maceys Einfluss hat seine Spuren hinterlassen.

Pennington sieht zu dem Ordner hinunter. Eins zu null für mich.

»Nun, ich bin mir sicher, ich finde dort auch die Gründe aufgelistet, warum Sie für ›Mehr Versorgung mit Maltesers in der Schulkantine‹ plädieren.«

»Ich dachte, du hättest den Punkt ausgelassen«, zische ich Rin zu, aber sie zuckt nur mit den Schultern.

»Den Versuch war es wert.«

Mr Pennington dreht sich mit dem Stuhl Richtung Fenster. Die Mappe zieht er auf seinen Schoß, was ich als gutes Zeichen werte.

»Danke für Ihren Besuch. Sie können jetzt wieder in Ihren Unterricht gehen«, sagt unser Direktor, ohne uns eines weiteren Blickes zu würdigen. Neben mir zieht Rin unruhig an den Falten ihres Rocks. Ist das wirklich schon alles?

»Nun ... danke, dass Sie uns angehört haben, Sir«, erwidere ich und sehe mich unschlüssig im Raum um. Mr Pennington sitzt gerade wie eine Statue und beobachtet das Treiben auf dem Schulhof.

»Summers?«

»Ja?«

Ich habe bereits nach der Türklinke gegriffen. Vielleicht bilde ich es mir ein, aber ich kann unseren Schuldirektor lächeln hören.

»Schön zu sehen, dass du es noch in dir hast, Junge.«

***

»Das war eine nette kleine Präsentation, Partner.«

»Aye, du warst auch nicht schlecht.« Ich grinse und drücke Rins Schulter. Schon klar, dass dieses eine mickrige Treffen mit unserem Schulleiter nicht die Welt verändern wird. Aber es ist etwas. Ein Anfang.

Wir schlurfen an meiner Goldplakette vorbei und meine Gedanken hängen an den Plänen für die kommenden Monate. Ms Buchanan hat mir einige Freiwilligenprojekte in der Nähe genannt, die mich für ein Brückenjahr aufnehmen würden. Wie sich herausstellt, baut Glenfield Park ein Jugendzentrum auf. Es erinnert mich daran, wie Mrs Adenuga früher auf uns geachtet hat.

Rin und ich laufen durch die dunklen Kreuzgänge zum Innenhof raus. Die Luft riecht nach Regen, die Art, die man nur im Frühjahr findet. Ich atme tief ein, bis ich die Welt einziehe und sie in meinen Lungen ein Zuhause findet.

Charlie lehnt bereits an einer der Säulen, die Hände in den Hosentaschen, sein Notizbuch in einer der weiten Taschen seines schwarzen Mantels.

»Lief's gut?«, fragt er. Zur Antwort hebt Rin ihn hoch und dreht ihn in ihrer Umarmung. Charlie sieht nicht einmal überrascht aus. Er lächelt nur sanft. »Freut mich.«

»Du hättest Penningtons Gesicht sehen sollen, als ich ihm die Mappe gereicht habe! *Miss Nakamura?* Der dachte, er wäre im falschen Film!«

Charlie nickt mir kurz zu, während Rin ihn wieder runterlässt und einen Arm über seine Schulter wirft. Die beiden unterhalten sich über Rosie und wackelnden Käsekuchen, wechseln zwischen Gesprächsthemen als wäre es ein Ping-Pong-Spiel. Solche Freundschaften sind selten. Die Art, in der man keine Zusammenhänge sucht, um einander zu verstehen, weil alles bereits zusammenhängt.

Ich hänge noch an Mace und am Autor. An meiner Ma und den E-Mails, an Mrs Adenuga und GP. Entgegen dem, was mir meine Motivationspodcasts immer erklären, dreht sich die Welt nicht um mich. Nicht einmal im Ansatz. Ich denke an die

Sonnenkönigin und wie wenig Ma ihr geähnelt hat, als ich sie getroffen habe.

The Warrior's Sun. Übersetzt heißt das *Die Sonne der Kriegerin.* Nicht die des Prinzen.

Haben wir die Geschichte aus dem falschen Blickwinkel betrachtet?

Ich öffne den Chatverlauf mit Macey und tippe hastig eine Nachricht.

Meine Ma ist nicht die Sonnenkönigin.

Es ist das Einzige, dessen ich mir gerade sicher bin.

»Vince?«, unterbricht Rin mich plötzlich.

»Hm?«

»Wetten, dass ich das Internatsgebäude vor dir erreichen kann?«

In ihren Augen liegt das altbekannte Funkeln, das mich früher zur Weißglut getrieben hat. Diesmal ziehe ich nur meinen Rucksack enger an.

»Weißt du, als Schulsprecher hätte ich dich darauf hinweisen müssen, dass Rennen auf den Schulfluren strikt verboten ist.«

»Wie gut, dass du mittlerweile zu den normalsterblichen Untertanen gehörst, Prince Vince.«

»Der Verlierer muss eine Packung Maltesers kaufen?«

»Deal!« Sie sprintet los und ich muss so sehr über sie lachen, dass ich fast vergesse, ihr hinterherzurennen.

»Wieso endet ein Treffen mit euch beiden immer darin, dass wir rennen müssen?«, stöhnt Charlie.

»In London wirst du es schon vermissen«, verspreche ich und obwohl Charlie mit den Augen rollt, rennt auch er los.

Dieses Weltrettersyndrom ist echt nicht so schlecht.

MACEY

Vor zwei schmalen Fenstern hat Femi sein ungemachtes Bett und ein provisorisches Bücherregal aufgestellt. Sein alter Rechner steht in der Mitte des Raums, das Herzstück sind zwei gigantische Bildschirme, die er von Alister ersteigert hat und die halbwegs durch Klebeband zusammengehalten werden. Femi nutzt einen Stapel alter Informatikbücher, um seinen wackeligen Schreibtisch zu stützen.

Ich bin nicht oft hier oben, niemand außer Femi ist es, denn der schlecht isolierte Dachboden ist schrecklich kalt. Ich finde den Lichtschalter und einige laute Flackergeräusche später leuchtet fahles Licht. Jeglicher freier Raum ist mit Kisten und alten Erinnerungen vollgestellt. Josephs alte Feldhockeyausrüstung liegt neben potthässlichen Gardinen, die Auntie Grace vor Jahren für das Wohnzimmer gekauft hat.

Ich reiße Femis Bettwäsche von seiner Matratze, ziehe seine Videospiele aus dem Regal, krame durch den Koffer, den er seit seiner Exmatrikulation nicht ausgepackt hat. Es fühlt sich falsch an, so tief in seine Privatsphäre einzudringen, aber mir fällt keine Alternative ein. In meinem Kopf bauschen sich die Worte des Autors zu Fluten zusammen und irgendwo zwischen ihnen sehe ich Femi mit beiden Armen wedeln.

The Warrior's Sun. Die Sonne der Kriegerin. Maki ist die Kriegerin. Die verblasste Sonnenkönigin ist nie ein Hinweis auf Vinces Mutter gewesen – sondern auf meine, meine kranke Mum, die ihren Sonnenstrahlen-Afro verloren hat …

Ich knie mich vor sein Bücherregal, versuche zwischen seinen alten Schul- und Unibüchern einen Hinweis zu finden, wo er sich gerade befinden könnte, wo der Blog ist, wo Femi in den letzten Monaten verschwunden ist. Ich entdecke ein noch eingepacktes Informatikbuch neben einem Jane-Austen-Roman, den Mum Femi ausgeliehen hat. Letzterer sieht total abgenutzt aus, also ziehe ich ihn heraus. Dahinter findet sich ein weiteres Buch, das ich inzwischen endlos oft im Internet gesehen habe. *Die Monotonie des Glücks* von Octavian Dupont. Die Ausgabe ist schrecklich zerfleddert, der Seitenrand ist mit zahlreichen Bleistiftnotizen versehen und fast jede Seite ist zur Hälfte mit neongelben Markierungen gefüllt. Es erinnert mich an Danis E-Mails und die hundert Hinweise, die auf Vincent zurückführen sollten. An das Bild, das der Autor an den Cliffs aufgenommen hat. Auf den letzten leeren Seiten hat sich Femi noch Notizen gemacht.

Wenn du jetzt hart arbeitest, kannst du später entspannen. Das sagen sie immer. Das sagen alle immer. Später kannst du alles machen, was du willst, wenn du jetzt hart arbeitest. Das haben sie auch vor meinem Studium gesagt. Ist das hier später? Wenn ich jetzt so hart gearbeitet habe, warum fühlt sich alles trotzdem so leer an?

Ich habe Angst, dass ich während des Studiums nur mit Lernen beschäftigt bin, aber ein anderes Lernen, das viel widerwilliger und betäubender ist.

Mein Kopf ist zu voll, aber ich finde nichts, ich schreie nach Hilfe, doch bin zu überflutet, es rauscht, ich höre nicht mehr, ob jemand nach mir ruft. Ich sollte doch der Anfang werden, aber habe die Startlinie verpasst. Ich bin nutzlos und zu dumm für mein Studium. Ich bin zu dumm zum Lernen. Habe ich es je gekonnt oder fiel mir alles nur in der Schule leicht? Ich bin zu dumm, es ist zu spät, es tut mir leid, es tut mir leid, es tut mir leid

Ich klappe das Buch zu, doch meine Finger zittern so stark, dass ich sie gegen meine Wangen pressen muss, um sie wieder aufzuwärmen.

Femi hat über den ertrunkenen Prinzen an den Cliffs geschrieben.

Über die schwarze Magie, die seinen Kopf zerfrisst.

Über die Sonnenkönigin, die ihre Kräfte verloren hat und ihm nicht mehr helfen kann.

Femi ist der Autor.

VINCE

Dougal ist vielleicht schon neun Jahre alt, aber sobald er die Schokokugeln in meiner Hand sieht, tun sich gigantische Welpenaugen auf.

»Wie oft noch, die sind nicht für dich«, erkläre ich, während er mich weiter anwinselt. »Ich werde diese Packung allein essen müssen, das ist nur zu deinem Besten.«

Außerdem habe ich gegen Rin gewonnen und nicht er. Trotz ihres Vorsprungs habe ich sie an den Säulenbögen überholen können. Vielleicht habe ich daraufhin eine schlechte Darbietung von *The Vin-ner takes it all* gesungen – aber hey, ich bereue nichts. Dougal und ich laufen unsere Strecke am Strand entlang, bevor ich mich abends an meine Schullektüre setzen muss. Ich sehe zu den Bergen hoch, wo sich die Hillburn Secondary befindet. Kaum zu glauben, dass ich in ein paar Monaten hier kein Schüler mehr sein werde, nachdem ich so viele Jahre meines Lebens in diesem Gebäude verbracht habe. Aus der Ferne sieht es so aus, als würde nur noch der dichte Nebel die Fassade zusammenhalten.

Mein Handy klingelt.

»Hallo?«

»Kierat! Kierat, bist du dran?«

Mace. Ihre Worte überschlagen sich und ein flaues Gefühl macht sich in meiner Magengrube breit. Was das Ganze nur verwirrender gestaltet, ist die Tatsache, dass sie mich schon wieder bei meinem echten Namen nennt und dies meinen Magen aus einem ganz anderen Grund drehen lässt.

»Ist alles in Ordnung?«

»Wie lange dauert es von dir hoch zu den Cliffs?«

Was? »Ich bin eh gerade am Strand. Bis ganz hoch dauert es vielleicht eine Viertelstunde. Wieso, ist irgendetwas passiert? Was ist los?«

Sie klingt verängstigt. Macey klingt nie verängstigt.

»Es ist Femi. Femi ist der Autor«, sagt sie schluchzend. »Joseph und ich fahren gleich von Glenfield Park los, aber du musst bitte schon vorlaufen, okay? Ich glaube, es … es geht ihm nicht gut. Und er ist nicht mehr zu Hause und ich weiß nicht, wo er sonst sein könnte, außer …«

»Ich renn sofort los, versprochen.« Meine Stimme ist ruhiger, als ich mich fühle. Ich pfeife Dougal zu mir zurück. »Gib mir neun Minuten und ich bin da.«

Macey schnieft. »Es tut mir leid.«

Ich versuche die Cliffs irgendwo hinter dem Nebel auszumachen und stelle mir vor, wie Femi bereits dort oben sitzt. Der Autor. Vermutlich ist es besser, dass mir nicht viel Zeit bleibt, um über diese Enthüllung nachzudenken, da ich sonst komplett ausrasten würde.

Femi ist der Autor. Femi hat die Geschichte geschrieben, mit der ich mich seit Monaten herumschlage. Femi ist der, dessen erste Blogeinträge ich fast auswendig aufsagen kann, weil ich sie jede Nacht durchgelesen habe. Dem ich befohlen habe, alles zu löschen.

»Es wird alles okay«, versichere ich Macey, auch wenn meine Stimme bricht. Ich stecke mein Handy weg und ziehe die Schnürsenkel enger an. Hinter den Cliffs, irgendwo zwischen dem Nebel, taucht die Sonne auf. Weiß und verblasst, wie der Mond.

Mein Leben lang wurde ich von allen möglichen Menschen dafür gepriesen, dass ich immer die richtigen Worte finde, dass ich immer weiß, was ich sagen muss, und mich aus jeder Situation herausdiskutieren kann.

Verdammt, ich hoffe, sie haben damit recht.

***

Ich bin kurz davor, einen neuen Sprintrekord hinzulegen.

Die Polizei hat die Absperrungen an den Klippen seit Mas Verschwinden nicht mehr abgenommen. Ich erkenne sie bereits aus der Ferne, verrostete Metallzäune, die im Meereswind gegeneinander scheppern. Meine Beine bewegen sich, ohne dass ich über das Rennen selbst nachdenken muss, der Wind sticht gegen mein Gesicht, ich renne, obwohl ich mir nicht einmal sicher bin, dass Femi hier oben ist. Und selbst wenn ich ihn finde, was würde ich ihm sagen?

Ich weiß nicht, womit du sonst deine Zeit verbringst, aber hör einfach komplett auf. Lösch alles.

Fast wäre ich gegen den Zaun geknallt. Ich klammere mich an das Gitter und versuche irgendwie mein rasendes Herz zu kontrollieren. Dougal sieht mich zwar mit neugierigen Augen an, aber er bleibt ruhig, während ich ihn anbinde.

»Ich bin gleich wieder da«, verspreche ich ihm, während ich mich über den Zaun stemme.

Ich springe auf die andere Seite und ziehe meine Kapuze enger. Der Wind hier oben ist mittlerweile so stark, dass es mich beim Rennen zurückwirft. Das Meer schlägt gegen die Cliffs, immer und immer wieder, bis es sich wie statisches Fernseherrauschen anhört. Die Welt ist blau, grau, ich kann alles sehen. Alles, was ich die letzten Monate gefühlt habe, staut sich an den Cliffs.

Ich sehe eine Gestalt direkt an der Spitze. Er trägt nur ein weißes Hemd und der Wind zieht unnachgiebig an ihm. Seine

Hände klammern sich an den Fels, seine Füße baumeln über den Wellen, als würde er auf der Schaukel in Glenfield Park und nicht in einer abgesperrten Zone sitzen, vom tiefen Fall nur einen Windstoß entfernt.

»FEMI!« Ich schreie gegen den Wind, aber er dreht sich nicht zu mir um.

So etwas schimpft sich heutzutage der Prinz? Ein Junge mit einer Angst so schwarz und schwer, dass er sich nicht einmal selbst vor seiner Seele retten kann?

»Femi, ich bin's! Kierat! Du hast eine Geschichte über mich geschrieben!« Ich strauchele gegen den Wind, versuche einige Schritte auf ihn zuzulaufen und dabei nicht auf das Gefälle zu achten. Die Felswand scheint fest genug, dass sie Femi halten sollte, aber das ändert nichts daran, dass sich bei dem Höhenunterschied alles in mir zusammenzieht. Ich habe diesen Ort so oft vor meinem inneren Auge nachgezeichnet. In Albträumen, wenn ich mir vorgestellt habe, wie Ma abstürzt – versehentlich, da sie mich ja nicht absichtlich verlassen würde. Ausgemalte, überladene Bilder, wenn ich den Prinzen zwischen den schwarzen Wellen gesehen habe. Es ist etwas völlig anderes, hier zu stehen. Die Realität sieht nüchterner aus, aber das macht sie nicht weniger beängstigend. Im Gegenteil.

Wieso habt ihr nach mir gesucht? Hat es euch etwas gebracht, mir das hier zu nehmen, wenn bereits alles andere zerfällt?

»Ich … ich habe nicht vor zu springen«, höre ich Femi plötzlich sagen. Seine Stimme ist ganz leise, auch ohne den Wind, aber ich schaffe es, sie auszumachen. »Also … falls du das denkst. Ich habe es nicht vor. Ich bin öfter hier. Ich springe nicht.«

Aber wir sind trotzdem hier. Du wolltest gefunden werden, Femi, deswegen hast du deine Charaktere auch auf uns aufgebaut. Bitte sag mir einfach, dass du gefunden werden wolltest. Nicht über deine Geschichte, aber hier in der realen Welt.

»Ich weiß«, antworte ich also und es scheint das Richtige zu sein, denn Femi dreht sich zu mir um, der Blick ausdruckslos und leer, aber tränengefüllt. Ich realisiere, dass er eines der Notizbücher in der Hand hält, in die Macey und ich als Kinder unsere Geschichten geschrieben haben. Es sieht anders aus als früher. Voller, abgenutzter. Als habe Femi es in den Jahren mit seinen eigenen Worten vervollständigt, während Macey und ich uns angeschwiegen haben.

»Bitte hört auf damit«, flüstert er. »Ich habe dich nicht mit der Geschichte verletzen wollen, aber ... ich ... bitte nehmt sie mir nicht, es ist alles, was ich habe!«

»Ich will dir nichts wegnehmen, Femi. Es tut mir leid, was ich in meiner Nachricht geschrieben habe, das hätte ich echt nicht tun dürfe–«

»Weißt du, was der Unterschied zwischen uns beiden ist?«, unterbricht er mich. »Ich schreibe Geschichten, aber du lebst sie.«

Ich schüttle den Kopf und hocke mich neben ihn. »Das ist nicht wahr.«

»Leute wie du und Macey gehen nach Cambridge und gewinnen Preise und Abzeichen und ich ... ich kann das alles nicht! Schule war für mich immer so einfach, aber dann, sobald ich auf die Uni wechselte, war es nur noch beschissen.« Er versucht, ein Lächeln aufzusetzen, aber der belustigte Blick in seinen Augen fällt in sich zusammen. Femi klammert sich an das Notizbuch, als würde er ein Stück seiner Seele halten.

»Deshalb sind Leute wie du die besten Protagonisten«, fährt er fort, »und ich kann nicht einmal zwei Monate meines Semesters aushalten, ich schaffe es kaum vor zwölf aus dem Bett oder zu einer normalen Zeit meine Zähne zu putzen. Ich schaffe gar nichts, ich konnte nur schreiben, es war alles, was ich gemacht habe, und jetzt habe ich nichts ...«

Er verschluckt sich an seinem Schluchzen. Da sind Wellen in Femis Kopf. Ich sehe sie an seinem Gewicht zerren und sein Inneres ertränken.

Ich bin nicht der einzige Prinz, der mit Dunkelheit zu kämpfen hat.

Meine Hände greifen nach Femi, bevor er in sich zusammenfällt. Er zittert so stark, dass meine Arme mitbeben.

»Es tut mir ... leid. Ich hab ... ich habe halt dieses Notizbuch hier auf dem Dachboden gefunden. Es sollte nur ein kleiner Blogpost werden, ich hab nicht ...« Seine Atmung beschleunigt sich, als würde man ihm Stück für Stück die Luft entziehen. Er hält weiter das Notizbuch vor seinen Bauch, als könnte er sich in die Worte hineindrücken. »Ich hätte es euch sagen müssen, aber es ist alles so schnell so groß geworden und ich konnte niemandem sagen, dass ich das an den Cliffs war, und ich bin nicht mehr schlau, aber wenn das alles ist, was ich jemals war, was habe ich dann noch, außer diese beschissene ...«

»Femi, deine Geschichte ist genial«, rufe ich aus, bevor er sich wieder in seinen Tränen verliert. »Du hast keine Ahnung, wie viel sie mir bedeutet hat. Oder Charlie. Oder Rin. Oder dem kleinen Typen aus Manchester, der sich zur Comic Con verkleidet hat.«

Ich halte den Blickkontakt, obwohl seine Augen total glasig sind.

»Es tut mir leid, dass wir nach dir gesucht haben, obwohl du es nicht wolltest. Ich wollte echt nicht, dass du alles löschst, ich war nur ...« Ich atme tief ein, versuche meine Fassung zu bewahren, während die Wellen unter unseren Füßen die Klippen verschlingen.

»Ich hatte immer das Gefühl, mich dem Rest der Welt beweisen zu müssen. Alles, was ich tat, musste irgendeinen Wert für meinen Lebenslauf haben, sonst wollte ich es nicht einmal anfangen«, erkläre ich. »Aber ich glaube, ich wäre nicht da, wo ich jetzt bin, wenn es deine Kapitel nicht gegeben hätte. Ich … weiß auch nicht, was ich studieren will, oder ob ich es überhaupt tun will oder was ich mit meinem Leben anfangen soll. Aber ich habe mir Hilfe geholt. Ich habe Abstand zu meiner Ma gefunden. Ich weiß nicht, was deine Geschichte ist, Femi, aber ich weiß, dass du aus ihr herausfinden kannst. So viele Leute haben sich in *The Warrior's Sun* wiedergefunden, mich eingeschlossen. Du musst das nicht allein durchstehen.«

Die Scheinwerfer eines Autos nähern sich dem Metallzaun. Ich blinzle, ziehe Femi vom Felsrand weg zu mir hoch, und er kommt mit wackeligen Beinen neben mir auf. Die Autotüren gehen auf und Dougal bellt los. Hinter dem Licht erkenne ich eine kleine Silhouette mit großen Haaren und eine weitere mit Baseballmütze. Macey und Joseph.

»FEMI! KIERAT!«, schreit Macey und läuft zielstrebig auf den Metallzaun zu. Sie geht fast in ihrer Winterjacke unter. Ihre Stimme ist lauter, als ich sie je zuvor gehört habe, und mein Herz macht Bhangrasprünge.

Hätte ich Macey überhaupt kontaktiert, wenn es nicht die E-Mails gegeben hätte?

»Es basiert alles auf dem Notizbuch«, flüstert Femi. »Es war an einigen Seiten zerrissen, aber es gab so viele Stellen, die mich einfach … ich weiß nicht, ihr hattet so eine ansteckende Freundschaft. Ich wollte nicht zurück zur Uni und ich hatte so viel Angst, aber eure Berichte von früher, die ganzen schrägen Ideen, sie haben mich einfach glücklich gemacht. Ich wollte das auch. Ich wollte mir nur das zurücknehmen, was ich in dem Alter verloren habe.« Er atmet tief aus. »Fuck. Ich hab alles gelöscht. Den ganzen Blog. Es sind nur noch die Texte und ein paar Einzelteile übrig.«

»Wir können ihn wieder aufbauen«, versichere ich. »Charlie hat so viele Zeichnungen angefertigt, dass du mit ihnen eine neue Seite gestalten kannst. Ich kann dir helfen, die Website zu strukturieren, und Dani hat alle Kontakte. Wir können dir helfen, Femi. Niemand gibt so einfach deine Geschichte auf.«

Femi fährt sich mit den Handballen über seine nassen Wangen, aber seine Augen öffnet er noch nicht.

Er greift nach meiner Hand.

»Du hast mehr Hoffnung für diese Geschichte als ich«, murmelt er und ich schenke ihm ein vorsichtiges Lächeln. Ich hätte wissen müssen, dass es hier endet. Der Autor und der Prinz, an den Cliffs.

»Mehr als Hoffnung, Femi. Für dich habe ich Vertrauen.«

MACEY

Es braucht eine Folge *New Girl*, aufgewärmten Custard und mehrere Kuscheldecken, bis Femi das Notizbuch loslässt. Jetzt sitzt er auf meinem Bett und blickt in den Garten hinaus, wo Vince Lucas Fußballspielen beibringt. Lucas' Augen weiten sich, während der Ball durch die Luft schwirrt, und er springt ihm aufgeregt hinterher.

Ich setze mich neben Femi und lege den Kopf auf seiner Schulter ab. Er trägt Mums Prince-T-Shirt, wie so oft in den letzten Wochen. Der Prinz ist nicht real, nicht ganz Femi, nicht ganz Kierat, aber seine Dunkelheit ist real. Die Sorgen sind real. Allmählich beginnt Femi zu erzählen. Mums Diagnose kam unmittelbar, bevor er sein Studium abbrach, und alles fiel in sich zusammen. Der Dachboden sollte nur eine Übergangslösung sein, bis er sich für einen neuen Studiengang bereit fühlte, aber mittlerweile lebt er seit einem Jahr dort.

»Ich habe nicht aktiv nach dem Notizbuch gesucht«, beteuert Femi. »Aber ich habe mich in diese Zeit zurückgesehnt, als alles noch okay war, und bin die alten Kisten durchgegangen. Ich bin nie Teil eurer Geschichten gewesen, weil ich immer nur am Lernen war.«

Er schrieb das erste Kapitel mitten in der Nacht auf einem schlecht formatierten Tumblr-Blog. Und er fühlte sich lebendig.

Wenn er sich nach der Arbeit am liebsten weinend in sein Bett gelegt hätte, klappte er seinen Laptop auf und schrieb ein Kapitel.

Wenn er sich kaum dazu aufraffen konnte, morgens aufzustehen, öffnete er die Notiz-App seines Handys und fing an zu tippen.

Irgendwann realisierte er, dass er nur noch schrieb. Jede freie Sekunde.

Wenn er in der Uni oder auf Arbeit war, war es immer so, als würde ihm jemand gegen die Brust hauen. Auch ohne Prüfungsstress, nur durch sein Existieren. *The Warrior's Sun* war nicht so. *The Warrior's Sun* war das Einzige, was Femi kontrollieren konnte und nur ihm gehörte. Fernab von der Adenuga-Disziplin und den Anforderungen seiner Profs und dem komischen Druck, der von überall kam, aber niemandem zuzuordnen war.

Er wollte nicht gefunden werden. Dann wäre der Druck nur wieder da. Doch die Anzahl der Leser und Leserinnen überstieg bei Weitem alles, was er sich je hätte ausmalen können, und das Geheimnis wurde so groß, dass es Femi jede Nacht verschluckte. Es war nicht so gemeint, er hatte sich nur die Kindheit dazugedichtet, die er selbst nie hatte …

»Also habe ich es deiner Mum erzählt«, gesteht Femi.

»Was?« Fast wäre ich vom Bett gefallen und hätte dabei die Lichterkette abgezogen. »Mum weiß von *Warrior's Sun*?«

»Nicht, dass ich es gelöscht habe, das habe ich ihr nicht gestanden«, flüstert er. »Aber sie ist die Sonnenkönigin. *The Warrior's Sun* ist nach ihr benannt. Die ganze Geschichte drehte sich immer um sie, es war … meine Art, alles zu verarbeiten. Ich habe sie nicht alles lesen lassen, aber ich dachte, ich könnte sie wenigstens in meinen Worten … behalten. Es tut mir leid, dass ich dir nichts davon erzählt habe, sie hat mir immer gesagt, dass ich es tun soll.«

Ich presse die Lippen zusammen. Obwohl Femi dieses Geheimnis vor mir bewahrt hat, bin ich nicht wütend. Ich verstehe ihn sogar. Hätte Femi mir vor einem halben Jahr von *The Warrior's Sun* erzählt, hätte ich ihn beschimpft, warum er seine Zeit einem Blog und nicht seinem Studium widmet. Ich wäre eifersüchtig geworden, weil er und Mum eine Liebe zu Worten teilten, die ich nicht verstand. Und ich hätte mich über Prinz Kierat aufgeregt.

»Ich wollte nicht, dass der ganze Druck auf dir liegt, Macey. Manchmal vergesse ich, dass ich älter bin als du. Ich habe dich so sehr als diese Kriegerin gesehen, obwohl du genauso Hilfe brauchst.«

Ich erinnere mich an den ertrinkenden Prinzen und die vielen verzweifelten Nachrichten auf der Blogpage. Aber auch an die vielen Momente, in denen Femi sich um meine Mum kümmerte und mit ihr Zeit verbrachte, während ich mich in der Bibliothek vor ihrer Erkrankung versteckte. Letztlich ist egal, wer von uns beiden als stärker gilt. Es ist kein Wettbewerb, wir sind Teil derselben Gleichung. Ich greife nach seiner Hand und drücke sie. »Wir werden sie verlieren, Femi. Ich kann dich nicht auch noch verlieren.«

Er nickt langsam. Draußen hat Vince Lucas Huckepack genommen und mein kleiner Bruder kreischt vor Freude, während sie über den Rasen rennen. Ich reiche Femi Charlies Zeichnung von der Kriegerin, aber er blickt zum Briefumschlag daneben.

»Sind das die Ergebnisse vom Mathewettbewerb?«, fragt er. »Hast du sie noch nicht geöffnet?«

Ich schüttle den Kopf. »Ich habe kein gutes Gefühl.«

»Wirklich kein gutes Gefühl oder sagst du das nur so, damit wir die Erwartungen absichtlich niedrig halten?«

»Wirklich kein gutes Gefühl«, erwidere ich mit fester Stimme. Ich pfriemle am Briefumschlag herum, doch der Kleber bleibt hartnäckig und will sich nicht vom Papier lösen. Bis auf mein Treffen mit Mr Brown habe ich keine guten Erinnerungen an den Wettbewerb.

Ich öffne den Umschlag und ziehe das dicke Papier hervor. Ich überfliege den Brief. Obwohl ich mir vorgenommen habe, ihn Femi unabhängig vom Ergebnis vorzulesen, schaffe ich es nun doch nicht. Stattdessen fange ich an zu lachen.

»Ist alles in Ordnung?«, fragt Femi besorgt, während ich mir die Lachtränen aus dem Gesicht wische.

»Ich bin die siebzehntbeste Nachwuchsmathematikerin dieses Landes!«

Femis Lippen formen ein »Oh«. Nur die besten zehn Kandidaten bekommen das Stipendium. Doch die Sorge, wie ich mein Studium finanzieren werde, schafft es nicht einmal zu mir vorzudringen. Ich habe nicht mein Bestes gegeben, sondern mich überarbeitet, bis ich krank geworden bin. Ich habe Mum für diesen sinnlosen Wettbewerb ignoriert und letztlich hat es zu nichts geführt außer starkem Fieber. Und Platz siebzehn.

Jetzt lacht Femi erleichtert auf. »Ich wusste schon immer, dass Welten in dir stecken«, sagt er. »Du kannst echt stolz auf dich sein.«

***

Der Wind zieht mich aus der Küche hinaus, bevor ich die Tür schließen kann. Teile des Himmels krachen gegeneinander, blau und grau und strahlend weiß an all den falschen Stellen. Das Wetter ist auf Umbruch gestimmt. Ich ziehe meine Schuhe aus und öffne vorsichtig das Trampolinnetz. Mittlerweile ist es voller Löcher und die quietschenden Drähte verraten, dass es vermutlich nicht die sicherste Entscheidung ist, noch einen Sprung zu wagen.

Vince, der bereits hier sitzt, sieht zu mir hoch. »Wie stark müssten wir springen, bis einer über das Netz fliegt? Kann man das berechnen?«, fragt er und fährt mit den Fingern über das verrostete Trampolingerüst.

»Wie viel wiegst du?«

»Nach Auntie Graces Eintopf, keine Ahnung.«

Ich setze mich neben ihn, im Schneidersitz, so wie wir es als Kinder immer taten. Das Trampolin hat sich statisch aufgeladen und löst einen unangenehmen Schlag aus.

»Danke fürs Geschirrwaschen.«

»Es hätte sich falsch angefühlt, es einfach liegen zu lassen.« Er kratzt sich am Ohr. »Seltsam, nicht wahr? Ich bin immer davon ausgegangen, dass es bei dieser Suche um mich geht, aber am Ende führt alles zurück zu diesem Haus und zu dir.«

Ich rolle mit den Augen. »Dani und die E-Mails haben mit dir angefangen.«

»Aye.« Er hebt dramatisch den Kopf an. »Vielleicht ging es ja nie um den Autor, sondern um die Freunde, die wir auf dem Weg gewonnen haben.«

»Oh Gott, Vince, nein.«

Er lacht. Ich folge seinem Blick und lande bei der kleinen Lücke zwischen unseren Häusern. Dahinter türmen sich graue Hügel, die vom langen Winter auftauen. Vince reibt sich die Augen.

»Der Spielplatz ist weiter entfernt, als er es in meiner Erinnerung war«, sagt er. »Wie laut hat deine Mum uns gerufen, damit wir sie hören konnten?«

»Sie hat immer das Badezimmerfenster geöffnet, von da hat man den besten Blick auf die Schaukeln.«

Ich forme meine Hände vor meinen Lippen zu einem Trichter und fange an zu schreien. »VIIINCE!«

Doch der Ruf verliert sich im Wind. Keine Chance, dass er auch nur die Nähe des Spielplatzes erreicht hat. Vince schnalzt mit der Zunge.

»Der war schwach«, kommentiert er. Er steht vom Trampolin auf und schreit den Gartenzaun Richtung Spielplatz an.

»MAAA...«

Weiter kommt er nicht, weil ich neben ihm losspringe. Vince fällt mit einem Ruck nach hinten und schafft es gerade so, die Landung mit seinen Ellbogen abzudämpfen. Seine Augen funkeln mich wütend an. »Das war mies, Mann, ich hätte es fast geschafft!«

Er wartet auf den Moment, in dem ich wieder auf dem Trampolin aufkomme, um seinen Sprung so zu koordinieren, dass mich seine Schwungkraft gegen das Netz wirft.

»VIIIINN...« Ich versuche ihn am Ärmel herunterzuziehen, aber verfange mich nur im Wind. Vince stößt mit seinem Ellbogen gegen meinen Arm und ich drücke ihn an der Schulter zurück. Er landet mit beiden Knien auf der Mitte des Trampolins und schafft es problemlos wieder hoch.

»MACE – Ah, verdammt!« Seine Stimme kratzt mitten im Sprung ab, und wir taumeln gegeneinander, da das Trampolin viel zu klein für zwei ausgewachsene Jugendliche ist.

»MACEEEEYY!«

»VIIIIINCE!«

Das Trampolin quietscht mit jedem Sprung. Wir schreien die Welt an. Wir schreien so laut, bis wir unsere Stimmen nicht mehr hören, bis unsere Namen an Bedeutung verlieren, bis der Himmel wie das Meer aussieht.

Und wenn es ein Wort für dieses Gefühl gibt, diesen Punkt zwischen Sprung und Fall, dann sind Vince und ich genau das.

SOMMER

[FÜNF MONATE SPÄTER]

Ein Abschied muss kein Ende sein.

Epilog

KIERAT

»Ich glaube ... wir sind tatsächlich fertig.«

Erleichtert nehme ich meine Gartenhandschuhe ab und begutachte mein Werk. Da, wo einst nur vertrockneter Rasen gelegen hat, ziert nun ein Blumenbeet den Hintergarten der Adenugas. Das Herzstück sind die goldenen Sonnenblumen, deren Kolben stolz zur Sonne ranken. Wenn man aus dem Küchenfenster blickt, sind sie das Erste, was man sieht.

»Prinzipiell ist es einfacher, den Boden von Unkraut zu befreien, wenn er feuchter ist«, erkläre ich Mr Adenuga. »Zwei bis drei Zoll unter der Bodenoberfläche sind der Standard. Aber melden Sie sich einfach, das Jugendzentrum ist um die Ecke von hier, ich komme gerne nach der Arbeit vorbei.«

Er lächelt mich warm an. »Danke, äh ...«

»Beide Namen sind in Ordnung.« Ich muss lächeln, während ich die Erde inspiziere, die noch an meinen Fingern hängt. »Oder einer der hundert neuen Spitznamen, die sich Rin überlegt hat. Heute Morgen hieß ich noch Kiki.«

»Nun, das sollte sich merken lassen.« Anfang der Sommerferien hat Mr Adenuga noch darauf beharrt, mich für die Arbeit im Garten zu bezahlen, doch ich habe vehement verneint. Einerseits, weil ich sowieso jedes Mal bis zum Abendessen bleibe und so viel von Auntie Graces Gbegiri Soup verschlinge wie Joseph. Andererseits, weil der Garten meine Art ist, Mrs Adenuga zu gedenken.

Der Sommer ist warm, windig. Ich mache ein Foto von dem Beet, damit ich es heute Abend Babaji zeigen kann.

Letzte Woche hat er mir das erste Mal von Bibiji erzählt, als wir mein Abschlussporträt auf seinem Kaminsims platziert haben. Er hat hoch zu dem Bild seiner Frau geblickt und mir gesagt, dass sie wohl auch über mich wachen würde. Den Jungen, der so wenig und so viel Familie gleichzeitig hat. *Tu vi sada hai.* Danach war ich so fertig wie das letzte Mal zu Mrs Adenugas Beerdigung.

Manche Tage sind besser als andere.

Manchmal ist meine Trauer ein Rucksack voller Ordner, den ich mit mir herumtrage, der meine Schritte schwächt, aber auf meinen Schultern straff befestigt ist. An anderen Tagen schüttet er sich aus, Seiten über Seiten an Trauer, die sich nicht mehr in die Ordner einfügen wollen. Trauer wegen Ma und Indien und Flucht. Trauer wegen Mrs Adenuga und Verlust, Verlust, so viel Trauer, für die Dinge, die ich nicht wiederfinden kann.

Ma ist wieder fort, aber diesmal renne ich ihr nicht hinterher. Sie ging einen Tag, nachdem Ian ihr die Scheidungspapiere vorgelegt hat. Ich habe nicht mit ihr abgeschlossen, das werde ich wohl nie. Ich werde meine Ma nie dafür verurteilen, dass sie sich ein besseres Leben in Großbritannien gesucht hat. Ich werde sie nie für die Angst verurteilen, die uns beide ständig zur Flucht rät. Oder dafür, dass ein Teil von ihr mich zu sehr liebte, um mich in Indien zurückzulassen.

Ich werde sie nicht verurteilen, aber ich kann ihr nicht verzeihen, dass sie nie für mich bleiben konnte. Wenn sie wiederkommt, werde ich darauf vorbereitet sein.

Ich laufe in das Haus zurück, die Treppen hoch zu Femis neuer Zimmerhälfte. Ich höre ihn und Charlie über *The Warrior's Sun* diskutieren, während sie die Wände streichen.

»Wir könnten das Schloss hier drüben neben dem Bett anbringen«, erklärt Charlie. »Ich kann es wie die neue Website aussehen lassen, mit Wolken, die von beiden Seiten kommen.«

»Äh … ja, klingt wirklich gut«, stottert Femi. Sein Blick hängt an Charlies hochgekrempelten Ärmeln, bis er mich an der Tür entdeckt. Ich wackle mit den Augenbrauen und Femi vergräbt das Gesicht in den Händen.

Inzwischen verstehe ich mich richtig gut mit ihm. Wir sind in den letzten zwei Monaten mit demselben Zug nach Helensburgh gefahren, um dort unsere Therapiesitzungen abzuhalten. Es ist noch ein langer Prozess des Verstehens und Einordnens, aber ich bin froh, dass ich nicht der Einzige bin, der das durchstehen muss.

»Dani kommt übrigens bald«, erinnere ich die beiden. »Sie hat die Ankündigungen heute Morgen auf Social Media gepostet.«

Femi reißt den Kopf hoch und verliert fast seine Brille. »Oh Gott, was sagen sie?«

»Ist doch egal«, entgegnet Charlie, während er einen Pinsel aus seiner Mappe kramt. »Was zählt, ist, dass *The Warrior's Sun* wieder da ist.«

»Die Leute können es kaum abwarten«, füge ich hinzu. »Charlies Zeichnungen haben so viel Hype gebracht, mehr Menschen haben unsere Beiträge gelikt, als der ursprüngliche Blog an Aufrufen hatte.«

The Warrior's Sun hat sich zu einem Gruppenprojekt entwickelt, einer Graphic Novel mit vielen Extras. Dani kümmert sich um die sozialen Medien, Rin designt Merchandise-Buttons, und wir haben sogar einen Titelsong von DJ ListR bekommen. Dank der vielen gespeicherten E-Mails von Dani war es einfach, die Geschichte zu rekonstruieren, und Femi hat einige Probleme mit der Storyline beheben können. Macey und ich haben mit Ideen aus unseren alten Notizbüchern geholfen, und Charlie hat alle seine Zeichnungen hinzugefügt – die übrigens an seiner Kunstakademie als »eindrucksvoll« und »umwerfend« bezeichnet wurden. Ich schiebe es auf das gute Aussehen des Prinzen.

»Was zum ... siebentausend Likes?«, flüstert Femi, als er auf mein Handydisplay schaut. »Das ist heftig.«

Ich hebe die Augenbrauen. »Hast du noch vor, morgen das Bild hochzuladen?«

Eine neue Rubrik auf der Website wird die Geschichte hinter dem Blog zeigen. Sie enthält ein Bild von allen, die an der Graphic Novel arbeiten, was Femis Anonymität ein für alle Mal aufheben wird. Es gibt ein Foto von Macey und mir, verkleidet als die Kriegerin und der Prinz. Und eines von der Sonnenkönigin selbst, wie sie den Blog im Krankenhaus liest, ein paar Tage bevor sie verstorben ist. Die Neuauflage des Blogs ist ihr gewidmet. Sonnen anstelle von Flutwellen. Offen. Hell. Worte zelebrierend.

»Natürlich habe ich Angst, aber ich bin nicht mehr allein auf dem Bild«, sagt Femi strahlend. »Und sie würde sich freuen, dass ich mich nicht mehr verstecke.«

Ich lege mein Handy zurück, immer noch etwas geschockt darüber, dass all die harte Arbeit der letzten Monate endlich Früchte trägt. Hinter mir tauchen Alister und Rin auf. Sie halten einen Wackelkäsekuchen in die Höhe und imitieren Engelschöre.

»Bereit für den Launch heute?«, ruft Alister und seine Augen weiten sich beim Anblick von Charlies Zeichnung. »Krass, ist das das Schloss?«

»Bin noch dabei«, murmelt Charlie und sieht von der Wand hoch. »Aber wenn ich eine Tasse Tee zum Käsekuchen bekomme, mache ich auch gerne Pause.«

Während die anderen nach draußen gehen, um sich den neuen Garten anzusehen und Kuchen aufzuteilen, bleibe ich im Haus. Ich finde Macey im Wohnzimmer, wo sie die Kassettensammlung ihrer Mum durchstöbert. Vor ihrem Umzug nach

Cambridge hat sie sich Braids machen lassen. Sie sind etwas dicker als früher, mit kleinen Goldperlen.

Ich springe auf das Sofa und Macey schreckt auf.

»Himmel, schleich dich doch nicht so an!«

»Deine Braids sehen cool aus.«

Jetzt schenkt sie mir ein leichtes Lächeln. »Danke. Das hat ewig gedauert.«

Ich sehe auf die Kassetten und ihre Auswahl hinab. *You Gotta Be* von Des'ree ist dabei. *Dreams* von Gabrielle. *The Miseducation of Lauryn Hill.* Eine Menge Oasis und The Cranberries. Mrs Adenuga hatte einen guten Geschmack.

»Hast du das Afrobeats-Mixtape eingepackt?«, frage ich.

»Natürlich. Das Prince-Album lasse ich aber für Femi hier.«

»Und die hier für mich?« Ich klopfe auf die Kassette von All Saints mit *Pure Shores* darauf. Macey rollt mit den Augen, und mir dämmert, dass ich diese Reaktion so erst wieder zu Weihnachten sehen werde.

Es versetzt mir einen Stich in der Brust.

»Ich habe übrigens einen Telefonplan erstellt«, verkündet sie stolz und hebt eine ausgedruckte, fein säuberlich notierte Exceltabelle vom Tisch auf. »Er ist noch nicht ganz fertig. Ich habe noch nicht meinen vollständigen Stundenplan zusammengestellt und ich will mich im Semester für den Minijob beim Sawadogo-Lehrstuhl bewerben ...«

»Femi hat doch schon angeboten, Anzeigen im Blog zu schalten.«

»Es geht nicht nur um das Geld, Vince. Professorin Sawadogo ist eine Schwarze Frau, die einen Lehrstuhl an einer der einflussreichsten Mathe-Fakultäten der Welt innehat!«

»Und du willst eines Tages wie sie sein?«, frage ich lächelnd.

»Das werde ich.«

Daran habe ich keine Zweifel.

»Wie auch immer. Da ich meinen Plan noch nicht habe und

du bei einem sehr unregelmäßig getakteten Freiwilligendienst arbeitest, wollte ich sicherstellen, dass wir uns nicht verpassen. Freitags ist frei für *The Warrior's Sun*, Dienstag passt für einen Videocall mit Charlie und Rin …«

»Ich bin mir sicher, niemand hier wird vergessen, dich anzurufen.« Erst recht nicht ich. »Und jetzt komm. Du kannst schlecht deine eigene Abschiedsparty verpassen, oder?«

Sie sieht ein letztes Mal auf ihre Kassetten hinab und greift dann nach meiner Hand. Ich ziehe sie hoch und imitiere mit der freien Hand ein Mikrofon.

»Ladies and Gentlemen, der Prinz und seine loyale Weggefährtin Maki sind auf dem Weg zu neuen Abenteuern!«

»Wenn überhaupt seid Ihr der Weggefährte, werter Prinz Kierat. Ohne mich würdet Ihr Euch verlaufen.«

Ich mag, wie sie meinen alten Namen ausspricht. Es klingt nach Neuanfang. Sie klopft mir etwas übriggebliebene Blumenerde von meinem Pullover und ihre dunklen Augen bleiben vorwurfsvoll an mir hängen. Ihre Finger verharren ein wenig länger als nötig, und wir müssen nichts weiter dazu sagen.

Ich halte das nicht existierende Mikrofon vor ihr Gesicht. »Wo geht es lang?«

Macey lacht. Es ist ein lautes Himmel-Aufreiß-Lachen, genug für ganz Glenfield Park. Mein Herz faltet sich auseinander, Stellen, von denen ich nicht einmal wusste, dass ich sie vor Jahren zerknüllt habe.

»Wie wäre es mit gen Austen?«

THE WARRIOR'S SUN

Kapitel 001 – Ein Abschied muss kein Ende sein

Es war einmal ein Prinz, der an die Küsten unserer Welt verschifft wurde. Der Letzte seiner Art, ohne eigenes Land oder Krone, Erinnerungen weggespült von den Wellen. Die Meere hatten ihn ausgelaugt, bis nur die Dunkelheit an seinen Händen blieb. Man kannte ihn unter vielen Namen und sie blieben alle undefinierbar.

DANKSAGUNG

Meine Mutter meinte einst, dass ich als älteste Tochter der Fels in der Brandung für meine jüngeren Geschwister bin, sein muss. Dabei bin ich es, die ohne ihre Schwestern grundverloren ist.

Für Abi, Simi und Siman – egal wo ich sein werde, ich werde immer immer immer zuerst nach euch Ausschau halten. Danke, dass ihr euch meine wirren Ideen anhört und manchmal sogar gut findet.

Für meine Lektorin Leonie – es ist unglaublich, wie viel Glück ich bei meinem Debüt hatte. Ich bin so dankbar, dass Macey und Kierat bei dir wachsen konnten, und ich hoffe, dein erstes Projekt hat dir genauso viel Spaß gemacht wie mir.

Für meine Agentin Kathrin – der Anruf, in dem du sagtest, dass du diese Geschichte vertreten möchtest, war ein Rettungsanker, der mich aus einem ziemlich langen Winter zog. Danke, dass du an dieses Buch geglaubt und ihm ein Zuhause geschenkt hast.

Für meine Mentorin Rusalka – danke für deine klugen Einfälle und deinen Zuspruch. Unsere Telefonate waren wundervolle kleine Lichtblicke während des Unialltags.

Für Johanna und das Team des Arctis Verlags, die mir in der Gestaltung und Illustration dieses Buchs so viel Freiraum gegeben haben.

Für Marion und Leila, die meine Recherche für Macey und die Adenugas abgesegnet und erweitert haben. Dank euch gibt es einen kleinen Teil Repräsentation auf dem deutschen Buchmarkt, der mir unendlich viel bedeutet.

Für meine Testleser:innen Banu, Lea, Enno, Fabi, Maja, Felicitas, Marie, Julie, Lou, Carina, Alex, Lina und »Rins-Biggest-Fan«-Megs, die die Hillburn-Gang ins Herz geschlossen haben, als noch gar nicht feststand, ob die Geschichte jemals unseren Discordserver verlässt.

Für meine Freund:innen im *Maggie and Beths*, für meine Denkerecke und meine liebe Instagrambubble, die mich seit Jahren unterstützt. Paty, sieh dieses Buch als Entschuldigung dafür, dass ich mit sechzehn meinen Wattpadaccount gelöscht habe und einfach abgehauen bin.

Für Leila – es tut mir leid, dass das Cover kein Fish-Eye-Selfie von dir geworden ist. Danke für all deine klugen Einfälle während des Schreibprozesses. Ich vermisse es, mit dir bis zwei Uhr nachts über unsere Figuren zu schreiben.

Für Sasha – ohne dich würde diese Geschichte bis heute in einer Schublade verstauben. Danke, dass du mich von der Einreichung bei der Agentur bis zur Veröffentlichung begleitet hast. Unsere Freundschaft ist eines der wichtigsten und schönsten Dinge, die mir in den letzten Jahren passiert sind.

Und für meine Eltern, Mama und Dada, die Meere überquert haben, um ihren Kindern ein besseres Leben zu ermöglichen. Es gibt nicht genügend Worte auf Deutsch, Englisch oder Punjabi, um meine Dankbarkeit zu beschreiben.

INHALTSWARNUNG

Dieses Buch enthält potenziell triggernde Inhalte. Dazu gehören: Verlust eines Elternteils, Krebserkrankungen, mentale Gesundheit (Angststörungen, Panikattacken, Depressionen, Burnout), Kindesmisshandlung/-vernachlässigung; außerdem Darstellungen von und Auseinandersetzungen mit Rassismus, Ableismus und Queerfeindlichkeit.

Bitte lies dieses Buch nur, wenn du dich emotional dazu in der Lage fühlst.

Falls du oder eine Person in deinem Umfeld Unterstützung oder professionelle Hilfe benötigt, findest du hier eine Auswahl an Anlaufstellen, die dir Informationen sowie anonyme und kostenlose Beratung bieten:

DEUTSCHLAND:

Nummer gegen Kummer e.V.
www.nummergegenkummer.de
116 111 (Kinder- und Jugendtelefon)
0800 1110550 (Elternberatung)

TelefonSeelsorge
www.telefonseelsorge.de
0800 1110-111 oder -222

bke-Jugendberatung
www.bke-jugendberatung.de

Krisenchat
www.krisenchat.de

Weitere Hinweise auch zu längerfristigen Hilfsangeboten unter www.psychenet.de

Lambda Peersupport – für queere Jugendliche und junge Erwachsene
www.lambda-peersupport.de

ÖSTERREICH:

147 Rat auf Draht
www.rataufdraht.at
147

Kids-Line
www.kids-line.at
0800-234123

SCHWEIZ:

Pro Juventute Beratung
www.147.ch
147

INTERNATIONAL:

Unter der Nummer 116 111 erreichst du in den meisten Ländern Europas Dienste für Kinder- und Jugendhilfe

Informationen über Hotlines für Kinder und Jugendliche weltweit findest du unter https://childhelplineinternational.org/helplines/
(nicht nur auf Deutsch)

Culture-Clash-Comedy zwischen zwei Welten

Anna Dimitrova
Kanak Kids – Halb angepasst und voll dazwischen
Hardcover, 384 Seiten
€ 19,00 [D] | € 19,60 [A]
ISBN 978-3-03880-085-9

Arctis

Die sechzehnjährige Dessi führt ein Doppelleben: Im Münchner Brennpunktviertel Neuperlach gibt sie mit Jogginghose und Alman-Jokes die Assi-Ausländerin, im Innenstadtgymnasium trägt Daisy eine blonde Perücke, blaue Kontaktlinsen und spricht Hochdeutsch. Ihre jeweiligen Freund:innen hält sie voreinander geheim. Lieber versucht sie, überall dazuzugehören, als sich angreifbar zu machen. Die Taktik funktioniert – bis sie eines Tages von Bo bei ihrer Verwandlung erwischt wird. Bo ist nicht nur Dessis Nachbar, sondern auch ihr Mitschüler und damit der Einzige, der ihre beiden Persönlichkeiten kennt. Kann Dessi ihn überzeugen, dichtzuhalten? Oder prallen ihre beiden Welten endgültig aufeinander?